磁器口

长篇小说

文林 著

重庆出版集团 重庆出版社

图书在版编目(CIP)数据

磁器口 / 文林著. —重庆 : 重庆出版社, 2022.4

ISBN 978-7-229-16662-5

Ⅰ.①磁… Ⅱ.①文… Ⅲ.①长篇小说－中国－当代
Ⅳ.①I247.5

中国版本图书馆CIP数据核字(2022)第038434号

磁器口

CIQIKOU

文 林 著

责任编辑 : 袁婷婷
责任校对 : 何建云
内页插图 : 文 林
封面题字 : 何应辉
封面设计 : 邱 江
装帧设计 : 百虫广告

重庆出版集团
重庆出版社 出版

重庆市南岸区南滨路162号1幢 邮编 : 400061 http://www.cqph.com
重庆天旭印务有限责任公司印刷
重庆出版集团图书发行有限公司发行
E-MAIL : fxchu@cqph.com 邮购电话 : 023-61520417

全国新华书店经销

开本 : 889mm×1194mm 1/32 印张 : 12.375
2022年3月第1版 2022年3月第1次印刷
ISBN 978-7-229-16662-5
定价 : 48.00元

如有印装质量问题,请向本集团图书发行有限公司调换 : 023-61520417

重庆市沙坪坝区文学艺术界联合会
资助出版

目 录
Contents

第一章　码头旧事 ………………………………… 1

第二章　江湖取道 ………………………………… 87

第三章　汗血梅花 ………………………………… 191

第四章　化蝶重生 ………………………………… 291

第一章　码头旧事

一

　　可以毫不夸张地说，当年汤少青迎娶他老婆孙淑珍，举办的婚礼是磁器口有史以来最隆重最气派的，在整个重庆城都造成了轰动，成为一大新闻。以至好多年以后，当地人在回顾那天的盛况时，依然两眼放光，一副骄傲的神色。

　　汤少青的父亲汤大老爷为让儿子的婚礼办得体面，给老汤家的祖宗长脸，几乎动用了所有的资源。到场的宾客除了本土的社会名流，还有专程从瓷都景德镇请来的诸如田鹤仙、于家爵、王大凡、王琦、王一亭等制瓷大师。婚宴酒席共设108桌，按磁器口东西南北中方位分五个组团。黄桷坪、高石坎、宝善宫、猪市坝和蔡家湾彩灯高悬，一色的条凳配八仙桌。灶台均临时选址搭建，每处设两口半人高釉陶大酒缸，内装当地大高粱酿制的土酒。

　　汤家祖籍福建德化，族谱上说，顺治十一年即公元1654年，远祖经湖北麻城入川，后辗转至嘉陵江畔龙隐镇，也就是后来的磁器口镇，以帮人烧窑制瓷为生。汤家的发迹始于康熙初年，据说汤家远祖当时在磁器口附近山上，发现了一种可以提高胎质色度的白岩石，老窑主为了独占，让其入赘，并将窑上事务交与其管理，汤家因此站稳了脚跟。也有人说是汤家远祖跟窑主的女儿有了私情，老窑主为掩家丑，不得已将其招做了女婿。但不管传说怎样，汤家却从此在磁器口这块地界扎下了根，而且一扎就是一百多年。

汤少青是汤家的第九代嫡亲传人，也是自高祖以来连续第四代单传。按汤大老爷的说法："这世上的宝贝总是稀少的，老汤家有一个就足够了。"汤大老爷说的"宝贝"，是指汤家男人头上那根会滴血的辫子。早在大清乾隆年间，汤家烈祖汤广业无意中发现，自己头发里的血滴落到瓷胎上，能生成艳丽花纹，便发明出汤氏"甩头撒花"绝技，烧出名扬天下的"汗血瓷"，迎来了家族的百年鼎盛。然而，汤大老爷说归说，轮到现实中就是另一码事了。这不，汤少青才从窑上出道，便迫不及待张罗着，要儿子娶妻传宗接代了。

当然，汤大老爷这般着急也是另有原因。早在半月前，汤家贵人、汤少青的书法师父，人称侯师长的侯世聪，受共产党人同学委托，帮忙筹集资金资助南边的起义。侯世聪出身书香门第，祖父两代均在川西坝子为官，中年归隐。侯家男性不仅个个博览群书，且对古玩瓷器的鉴别有相当的造诣，这也是后来汤少青头上的辫子得以留住的福分。

侯世聪自幼读书练习书法，考上四川陆军速成学堂之前，就已是成都皇城一带小有名气的书法家了。与许多同道的喜好不同，侯世聪专攻楷书，墨迹有柳骨之风，得到过原四川总督丁宝桢的夸赞。对于儿子没有从文而是从军，侯世聪的父亲是这样跟亲戚朋友解释的："动荡年代，大丈夫弃文从武自古不乏，保家卫国乃第一忠孝也！"

光绪三十四年即公元1908年，侯世聪步科毕业，先任第33混成协排长、队官、管代，后调至四川总督府当参谋。宣统三年即公元即1911年九月，赵尔丰组建东路卫戌司令部，侯世聪作为联络官，在龙泉驿随夏之时起义，义军东下收编驻乐至县的混成支队后，夏之时任命侯世聪为标统，统管整支义军进抵重庆。

本来，筹款对侯师长而言，可谓小事一桩，但牵扯到款子的用途，办起来就不是那么顺手了。侯师长闷在自家翰墨堂楼上的房间里，思来想去大半天，最后还是决定去一趟磁器口，请汤大老爷援手。

侯师长来磁器口的时候，镇上大户正在杀年猪。嘹亮的猪叫声从一座座院子传出，此起彼伏，使冷飕飕的街头巷尾充满了年味儿。汤家大院也不例外，侯师长才踏进院门，就见两头三百多斤的肥猪倒在血泊中，一群婆娘正围着一口大锅，忙着烧水给猪燖毛。

汤大老爷听侯师长说要借二十万大洋急用，以为出了什么大事，正想问个究竟，却见一旁的儿子跟自己使眼色，意思是叫父亲不要问侯叔叔。侯世聪见汤少青一副胸有成竹的样子，不禁心动："是啊，这孩子已是大人了！更难得的是如此善解人意。"侯师长笑着拍了拍爱徒的肩膀，对汤大老爷说："看你比少青还急，放心吧，我没得啥子事。"

但是，侯世聪却没想到，自己没事并不等于不连累别人有事。就在汤大老爷将二十万银票交给侯世聪的第二天，一队警察闯进了汤家大院，并以涉嫌通共的罪名带走了汤大老爷。磁器口一下子炸开了锅，人们纷纷议论，对汤大老爷通共深表怀疑，认为一定是有关方面弄错了，或者干脆就是听信了小人的谗言。镇里许多大户人家还自发聚在一起，商量如何担保汤大老爷，说服警察局放人。只有余家院子的大门紧闭，无任何动静。了解余汤两家世仇的人都私底下说，这回余不笑该笑了。

余不笑是磁器口望族余家的第八代掌门，也是如今磁器口赫赫有名的"四通商号"老板。据说余老板打出生起就没人见他笑过，故人送外号"余不笑"。当然这外号也有另外一层意思，就是说余老板冷面，人见怕三分。余不笑是磁器口生意做得最杂的商人，无论粮油棉麻，还是药材运输他都做，而且每一笔都只赚不赔。还是在余不笑年少时，他爹有一次跟人做木材生意，由于嘉陵江突发大水，没来得及上岸的木材筏子全被江水冲走了，余不笑他爹闻讯急得直想跳江。后来余不笑从外地回来知道了这件事，便只身去合川找到那个卖木材给他爹的老板，说要么你还钱，要么今后就别在磁器口做生意。卖木材的老板瞅着眼前这位冷冰冰的不速之客，也闹不清对方究竟是何来路，最后只好跟余不笑达成协议：钱不退，货重发。

余不笑听说汤家大老爷进了局子，虽然不像别人说的笑了，但平日脸上紧绷着的神情，确实放松了许多。他跟一旁的管家说："今天每个房间加两个菜，喝酒的可以敞开喝，先过一个小年。"管家自然明白主人的心思，大嘴巴一咧，满心欢喜地道："谢东家老爷！我这就去安排。"

那天，在余家上下大吃大喝的同时，远在重庆城烟雾缭绕的警察局里，汤大老爷却遭受着没完没了的轮番询问。

警察甲问汤大老爷："知道啥叫通共吗？"

汤大老爷道："我不认识共党，何来通共一说？"

警察乙接着说："那你的二十万都干啥了？"

汤大老爷："我咋个晓得呢？我只是借给别人，至于人家拿去干啥用是人家的事，我毋需晓得。"

"嘿，还嘴硬，看来不跟你来点厉害的，你是不得招的了。来呀，好好伺候这个姓汤的。"一警察小头目咋呼着。

"放肆！咋个这样跟汤大老爷说话呢？"警察局长瞪了一眼小头目，笑着对汤大老爷说："你别见怪，他们也没办法。有人举报，说你汤大老爷给了二十万大洋给共产党。常言道，识时务者为俊杰，你没必要硬撑着，把自己的性命搭进去吧？"

"我确实没拿钱给共产党，不信你们去查。"汤大老爷知道警察局这些家伙是在套话。

"那你给侯世聪干啥？不要以为我们是傻子，啥都不晓得。如果真不晓得，也不会请你汤大老爷到这个地方来了。"警察局长接过小头目递来的烟燃上。

"钱是侯老板借的，我咋个晓得他有何用呢？"汤大老爷没有被警察局长的诱导恐吓唬住，他很清楚眼前这些家伙是想在自己身上找缺口，只要稍不注意上他们的套，不仅老汤家从此完了，侯世聪也要受牵连。汤大老爷一想到侯世聪，立刻信心倍增。他知道，只要侯世聪没事，自己就没事，并且很快就能出去。汤大老爷主意拿定，更是一口咬定什么都不知道，弄得警察局长毫无办法，只有在一旁干耗。

对于汤大老爷，警察局长心里很明白，那是绝对不能乱来的，搞不好会吃不了兜着走。侯世聪何等人物？那是刘湘刘督办的同学，速成系的师兄弟。别说一个区区警察局长，就是刘督办本人也要礼让三分。要是没有证据证明侯世聪将钱给了共党，那到头来倒霉的就是自己。因为刘湘绝不会为了他这个警察局长，得罪同学中享有盛誉的侯师长。因此，不如做做样子，等侯世聪一来就放人。

侯世聪从警察局将汤大老爷接走时，已是半夜了。侯师长对警察局长很不客气地说："你们这样乱抓人，是要负法律责任的。"警察局长不敢多言，只有赔着笑脸连说是误会。其实在此之前，警察局长已经接到了刘公馆打来的电话，说待会儿侯世聪一到，即刻放人。警察局长还想在电话里解释几句，但对方却很不耐烦地挂断了。

突如其来的变故让侯世聪很感蹊跷，究竟是谁在背后捅的这一刀呢？侯师长决定查个水落石出，给汤大老爷一个交代。侯师长没找其他人拐弯子，而是直接去了刘湘的办公室。侯师长对一脸谦虚的刘湘说："我晓得不是你干的，要是你指使干的，我侯世聪从此就不会再踏进你这里一步了。但警察局归你管，你得给我一个说法。"刘湘无奈，叹口气道："算了吧，是蓝文彬让干的。上回你因为陈达三之死，把他骂得狗血淋头，他不报复你才叫怪了。我看冤家宜解不宜结，你侯师长大气量，看我的面子就不要再追究了。"

然而，刘湘也只说对了一半，藏在背后的始作俑者，不是别人，正是磁器口余家院子的余不笑和他的大师爷张秉文。说起二人对侯世聪的不满，还得追溯到辛亥年，首先是余不笑对当时的义军统领侯世聪，阻止手下剪掉汤少青那根滴血神辫耿耿于怀，认为坏了余家的大事；其次是张秉文后来想在军政府谋职，被侯世聪的上司夏之时划掉，侯师长不免替老领导代过，成了张大师爷日后报复的对象。

大师爷张秉文广东惠州人氏，自幼随父跑单帮，不到二十岁便入大清税务司衙门做帮办。那时，余不笑的四通商号开展业务，许多时候都离不开张秉文的支持，一来二往，两人关系也就发展成了一种默契。张秉文说话带粤语腔，一开口总离不开"呀""啦""啊"之类的语气助词。

张秉文第一时间听说侯世聪向汤家借了二十万，心里就咚咚咚地打起鼓来。二十万可不是个小数啊！他侯世聪要干啥？进货？不可能。重庆城做古玩做得大的，都是玩代销，谁愿意把钱压在一堆不知猴年马月才能变现的破铜烂铁故纸石头上？那他这是干什么用呢？

"管他干啥子用，就说是给共产党，让警察局先把人抓起来再说。"余不笑的想法简单直接，令张大师爷禁不住吓了一跳。可仔细一想，又觉得不是没有道理，而且还极有可能。因为侯世聪跟陈达三关系密切，陈达三什么背景？那可是响当当的国民党左派，跟杨闇公、刘伯承这些共党分子整日厮混的。一想到杨闇公、刘伯承，张秉文就似乎茅塞顿开了。他一拍沙发的扶手起身道："对呀，这二十万极有可能就是给共产党的啦。要不然，姓侯的怎么就不找其他人借呢？一定是怕别人问借这么多钱干什么用啦。"

"对，就是给了共产党。姓侯的不好动，就拿姓汤的开刀，只要姓汤的认了，姓侯的也就跟着完蛋。"余不笑呷了一口盖碗茶。

按照余不笑的说法，张秉文那天原封不动地给三师师长蓝文彬重复了一遍。蓝文彬一听立刻就从椅子上站了起来。"好啊！怪不得骂我骂得那么歹毒，原来是跟共党一伙的。"蓝文彬也不听张秉文再说下去，拿起桌上的电话便打到了警察局。张秉文一看这架势，知道已没自己什么事了，忙拿上自己的帽子，悄无声息地退了出去。

二

汤大老爷从局子里出来，突然有了一种交班的愿望。汤大老爷所谓的"交班"，就是将汤家的窑场和院子里的一切事务交给下一代管理。那时汤少青已满十九，经过五年的历练，里里外外俨然已是个行家里手了，尤其是烧制的瓷器，用文昌宫玉虚道长的话说，有难得一见的朴素之美。

汤大老爷这天用过晚餐，把儿子叫到自己屋里，将水烟壶嘴含在嘴上，直勾勾地看了汤少青足足一分钟，才拿下来放到一旁的桌上道："少青啦，我老啰！往后这个家就要靠你了。"汤少青没明白父亲的意思，还以为父亲的身体出了什么状况，愣了愣正待张口询问，却被汤大老爷用手止住了。汤大老爷看着一脸茫然的儿子说："不要瞎猜，你爸身体好得很！我的意思是要你挑个好时辰赶紧完婚，然后把家里的担子挑起来。"

完婚？这可是汤少青从未想过的事。尽管亲事早在三年前，就由娘舅朱四爷牵线搭桥，与北碚开染坊的孙老板家大小姐孙淑珍订下了。但真要娶一个婆娘回来朝夕相处，一日三餐正儿八经地过日子，汤少青想着还是觉得虚幻，不仅一点心理准备没有，也对自己能否当好一个丈夫缺乏信心。于是，他抽空去了一趟重庆城，将父亲令其娶亲的事告诉师父，让侯世聪帮忙拿主意。

侯师长一开始听说徒儿成亲，很是高兴！可往后听着听着就觉得不是那么回事了。爱徒不是在说自己想成亲，而是说他父亲汤大老爷要他成亲。侯师长收起笑容，将目光从汤少青的脸上移到窗外，沉思了好一阵子，才像是自言自语地吐出一句："这是你爸的一片苦心啦！"

"莫非师父的意思也是要徒儿成亲？"汤少青惶恐地看着侯世聪。

"那倒不尽然，关键还是你自己愿不愿意。"侯师长顿了顿又接着道："不过我们这个民族把'成家立业'四个字看得很重，你父亲要你现在成亲，目的也是想让你尽早立业。依我看，你可以把亲事办了，这样既能让你父亲放心，也可

第一章 码头旧事

· 9 ·

以得一个好帮手，可谓两不误，应该是件好事！"侯世聪伸手从桌上的木制烟盒里，拿出一支雪茄点燃并深吸一口，朝着窗外吐出一股灰白色的烟雾。

"可我不晓得她是不是个好帮手呀？"汤少青一脸疑惑地看着师父。

"放心吧！你爸、还有朱四爷他们相中的人，是不会错的。"侯世聪转过头看了看徒弟，禁不住哈哈哈地仰头大笑起来。

结婚的日子是由玉虚道长从八卦图中挑出来的，他对汤大老爷说："就对坎中满吧，你儿子命在北方，属水。"迎亲的前一天，从大码头经正街到黄桷坪汤家大院的二百米石板路，全用鲜花扎成拱门，以汤家历年收藏的精美瓷器作点缀，显得既富丽又雅致。汤大老爷还请重庆城有名的裁缝，为汤少青量身定做了一深一浅两套西服，搭配专人去意大利购回的Veilisr皮鞋，各个环节，无不经过精心策划和设计。汤大老爷还在临近大喜之际，专门带儿子去了一趟宝轮寺，让方丈慧能法师亲自给汤少青加持，并解了一签。慧能法师对汤氏父子说："照签上所指，汤家有凤来仪，一切均为缘分，日后必龙凤呈祥，家和业兴。贫僧提前恭喜！"汤大老爷闻言大喜，仰头合十，对佛祖许下汤家香火若得延续，定当世代扶弱济贫的大愿。

接亲的日子终于到了，老天爷仿佛格外赏脸，一大早无风无雨气候晴朗，花船刚穿过嘉陵江上的薄雾，出现在人们的视野，108只唢呐便从磁器口码头一直吹到了汤家大院。那个令人难忘的上午，花轿经过处，炮仗如雷，锣鼓震天。镇里镇外无论是男是女，大人小孩，都一齐跟着迎亲队伍往前涌，三米宽鲜花扎就的拱门两旁，里三层外三层全是看热闹的人。汤少青一身乳白色西服，胸前斜系一朵鲜艳的丝质大红花，脑后那根宝贝辫子梳得油光水滑，宛如一条附于体又不安分的青蛇，其与众不同的打扮令人一时摸不着头脑，不知用何种语言形容。而新娘与之相比就要传统多了，一袭斜襟中国红衣裙，配一双同色绣金丝凤纹的花鞋，头上也是一张千年不变的绲金边红盖头，一只拽着伴娘的小手因紧张显得有些充血，一根根指头犹如刚出土洗洁的嫩姜。

汤少青骑在一匹比衣服还白的大白马上，一张脸因羞涩涨得通红。他不时扭转身子，在人丛中寻找掌窑师傅老胡的儿子胡阿三。胡阿三比汤少青大两岁，在窑上算大师兄，平时除了给掌窑的父亲打下手，也教新手干一些基础活儿。胡阿三老实本分，和他爹老胡长得如出一辙，窑上的人都叫他小胡。汤少青之所以和小胡的关系密切，是因为二人藏着一个别人不知的秘密。两年前，木材帮原帮主郑三之子郑江龙被人追杀，逃至马鞍山躲藏，幸得汤少青和师兄胡阿三相助，才大难不死去了万县。从那以后，汤胡二人便成了知己，凡两人不论谁遇到什么事情，另一个便会站出来一同承担风险，让好多人看了心生羡慕。然而，如今在这万众瞩目令人晕眩的时刻，汤少青却见不到大师兄的影子，这的确令他有些费解。他将了将手中的缰绳，将辫子甩到胸前暗道："这家伙未必在这当口还在睡懒觉？"

汤少青一路想着，不觉已到了披红挂绿的大门前。汤家大院坐落于有磁器口"阴阳符号"之称的黄桷坪，一共三进，房子一色的青砖灰瓦串架结构，分前院、中庭和后院，占地六亩有余。门前一棵近千年的黄葛树屹立在院墙边的古井旁，枝繁叶茂，犹如巨型伞盖。在众多羡慕的目光见证下，汤少青牵着孙淑珍慢慢跨过火盆，走过红地毯，来到大院正房的大堂。墙壁中央，高悬着汤家最早来磁器口扎根的祖宗画像，下面金丝楠香案上，左右各燃着一支一尺六寸高的红蜡烛，居中一尊口径近尺的紫铜香炉，在火焰下散发着夺目的紫光。汤少青接过老胡点燃的三炷香，虔诚地插进炉中，这才携孙淑珍在重庆城著名司仪的喊声中，一同跪拜天地祖宗，跪拜端坐在香案一端的汤大老爷，再夫妻对拜。

侯师长作为爱徒的证婚人，发表了热情洋溢的祝词。侯师长说："少青今日成婚，标志着汤家进入了一个新阶段。族群上下，定会激情勃发，取得更加辉煌之成效，以报答先祖始创之宏愿，回馈社会百年之爱戴。"侯师长还将自己写的一副楷书对联送给汤少青，期望爱徒夫妇互爱互助，勤勉持家，发扬光大老汤家的拼搏精神。德高望重的玉虚道长和宝轮寺的慧能法师，也参加了这场磁器口史无前例的婚庆典礼。玉虚道长送给汤少青一把白如皓月的玉壶，慧能法师则以一盆上百年的白海棠相赠，合取"福满堂"之意。

但无论冗长的仪式，还是各方的祝贺，都未能使汤少青忘记胡阿三。刚才敬香时本想问问老胡，可老胡却没给机会，递上香不待汤少青开口就退下了。现在仪式就要结束，婚宴即将开席，人丛中依然看不到胡阿三的影子，这哥们儿究竟去了哪里？确实让汤少青百思不得其解。他再次看了看人群，无奈地牵着孙淑珍，在一阵唢呐声中，被众人簇拥着走向洞房。

其实，胡阿三今天比谁都起得早，或者说根本就没睡。胡阿三昨天送完聘礼从北碚赶回来，已经是凌晨三点多了，他洗了把脸才上床躺下，外面就传来父亲的叫门声。老胡看着一脸疲惫的儿子，顿了顿说："我今天走不开，你去帮我把窑清了。这几天山上没得人，我怕有余火出事。"胡阿三听罢点了点头，转身拢上裤子，抓起床头上的衣服就又出了门。

已入四月的马鞍山，草木正撒着欢地疯长，阵阵春风打树叶间拂过来，犹如少女之手，温润香软。胡阿三前些天听父亲说，大少爷一成亲，这"马鞍子"上的百年家业，就得扛到他的肩上了。胡阿三是真心为师弟感到高兴，也为自己有这样一位知己而骄傲。想到这儿，胡阿三浑身上下顿时泛起了热浪。他敞开衣服，看了看山道两旁黑黢黢的树林，深吸一口气，继续大步向前走去。

胡阿三从早上一直干到下午，才把所有的事情做完，本想打个盹再下山喝师弟的喜酒，不想一躺下就呼呼地沉睡起来，待到一觉醒来，周围又是漆黑一片了。

此时山下却是另一番景象，从正午到夜幕降临，酒已过半，划拳吼叫的声音早就沙哑，灯影中那些粗壮的汉子，像一头头斗到最后的牛，一个个睁着血红的眼睛，恨不得把剩下的肥肉和大酒，全都灌进对方油腻的肠胃。而喜欢闹洞房的婆娘们，则堵在房前叽叽喳喳说个不停，如一堆闹山麻雀，弄得本来就喝得头晕脑涨的汤少青，彻底找不到了北。好在孙淑珍心细，事先吩咐丫鬟不要远离大少爷，这才免去汤少青许多的麻烦，待顺利回到洞房，也顾不得宽衣解带，倒在床上便入了梦。

胡阿三听着镇子里零落的欢闹，一跃身子打床上下来，伸个懒腰正准备下山，便听得外面有什么动静。胡阿三打了个寒颤，搓把脸让自己清醒了许多。窑场一片寂静，夜幕像一块黑布罩在顶上，只有两盏悬在灯杆上的马灯，似乎在表明这里不是荒野。胡阿三来到守夜的根叔房前喊了一声，见没人回答，以为根叔上茅房去了，于是推门进屋，却被眼前的一幕惊得目瞪口呆。根叔匍匐在地，背上殷红的血已经凝固，胡阿三转身正准备出门报信，就觉眼前一闪，随着脑袋上一记闷响，便什么都不知道了。

将胡阿三打倒在地的，是江湖上的冷面杀手独眼龙。十多年前，独眼龙帮余不笑构陷朱四爷的米粮帮不成，后遭仇人追杀四处躲藏，近年又因多起命案在身，不得已投靠木材帮。余不笑将其收留，通过张秉文打通关系，将独眼龙案底销毁，转而为己所用。独眼龙也懂规矩，知道从今往后余不笑即是自己的主人，凡事都得看主人的脸色。本来，这次借汤家大办喜事，拆窑毁鞍断汤家龙脉的事，是轮不到独眼龙出马的，但独眼龙却主动请缨，想在主子面前露一手，以报答一年来余不笑的收留之恩。

独眼龙看着倒在地上的胡阿三，从咬着半截牙签的嘴里挤出一句："全都抬到窑里去一起埋了。"几个手下赶紧上前，将胡阿三和根叔抱胸架腿，抬着去了最大的那座广正窑。夜色越来越浓，一阵凉风拂过，窑场四周发出一片沙沙声。胡阿三被冷风一激醒过来，他摸了摸还在流血的脑门，一边强撑起身子努力辨别身在何处，一边想着刚才发生了什么。这时，外面传来扒窑的声响，看到周围架子上熟悉的匣钵，胡阿三不禁大吃一惊，他明白了刚才杀死根叔打晕自己的强盗想干什么，也明白如不及时制止，老汤家这座蹲在"马鞍"上的风水窑就完了。胡阿三想到这里，体内顿时充满了一股力量，他往四处看了看，除了匣钵没别的东西。怎么通知山下的人呢？胡阿三急得攥了一把衣服，却无意间碰到了兜里的洋火，心里不禁一阵狂喜。他知道窑口两侧放着许多平时烧窑用的干树枝，只要一点燃，整个镇子的人都能看见。

胡阿三顾不得已开始疼痛的伤口，一手捏着洋火，一手操起一盘匣钵，起身弓腰来到窑口。外面看不见人，两侧堆放的树枝挡住了胡阿三的视线，他只能听到不远处独眼龙压低嗓子催促手下扒窑的声音。胡阿三放下匣钵，将洋火划燃小心塞进树枝，然后再次操起匣钵大喊着"来人啦，有人扒窑啦!"并一头冲了出去。

独眼龙做梦都没想到会有这么一出，等反应过来，火借风势，整个馒头窑都燃了起来。气急败坏的独眼龙如恶狼扑向胡阿三，胡阿三也不畏惧，舞动手中匣钵奋力抵抗。无奈独眼龙本就是练家子，再加有手下人援手，胡阿三不到一分钟即被独眼龙一脚踹到了火堆里。熊熊火舌霎时间舔噬了胡阿三的衣裤和毛发，随着一声凄厉的惨叫，恐怖声划破夜空，传到了山下刚刚平息的镇子。

三

汤少青没有听到师兄胡阿三在生命最后时刻发出的惨叫。那时，他正昏睡在老婆孙淑珍温柔的港湾里，梦境中的一杯杯酒如同火上浇油，倒进汤少青热辣的肠胃，使整个胸腔变成了一座熊熊燃烧的炉膛，连打出的嗝都跟火苗似的灼喉。汤少青还梦见了胡阿三，穿着阴丹蓝的长衫，满脸笑容地作揖打躬，祝贺他这个师弟新婚快乐，事业大成!

汤少青知道广正泰窑场出事时，天已大亮。在此之前，汤大老爷领着一帮人赶去了窑场，大伙儿肩挑手提，就近取水，奋战了好几个时辰，才将大火扑灭。后来又在灰烬中发现了胡阿三烧焦的尸体和匍匐在窑子里的根叔，二人的惨状顿时惊呆了所有人，胆小的还吓得尿了裤子。老胡看着难以辨认的儿子，禁不住号啕大哭，几次昏厥，那悲痛欲绝的场面着实令人肝肠寸断。几个身强力壮的汉子操起家伙什，立刻就要下山找人拼命，幸亏汤大老爷拦住，才没有酿出新的事端。众人眼含泪花，心里虽有所指，却不能确定凶手。汤大老爷强忍着悲愤对大家说："待查到真凶，定还老胡和根嫂一个公道。"

胡阿三和根叔的棺材并排放在宝轮寺的大雄宝殿内，慧能法师亲率弟子超度，木鱼的敲击伴着低沉的诵经声，使整个大殿充满了肃穆。汤少青已经哭干了眼泪，他呆呆地望着两具柏木棺材，脑子里像拉洋片似的，全是跟胡阿三在一起的场景。汤少青已经三天三夜没合眼了，自从胡阿三和根叔的灵柩停放在这里，他便一刻也没离开过，送来的饭菜连筷子都懒得动。刚过门的媳妇孙淑珍看着虽心疼，却没阻拦自己的丈夫。她很理解丈夫此时的心情，也觉得一个真正的男儿就应该这样。孙淑珍看着渐渐变暗的天色，将一件夹衣披在汤少青身上，想要说点什么，又觉得多余，只好叹口气默默离开。是啊，现在说什么都是苍白的，除非悲痛是一枚果子，能够将其摘走。

孙淑珍从嫁到汤家那天起就没睡过觉，先是闹洞房的人没完没了地折腾，然后又照顾喝醉酒的丈夫，待到安顿好一切刚想睡一会儿，就传来了窑场出事的消息。这些天，孙淑珍坚持要陪丈夫守灵，谁也劝不住。后来还是汤大老爷发话，说白天也就罢了，晚上殿上风大，待在家里以免着凉。即便如此，孙淑珍仍是每夜青灯孤影，独自坐到天明。她对照顾自己的婆子说："不幸降临，当与丈夫同甘苦共患难。"待到出殡那天，孙淑珍终于熬不住病倒了，她一身滚烫，不停地在床上说胡话，一会儿喊鬼来了，一会儿又嚷着要见观音菩萨。好在玉虚道长藏有文昌宫的独门秘药，取来服用后，才得以安静入睡。

老汤家连续出现的变故，不仅弄得人人疲惫不堪，也让那些与汤家有交往的同行感到惶恐。

"你听说没得？汤家才过门的媳妇是缙云山蛇精变的，这下有得看的了。"

"怪不得一进门就死人。照此下去，老汤家往后咋个过哦！"

"女方没选好，北碚就是白赔的意思，娶进来不赔光才叫怪！"

"说是还克夫，到时候咋个死的都不晓得，那才叫惨！"

"孙家的仇人撵过来报复，下手也太歹毒了，一火色就要了两条人命！"

……

随着凶手的查找扑朔迷离，各种说法纷纷在镇子里传开，一时间谣言四起，孙淑珍及其远在北碚的娘家，成了人们议论的中心。磁器口周边那些胆小的，甚至开始视汤家人如祸水，认为他们身上沾有晦气，不能与之往来，否则会引火烧身。如此越传越玄乎，汤家的生意也受到了严重影响，不仅产品出现前所未有的滞销，就连过去一向不愁的原材料进货渠道也有了问题。汤少青一边翻着手里的账本，一边咬着牙鼓着腮帮子听账房先生说业务现状，两撇本就浓的眉毛皱得连成了一根线。一旁的老胡看在眼里，急在心里。真是难为少东家了，一接手就遇到这么一出，要是阿三在……老胡想着想着，思绪又回到失去的儿子之上，干枯的眼窝禁不住又渐渐潮湿起来。

"老胡啊，能不能派人去趟合川？麻烦他们再送两船釉浆来。"汤少青合上账本，一仰身子倒在椅子上，轻叹了一口气。

"好，我这就安排人去。"老胡还想劝汤少青保重身体，可话到嘴边又咽了回去。老胡明白，这个节骨眼上说什么都没用，唯有多做事情帮少东家分忧才是正理。想到这里，也不由得跟着轻叹一口气，转身离去。

汤少青看着老胡的背影，仿佛又看到了师兄胡阿三，霎时间，许多画面又打脑海里翻腾出来，勾起无穷的联想。其实，对于胡阿三和根叔的死因，别说是汤家，但凡知道一点磁器口过往恩怨的人，都能猜到这是谁干的。然而，猜得到和是不是却有着天大的区别，光凭猜测按余不笑的话说，叫做"有卵用"。余不笑这些日子虽表面平静，内心却是十八个吊桶在那里悬着，没谱。实话实说，余不笑没想到独眼龙这么不省心，扒个窑也要扒走两条命。那天晚上，当独眼龙把发生的一切说给余帮主，余不笑就知道这事闹大了。果然，老汤家当天就派人去警察局报了案，待到胡阿三和根叔的丧事一办完，刚接掌汤家内外事务的汤少青便放出话："即使倾家荡产，也要找到凶手，为死者报仇。"汤少青还委托朱四爷的米粮帮暗地调查余家院子的人，意在争取拿到有效证据，协助警察局揪出幕后真凶绳之以法。为了激励办案警察，汤少青决定拿出一万块大洋作为奖金，公开悬赏奖励提供线索的人。其力度之大，影响之广，弄得余不笑一连好几天没睡着觉，心里老是感觉不踏实。为此，他还专门去了一趟重庆城，找张秉文帮忙拿主意。

刚刚当上重庆总商会副会长的张秉文，这些日子也很烦。他一直百般巴结的刘湘，最近不知哪股神经出了毛病，突然翻脸，派人彻查张秉文倒卖军火给杨森的事情。三天前，张秉文所有的账本不仅被警察拿走，就连出门的自由也受到了限制。对于眼前发生的一切，张秉文可谓是有苦说不出，有冤无处申。两年前，刘湘被杨森打得屁滚尿流，正派人到重庆向杨森求和的时候。张秉文从武汉弄得的一批军火恰好抵达朝天门码头，控制该地的杨森部遂以战时禁令，将这批军火全部收缴。后来张秉文四处找人说了差不多半年的情，杨森才给了张秉文不到四分之一的钱，算作购买。如今"刘杨大战"早已落下帷幕，胜者刘湘却要将张秉文当时被逼无奈之举说成是倒卖，这不分明是敲诈吗？张秉文满肚子的委屈有口难辩，见余不笑打外面进来，禁不住逮着就开始滔滔不绝地倾诉起来："真是太过分啦，不管怎么说我也是为他做事的呀！简直是不讲道理啦，人家有枪有炮的，我一个做生意的，还敢说个不字吗？"

　　"算了吧！碰上这种倒霉事，除了拿钱消灾，没别的办法！"余不笑面无表情，端起用人送来的盖碗茶，掀开碗盖吹吹茶沫呷了一口。

　　"我是咽不下这口气啦！你说他刘莽子凭什么这样对我呀？"张秉文掏出鼻烟壶，用小手指蘸一点抹到鼻孔边，跟着打了一个响亮的喷嚏，然后看着余不笑继续道："这年月，真是伴君如伴虎呀！"

　　余不笑扫了一眼屋子，颇有些感慨地附和："是啊，如今的官场真是今不如昔呀！哪个有枪哪个就是大爷，根本不顾什么朋友交情。"

　　"这么说你也得罪官老爷啦？"张秉文盯着余不笑看了

看，将鼻烟壶揣进兜里，煞有介事地在屋里踱起了步子。

"还不是汤家窑场死人的事，警察局的人这几天都快把我查疯了，你说他们有这个必要吗？"余不笑又呷了一口手里的盖碗茶，仰着头长叹一口气。

"独眼龙那几个人不是已经弄走啦？你还怕他们查什么呀？"张秉文停在屋子中央，转过头不解地看着余不笑。

"人是走了，但事情总在那里摆着的，现在外面议论纷纷，汤家又跟警察搞了个一万块的悬赏，你说这会不会夜长梦多，被他们查出点啥子来噢？"余不笑放下手中的茶碗，显出一脸的担忧。

"不会的啦，警察局那些笨蛋你还不知道吗？他们就是再查你一千遍，也是无用的啦！"张秉文回到余不笑一旁的椅子前坐下，揭开盖碗，端到嘴边吹了吹碗里的茶沫，这才笑着道："你跟汤家也该有个了结啦！"

"了结？"余不笑看着皮笑肉不笑的张秉文，不知他葫芦里又要卖什么药。

"对呀，只要把汤家大少爷的辫子一剪，不就什么都了结啦？"张秉文终于忍不住哈哈哈地笑出声来。

"剪辫子？咋个剪？"余不笑看着张秉文，目光里充满了期待。

张秉文放下茶碗，重又站起身走了两步，轻轻咳了咳嗓子道："刘督办年初发表讲话，号召重庆人振兴精神，革除旧的陋习，树立新的风尚。"他回头看了看余不笑继续说："汤家大少爷那根辫子难道不是应该革除的旧的陋习吗？"

"哦！刘督办真的这样说的？"余不笑一拍大腿站起身，眼睛一眨不眨地盯着张秉文，那意思是若是真的，老余家的那根眼中钉肉中刺就终于可以拔出了。

"还不止这些啦。"张秉文抬手示意余不笑坐下，然后很轻松自如地道："据刘督办身边的人说呀，刘督办新官上任，要做出点成绩给蒋总司令看啦。所以刘督办对树立新风尚非常重视，不仅视为改变重庆面貌之根本，还专门在市政建设上拟出新招，拨专款大力兴建公厕，让民众讲究个人卫生。"

"那还等啥子？我这就去告汤家。"余不笑迫不及待地再次起身，准备告辞。

"哎呀你慌什么呀？坐下听我跟你说完啦。这次不用你去告呀，你只需找个喜欢蹿的小记者，花点钱，让他在报纸上说说汤少青那根辫子的事，自然就会有人帮你去剪啦。"

报纸图片上的辫子呈灰色，与实际情况有很大的出入。而拍摄角度造成的透视效果，又将本来丰润的长辫，变成了一根短小丑陋的鼠尾。汤少青看着文章的标题——革除陋习需从剪掉辫子做起，心里禁不住想骂那个甜言蜜语的王八蛋。还是稍早的时候，也就是汤少青让老胡安排人去合川，联系买釉浆的第二天，一位脖子上挂着照相机的矮胖男人，来到了马鞍山的广正泰窑场。矮胖男人东看看西瞧瞧，一见到汤少青，就满脸笑开了花。他说自己仰慕汗血瓷已久，早就想采访名震四方的汤大少爷，一睹神辫之风采。矮胖男人还非常谦恭地呈上名片，跟汤少青做了冗长的自我介绍，说希望今后彼此多多交流，及时向关心汤家汗血瓷的民众，传递有价值的信息。

矮胖男人的诚恳和热情，无疑打动了初出茅庐的汤少青，他一边很配合地任由矮胖男人拍照，一边还让人送来吃的喝的，生怕怠慢了对方。矮胖男人一个劲地道谢，称汤少青是他见到的，最有怜悯心和同情心的老板。二人忙碌了好半天，矮胖男人才满意地向汤大少爷告辞，说有关消息这两天就会见报，敬请汤大少爷留意。

汤少青做梦都没想到矮胖男人会如此涮自己一把，还在气头上，就听见外面一阵喧哗，有人说法院送传票来了云云。汤少青起身正准备出去看看发生了什么事，两个警察就硬闯了进来。其中一个长着一脸横肉的，对汤少青一抱拳道："汤大少爷对不起了，这是法院的传票，请你跟我们走一趟。"

"两位兄弟这是为什么呀？"汤少青接过传票看了看。

"我们也不清楚，上面只是说请汤大少爷到法院去。"另一位瘦高个儿警察也抱了抱拳，然后侧身做了个请的手势。

"慢！大少爷不能去。"朱四爷一身短打走进来，看了看两个警察道："是有人想拿树立新风尚做幌子，剪大少爷的辫子吧？"

"四爷，你莫看我们两个，这个真的不晓得。"两个警察看了看朱四爷身后涌进来的一大群人，顿时露出一脸的无辜。

"回去跟你们的上司带个话，不要翻脸不认人，逼急了老汤家的人也不是好惹的。"朱四爷两手叉腰，黑着脸一副不客气的样子。

"四爷，我们吃着这碗饭，也是公事公办啦。"瘦高个儿警察口气软了下来。

"你们走吧！大少爷没时间听你们瞎扯。"朱四爷一挥手，后面的人让出一条道，看着两个警察灰溜溜地离去。

这时，汤大老爷也闻讯从后院赶了过来，他看着满脸怒气的朱四爷，双手抖了几抖才问："四爷，这是出啥事了？"

朱四爷见汤大老爷一脸的惊恐，忙安慰说没什么事，大少爷已经处理妥当了。这时汤少青让下人送来了盖碗茶，汤大老爷才稍稍放下心，对儿子和朱四爷道："老汤家千万不要再出啥子事了！"汤大老爷说罢，两只手就不停地抖了起来。

"还真的动起脑筋了！怪不得前天那个自称记者的矮胖男人，到窑场来问这问那，还给我拍照，结果是事先设好的套。真阴险呀！"汤少青心里想着，就见父亲汤大老爷的手在不停抖动，赶紧问这是怎么回事。

"我们也不晓得是啥子原因，老爷的手从昨天晚上开始，就一直抖个不停。"两个负责汤大老爷起居的下人紧张地看着汤少青。朱四爷看了看汤大老爷战抖的手道："可能大老爷是这些日子受了惊吓，静养一段时间就好了。"

"唉！四爷，你看我们这个家都成啥样子了？不幸一拨接一拨的，亏得有你护着，要不然还不知会……"汤少青难过得说不下去了，两只眼睛也湿润起来。

"嗨，我们还分啥彼此？现在最要紧的是赶快想办法，快点把法院那边摆平，不然这剪辫子的事还没得个完。"朱四爷说到这里，发现汤大老爷的脸色突变，知道自己说漏了嘴，忙上前安慰道，这些天会安排人手轮流守护汤家大院，任何人未经允许都不准进入。汤大老爷听到又有人要剪儿子头上的辫子，两只手就抖得越发地厉害了。

四

本来，汤少青接班当上汤家的掌门人，汤大老爷的一颗心就算是落了地，按理说从此可以过清闲日子了。就像他在儿子娶亲的前一天对老胡说的，现在终于踏实了，不用再操心了，可以跟老祖宗有个交代了。可是，事实却是汤大老爷不操心，并不等于能过上清闲的日子。就在广正泰窑场出事的第二天夜里，汤大老爷突然感觉自己的身子骨不听使唤了，而且脑袋变得沉甸甸的，什么事都想不起来。玉虚道长看后，得出的结论也跟朱四爷说的差不多："大老爷这是心里急的，不能再受刺激，需慢慢调理。"玉虚道长还依照宫藏的秘方，拣了两服药让汤家人熬制，嘱咐早中晚按时服用。

可是，汤大老爷药服了，却没法安静调理。相比从前变得更加敏感，只要家里有一点风吹草动，就会立刻打床上下来，里里外外寻个遍，并不停问身边人，哪里哪里怎么了？是不是又出什么事了？搞得下人连说话都不敢大声，生怕汤大老爷听到什么地方不对劲儿，又来回不停地折腾。

比起父亲的躁动，汤少青还能保持住镇静，他一边安排人处理窑场的日常事务，一边配合师父准备法庭辩护。侯师长那天一接到徒儿的电话，立刻就做了安排。他先是给警察局打电话，跟那位亲自审问过汤大老爷的局长言明情况，要他约束下面人不要乱来。警察局长领教过侯师长的厉害，知道他跟刘湘的关系非同寻常，忙在电话里保证，不会再有警察局的人去汤家。侯世聪放下电话，甩着左边空落落的衣袖，亲自去法院找到院长，将汤少青留辫子的来龙去脉说了个门儿清。法院院长倒是个正直的人，他对侯师长说，有些家伙就是不安好心，借政府的政策假公济私。那些小报的记者也是良心被狗吃了，成天东溜西窜，尽干些龌龊事。法院院长让侯师长准备一份情况说明，待开庭时交给审判长即可。

一切准备停当，汤少青由师父和请来的律师陪着，在众多支持者的簇拥下去了法院。那天法庭内座无虚席，许多晚到的市民只能守在大门口，听候法院的裁决。

"这是吃饱了没得事干，人家留不留辫子是自己的自由噻，简直是狗拿耗子多管闲事。"

"听说都惊动刘督办了，刚才进去那个，就是刘督办办公室的秘书。"

"哎呀，人家汤家也不是吃素的，背后也有人。晓不晓得只有一只手那个是哪个嘛？"

"哪个嘛？未必比刘督办还牛逼哦？"

"嘿，不瞒你说，你还真说对了一半。人家跟刘督办的关系，就像兄弟伙，哪里需要比官大嘛？"

"你说了半天，我还是不晓得是哪个，等于没说。"

"大名鼎鼎的侯世聪侯师长晓得不嘛？"

"不晓得，他认得到你不嘛？"

"嘿，你娃在调戏老子嗦？"

"咋子嘛？你娃这么凶，未必还敢打我哟？"

"老子打的就是你这种装疯迷窍的龟儿子。"

两个看热闹的终于说崩，扭作一团，造成法院门前混乱，被警察带走。

事实上，汤少青在整个控辩过程中，没有说一句话。侯世聪作为第一证人，向法庭讲述了1911年也就是辛亥年的冬天，自己率义军在磁器口剪辫子，与汤家相识的经过，并证实汤少青的辫子是汤家生产汗血瓷必不可少的关键环节。为证明师父所言属实，汤少青现场演示了汗血瓷制作中的"甩头撒花"独门绝活儿，引来旁听席上满座的喝彩，也赢得了法官的赞叹。陪审团最后裁定，汤少青意在光大家族事业，所留发辫属必需之生产工具，与革不革除陋习无关，毋需剪除。

老汤家再次保住辫子令余不笑多少有些失望，他站在白象街张秉文公寓二楼的窗前，望着滚滚东去的长江，有气无力地叹道："这都是命啊！是天命！老天爷要他留，就是神仙也没得办法拿走。"张秉文也显得很无奈，躺在楠木卧榻上，一边抽着鸦片一边叹道："看来法律有时也是靠不住的啦。"

然而，就在众人为赢得官司欢庆的时候，汤大老爷却扛不住了。夜里，汤大老爷噩梦不断，一桩桩骇人的往事如同拉洋片，一幅一幅呈现在他的眼前。更要命的是每做一次噩梦，老爷子的饭量就减少一口。到了年底，西北风吹得院里的门窗哗啦哗啦响个不停，汤大老爷的噩梦就做得更加频繁了。他先是把天上的大小神仙梦了个遍，安排他们有秩序地下凡，在脑袋上方飘来荡去，或带着风雨，或带着雷电。然后又将地上的鬼神搜罗殆尽，拿着稀奇古怪的玩意儿在跟前晃来晃去，做各种恐怖状。到了最后，便开始不间断地大喊大叫，并伴着手舞足蹈，令所有闻讯赶来的人都惊恐万分，不知所措。

当然，最难受的还是汤少青，看着眼前的一幕幕，既没

有办法让父亲安静下来，也打不起精神亲自料理窑场的事情。从春天到现在，马鞍山上的广正窑就一直在那儿凉着，仿佛老汤家昔日那股子热乎气儿已经散了，窑场这口硕大的锅里，只放着几个冷馒头。不过也有例外，比如孙淑珍这座窑就没凉着。尽管外面针对她有许多的风言风语，但孙淑珍却只当做耳边风，自己该干吗干吗。胡阿三和根叔的丧事一办完，孙淑珍就开始了与丈夫的蜜月生活。夫妻鱼水之欢带来的最大变化，就是孙淑珍的身子，先是每月一次的红潮不见了，然后便出现了反应强烈的呕吐，再后来肚子也一天天隆了起来。而对于即将当父亲的汤少青，这一切又似乎来得太快，根本容不得他喘口气。看着从早到晚被幸福浸泡着的妻子，汤少青完全陷入了从未有过的迷茫，他像父亲汤大老爷一样，终日被各种稀奇古怪的梦缠着，思维紊乱情绪低落，情况严重的时候，甚至一言不发，躲在某个房间拒绝见人，弄得周围的人都小心翼翼，生怕少东家出现什么闪失。就连老胡看着，也忍不住私底下念叨："老汤家这是遇到啥子鬼了哦？"

汤家大院再次出现变故，给一心阻止汗血瓷投产的余不笑送上了意外惊喜。他很想知道这究竟是怎么回事，但派去打探的人却没能带回更多消息，只知道汤家大少爷病了。余不笑满腹狐疑，觉得事情没那么简单，除了叫先前那些人再探，还让余管家找镇上与汤家关系好的人打听。于是，余管家拿着一包今春的永川秀芽，去了码头边的龙隐茶馆。

龙隐茶馆因靠近码头，打开业那天就是磁器口生意场上的一扇门。老板姓包，八面玲珑自不必说，责任心还极强，南来北往的客商都知道，只要是托包老板办事，肯定不会有半点差错，故大伙儿给包老板取了个雅号，叫做包放心。包放心已有些日子没看到余管家了，见其进来赶紧吆喝上茶，并迎上前道："余管家稀客，这阵子忙得很吗？人花花都看不到一个。"

"哪里嘛，老爷前两天走城头去了，院子没得人管。这个放在你这里。"余管家将永川秀芽递给包放心，一提长衫下摆上了楼。

"听说这两天老汤家院子头又出了啥幺蛾子，是哪个回事嘛？"余管家接过包放心递来的烟，划根洋火点燃。

"啥子幺蛾子哦？人家汤大老爷病了。"包放心一边打起竹帘一边打趣道："你们余家啥时候开始关心起汤家了？"

"啥子关心哦，我刚才到你这里来，听别个在说汤家闯鬼了。究竟出了啥子事嘛？"余管家吸了一口烟，吐出一股淡蓝色浓雾。

"这不是汤大老爷病了吗？一大家子人急噻！听说大少爷也急出毛病了。"包放心用汗巾擦了擦手。

"汤大少爷急出毛病了？啥毛病呀？"余管家两眼直直地盯着包放心。

"啥毛病我也不晓得，反正有点麻烦。"包放心似乎意识到了余管家来茶馆的意思，狡黠地笑着道："你这是为汤家大少爷来的吧？"

"你，你也太小人之心了嘛！"余管家知道问不下去了，端起茶碗呷了一口，装作生气的样子起身而去，弄得包放心倒有点过意不去了。

"那边啥子情况？"余不笑一副迫不及待的样子。

"好像他们的大少爷出毛病了。"余管家看了一眼余不笑。

"出啥毛病?"余不笑情不自禁地站起身,一双眼睛紧盯着管家。

"包放心没说,估计他也不清楚。"余管家垂手站在一旁。

"唉!但愿老天爷帮余家灭了这个心腹大患。"余不笑看了看管家,将视线转向窗外灰蒙蒙的天空。

在余不笑的眼里,汤家就像是余家门前的一座火山,随时都会将余家烧得灰飞烟灭。说到余汤两家的恩怨升级,还需从余不笑帮父亲找回面子说起。那年瓷器市场走红,刚闯出点名气的余不笑便一不做二不休,在磁器口开了一家以销售本地瓷器为主的商铺。由于瓷器销售顺风顺水,余不笑不到一年就把生意做到了陕南、贵州和鄂西一带。按设想,接下来就要占领像成都汉口这样的大市场了。可是,设想终归是设想,真做起来就不是那么容易的事了。首先,余不笑在汗血瓷的销售代理上就卡了壳。那年夏天,汤大老爷刚从窑上回来,余不笑就来到汤家大院,踌躇满志地对正在服侍父亲汤老爷子喝药的汤大老爷说,汤家的汗血瓷如果由他的四通商号代理销售,那汤家的人就会比现在赚更多的钱。可令余不笑没想到的是,汤大老爷还没开口,汤老爷子却抢先发了话,他将还未来得及咽下的汤药一口吐到地上说:"别拿钱吓唬人,老汤家的人不是见钱眼开的那一类!余老板请回吧,汗血瓷就不用你操心了。"

汤老爷子之所以对余不笑如此不客气,是因为汤家几年前在买下现今马鞍山广正泰窑场那块地时,跟余家结下了梁子。平心而论,汤少青的父亲汤大老爷买这块地,并不像余不笑他爹所说,搞了什么见不得人的阴谋诡计。当年地的主人是余不笑父亲的二哥余孝祖。余孝祖天性好赌,是磁器口乃至重庆城出了名的败家子。余孝祖曾一次性输掉余家上百亩田产，搞得几兄弟不得不分家，最后又在一年内输光了自己名下的所有家产，撇下妻妾和三个孩子跳江而去，成为余家不能触碰的伤痛和耻辱。而汤大老爷从余孝祖的债主手上买下这块地，却让余不笑的父亲，也就是余孝祖的三弟认为，二哥是遭了汤家的暗算，才落得如此悲惨的下场。余不笑的父亲告诉儿子，当年汤家买地就是一个阴谋，他们知道那块地下面有白岩石，便利用余孝祖好赌，找人设陷阱算计了余孝祖。有了这样的说法，余不笑的父亲便在镇里处处跟汤家过不去，不是想方设法搅黄汤家的生意，就是放出一些有损汤家名望的言论，弄得汤家很是被动。对此，汤家一开始还持忍让态度，可日子一长也觉得余家太过分，于是磁器口镇的两个大户，就成了一个钉子一个眼，针尖对麦芒，从此杠上了。

余不笑在汤老爷子那里碰了一鼻子灰正郁闷着，外面又传来消息，四通商号干运输的十几个伙计帮朱四爷的米粮帮送货。余不笑这下可真火了，他随手操起桌上一尊花瓶砸向门外的石阶，厉声道："这些吃里扒外的杂种，全他妈给我滚蛋！"吓得一旁的人面面相觑，没一个敢出声。余不笑那天第一次感到了什么叫力不从心，他咬着牙望着散落在院里的粉彩碎片暗暗发誓，一定要报复老汤家和米粮帮，找回余家的面子。

余不笑开始着手经营自己势力范围的时候，他的父亲和汤少青的祖父汤老爷子已先后过世。他找来木材帮的帮主郑三，说只要郑三能控制磁器口的大码头，以后四通商号的货运就全部交给木材帮。于是，从宣统二年即公元1910年夏天起，郑三的木材帮和朱四爷的米粮帮便成了磁器口人人皆知的冤家对头。据说双方闹得最厉害的时候，朱四爷家的大门上都有人插刀。后来还是文昌宫的玉虚道长看不下去了，将朱四爷和郑三请到寨门里喝茶，其间为两人打了一卦，说月内如米粮帮和木材帮再不停息争斗，老天爷就要惩罚他们两人。朱四爷与郑三都相信离地三尺有神明，听罢态度大变，不待玉虚道长再说什么，便答应各让一步，结束双方的江湖之争。说来也巧，就在朱郑二人达成和平共处的那天晚上，一场罕见的暴雨袭击了磁器口，随着震耳欲聋的雷声，两个大炸雷不偏不倚，正好劈断了朱四爷屋后的老槐树和郑三家门前的黄葛树。郑三因此吓得一病不起，竟于当年秋天一命呜呼了。而余不笑则乘机插手木材帮的事务，为日后独揽大权做准备。

余不笑能当上木材帮帮主，可谓是费了一番心思，他先是以打通水上运输为由，将四通商号的部分利润拿出来，作为木材帮各个分舵的活动经费，并借此收买分舵主；然后，又将余家的人安插到帮里，形成自己的势力。余不笑跟那些进入木材帮的亲信说："你们不管用啥办法，就一个目的，让他们服。"由此，木材帮开始了长达两年多的大清洗。

帮里和余不笑对着干的，是人称铁手的二当家。铁手与帮主郑三是一同在关爷像前磕过头，换过帖子的兄弟。铁手虽不及郑三在帮里有号召力，但为人耿直，手下也不乏贴心的弟兄。余不笑开始对木材帮下手揽权的时候，铁手是第一个站出来反对的人，他对手下的弟兄说："大家都是郑帮主带上道的，姓余的想拆换门庭，老子绝不答应。"弟兄们见铁手态度坚决，也都纷纷表示支持。这样一来，木材帮就分作了三类人，第一类是被余不笑拉拢的，人数较多，势力也较强；再一类就是以铁手为首的反对派；第三类属于两边都不想得罪的中立者，人数较少，势力也不能与前两类相比。但正是这些抱着不得罪心态的中间派，成了余不笑首先下刀的对象。

阳春三月，鸟语花香，站在歌乐山向东眺望，磁器口镇花团锦簇，一派欣欣向荣的景象。这天，余家院子设大宴为余不笑母亲余老太太祝寿，来宾名单自然少不了木材帮的人。余不笑知道，铁手那帮人是不会来捧场的，登门的除了效忠自己的，便是谁都不愿得罪的中间派。这可是一个肃清异己的好时机！余不笑决定借此解决掉中间派，消除今后与铁手摊牌的顾虑。为方便行事，余不笑特地让人将一座偏院收拾停当，作为木材帮弟兄的独立活动空间。一通大吃大喝后，前院锣鼓齐鸣，重庆城来的戏班子唱起了余老太太喜欢的《穆桂英大破天门阵》。这时，余不笑就像《三国演义》里说的，将手中酒杯一摔，埋伏的杀手即从外面冲进院门，分两路围住酒席。中间派两位分舵主还未回过神，就被余不笑安排在侧的亲信按倒抹了脖子。帮众正吓得面面相觑，却见余不笑从怀里掏出一块写满字的白布道："都不要惊慌，余某除掉的是企图串通其他帮会损害木材帮的败类。这是证据，任凭大家查验。"说罢，将墨迹斑斑的白布展开放在一旁的八仙桌上。此刻，所有人皆惊魂未定，哪敢上前看个究竟。按余不笑后来的说法，即使有人看也是白看。因为那两个模糊不清的手印，谁又能确定是或者不是死者的呢？至于白布上写的什么，就更是由着余不笑随心所欲了。

中间派的毁灭不仅打破了木材帮势力的平衡，还扩充了余不笑在帮里的实力。那些昔日"谁都不得罪"的兄弟，现在也被迫或被收买，站到了余不笑的队列。铁手虽然愤慨，却拿不出余不笑滥杀的证据，闹了几回也只得歇菜，双方自此形同水火，视如仇人。这样对峙了大半年，余不笑在这年的冬天，终于再次等来了灭掉对手的机会。

熟悉磁器口的人都知道，每年腊月初八，五位家神：门神、户神、宅神、灶神、井神，会与祖先一道，作为家家户户祭祀的对象，其牌位被供奉在显要位置，接受家中成员的顶礼膜拜。各帮会也不例外，要在这天集体祭拜诸神和帮主，以求来年顺丰吉祥。

半月前，木材帮的二当家铁手宣布，帮会弟子将于腊八这天，在磁器口横街的汇英堂举行仪式，祭拜先帮主。然而，效忠余不笑的几个分舵却认为，先帮主郑三是被吓死的，若再敬奉，实在有损兄弟们的脸面。双方争论不下，最后铁手决定带愿意去的兄弟祭拜。得此消息，余不笑暗自高兴，他令亲信赶紧布置，要像上次在余家院子那样，将铁手及其追随者全部灭了。

本来，实施这个计划对余不笑而言，可谓易如反掌，是没有什么问题的。可有些事却要应了那句话，叫做人算不如天算。坐落在横街的汇英堂，占地约一亩，原为当地大富人家废弃的祠堂，主人因早年与郑三有过生意往来，木材帮开堂，便将其作为礼物送给了郑三，也是求得今后江湖上多一个依靠。余不笑不知，这常年看守汇英堂的老汉，便是这大富人家的远房亲戚，也是昔日郑三在镇子里放的眼线。据说，铁手在腊八节前得到老汉传来的消息，当天便领着百十个弟兄去了万县，投奔他与郑三的另一位把兄于德荣去了。

虽然余不笑未能将木材帮的异己赶尽杀绝，但也基本实现了由他操控的局面。如今，余不笑只要出现在帮里的弟兄面前，其他人就不敢有任何出格，就连那些老资历的分舵主，也跟见到大哥似的，一个个前呼后拥，生怕有所不敬。

于是，亲信们就劝余不笑自坐头把交椅，掌管木材帮的现在和未来。余不笑自然求之不得，假惺惺推辞一番，让人去庙里讨个吉日，便在帮会一年一度的庆功会上，坐上了那把象征最高权力的虎皮椅子。那天，余不笑对着台下人头攒动，黑压压一片的帮众说："从今往后，这嘉陵江下游的好事坏事，就都是木材帮兄弟的了。谁要是不听招呼，擅自做主，就别怪我姓余的心狠手辣！说句你们爱听的，那就是帮里有了，你们也就有了。"

五

　　其实，汤家大少爷的毛病就是郁闷，或者叫郁郁寡欢，也就是今天说的有点自闭。想想一个二十来岁的年轻人，突然间承受如此大的压力，精神出现点异常也是情理中的事情。怪只怪汤家人看惯了昔日阳光的少东家，如今一遇到反差就上下紧张，以为出了什么不得了的事。好在侯师长再次来到汤家大院，才使汤少青从困境中走出来。

　　侯师长是领洋大夫斯密特给汤大老爷瞧病来的。自从知道汤大老爷因惊吓出现手抖，侯师长便四处打听能治疗的处所。半月前，杨森从武汉请来英国医生斯密特，为他的五姨太治疗偏头痛。照顾斯密特生活的人碰巧是侯师长的朋友，闲聊间，侯师长知道斯密特擅长治疗神经系统的病症，便托朋友引见，想请斯密特安排时间去一趟磁器口，为汤大老爷看病。

　　洋大夫的到来令汤家人很是欣喜，看着斯密特从药箱里拿出听诊器、血压仪、药瓶、注射器等医疗器械，大伙儿都禁不住松了一口气，并小声议论说，大老爷这下有救了。汤少青更是觉得心里一块石头落了地，他请师父向斯密特转达谢意，侯世聪却道："你自己说吧，他听得懂。"汤少青转身刚要开口，不料斯密特已抢先发话："不要谢，要谢就谢上帝，我们都是他的子民。"

　　斯密特没花多少时间就让汤大老爷的手安静了下来，他指着床头上悬挂的玻璃瓶对大伙儿道："只要每天按时输液，两周以后病人就能基本康复。"大家很是感激，侯世聪让徒儿取来一只老汤家的汗血花瓶，作为答谢礼物送给斯密特，并向这位喜欢中国文化的英国人，简要讲述了有关汗血瓷的故事。侯师长的讲述在那个秋天的下午，像一股清澈的山泉，润泽了斯密特的心，也让徒儿忽然间明白了许多的道理。

　　也就是从那时起，汤少青的情绪有了明显的变化。他仿佛从师父的讲述中，亲历了家族发展的艰辛岁月，看到祖先们奋发图强的强壮背影，以及一个又一个坚毅慈祥的面孔。汤少青的脸因激动涨得通红，整个人如被定住一般，目光里一片金辉。他突然觉得与汤家的前人相比，自己是多么的虚弱渺小，甚至就是个懦夫，不配做老汤家的子孙。汤少青越想越羞愧，越想越无地自容，最后只觉得有一股气血直冲脑门，刚想张口喊人，便倒在地上什么也不知道了。

　　这个意外如同巨石掉进池塘，汤家院子的平和瞬间被打破，女人孩子惊呼尖叫，男人神色惶恐不知所措，孙淑珍也被吓得没了主意，呆呆地看着侯世聪掉眼泪。好在斯密特见惯不惊，伸出指头试试颈动脉，再翻开眼皮看看瞳孔，然后吩咐将汤少青就地仰着放平，取出面罩球囊实施人工呼吸。不多一会儿，只见汤少青一阵咳嗽，睁开眼睛眨巴几下，一脸恍惚地看着大家，直到耳朵里响起一片笑声，才像个梦游者从时光的深处走回来。

　　汤少青幼年语迟，4岁还不会说话，当年其父对他已不抱什么希望。哪知就在汤大老爷打算将汤少青送给一位失去了睾丸的风水先生续接香火时，汤少青却张开大嘴很响亮地喊了一声"爸"。汤大老爷既惊又喜，赶紧找到风水先生解释，希望对方谅解。孰料风水先生却说，你得了个大器晚成的儿子，还有什么要我谅解的呢？汤大老爷感念风水先生通情大度，遂叫汤少青拜其为义父。

　　汤少青生长的年代，大清朝刚变成民国，磁器口虽邻重庆城，却保有了一份难得的安宁。那时，流经凤凰山的清水溪和金碧山下的凤凰溪，还聚集着各种各样的野鱼和飞禽，一到傍晚，蛙鸣声此起彼伏，整个镇子一派山乡野趣。汤少青和别的孩子一样，喜欢捉鱼，凡有捕获，都要孝敬义父一两尾做下酒菜。风水先生住在凤凰山下，平日里除了帮人吊罗盘看阴阳宅基地，就是躲在透风的屋子里读书。风水先生有很多的书，这些书像一块块砖头，沿着泥土夯就的四壁，从地上一直垒砌到屋顶，构成了一个书的世界，常常令站在屋子里的汤少青，有一种不知身在何处的茫然。风水先生个子瘦小，来磁器口虽不过一两年，但扶弱济贫的口碑却是家喻户晓。据风水先生跟文昌宫的玉虚道长说，他的家乡盛产一种叫"徽墨"的东西，不仅是读书人眼中的宝贝，还可以治疗小儿腹泻。关于风水先生为何没有睾丸，磁器口镇子里有三种不同的说法：一是先天缺失；二是家里人曾想让其进

第一章　码头旧事

·37·

宫做太监；只有末了一种传得玄乎，说风水先生是在给一家狗肉店的老板看阴宅时，惹恼了狗魂，被犬鬼生生拿走了睾丸。总之，与风水先生本人相比，他的睾丸在人们的心目中，显然更具有神秘感和传奇色彩。

风水先生是在义子7岁那年教其念书的。那天一早，汤少青在凤凰溪捕得一条三尺长的娃娃鱼，高高兴兴给义父送来。可风水先生却连看都没看一眼，就要义子将娃娃鱼放掉。汤少青很是不解，站在原地愣愣地看着义父。这时风水先生才放下手中的书卷，缓缓转过身对义子说："此鱼乃通灵之物，不可食之。"风水先生说完见汤少青仍是一脸的不知所措，不禁叹口气道："子不教父之过！从今往后，你就跟义父一起读书吧！"

风水先生教义子念的第一本书是《千家诗》。那个阳光灿烂的早晨，风水先生对打扮得一身簇新的汤少青说，我知道你将来要子承父业，不会去走仕途做官。那就把读书当做是为了晓事明理，陶冶情操吧！风水先生说完，就站在初升的阳光中，领着汤少青读起了"云淡风轻近午天，傍花随柳过前川。时人不识余心乐，将谓偷闲学少年"。风水先生念完一遍，汤少青也跟着念了一遍。风水先生看着义子一脸兴奋的样子便问："知道说的什么意思吗？"汤少青看着义父傻乎乎地摇了摇头。风水先生见状，笑着用手摸了摸义子的头道："不知道没关系，等你把这本书全背下来，自然也就明白个八九不离十了。"于是，外面路过的人从这天起，便常常听到茅屋里有位少年朗朗的读书声，倘若机缘巧合，恰好又有念过书的后生打此处经过，他们中喜欢炫耀的那一个，必会停下脚步跟着汤少青一起大声地背上一两首，然后得意地留下一串笑声，消失在山林间的薄雾中，给汤少青增添许多读书的妙趣。

光阴荏苒，三年一晃过去了，汤少青跟着义父念完了《千家诗》《千字文》和《百家姓》。这年春天，田里的秧苗还没插完，汤少青的父亲汤大老爷就找到风水先生，说儿子已满十岁，该回家学习制瓷烧窑技术了。风水先生听罢也不阻拦，叫来正在屋里读书的汤少青对汤父道："孺子可教，日后定成大器。"汤父闻听赶紧拱手道谢，而站在一旁的汤少青却只是觉得脑袋空荡荡的，不知该对义父说什么好。

汤家制瓷的技艺源自千里之外的福建德化。家谱记载，先祖之所以选择在磁器口落脚，是因为马鞍山的土质坚硬，金碧山的土质粢软，二者相结合，即可成瓷器。于是，汤少青从学习制瓷的第一天起，就开始熟悉磁器口周围的土壤。那时的磁器口虽只是一个场镇，却云集了一大批制瓷高手，大大小小的窑场，星罗棋布地散落在凤凰清水二溪的两岸，整个镇子一派欣欣向荣的景象。按照父亲的规定，汤少青每天需对采集回来的土壤归类，标明哪些是硬土，哪些是软土，并逐渐掌握从土的颜色气味手感分辨软硬优劣。重庆春秋两季多雨，每逢雨天，镇子内外皆泥泞，不要说走路，就是寻个立足的地方，也会沦陷且难以自拔。汤少青聪明，受水中木筏启发，背筐中常备两块大木板，如遇天公不作美，即将木板交替铺于脚下，借其踏踩前行，其状伸曲自若，来去如履平地。

汤少青成为制瓷大师后曾不止一次告诉学徒，制瓷最马虎不得的，当数和泥，要和出符合上等品质的胎泥，需经以下几个环节：选料，配料，干湿，踩揉，储藏。且每个环节都关系到日后烧制的产品质量，选料不仅是指选取哪一种土质作为主材，更重要的是要去粗存精，将黏土中的杂质通过几次到十几次的筛除，最后留取土之精华。配料则需要精密的计算，按前辈们实践得来的经验，将不同土进行搭配，以获取理想胎质。掌握干湿是一桩技术活，需要多少水没有绝对的准头，季节不同，胎泥保有的水分也不同，若干湿度拿捏不好，就不能满足烧制的需要，或出现干裂，抑或难以塑型。踩揉是个体力活，但同样有技术含量，站在土堆里一通乱踩，是不可能将泥土里的空气排除掉的。所以踩揉常常需要的是细心，而不是蛮力气。至于有些胎泥需要储藏，就得根据不同季节和时间的长短来做调整了。总之，要保持胎泥的干湿状态，随时可以取用。

　　少年汤少青过上了起五更睡半夜的生活，他每天除了采泥二百斤，筛泥一百斤外，还要跟着父亲汤大老爷学习配料和泥。到了第二年，汤大老爷开始手把手教儿子拉坯塑形，制作各种器具，并传授汤家"甩头撒花"的绝技。汤少青也仿佛与其他孩子不同，对于和制瓷有关的劳作乐此不疲，还常常主动提出问题，时常弄得父亲和窑上的师傅哭笑不得。如此一来，别人要三年时间才能学到的东西，汤少青两年就学完了，并且领悟的程度也比其他的师兄弟深。汤大老爷看在眼里乐在心里，把这一切都归功于风水先生开导得好。等到这年除夕，汤大老爷在家里摆上一桌，叫儿子将风水先生请到家里，脚底下放上一口烧红的火盆，两人便你一碗我一碗地喝上了。

　　汤大老爷对风水先生说："我今天要好好谢你！是你给我们老汤家教了个好后生出来。"风水先生也不客气，一边喝酒，一边听汤大老爷说些感激不尽的话。不知不觉已至午夜，汤大老爷见风水先生体力有些不支，遂叫管家拿来许多银票，一坛高粱酒和一块腌制好的火腿送先生回家。哪知风水先生却不允，一把抓住汤大老爷的手悄声道："留我在你家住一宿，明天自有好事。"风水先生此言一出，汤大老爷哪有不从之理，赶紧吩咐家人收拾屋子，扶先生上床休息。后半夜，风水先生鼾声如雷，不仅扰得汤家大院的人没有睡好，就连一向有瞌睡虫之称的汤少青，也被弄得辗转反侧，直到黎明方才入梦。翌日太阳高照，汤大老爷醒来回想昨夜之情景，忙起身问家人风水先生何在，家人说一大早便不知去向。汤大老爷很感惭愧，房前屋后寻了个遍，也不见风水先生的踪影。正纳闷先生为何不辞而别，却有家人在桌上发现风水先生留下的纸条。汤大老爷急让儿子看个究竟，汤少青接过纸条，只见上面写道：少青属马，若在马鞍筑窑，当前程无量。余半生漂泊，得书千卷，今予少青，余去也！

马鞍山位居凤凰、金碧二山之间，乃磁器口之龙背，与大码头合称"金鞍玉镫"。史料上说，明以远，马鞍多白石，民以壁垒，固若金汤，故名白岩村。风水先生的意思就是要徒儿占据这磁器口的龙背，作为老汤家日后发达的根基。汤大老爷听罢，不由得感叹："先生真乃汤家之贵人也！"遂将位于清水溪畔的广正泰窑场，搬到前些年买下的马鞍山原余家那一亩三分地上，对上了风水先生的"在马鞍筑窑"。

六

汤少青随侯世聪习练书法时，侯师长已在重庆城过起了大隐于市的生活。一年前，四川招讨军在攻取合江的战斗中，侯师长遭川军炮弹炸伤截去了左臂，从此结束戎马生涯，在小什字罗汉寺旁开了一家名为"翰墨堂"的古玩字画店。

那时，侯世聪的学弟刘湘刚当上一师师长，常常在酒楼宴请速成系的同僚和属下。侯世聪有时抹不开面子也去凑凑热闹，听听官场的最新动态和笑话。据说刘湘一开始还想让侯世聪到他的部队任职，可侯世聪却表现得很淡漠，久而久之，刘湘也就不再提此事了。侯世聪在同僚中的雅号也叫"师长"，意思是夸他为人正直且有学问。当时四川督军熊克武就曾对部下说，侯世聪堪称职业军人之楷模。

侯师长自从在磁器口大码头阻止部下留住汤少青头上的辫子后，就成了汤家的座上宾。汤大老爷对侯世聪说，以后汤家大院就是侯师长的家。侯世聪平日住在城里，逢着月初月末汤家满窑开窑那几天，若无其他要紧事，便会乘一叶轻舟逆流而上，去磁器口看看。这样的日子，也是侯师长最开心的时候，他会一直坐在船头，看两岸植被中时隐时现的吊脚楼；也喜欢站在文昌宫寨门前的崖壁上，远眺下游独自沉思；或者登上金碧山，在鸟语花香的林间空地，挥着独臂打打太极拳。侯师长告诉对此充满迷惑的汤大老爷，人只有将自己融在大环境中，才能真正彻悟处事之道。当然，侯师长这几年也在汤家学到了很多的东西，尤其是在烧瓷方面，无论是选材还是烧窑，都达到了相当不错的水平。唯一遗憾的是单手不能拉坯，失去了亲手制作的快乐。

汤少青拜侯世聪为师那年，重庆城正逢闹瘟疫。那个少雨的初夏，人们早晨一觉醒来，就会发现身边有人死去。磁器口的凤凰马鞍金碧三座山上，艾草都被扯光了，镇子里终日弥漫着浓烈刺鼻的烟雾，熏得方圆十里的空气都含着一股艾草味。这天，侯世聪乘船从大码头上岸，见镇子里烟雾腾腾，知道瘟疫还在肆虐，便惦记着汤家人直奔黄桷坪而来。那时，汤少青正在后院的廊前练字，听到外面有人说侯师长来了，便放下笔去了堂屋。汤少青自从知道侯叔叔留住了他脑后的辫子，就把侯世聪当作了最亲的人，但凡侯世聪来磁器口，他都会放下手中的事情，陪伴在侯叔叔左右。而侯世聪也很喜欢这位聪明好学的贤侄，不止一次在众人面前夸赞汤少青前途远大。

屋子里，侯世聪正拿着一把青花小茶壶和汤大老爷商量，如何尽快控制磁器口横行的瘟疫。见贤侄进来，便笑着问汤少青近日功课做得如何，有没有打算去什么地方念书。汤少青正待回答，父亲汤大老爷却已代道："功课倒是做得没得说，就是几个字老是写得歪歪扭扭的，看来要拜你这个大书法家叔叔当老师才行。"侯世聪也不推辞，仔细地看了看正望着自己的汤少青，将茶壶递上说："这把壶是光绪老儿当年在书房用的，现在送给你了，往后可要跟着我认真练字。"汤少青接过青花茶壶立刻高高擎起，双腿一弯跪在地上仰头道："谢侯叔叔！请师父喝茶。"逗得侯世聪和汤大老爷禁不住哈哈地大笑起来。

汤少青临摹的第一本字帖是柳公权的《玄秘塔碑铭》，侯世聪告诉徒弟，练柳字最要紧的是学其结构，习其运笔，摹其神韵。侯世聪还将自己最心爱的一支湖笔赠予汤少青，以勉励学有所成。那年夏天，师徒常在书房里一待就是大半天，侯世聪不仅教汤少青写字，还给他讲一些做人的道理，二人相处甚欢，全然不觉时光飞逝。

侯世聪的退隐可谓彻底打消了余不笑的顾虑，汤家终于没有了枪杆子做后盾。看着走在石板路上，左边衣袖空落落不停晃荡的侯世聪，余不笑就不免感叹命运难料，甚至有时为侯世聪感到惋惜！他对已回到重庆的大师爷张秉文说："人这个东西，只要不在其位，就啥都不是了。"张秉文缓缓放下手里的茶碗，看着余不笑道："此人可不能小觑啊！虽不在其位，却是树大根深啦！速成系里哪个不是他的师兄弟呀？听说就连刘湘也要卖他的面子啦。"

对于世事变换和人生失意，张秉文可是有深刻感受的。自从辛亥年阴历十月初二，夏之时的队伍开进重庆城，他就知道清王朝的大势已去，一切将翻个个儿从头来一遍。张秉文先是跟着川东道台朱有基一帮人往贵州方向跑，后来听说重庆成立了军政府，凡是剪掉辫子归顺的人一概不咎。于是又剪掉辫子返回重庆，躲到磁器口余不笑家观望。张秉文来磁器口余家院子那天，余不笑正一个人在屋里生气。余不笑的气源自然还是二里外的汤家大院，前一天余不笑过40岁生日，余家在院子里摆了四十桌酒席，可来的人只够坐一半，另外二十桌全空着，像是为了祭天地敬鬼神。余不笑问管家这是怎么回事，管家说本来是按请柬人头安排的，碰巧汤家的广正泰窑场年底搞订货，许多该来的人都去了马鞍山。余不笑一听就火了，不仅大骂汤家是有意拆台看他的笑话，还骂下面人不会办事，全都是些饭桶。幸好木材帮人多，管家赶紧叫来百十个补位，才没丢老余家的面子。

余不笑一见到张秉文，肚子里的气瞬间就消失得无影无踪了。他迫不及待地问这问那，得知张秉文回来打探消息，忙劝其不要急着回城，就待在磁器口静观一阵再作打算。张秉文寻思眼下时局混乱，既不知道这帮剪掉辫子造反的人要怎么折腾，也不清楚自己回到城里该做什么，就照余不笑的意思留了下来。这样一来，磁器口从这天起，就又多了一个悠闲的身影。天气好的时候，张秉文会乘一席滑竿去码头，打听重庆城有没有新的消息；或者同余不笑一道去龙隐茶馆，一边喝茶，一边听人打围鼓唱折子戏。如此盘桓了两三个月，到第二年春天，成渝两军政府合并成立四川都督府，张秉文才打通重庆镇抚府里一位旧识的关节，回到城里重操旧业，当上了海关的供事。

可是天有不测风云，张秉文上任不到半年，就遇到海关人事变动。重新洗牌后，张秉文被降为杂役，一气之下干脆甩袖子一走了之。那时，"二次革命"即将爆发，五师师长熊克武在重庆宣布脱离北洋政府，并随即兵分两路，向隆昌和寒坡场进发，配合"九人团"的龙光进攻泸州。与此同时，袁世凯也命令鄂督黎元洪、陕督张凤翙和滇督蔡锷、黔督唐继尧派兵合攻重庆。一时间硝烟四起，巴蜀大地军阀混战，重庆再度陷入动荡。而张秉文却在乱中瞅准机会，乘唐继尧借护法之名当上靖国联军总司令的时候，投靠其麾下驻川滇军第二军的军长赵又新，当上了滇军的驻渝商办，负责采购各种军需物品。待川军跟唐继尧反目，又几经周折攀上刘湘这棵大树，才终于站稳脚跟，在重庆城做起了外贸生意。

　　张秉文的外贸生意其实跟过去在海关干没啥两样，唯一区别是原来帮别人干赚代理费，如今是自己干付给别人代理费。如此过了一两年，张秉文以他的精明老练，八面玲珑，很快就赚得盆满钵满，成了重庆商界一颗冉冉升起的明星。也正是这段时间，张秉文认识了侯世聪，并在一些重要场合领略到了这位原蜀军统领别样的风采。

　　"听说刘军长和但懋辛军长联合通电自治。侯兄对此有何高见呀？"坐在一旁的张秉文一脸谄笑地问侯世聪。

　　"如果哪个愿意别人骑在自己头上拉屎，那才叫做笑话！"侯世聪单手划燃一根洋火，点着嘴里的雪茄烟，一副漫不经心的样子。

　　"这么说，刘军长是要做大啦！"张秉文旁若无人地大声叫起来，引得其他人的目光也一齐投过来。

　　"没这么夸张吧？刘湘做不做得大还得看熊公买不买账。"对面一位戴金丝眼镜的很不屑地从牙缝里蹦出一句。

　　"熊锦帆算个屁，要不是刘军长当前敌总司令，唐继尧还不晓得要在这里闹好久才是个头。"另一位北方口音的胖子似乎对熊克武怀有一肚子的气。

　　"你们尽扯些无用的呀，现在的形势应该是刘军长说了算啦，不信问问侯师长啊。"张秉文得意地端起茶碗，看了看侯世聪。

　　张秉文夸张的反应令侯世聪十分鄙夷，对于刘湘的野心及能力，侯世聪丝毫不怀疑，想当年这位学弟在速成学堂，虽表面木讷，却城府极深，同学中持不同意见的不在少数，唯刘湘如鱼得水，与谁都谈得拢。尤其是当上二师师长后，安插速成系师兄弟担任中下级军官，在合川开办军官传习所，将"统一四川，问鼎中原"作为目标，观其左右，还有何人可与之比肩？侯世聪突然厌倦了眼前的吵闹，他假装方便起身离开了嘈杂的屋子。

外面很凉，侯师长看着远处铅灰色的天际线，不由得想起了红颜知己秦艳秋。

秦艳秋原名素素，四川富顺县人，其父曾参加辛亥年的荣县起义，后随王天杰驰援二次革命中的熊克武，遭周骏部下所杀。秦素素自小喜欢川戏，师从"三庆会"萧楷成学艺，改名艳秋。数年后只身往重庆，欲报杀父之仇。

秦艳秋到重庆那年，瘟疫正在肆虐，她站在通远门城楼放眼望去，城里城外烟雾弥漫，木板车不时载着尸体驶向城外的荒野。看着眼前一幕幕惨状，秦艳秋不免动了恻隐之心，她决定联合重庆的师兄姐妹，找地方举行义演，帮助那些无家可归的老人和孤儿。那个酷热的夏天，在临江门一家不太大的茶馆里，秦艳秋唱响了最拿手的《白蛇传》，婉转之声加上一招一式，立刻就传遍了重庆城。秦艳秋一炮走红，待到侯世聪见到时，已是家喻户晓的名伶了。

据说侯师长见到秦艳秋的时候，秦艳秋正在磁器口宝善宫旁的戏台上唱《柳荫记》。随着堂鼓、大钹和小锣的敲击，秦艳秋朱唇轻启，将祝英台唱得如泣如诉，令刚进来的侯师长听得有些不知身在何处，竟跟着哼出声来。侯师长后来跟秦艳秋说，那天可是这些年来，自己过得最惬意的日子。真是上天垂怜，降福于我也！听得秦艳秋一颗心怦怦乱跳，一张脸霎时间红到了脖子上。秦艳秋曾听人说起过侯师长，知道眼前这位只有一只手的独臂男子，便是蜀中的革命先驱侯世聪。也就是从这时起，二人开始了往来，常常出入于重庆城的各种社交场所。

有关侯秦二人爱情的传闻，坊间存有两个版本，之一是某日堂会，秦艳秋唱《白蛇传》，侯世聪兴之所至，反串白素贞，一唱一和竟是珠联璧合，众人喝彩间，不觉双双入戏。还有一种说法是秦艳秋视侯世聪为川中蔡锷，虽无小凤仙那般冒死相助，却也当得起红尘中以身相许，不弃不离。对此，汤大老爷还曾问过侯世聪，要不要办个酒席，将秦艳秋风风光光地娶啰，但侯世聪听罢却摇了摇头，说自己一生颠沛，归宿难料，与其连累他人，还不如做一红颜知己。尽管如此，汤大老爷还是在储奇门厚慈街买了一幢西式小洋楼，以侯世聪之名赠与秦艳秋，作为两人无怨无悔之爱巢。

对于汤大老爷送的这份厚礼，侯师长起初并不接受。他对正在一旁听戏的汤大老爷道："君子之交淡如水。你搞这么一出大可不必。"

汤大老爷也不急着反驳，沉默良久才说："此生你有这般福气，不能让她失望。我晓得你最近应酬多，手头不宽裕，就当是少青孝敬师父，或者算我提前付的戏票钱吧。"话说到这个份上，侯师长也只好依从，久而久之也就把这里当做了自己的家。

汤大老爷喜欢听戏，尤其喜欢听秦艳秋唱白素贞。汤大老爷说秦艳秋唱的白素贞跟别人唱的不一样，别人唱的都一个味儿，只有秦艳秋唱出了一种绝望与无奈。汤大老爷的这个评价无疑触动了侯世聪的内心，早在第一次见到秦艳秋时，侯师长便有种感觉，眼前女子跟其他女子不一样，但究竟怎么不一样，却一时半会儿来不及细想。后来二人缱绻成双，双栖双飞，侯师长就更没时间想了。他只觉得如今有艳秋在身边，生活跟从前相比，显得充实了。尤其是那些心烦的夜晚，不再寂寞难耐，或者灰心丧气。即使时有郁闷，只要艳秋在一旁小声哼唱两句，内心立刻就会恢复平静。仿佛秦艳秋本身就是一剂药，无论侯师长遇到什么样的不如意，都会在她的浅唱低吟中，一改不适，获得一个上佳的心情。

侯世聪想到这里，也不再回屋，他让下人去门厅取来外套礼帽，叫过一辆黄包车，便朝着储奇门方向疾驰而去。

七

这年中秋节刚过完，汤大老爷就驾鹤西去了。汤大老爷在听说儿子将于明年清明节再次点燃马鞍山广正窑的那天晚上，兴奋得被一口痰呛死了。据大少奶奶说，她听到伺候汤大老爷的下人大声呼叫时，后院里除了自己没其他人。孙淑珍那时已有八个月的身孕，她挺着大肚子一边喊着一边往前院跑，吓得那下人跟在后面不知如何是好。

离清水溪不远的凤凰山下有一座小山岗，背靠一片樟木林，一年四季郁郁葱葱野花伏地，天气晴好时，站在岗上可以看到嘉陵江对岸的炊烟，这便是老汤家的祖坟所在地望子坡。当年汤少青的烈祖汤广业无意中烧出汗血瓷，一时间名扬四海，家业兴旺。汤广业希望后世子孙香火不断，心肝宝贝汗血瓷得以发扬光大、世代相传，于是花大钱在凤凰山下买了这块名叫望子坡的风水宝地，将先祖迁葬于此。如今，二百年过去了，山岗上的土馒头由一两个变成了几十个，墓碑也像一座座精致的小房子，阳光下错落有致，彰显着老汤家另一个世界的富裕和繁荣。

汤少青给父亲汤大老爷选定的位置，处于阴坡和阳坡交界的地方，寓意阴阳不分离。下葬那天，望子坡万人空巷，鞭炮不断，据说方圆五里地都能听到唢呐的哀鸣。侯世聪撰写的挽联是：一生守信义持家忍辱；两世说轮回正心负重。汤大老爷的安葬仪式由慧能法师主持，墓穴边站满了宝轮寺的和尚，当诵经的声音越过嘉陵江上空时，一队南归的大雁恰好在淡蓝色的天空，写下了一个令人震撼的"人"字。有懂得天象的高人说这是大吉，老汤家起码还有一百年的人和。

应该说，汤大老爷离世的悲伤，很快就被随即而来的喜悦冲散了。那个晴朗的冬天，孙淑珍肚子里的小生命终于呱呱坠地。听着婴儿哇哇哇的啼哭，汤少青既欣慰又不知所措。是啊，一转眼自己就当爹了。也不知这当爹的后面，还藏着什么更让人迷惑的东西！儿子的名字耀祖是汤少青请师父侯世聪取的。侯师长看着襁褓里粉嫩的小脸，再看看汤家大堂上"祖荫庇护"的匾额，对身旁的徒儿说："如果没有记错，你儿子应该是'耀'字辈。那就叫'耀祖'吧！不能只求祖宗的庇护，光耀祖宗也是后人的一份责任。"

老汤家没给耀祖摆满月酒。那天晚上，汤少青对脸上明显流露出不满意的朱四爷道："四爷别不高兴，这酒还是要喝的，但不叫满月酒，叫开窑酒如何？"

"开窑酒？"朱四爷看着汤少青愣了愣，一拍脑袋大笑着说："好好好！叫开窑酒好！你看这娃从他妈那窑里开出来了，等到清明节马鞍山上的馒头窑一点火，那更是要开一大堆的宝贝。好！就叫开窑酒，我等着。"

俗话说有人欢喜有人愁。可对余不笑而言，汤家得子岂是一个愁字就能说得过去的事？不瞒大家说，他也病了。余不笑躺在自家雕有松鹤常青藤的大床上，额头顶一块湿毛巾不停地说胡话。他一会儿喊着有人要杀自己，一会儿又闹着说先祖让他自裁谢罪。弄得满屋子的人全都傻傻地你看我看你，不知如何是好。

来给余不笑看病的大夫，是张秉文从戴家巷宽仁医院请来的美国人。正当这位金发蓝眼睛的医生准备给余不笑注射葡萄糖的时候，一旁的余太太突然发出惊叫，踩着一双小脚扑过去夺医生手里的注射器。众婆子丫鬟赶紧拦住，翻译也在一边不停解释，才勉强劝住余太太。余太太体弱瘦小，一年三百六十五日天天喝汤药，平时很少露面，基本都关在后院自己屋里，跟下人打牌绣花纳鞋底。所以别说注射器，就是穿白大褂的医生，也是第一回看到，况且还是个异种。

余不笑折腾了整整一个礼拜，才哆嗦着扒床上下来，坐到下人搬到床边的沙发上，他对站在一旁用手绢擦眼泪的余太太说："死不了，不要给我丢人现眼，该干啥干啥去。"

余不笑看着老婆离去的背影，接过下人送来的糖开水抿一口，才把积压在心中的淤气长叹出来。是啊，眼看过完年没几天就是清明节了，到时候马鞍山上老汤家的那座大馒头窑，就会红红火火地烧起来，汗血瓷又将红遍大江南北。

说起汤家的汗血瓷，余不笑就有种道不明的恨，这种恨跟其他恨不一样，是藏在骨子里的，平时没事，只要一提起，整个身体就发凉，浑身上下大大小小关节跟脱节似的，一匹匹肋骨发出钻心的痛。余不笑第一次经历这样的痛，是在去汤家大院谈汗血瓷代理，被汤老爷子戗回来的那天下午。那时，余不笑刚摔碎一只粉彩花瓶，发誓要报复老汤家和米粮帮，给自己找回面子，忽然就觉得有股凉气打脚底升起，直冲脑门。接着，手脚就不听使唤了，各个关节咯咯咯地响。余不笑想喊下人扶自己进屋，话还没出口，两边肋骨

第一章 码头旧事

就发出一阵钻心的痛。见过其惨状的余管家说，那简直是进了鬼门关。好在家里有鸦片，赶紧取来服用，才没有继续遭罪。余不笑曾告诉张秉文，这病根是因汤家落下的，一定要汤家人加倍地偿还。

余不笑想到这儿，不禁咬着牙站起身，看了看正不知所措的管家道："去给大师爷打个电话，请他这两天抽空来一趟磁器口，我有事要跟他商量。"

余不笑找张大师爷来余家院子，是想问现在招独眼龙回来把汤少青灭了合不合适，哪知张秉文听了，连想都没想就摇着头说："不合适呀，这个时候杀汤家大少爷，等于是跟所有人说，以往汤家出的那些事，都是老余家干的啦。况且，汤少青身后还站着一个朱四爷，独眼龙以一己之力未必就能得手啦。"不过，张大师爷也没让余不笑失望，他端起盖碗揭开盖子，吹了吹水面上的茶沫道："我听说湘西贵州一带的苗人，会一种叫放蛊的巫术啦，着道者非死即疯，何不找一个来试试啊？"

派去苗地寻找巫师的人，不到一个月便从贵州的松桃带回一位其貌不扬的中年男子，陪同当翻译的人说，此人在百里外施法，功力无人可挡。为防止走漏风声，余不笑没有安排巫师住在余家院子，而是去了金刚坡余家的客栈。

金刚坡位于歌乐山东麓，歌乐山属中梁山余脉，北起尖坡顶，南止望江台，因大禹治水会诸侯于涂山，宴宾客于此而得名。相传很多年前，一位云游和尚在此捡到一部鸠摩罗什初译的《金刚经》，遂募捐在山上建起了云顶寺，捡到经书的地方被当地人唤作金刚坡。金刚坡从明朝洪武年间起，就是重庆西部的山货集散地，每月逢五小场逢十大场，山里人都会将猎取的飞禽走兽和采摘的各类野生食品背到这里出售，或换取生活所需的油盐米茶和日用品，俗称"赶坡"。后因战乱人口锐减遭荒芜，直到乾隆年间才又恢复繁荣。当然，如今的金刚坡早已不是过去的山货聚散地了，而是中梁山一带最大的木材市场。这也是余不笑的木材帮除磁器口码头外，控制的另一块生大钱的地盘。

巫师选择在两日后的子夜放蛊，他让人拿来一只脚盆大的簸箕，里面铺满筛滤过的细黄沙。到了施法那天，换上宽大的巫师服装，将自己关在一间狭窄的屋子里，不吃不喝，独自默念咒语。夜幕降临，白日的喧嚣平息下来，金刚坡一片宁静，只有巫师低沉的念咒声在屋檐下滚动，让许多耳聪的人异常惊讶。放蛊的时间到了，巫师打开关闭的门，外面早已按东西南北中五个方位点亮蜡烛，铺满细黄沙的簸箕放在屋子中央一张八仙桌上，巫师嘴里念着咒语，从怀中取出一双银制的筷子，这筷子比一般筷子要长许多，很像今天一些火锅馆用作吃火锅的蒿杆（长筷子）。只见巫师右手执银筷，左手握拳高举，竖食指指向屋顶，念咒声突然提高，然后将银筷插入簸箕里的细黄沙快速划写，仿佛记录天书一般。大约持续十分钟，划写的速度慢了下来，念咒声也降到先前在屋里的程度。这时，大家以为作法完毕准备散去，巫师却一声断吼，簸箕竟自行翻个个儿，将细黄沙倾倒在地状如小山。一切戛然而止，翻译告诉监看的余管家，五日后可见成效。

"老爷，老爷，汤，汤家大少爷出事啦！"余管家上气不接下气打外面进来。

"哦，出啥子事了？"余不笑放下手里的烟枪，打卧榻上起来。

"他，他们说，汤，汤家大少爷的辫子……"

"辫子怎么啦？"余不笑上前一步，两眼死死盯住管家，心跳一阵加快。

"不滴血了。"余管家喘了一大口气。

"真的？"余不笑忽然有些发愣，回想那天打发巫师走后，还对管家说这种把戏，也就是求个慰藉而已，当不得真！可眼下却成了事实，成了自己扇自己的一个大嘴巴子。余不笑回过神喃喃自语道："这嘴巴扇得痛快！"听得余管家丈二和尚摸不着头脑。

是的，有些事情确实令人难以预料。临近清明节的前两周，正当汤少青要给一批晾干的瓷胎甩头撒花的时候，发梢上的血却凝住了。这对于汤家人而言不啻是致命的一击。如果这批瓷胎三日内不能受血，瓷土就会出现水分吸收增强的变化，产品的质量就会大打折扣。其实，这种情况在老汤家的历史上，也不是没有发生过，比如汤少青的烈祖汤广业，就曾用桐子花水洗发防堵，高祖和爷爷还自配汤药调理，以免血液黏稠。但这回却非同寻常，任凭汤少青把这些祖传方法用尽，却见不到丝毫的效果。一大家子人看着脸色苍白的汤少青，都禁不住显出难以言表的惊恐。后来还是孙淑珍开口说让洋大夫看看。

斯密特治好了汤大老爷的手抖，却没能治好汤少青的发梢凝血。他看着身旁的侯师长，无奈地耸耸肩说非常抱歉，这不是他能够解决的问题。侯世聪理解地点了点头，心情沉重地问还有没有别的什么办法。斯密特搓着手想了想道："在武汉曾听一位同行说，用中国的银针刺激人体的某些部位，可以起到活血化瘀的效果。"这无疑是个重要的信息，在场的人不禁松了一口气。可紧接着问题又出来了，虽然重庆城里会使银针的郎中有的是，但谁又是那个知道具体穴位的人呢？大家你看着我我看着你，依然束手无策。

"打广告！"孙淑珍看着大伙儿道："过去娘家进货，都是看报纸上的广告，找价格合适的买。今天找合适的郎中，也不妨用这方法试试？"

"嗯，还是淑珍聪明！我看就这么办。"侯师长赞许地点点头，说待会儿自己回到重庆，即刻就去报馆办理广告手续。

方先生是在报纸广告打出的第三天早上，走进磁器口汤家大院的。方先生器宇轩昂，年龄大约三十出头，一袭灰布长衫，梳着分头，鼻梁上架一副圆形黑框眼镜，很像城里的教书先生。方先生对正在打量自己的孙淑珍说，他也没有十全的把握，只能先看看病人再说。那时，汤少青还没有起床，他躺在床上听着外面方先生略带川西坝子口音地说话，脑子里就想，这人会不会也跟师父一样，有德又有才？汤少青这样想着，一掀被窝便下了床。他趿拉着一双千层底的青色布鞋，披件短褂，很随意地就出了卧室。

"想必这位就是汤老板吧？鄙人姓方。"方先生抱拳施礼，落落大方的举止很对汤少青的胃口。汤少青也抱拳还礼，请方先生上坐。一旁的孙淑珍见状，赶紧吩咐下人上茶。

"不知方先生打算何时用针？"汤少青开门见山，一副求医心切的样子。

"还是让我先给汤老板摸一下脉吧！"方先生说着，将一方手枕放到了两人相隔的茶几上。汤少青则伸出左手，很配合地放到了方先生的身前。约摸过了一分钟，方先生又让汤少青换上右手，这回摸的时间长了许多，其间还看了汤少青的舌苔。

"汤老板的病应该是饮酒过多所致。"方先生收回摸脉的右手，端起一旁的盖碗，吹开漂浮着的茉莉花，呷了一口。

"哎呀，方先生说得太对了！我这段时间确实喝得有点多。"汤少青有些兴奋，他看了看孙淑珍，意思是说这位方先生看来有两下子。的确，从结婚到现在，汤少青一直承受着巨大的压力。无论是窑场还是家庭，一桩接一桩不顺心事情的发生，几乎把汤少青的精神压垮。要不是上次师父给斯密特讲老汤家的奋斗史让他振作起来，汤少青还真不知自己会变成什么样子。所以，借酒浇愁在过去一段时间里，对汤少青而言是常有的事。如今被方先生一语道破，汤少青不得不打心眼里佩服。

"那就让我给汤老板扎一针，放点血试试，看能不能祛瘀通络。"方先生说着从怀里取出一个小裹袋打开，亮出一排长短不一的银针。见汤少青和孙淑珍均无异议，便拣了其中两根长的，让汤少青进屋趴到床上，于大腿弯二指宽处的血海穴刺入，然后取梅花针扎左右耳尖，放出些许凝血。

说也奇怪，方先生就那么扎了几下，汤少青的上半身，尤其是头颈肩就感觉到了有一小股热流开始上涌。方先生笑着告诉汤少青夫妇，这说明气血经络已经打通，再服上一剂汤药，问题就基本解决了。看着两口子高兴的样子，方先生又嘱咐道："以后汤老板还是不要喝酒为好，要是因为酒再出现这种情况，恐怕头发里就再也洒不出汤家引以为豪的汗血了。"

八

　　汤少青站在八仙桌上甩第一下头时，太阳正好打窗户外面斜射进来，一束嫩黄色的光，把灰蒙蒙的作坊切开了一条三尺来宽的口子，使置身在光明中的汤少青，既显得温暖，又让人感到模糊。孙淑珍在一旁仰望着，看见那根如同长蛇的辫子在眼前划了一个圈，再画过来的时候，则变成了一根扬起的鞭子。这是孙淑珍第一次亲眼目睹丈夫甩头撒花。在此之前，她只是听娘家人说，老汤家那根遭人嫉妒的辫子有多么的神奇。孙淑珍如今看着汤少青那颗上下左右不停晃动的脑袋，思绪在不经意间就回到了从前。

　　在孙淑珍的童年记忆里，也有一颗上下左右不停晃动的脑袋，那就是她的祖父孙老太爷。孙老太爷在孙淑珍降临到人间的时候，脑袋已经在肩上摇晃了近五年。北碚最有名的郎中曾给孙老太爷开过一剂药方子，但老太爷一看上面有全蝎和地龙，便将脑袋摇晃得更加厉害了。从此不仅拒绝喝药，就连郎中也不再见了。孙老太爷的儿子，也就是孙淑珍的父亲孙老板心里最明白，这药方对其他人也许有用，但对老太爷而言，就是废纸一张。因为孙老太爷从小到大，最怕的就是蝎子蚯蚓等爬行类动物，家里人平时当着他的面提都不能提起，谁提谁就要被拉出去，屁股上挨一顿板子。更何况现在还要把这些玩意儿熬成汤，让老太爷喝到肚子里去。说句不该说的话，这要是能得逞，简直比杀了老太爷还让他难受。

孙老太爷固执地将脑袋摇晃了整整十年，终于在一个多雨的秋天停了下来。那时孙淑珍还未满五岁，她看着躺在棺材里的祖父，问哭得两眼红肿的母亲，为何爷爷的脑袋不晃了。

"爷爷睡着了，以后脑袋都不会再晃了。"母亲一边擦着眼泪，一边让下人将女儿带走。而孙淑珍也就是在那天，才第一次看清楚祖父原来长着一张跟父亲很相似的脸，不同的是他的右眼角上，有一颗不大不小的紫色痦子。

一阵喝彩声将沉浸在回忆中的孙淑珍拉回到眼前，阳光中的汤少青已"撒花"完毕，他看着兴奋不已的大伙儿，擦了一把额头上的汗，将甩得有些乱的发辫缠到脖颈上，微笑着打桌上跳下来。那一刻，孙淑珍看着丈夫帅气的样子也笑了，她冲着丈夫挥了挥手，接过下人手中的茶碗，迎着汤少青送上前去。

这是时隔三十六年零六个月又二十天，老汤家人的第一次甩头撒花。三十六年前的这一天，汤老爷子的辫子闭血了，汤家的汗血瓷也就此宣布停产。据经历过这件往事的老人说，那天，汤老爷子也是站在一张八仙桌子上，可任凭脑袋怎么甩，辫子就是不出一滴血。窑场的所有人都吓坏了，不知道这究竟是怎么回事。后来老爷子急了，大吼一声想发力将血逼出，不料提气太猛，致使脑袋发晕，整个身子便从桌上栽了下来。幸好旁边有两个年轻小伙子反应快，赶紧上前接住，不然，老爷子很可能还活不到给孙子取名儿那一天。

辫子闭血的汤老爷子，最初以为是遭淤血堵上了，遂采取祖传的各种方法疏通，可弄来弄去依然不见成效，反而出现大量的脱发，这才意识到问题很严重。那个阳光明媚的春天，汤老爷子气急之下生了一场大病，奇怪的是这病无论请谁治，都是无功而返，有的药服用后还诱发出其他毛病。眼看着老爷子饭量减少，身子骨日益消瘦，那时的汤大老爷也很无奈，只好听信别人，在后院西角上，搭了间供奉药王菩萨的棚子，昼夜香火不断，以求老爷子平安。于是，磁器口镇里开始有了各种说法，什么汤老爷子甩头洒血犯了忌，让出来巡视的天狗闻到了人间的血腥，没日没夜吠叫，惹恼天上的神仙所致；也有说汤老爷子的血，洒到了土地菩萨身上，地下的土地爷不高兴了。总之，汤老爷子的辫子甩不出血，以及后来身体出现不适，在有些人看来绝不是偶然，而是老汤家不断得罪神灵，积累到一定时候总爆发的结果。好在朱四爷及时站出来制止，说谁要是躲在后面再胡言乱语，米粮帮就要按寻衅滋事处置。

如今，三十六年过去了，也就是说从现在起，汤家的汗血瓷又将重返江湖，这不仅是老汤家的喜讯，也是整个磁器口具有深远意义的一件大事。老汤家的制瓷功夫，无论是掘瓷土业、匣钵业、烧窑业、制瓷业，早在远祖时便已成熟，堪称行业中的翘楚。只有彩瓷业是由后来的烈祖汤广业创立，再经天祖汤正鸿发扬光大走向成熟的。传统制作圆器，即碗、盘、杯等产品的流程分为揉泥、拉坯、印坯、打粗、捺内水、打内箍、荡内釉、精修、捺外水、打外箍、蘸釉、挖圈足、写底款、触釉、待烧。其间如在上釉前施彩烧制，称作"釉下彩"，若是在烧好的瓷器釉面施彩，再入窑低温固化，则为"釉上彩"，名扬天下的"汗血瓷"便是由低温固化的釉上彩。当然，最不愿看到汗血瓷重生的，就是余家院子里的余老爷了。这不，深宅中的余不笑，一听到马鞍山上隐隐约约传来的欢呼声，心里就禁不住一阵阵发紧。

"不是说那个苗人已经施法堵上了吗？哪个又通了呢？"余不笑气急败坏地将手中盖碗摔在地上，随着一声脆响，瓷片四处飞溅，吓得进来续水的丫鬟呆在门前，不知如何是好。

"说是汤家在报上登广告请到个郎中，用银针扎好的。"余管家跟丫鬟使眼色，意思是还不快点叫人来把地上收拾干净。丫鬟也是心领神会，赶忙转身退下。

"哪里来的郎中，有这么厉害的本事？"余不笑将信将疑地看着管家。

"还没打听到，据说是个年纪不大的游方郎中，看到广告自己找上门来的。"余管家重新取了一副盖碗，给余不笑冲上茶。

"这倒是神了，照管家所见，那个苗人却有真功夫，应该不是行骗的，给的钱也足以让他满意，怎么就……莫非真的应了那句老话，道高一尺魔高一丈？"余不笑若有所思地背着手，在屋子里踱起步来。

马鞍山上的广正窑终于在清明节的晚上点燃了，朱四爷看着熊熊燃烧的火光，禁不住对正在操办酒席的手下弟兄说，大家好好干，等明天喝完开窑酒，咱们米粮帮也就跟着一块转好运了！那时，汤少青正站在如针的细雨中，一双眼睛异常地明亮。他克制着内心的激动，将点完火的火把举过头顶，一字一句地对所有人道："从今天起，老汤家的窑场开始实行股份制。除了让一部分股给经销商，以保证产品销售渠道顺畅外，窑上的每一个人都占一股，往后这窑场就是大家的了！只要窑场在，我汤少青保证，大家都不会饿肚子，不会没有衣服穿。"那天，山上来了许多看热闹的大人和孩子，他们也被安置到窑场临时搭拼的桌子旁，与师傅小工们一同吃喝，分享大伙儿的快乐。一些打山下路过的人，听着窑场传来的阵阵欢呼声，还以为自己忘了今天是什么节日，纷纷向人打听，弄得一座山笑开了花。

相比汤家大少爷辫子的疏通，汤家窑场的股份制改革更令余不笑震惊。这小子怎么能想出这么一招？了不得呀！磁器口上百家窑场要是都跟着学，最后发展成窑场与窑场的结合也实行股份制，那四通商号的生意今后就该看汤家的脸色了！余不笑很恐惧，也很无奈，他呷了一口下人刚沏好的永川秀芽，看着身边的管家，像是自言自语地道："真没想到这小子会来这么一手。"

余不笑确实没想到汤少青会在自家窑场搞股份制，但他更没想到的是，人家这一招居然是从张秉文那里学来的。张秉文自从被刘湘彻查倒卖军火，里外折腾，生意便一落千丈，成了一只拔了毛的凤凰，比一只待宰的鸡还难看。眼看如此赔钱赔礼的日子遥遥无期，张秉文简直就跟要疯了似的，完全失去了往日的油滑。好在有一天报纸上说，上海的企业已步入了股份制，这才使张秉文找到了抓手，灵机一动打起了另一桩如意算盘。他知道刘湘一直对自己掌管的大川商行垂涎三尺，便游说投资人将商行三分之一的份子作为股份送给刘湘，以此打开局面，换取今后对外贸易中的更大便宜与发展。而投资人是个土老肥，根本不懂什么叫股份制，更把握不住其中的利害，便去问商会里具有威望的侯师长。于是才有了后来侯师长指点徒儿打破家族管理模式，将广正泰窑场变成股份制经营的结果。

余不笑正在气头上，就见儿子余子川拎着一只皮箱打外面进来，说打今儿起搬学校住去了。余子川是余不笑三十岁以后才得到的唯一一个儿子，传说刚出生就能站立，且不到三岁就敢拿刀指向家里人乱砍。对于老余家这个与众不同的另类，余不笑是又急又恨又怕。据余家的下人透露，余不笑急的是老余家怎么就生出这么个儿子，莫非又跟上一辈一样，要出一个余孝祖这样的孽种不成？恨的则是已近二十的余子川，从不把余家的人与事放在心上，整日里不是伙同一帮学生讨论民主自由，就是上街游行高呼打倒军阀的口号。就连重庆的警察局长都亲自跟余不笑打过招呼，叫他严加管束，不要让他的宝贝儿子上了共产党的贼船。可外人又怎么知道余子川在老余家，早就是个说一不二的小祖宗了。不仅余不笑怕他拿他没办法，就连家族里几个有头有脸的长辈说起余子川，也只有摇头叹息，说余子川脑后长有反骨，谁也别想改变，也改变不了。

余子川的确是真正的余家大少爷，他曾告诉父亲余不笑，余家的这份家业他不稀罕，他要的就是自由，想干吗干吗，谁也别给他任何约束。余不笑一开始还企图来硬的，灭掉儿子那股子嚣张气焰。不想才一出手，就遇到煞星了，余子川根本不吃他父亲那一套。到了后来，余不笑不仅没有镇住儿子，还差点被余子川一怒之下烧了有二百多年历史的余家院子。从那以后，余不笑就再也不敢在儿子面前摆谱，充余家一手遮天的大老爷了。当然，余子川也有一样东西是家族同辈中无人可比的，那就是学习成绩。余子川自小聪慧，三岁就能背下半部《唐诗》，四岁进私塾开读四书五经，到了七岁上小学，简直就是小鸟出笼，天高任其飞了。余子川不仅文史功夫扎实，对数理化这些新学科，也是一点即通。所以，高级中学还未毕业，余子川便考取了重庆大学理学院预科。

余不笑正想说什么，却见儿子已转身大摇大摆地离去，不免心生悲戚。是啊，自己已经五十好几，算是被黄土埋了大半截的人了，要是哪天早晨两腿一伸没醒过来，这偌大的一份家业由谁来继承呀？看来老天爷才是最狠的，要灭掉谁，即使你什么都不缺，也一样让你在劫难逃。想到这里，余不笑禁不住倒抽一口凉气，将手里的盖碗重重搁到一旁的茶几上道："管家，还是要派人看着这个小祖宗。弄不好，这小子会给余家招来杀身之祸。"

　　"老爷放心，我年前代你去给城里田大爷拜年的时候，就把请他照看大少爷的意思说了。田大爷说没问题，一切由他安排。"

　　"那就好！端午节之前你再去一趟，带点新茶过去，就说我谢谢田大爷了！"余不笑轻叹一口气，情绪明显平和了许多。是呀，在余不笑看来，还有什么比田大爷看着自己这个逆子更管用的呢？没有了，而且是肯定没有了。

　　田大爷，也就是重庆城赫赫有名的袍哥老大田德胜，在上个世纪二三四十年代，绝对是掌管重庆上下半城九开八闭十七门的总舵爷。凡是江湖上田德胜田大爷不高兴的事情，就休想在重庆城站住脚。田大爷继位的第一天，就曾当着各堂口的兄弟和徒子徒孙发话："锅头有就大家有，今后无论辈分大小，一律赏罚分明，不论亲疏。哪个要是在这一亩三分地上不守规矩乱来，那就只有把这个杂种扔到江里去喂王八。"田德胜正是凭着一视同仁加一股狠劲儿，将重庆城袍哥各堂口带进了鼎盛时期，而他在袍哥老大这把椅子上，也一坐就是几十年，即使是在军阀混战，重庆城走马灯换东家的年代，田德胜田大爷也依然是稳若泰山，无人可以撼动。按刘湘的话说："田德胜算是重庆城的灶王爷，哪个得罪哪个就煮不成饭。"田德胜不仅跟官府保持密切联系，也跟重庆周边的各个帮派都有来往，比如磁器口的木材帮。其实，田德胜田大爷玩的最核心的一招，就是天平的两头——平衡。

九

经过一夜的烧制，开窑的时刻终于到了。汤少青站在一抹晨曦中，看着大伙儿身上沾满露珠，个个精神抖擞欢天喜地的样子，心里不禁一阵发热。他暗暗感叹："真是人心齐泰山移啊！有他们的爱戴，这窑火就熄不了。"老胡更是在窑上忙了整整一宿，直到天亮时分降温灭火一切终了，才倒在一旁的稻草上呼呼睡去。这时，封闭的窑口已掀开，滚烫的热气正往外涌。汤少青看着冒出的一股股灰白色烟雾，浑身上下顿时暖暖的，仿佛在特别寒冷的冬天，喝了一碗撒着葱花的羊肉汤。突然，他的鼻子一酸，涌出两行热泪。是啊，从烈祖汤广业烧第一窑汗血瓷算起，汤家已不知开了多少次窑！老汤家人的心血就是一代一代在这里熬干的。如今到了自己熬的时候了，这份心血能否熬出一片新天地呢？汤少青其实心里也没底，但他明白，既然这窑口已经开了，就得有东西拿出来给人看，哪怕是掏出自己的心肝肺。

上天保佑！幸亏有方先生，孙淑珍母女才捡回了命。方先生自从给汤少青清理了头发里的淤血，使之重新焕发出

"汗血"雄姿，便成了汤少青的好朋友。方先生每月来磁器口一次，除了给汤少青夫妇把脉调理，还顺便做一天游医，方便镇里镇外的人问医求药。那时孙淑珍已怀上二胎好几个月了，走起路一拐一拐的，打背后看活像只下蛋的母鹅。镇里人对方先生的最初印象，是穿一袭灰布长衫，戴一副黑边圆框眼镜，肩上挎一木制药箱，手里拿一个铜铃，走着走着还不时摇一下，喊声"有病治病"，以引起患者的注意。方先生一般在磁器口停留两天，第三天一早乘船回重庆城，在磁器口的这两天，自然是住在汤家大院。

　　方先生为孙淑珍接生那天，本是他离开磁器口的日子。一大早，方先生吃完汤家下人送来的早餐，正准备出发去码头，便听见后院炸开了锅。方先生正犹豫去不去看看出了啥事，一个老妈子就闯进来，上气不接下气地对方先生说："不好了，大奶奶泵血了！"方先生稍微愣了愣，随即恍然大悟，提着药箱撒腿就往后院跑。

　　方先生一路冲进后院的时候，孙淑珍因分娩失血过多，两个鼻孔已气若游丝。接生婆举着两只血淋淋的手，吓得不知所措。方先生见状迅速拿出银针分扎在产妇人中、合谷、三阴交、印堂、大敦、郄门穴上，二话不说，双手托住婴儿已出来的半个身子，顺势发力，一个沾满血污的小生命就捧在了手上。方先生用剪刀剪断脐带，将婴儿递给接生婆，然后拿出一个纸包打开，将祖传秘制的止血粉塞进产妇血流不止的阴道，再取灸条灸关元、隐白、气海三穴，直到孙淑珍回神转气，睁开双眼。

　　方先生这套干净利落的动作，令旁边的婆子丫鬟止不住啧啧称奇。这时，汤少青已从窑场赶回来，见妻子女儿均无大碍，一颗悬着的心才放下来。汤少青看着方先生感激地道："又劳先生出手相救，大恩大德汤家定当铭记。"说完双手抱拳躬身作了一揖，弄得一向洒脱的方先生倒有些不好意思起来。

因为孙淑珍生孩子失血，方先生这一回在磁器口多待了三天。他一边给大少奶奶做调理，一边听汤少青不厌其烦地游说自己在磁器口开药房。其时，磁器口镇上已有两家药房，其中一家还与余不笑有关。但汤少青却执意要开第三家，他认为以方先生的医德和医术，在磁器口挂牌悬壶，定会荡涤陋习、开创风气，使镇上的就医环境得到改善。汤少青还承诺，只要方先生答应在磁器口开药房，地面上所有的事情老汤家全包。

对于汤少青这个突如其来的想法，方先生显然缺乏心理准备，他既不能马上答应下来，也不愿立刻回绝掉，只好说等自己把城里的事安排妥当再做打算。当然，方先生说这番话是有其深意的，因为对他而言，开药房并不是目的，关键是看党组织需不需要。

方先生从事中共地下工作已快五年了。从"三·三一"惨案发生前受杨闇公直接领导到现在，方先生作为一名优秀的联络员，一直很隐秘地履行着自己的职责。但"三·三一"惨案发生后情况就变了，尤其是大革命失败后，刘湘露出真面目，乘机镇压革命，重庆陷入白色恐怖，杨闇公在浮图关遭秘密处决，使方先生一下子失去了与组织的联系。这一年多来，他就像一个被抛弃的孤儿，无论做什么和想做什么，都没有一个明确的目标，换句话说就是心里没底。方先生完全陷入了一片迷茫，他只能靠祖传的医术维持基本生活，努力寻找机会与组织取得联系。

方先生的确如汤少青第一次躺在床上时猜想的，是川西坝子人。方先生生于成都华阳一个中医世家，曾祖父曾领旨进宫，为咸丰帝的生母钮祜禄氏看病，获道光帝亲题"至德无名"金匾。方先生1897年正月生，属鸡，比汤少青大9岁又8个月。童年时代的方先生衣食无忧，且受到良好教育，不仅熟读诗书，还受中医熏陶，尝试针灸推拿，被当时的知府大老爷誉为神童。方先生参加革命那年，刚从华西协和大学医科毕业，时逢四川军阀打得难分难解，熊克武、唐继尧、刘湘、杨森、袁祖铭、但懋辛、刘文辉、邓锡侯、田颂尧、潘文华、刘成勋、赖心辉、刘存厚等军阀，争地盘就像换膏药，今天贴着张三，明天就换成了李四，天府之国狼烟四起，巴蜀大地民不聊生。方先生的革命领路人是他的老师俞先生。俞先生参加过辛亥年的保路运动，加入过国民党，是中共成都地下党的负责人。有关俞先生何时成为中共党员，谁是他的入党介绍人，方先生一概不知。俞先生发展方先生加入中共党组织的时候，方先生正准备去广州参加革命。俞先生看着满怀救国热情的方先生，语重心长地说，一个人如果想要革命，无论在哪里都能实现自己的理想。那天，俞先生跟方先生聊了很久，从白天到晚上，又从晚上到天明。后来方先生就不去广州了，由俞先生做介绍人加入了中国共产党，从此成了俞先生直接领导的地下组织一员。

俞先生无妻室无子女，孑然一身，死于一种怪病。先是脱发，然后脱皮，到了最后，身上的肌肉开始腐烂，就连骨头也发出了松脆的声响。俞先生躺在床上无法进食，嘴里流出一股股难闻的液体，他看着急得如热锅上蚂蚁的方先生，忍受着病痛的折磨一字一句地说，革命需要坚持，永不放弃。俞先生离世前，将自己用的一块ROLEX怀表连同一封信和一袋银元交给方先生，要他去重庆找一位名叫杨闇公的共产党人，说他会安排好方先生的未来。然而，方先生虽历尽艰辛找到了杨闇公，却又因杨闇公的牺牲，成了一只断线的风筝。

这天逢场，方先生来到嘉陵江边的化龙桥装作赶场，这里是党组织设立的一个秘密接头点。杨闇公生前告诉过方先生，如果与组织失去联系，可以到此处寻找一位秃头补锅匠。自从方先生与组织失去联系，他是逢场必来，已成了这里的老顾客。但那位秃头补锅匠却像是一个传说，根本就不见有其人。方先生也曾问过场上的一些老商贩，他们说一年前是有一个补锅匠常来这里，但总戴着一顶破草帽，是不是秃头就不知道了。

方先生随着人流打场中遛了一圈，像往常一样，买了一些中草药和棒子面，便回到场口黄葛树下的一家茶馆喝茶。方先生挑了一个靠窗的位置坐下，茶博士迅疾端上一杯茉莉花茶，当着方先生冲泡道："先生又来赶场了，先前你打听戴草帽的补锅匠今天来了哆嘛，遭对门卖豆花的喊去补锅了，等一下要回来。"

"哦，我那口破锅早就甩了。"方先生心里一动，脸上依然平静。

"我以为你还要找他呢！"茶博士接过方先生递来的大洋券会心一笑，转身去邻座续水。

"啥意思？为啥冲我这么笑呢？"方先生看着茶博士的侧影，心里打起鼓来。这时又听得茶博士在不远处说："您老慢慢喝。"完了也是会心地一笑。再看茶客，年已古稀，嘴里只剩下一两颗牙。方先生才轻吐了一口气，知道是自己多虑了，人家茶博士就是一职业习惯而已，没别的意思。

要说选择在这家茶馆落脚，也是方先生预先设计好的，假如场上没有遇到秃头补锅匠，坐在这里等便是最好的选项。首先，茶馆里人多，以方先生的身份，在此歇歇脚喝碗茶，自然不会引起别人怀疑。其次，茶馆靠窗的位置视线好，又处在场口，往来场上的人都必须打这里经过。再有就是便于脱身，茶馆后面有一个小门，是方便烧水取柴用的，一旦出现意外，从这里脱身最为便捷。

方先生端起茶碗，一边不经意观察着窗外，一边留意着茶馆里的人。天气进入五月，太阳就有些火辣辣的了，地上黄葛树的阴影很浓，与枝叶间投下来的阳光形成很强的对比，让人恍惚间觉得这石板路上，也开出了一团一团的小黄花。打窗前吃喝路过的，有卖炒米糖开水的，也有卖盐茶煮鸡蛋的，也有将刀锤敲得叮当响卖麻糖的。方先生刚听到第一声"补锅啰！"的吆喝，还以为耳朵出现了幻听。他用手拍了拍耳门，感觉一切正常，这时又传来了第二声，紧接着一位戴着破草帽的补锅匠，便从窗框的左边闯入了方先生的视线。补锅匠身材矮小，加上戴着一顶破草帽，要不是吆喝着招揽生意，混在人群中其实很容易被忽略。方先生的心跳陡然加快，他不知道这是不是就是人们常说的运气来了，但他已意识到自己等的人终于出现了。为了不引起别人，尤其是茶博士的怀疑，方先生又坐了一会儿，才拎着草药和棒子面离去。

那时，戴草帽的补锅匠已从另一头返回。方先生看着迎面过来的补锅匠，正想着怎么才能揭掉那顶破草帽，验证补锅匠是不是接头人，就听背后有人骂起架来，一帮看热闹的转眼围了上去，将本来就狭窄的道路堵了个严严实实。这可是个好机会！方先生也装作看热闹，调整着自己的位置等补锅匠靠近，待眼睛余光一扫见破草帽，便扬起手臂将草帽掀翻。霎时，一颗秃头暴露在方先生的眼前，补锅匠回头的那一笑，更是让方先生高度紧张的神经，完全得到了放松。

秃头补锅匠之所以一年来没有出现在化龙桥，是因为党内出现了叛徒，组织遭到严重破坏，秃头补锅匠被安排回到老家下川东武隆地区隐蔽，直到前些日子叛徒被锄奸队击毙，才重新被调回来，继续从事化龙桥联络点的工作。秃头补锅匠将方先生带到牛角沱一家专卖旧书的书店门前，给店里伙计使了个眼色，便努努嘴示意方先生进去。

书店并不宽敞，里间用一块拼布做门帘挡着。老板中等身材，看样子不到50岁，手里捏着把铜制的水烟壶，方正的脸上，大鼻梁将一双细眼睛隔得有些远。老板见方先生进来，也不让座，死盯着方先生看了约一分钟，才将目光移开，慢条斯理地说了一句："这么热的天，跑来干啥?"方先生笑了笑道："还不是为了讨个生计。不知你这里要人否?"老板又看了方先生一眼说："店子小，怕容不下先生。"至此暗号全部对上，两个人禁不住露出了一脸的惊喜。

书店老板正是中共重庆地下党负责人之一的老莫，他将方先生引到里间库房，神态严峻、一字一句地说："昨天又有人叛变，这个点很可能也要撤了。你赶快建立新的联络点，有意识地发展成员，做另外一张网。以后就通过补锅匠老王跟我联系，记住，我们要尽快恢复力量，与敌人作长期的斗争。"

方先生听后，便将汤少青邀自己去磁器口开药房的事说了一遍。老莫很高兴，觉得有磁器口望族汤家作掩护，设一个联络点是再好不过的事了。于是，两人把接下来的工作捋了一遍，直到太阳偏西才煮了两碗面条填肚子。

能够重新找到组织，与老莫取得联系，方先生无比兴奋。他在回家的路上，反复想着即将开展的工作。首先当然是答应汤少青在磁器口开药房。按老莫的想法，这个药房要作为沙磁区最重要的联络站，不到万不得已不得放弃。其次就是物色发展对象，壮大组织力量。对此，方先生可谓并不在行，毕竟过去的地下斗争经历，都做的是联络方面的工作。但方先生还是信心满满，觉得只要本着小心谨慎这个原则，就不会出什么大问题。

十

　　方先生给汤少青的女儿取名耀华，是出自曹植诗《美女篇》中之"容华耀朝日，谁不希令颜"。方先生对汤少青说："令爱将来不仅美如朝阳，也定会以其光明照耀黑暗之中华。"方先生解释完也不等汤少青说什么，便急着去看开药房选中的铺子。

　　自从老莫同意并支持在磁器口镇建联络站，方先生就把开药房的事，当作了工作中的重中之重。方先生认为，作为党组织重要的联络站，药房的位置需讲究隐秘性，既不能开在像正街这样太热闹的地方，也不能选择清冷偏僻的小巷，最恰当的位置是挨着热闹，却与热闹保持了一定距离，也就是那句老话——闹中取静。平心而论，老莫确实有眼光，磁器口虽与重庆城隔着一段距离，但位置却非同一般，不仅交通便捷，且流动人口较多。在此建站，隐秘性强，很利于开展工作。

　　方先生给药房看好的地方位于横街，临街的铺面约6米宽4米深，后面是座小院，院中央有一口长方形雕花石缸。隔着院坝是三间一般大的平房，正好做书房、卧室和库房，平房一侧还配有厨房和茅厕。这里距离正街不到10米，街口斜对面即是热闹非凡的宝善宫。反向不到半里路即出镇，外面是一片玉米地，整个夏天和秋天都是一片绿油油的青纱帐。穿过玉米地有两条小路，一条去凤凰山，另一条则通往河街和码头。方先生对汤少青说："这地方好，街口对面有神仙护佑，药房一定红火。"汤少青也很满意，叫人办完手续后，将院子收拾收拾，种上花草，以便天气晴好之日，方先生可以在此喝茶看书。

　　一应事务安排停当，汤少青请慧能法师挑个吉日准备开业。那时，文昌宫的玉虚道长已老得耳聋眼瞎了，成天只能躺在徒子徒孙铺就的藤椅上，口齿模糊地念叨《北斗经》。他曾告诉汤少青，自己羽化登真后，一定要在望子坡汤大老爷的坟头插一根柳条，这样汤大老爷就又能与他见面了。玉虚道长死于卢沟桥事变的前一天，他最后留给尘世的，是一个用米汤写在地上的"一"字。很多年以后，汤少青看着即将随恩师赴台湾的儿子，终于悟出了玉虚道长当年写"一"字的意思，懂得了世间万物都逃脱不了一了百了的结局。

　　慧能法师选定的日子是端午节，按照传统的说法，五月为"午月"，而午时又作阳辰。所以选择这一天开业，可以汇聚阳气，长盛不衰。汤少青对慧能法师的选择十分满意，认为方先生饱读诗书，能够跟大诗人屈原结缘，也是再好不过的事了。方先生名一鸣，属鸡，故药房取名"鸡鸣"。为此，大堂还专门放置了一尊不知从哪里弄来的石鸡，意寓唤醒大众。

开业那天，由侯世聪书写的黑底金字"鸡鸣药房"匾额，在一片爆竹声中亮相，一些懂书法的士绅纷纷赞叹那一笔一画中，蕴藏着的中国精神。方先生还举办了义诊，镇上几个同道也被汤少青请来陪诊，为磁器口四乡百姓看病发药。一时间仁心远播，民众交口称赞，请诊的队伍长达百米，那番热闹景象着实把原本不以为意的余不笑吓了一大跳。

余不笑是听到如雷的炮仗才打屋里出来的。一月前，当下人告诉说汤家准备开药房时，余不笑还撇着嘴不屑地道："一个世代烧窑的泥脚杆子也敢开药房？真是不知天高地厚！"后来下人又告诉说，汤家请来坐堂的是那个常来磁器口的方先生。余不笑还是轻蔑地哼了哼道："一个游医就能把磁器口的天遮了？简直笑话！"但此时，余不笑无语了。他站在远处，透过弥漫的青烟，目睹了鸡鸣药房的开业盛况。这始料未及的一幕，令他的心一阵阵发凉。

"这是啥光景哟？老天爷也太偏向汤家人了吧？硬是想干个啥就能干个啥嗉？"余不笑酸酸地将目光转向近处街对面与四通商号有关联的药房，看着门楣上那块饱经风雨侵蚀的"福善堂"匾额，不由得咬了咬牙暗自道："真他妈的冤家路窄！"

这年秋天，余不笑的母亲和老婆在同一天去世，余家院子举办盛大丧事，加上天降大雾，整个磁器口像蒙了一层白纱，五米之外皆白茫茫一片，什么也看不见。

天已近晌午，码头候船的人仍云集岸边，等待着大雾散去。只有船老大是另外一种心情，提着酒罐坐在船头，一只土巴碗里装着零零碎碎的猪头肉，甲板上撒了一把花生，那喝酒的方式也很特别，不是先倒进碗里再饮，也不是直接对着罐口吹，而是以手当杯，将酒倒在手心再送入口中。

方先生是去江北刘家台参加党组织秘密会议的，他现在除了经营磁器口联络站，还要兼顾发展组织成员，领导学生运动。根据组织安排，鸡鸣药房多了一个"伙计"，方先生可以腾出一些时间，开展其他方面的工作。太阳被迷雾紧锁，不知何时才能露脸。方先生一身灰色粗布长衫，戴着圆框近视眼镜，站在一群挑担背篓的乡民中，有种鹤立鸡群的感觉。

方先生看着白雾笼罩的江面，偶尔将握在手里的怀表打开看一眼，有点心急的样子。这块产自瑞士的ROLEX怀表，还是方先生的领路人俞先生送的。那时方先生由俞先生介绍，刚加入中国共产党。俞先生看着方先生对着党旗念完誓词，高兴地从胸前解下怀表对方先生说："祝贺你加入组织。把这个戴上做个纪念。"俞先生说完也不等方先生道谢，就将怀表挂在了方先生的胸前。如今俞先生已离开人世好几年了，这块怀表也就成了方先生的一个寄托，凡遇到困难或想俞先生时，方先生都会拿出怀表看看，仿佛表里面有俞先生和无数应对困难的办法。

方先生正想着啥时候云开雾散，旁边农妇背篓里的一只小猫咪突然掉到了水里，众人一阵惊呼。方先生还没弄清楚出了什么事，就见一位年轻人打后面上来，拨开人丛跳入冰凉的江水，将急流中的猫咪救起。农妇感激涕零，大伙儿也对小伙子的义举交口称赞，但年轻人却将目光投向方先生，说自己家就在镇里，想劳烦先生帮忙看着随身携带的皮箱，回去换身衣服。方先生欣然应诺，目送年轻人风一样地远去。

余子川是回磁器口办完丧事准备返校的。十天前，他接到家里人送的信，说奶奶和母亲于同一天去世了。这对余子川确实是个打击，尤其是奶奶的离去，给他增添了从未有过的伤感。余子川出生后是随奶奶长大的，在他的童年记忆中，奶奶就是自己的父母，要吃什么想玩什么，只要告诉奶奶，余子川的愿望就都能得到满足。记得三岁那年，余子川出水痘，奶奶硬是以一副铁石心肠，让人将小孙子的四肢分开固定在小床四角，以免小孩挠破痘子留下疤痕。奶奶有句话余子川一直没忘，那就是"有志者事竟成"。余子川跟父亲尿不到一个壶里，却跟奶奶无话不说。考取大学那天，余子川第一个报告喜讯的人就是奶奶，他将录取通知书放在奶奶的大腿上说："看，我们老余家出的第一个大学生。"奶奶欣慰地摸着孙子的头笑着道："我就晓得这些年没白心疼你！"

余子川哭完灵，安葬好奶奶和母亲，就逼着他爸余不笑拿钱。余子川告诉他爸，自己准备办一张报纸。余不笑说办报纸干啥呀。余子川答，介绍西方先进的科学技术。余不笑看了看儿子，叹口气道："你长大了，家里的钱迟早都是你的，但我担心你拿去惹祸。最近，共产党活动厉害，听说城里有几家报馆就跟他们有关系，你可不能去沾边啦！答应我这个条件，就拿钱给你。"

对于父亲余不笑的担忧，余子川只要想想都觉得好笑。他曾给身边的同学说："这辈子我和我爸就是一对冤家，凡是他喜欢的我都厌恶，不喜欢的我却津津乐道。"这回办报也是余子川的主意，那天从朝天门乘船回磁器口，余子川望着码头上吆喝连连的报童，突然激动地问身边同学："要是我们办一张报纸会怎么样？"不等同学回答，余子川又道："就这么定了！我们来办一张属于自己的报纸。"

余子川要办的报纸可不是为了介绍什么西方先进的科学技术，他要以传播马列主义和共产主义运动为目的。这个大胆设想在那个阴霾的秋天，几乎让所有听到的同学惊讶得合不拢嘴。余子川是整个年级学生中年龄最小的，可胆子却是最大的。在他的眼里，只要是自己喜欢的事情，就没有什么不敢碰的。余子川看着那些傻盯着自己的同学说："只有共产主义能够解放全人类。"余子川正想继续说，便发现师妹赵小曼正深情地望着自己。赵小曼是文学院的学生，比余子川矮一级，喜欢诗歌和话剧，曾在学生自己排演的《玩偶之家》中扮演娜拉。赵小曼出身官宦世家，父亲是重庆盐务稽核处的处长，外祖父做过大清朝的同知。赵小曼从小娇生惯养，性格喜怒无常，但自从在学校认识余子川后，就跟变了个人似的，时时都洋溢出温情。她曾告诉玩得要好的数学系学生洪学敏，这一生非余子川不嫁。可余子川却没这想法，他认为一个真正的革命者，首先要考虑的，是解放普天下的劳苦大众，而不应该沉溺于儿女私情，浪费大好时光。因此，两人的关系一直令人看不懂，一般认为是赵小曼在投怀送抱，余子川坐享艳福；也有的觉得赵小曼是在白费劲，余子川压根就没有跟赵小曼要好的意思。然而，赵小曼却不这么想，她认为余子川是先天下之忧而忧。也正因为如此，她赵小曼才爱得柔情似水，爱得坚决，且义无反顾。

余子川的话显然激起了同学们的热情，大家纷纷表示支持办报，声言有钱的出钱，有力的出力，有钱又有力的就一起出。余子川自然是要做钱和力一起出的那位，这不，请方先生照看的皮箱里，就放着准备拿去办报的一百块银元。

方先生看着换过衣服，不停捋着湿头发的余子川，心里就萌生了一个想法。这不就是自己要找的发展对象吗？小伙子器宇轩昂，乐于助人，而且看样子还是个大学生，正是组织急需要的力量。方先生这样想着就问余子川："你说你是镇上的，我咋个没见过你呀？"余子川笑笑说："我一般都在学校，很少回来。先生也住在镇子头？"

　　"我才来没两天，帮人家的药房坐堂。"方先生谦虚地笑了笑。

　　"哦！我晓得了，你就是鸡鸣药房的方先生，久仰久仰!"余子川伸出右手准备跟方先生握手。

　　"你是……?"方先生伸手握住余子川的手。

　　"我叫余子川，镇里余家院子的。"余子川握住方先生的手摇晃了几下。

　　"哦，听说你家老太太和太太过世了。"方先生关切地看着余子川。

　　"那是我奶奶跟我妈。我就是回来奔丧的，在屋头待了好多天了，今天返校。"余子川笑了笑。

　　"敢问是哪个学校呀?"方先生依旧看着余子川。

　　"重大理学院数学系。"余子川再次笑了笑。这时，江上的雾开始散了，船老大招呼大伙儿上船，准备出发。二人上得船来并排坐在一起，话题也从了解对方转到了兴趣爱好上。方先生说自己最大的兴趣就是给人看病，余子川则表示当今国人更需要医治的是精神与思想。余子川的话匣子一打开，就滔滔不绝气势如虹。方先生听着偶尔露出一丝微笑，偶尔点头表示赞许。船到牛角沱时，雾已基本散尽，太阳在水面泛起一片金色的波光。方先生对即将下船的余子川说："如有时间，下周星期天可到药房再聊。"余子川很是高兴，

说早就想看看家里人念叨的鸡鸣药房，没想到今天却遇到了
药房的主人。

<h1 style="text-align:center">十一</h1>

　　对于印报纸发行，方先生的意见可谓完全出乎余子川所
料。方先生那天坐在鸡鸣药房后面的花园里，一边读着余子
川送来的文稿，一边皱着眉头，仿佛手里拿着的不是一叠
纸，而是一枚烧红的煤圆。方先生浏览完一遍，抬起头对一
脸得意的余子川说：你有没有考虑到自己和同学们的安全？
如果仅仅因为一张报纸，就要让大家坐牢或流血，这是不值
得的。余子川闻言像是当头挨了一棒，脑子霎时间一片空
白，一股红潮从脖颈直涨到面颊。他咬着牙不知说什么好，
但心里却暗道："革命不就是要敢于牺牲吗？"

　　余子川没有听方先生的劝说，他决定自己的事情自己
干，哪怕是流血牺牲也在所不辞。那个冬天，重庆多了几分
寒意，余子川裹一件老棉袄，守在一台老掉牙的德制铅活字
印刷机前，困得不停地点头啄瞌睡。一位满脸油污的中年男
子，将重新试印的报纸交给余子川说："大少爷，差不多就
行了。再磨下去，招来警察就吃不了兜着走啦！"

　　余子川接过报纸，活动了一下有些僵的胳膊道："要出
精品，看的人越多，你才赚得到大钱。"中年男子一脸苦笑
地摇了摇头，叹口气说："这年头赚钱不是首要的，惹不惹
祸才是大事！"余子川仔细检查了一遍，将报纸递还给中年

男子道："就这样给我印500份。"

机器又喊喊喳喳地响了起来，余子川伸了个懒腰，向着大门口走去。他很兴奋，尽管排版校样已经两天两夜没合眼，但一想到马上就能看到自己出版的报纸，余子川就觉得曾经付出的劳累是值得的，所有的疲倦顷刻间都烟消云散了。他来到外面院子，仰起头对着茂密的黄葛树深深吸了一口气，然后一边用手揉着颈椎，一边思考下一步计划。

余子川将平时几个谈得来的同学叫到一起，焚香起誓，喝血酒，然后布置任务，每人完成100份报纸的发送。他还将赵小曼奉献的私房钱分成五份，作为每个人的交通费用。余子川对大伙儿说：我们是在为理想而战斗！共产主义就是用鲜血换来的！

余子川将一摞报纸藏在黄包车座下的工具箱里，对拉车的师傅说，事情完了给你一块大洋。那时正当黄昏，大街上下班回家的人熙熙攘攘。余子川让黄包车师傅从通远门进城，再顺着较场口往白象街去道门口，最后到朝天门。箱子里的报纸已按10张一组分作了十份，余子川首先在通远门城墙边送出一份，看来效果很好，没有引起什么人的注意。然后依次在较场口的四川人酒楼，白象街，望龙门和道门口发送了六份，将剩下的三份全部散发了朝天门码头。余子川越干越起劲，当最后一张报纸通过他的手，传递给一位年轻姑娘时，余子川获得了一种从未有过的满足。他呆呆地望着那姑娘远去的背影，看着夕阳中美丽的剪影，心里一阵发热，两只眼睛也像被烈火点燃了一般。

500份报纸很轻松地送了出去，这对每一位参与的同学来说，简直就是做了一件天大的事。大家欣喜若狂，将剩下的钱全部买了酒肉，在寝室与大伙儿欢庆，搞得学监深夜闻报即刻又从家中赶回学校，不知出了什么大事。

　　学监怒气匆匆地问余子川等人："你们这是要干什么？深更半夜不睡觉骚扰别人。"余子川一副醉态轻狂道："我们高兴，我们太高兴了！"说完便倒在地上吐起来，弄得学监拂袖而去。第二天，一张由校务委员会签发的通告，贴在了校园的大门口，余子川等五位同学因违反校规，深夜饮酒影响他人，给予警告处分。对此，余子川倒是满不在乎，他站在校园外一座小山坡上，对另外四个受处分的同学说："我们是革命者，革命者连死都不怕，难道还怕他们处分吗？"余子川决定趁热打铁，接着出第二期报纸，钱由赵小曼找家里要，其余的人加紧组稿。余子川把一切安排就绪，便回磁器口找方先生去了。

　　方先生正在书房看余子川他们前一天发送的报纸，他一边喝着盖碗茶，一边不时皱皱眉头，仿佛每看完一行，都会出现一次心绞痛。余子川是由药房的伙计带进来的，方先生看着兴奋难抑的余子川，将手里的报纸轻轻放到桌上说："你还是印出来了！"

　　"方先生我们赢了效果出人意料的好同学们都认为该多印一些！"余子川一口气说完，中间连个停顿都没有。方先生起身轻叹一口气道："你们不怕坐牢，不怕死的精神令人钦佩。但做事不能莽撞，不能引火烧身呀！"见余子川低着头没有吭声，方先生又接着道："警察局很有可能已经注意到你了，如果你还把我当作先生或者朋友，愿意听听我的意见，那现在就立刻停止一切活动，老老实实待在学校读书，保护好自己。"

　　余子川其实不知道，自己的行踪早就有人时刻监视着。据田德胜田大爷掌握的情况，余家大少爷近来常和一位姓方的先生见面，而余家大少爷还一手策划编辑出版发行了旨在宣传马列主义的报纸。田德胜很想知道这位方先生是不是与报纸有关，但负责监视的人没能提供更多有价值的消息。气得田德胜田大爷扔掉手中的铁核桃，大骂监视的人是饭桶，如此重要的环节居然没搞清楚。又过了几天，信息反馈回来了，说那位方先生是磁器口镇上鸡鸣药房的郎中。田大爷有些纳闷，一个郎中跟一个大学生搞在一起，这里面是什么讲究？那天，田德胜看着前来打探消息的余不笑说："晓得不？你家大少爷惹祸了。"余不笑一听差点没从椅子上吓得掉下来。田大爷见状赶紧安慰道："放心吧，我们没有打算告诉警察局的人。"余不笑定了定神问："犬子惹啥子祸了？"田德胜也不急着答复，将旁边茶几上的报纸递给余不笑才说："你自己看吧，全是共产党那套鬼话。"余不笑捏着田德胜给的余子川出版的报纸，脸上白一阵又灰一阵，犹如突然撞了鬼，心里暗道："这臭小子简直是在毁余家呀！还跟老子说啥子介绍西方先进科学技术，这分明是在介绍别人来杀头。"

余不笑谢过田德胜田大爷，赶紧打道回府，叫下人去学校将大少爷捆回来。余不笑已很久没捆过人了，回想上一次捆人，还是帮里一位"老人"，因不满余不笑擅自专权清理异己，私底下放走了遭软禁的少帮主郑江龙母子，气得想斩草除根的余不笑勃然大怒，令人将其捆到帮会处以极刑。当然，余不笑不会将自己的儿子处以极刑，但这次余子川的叛逆着实惹恼了余不笑。

余不笑没能等到派去的人将儿子捆回家，却等来了一脸疲惫的张秉文。张大师爷一进门便瘫坐到最近的檀木椅子上，一边掏出手绢擦额头上的汗，一边用他那粤语腔对余不笑道："不得了啦！你们家的大少爷要造反啦！"不等余不笑搭话，张大师爷就从马褂的袖子里掏出田德胜给余不笑看过的那张报纸，摔到茶几上说："好好看看你家大少爷出的报纸呀，这是警察局的朋友给我的啦！"

"警察局？如此说来，犬子真的摊上事了？"余不笑腾地站起身，快步来到张秉文身旁。

"摊上事？这是掉脑袋的事啊！"张秉文接过下人送上的盖碗茶，揭开盖子吹了吹浮在水面的茶沫，忍着烫喝了一口。

"这个兔崽子，挨刀的，如何得了？你、你这个大师爷可要帮我呀！"余不笑扭曲的脸上一片死灰。

"我来就是跟你商量这个事情的呀！"张秉文又呷了一口茶水，打起精神重现出老谋深算的样子。据张秉文掌握的消息，余子川是被人举报的，编辑印刷发送的事实已基本确定，那位给余子川印报纸的人当天就被抓了。不过警察局长目前还没有对余子川等学生下逮捕令。张秉文认为，余不笑应该赶在这之前摆平警察局长，不然，余子川恐怕凶多吉少。余不笑听后连连点头，叫管家拿来一张五千大洋的银票，请张秉文出面去警察局摆平那位局长。

然而，余不笑送出的五千大洋终归还是未能保住余子川。警察局长倒是没拐弯抹角，对随后赶来的张秉文毫不隐瞒地说："没办法，上峰有令，人必须抓。至于后面的事，我既然得了你们的好处，自然会给你们一个满意的交代。"张秉文是个一点通的人，赶紧谢过，并许诺事后还当重谢。

余子川是在回学校的路上被四个便衣摁倒在地的。那时，太阳还没西下，太阳将校门外路边那棵黄葛树拉出了长长的阴影。一个戴墨镜的瘦高个儿恶狠狠地对沾着一脸土灰，做着无用挣扎的余子川说："老实点，不然就毙了你！"余子川还没完全回过神，又被两个孔武有力的男子从地上拉起，左右架着塞进路边一辆挂着帘子的黄包车。与此同时，参与编辑和送报的另外几个同学也被警察带走，只有赵家事先得到消息，派人提前去学校接走了赵小曼。

对于余子川被抓，方先生虽有预感，却没想到来得这么快。此时，他站在鸡鸣药房花园的屋檐下，仔细回想着这些日子同余子川的交往，看看有没有泄露自己的身份，以便做好应对的措施。从码头第一次见面到今天，方先生一共跟余子川见面四次，其中时间最长的一回是在鹅岭。方先生那次给余子川讲了许多做人的道理，也有意询问了重庆大学学生目前的一些状况。综合所有的谈话，方先生认为即使余子川在酷刑下供出自己，敌人也抓不到什么有价值的把柄，无非就是你一个药房的郎中，为何要跟一个大学生搅在一起？对此，方先生倒是有合情合理的解释，那就是帮助余子川做心理辅导。不可否认的是每次见面，方先生都会给余子川激进的想法降温泼冷水。方先生深知，要想把余子川发展成组织的一员，就必须改变其冒进的做派。

方先生的自查结果是安全的，他决定请示组织，发动一切社会力量，营救余子川等重大学生。此时，牛角沱的旧书店已搬到沙坪坝，老莫听完汇报，显然对余子川产生了兴趣，他看着方先生一字一句地问："你认为姓余的学生真能成为我们中的一员？"方先生想了想说："目前看还不成熟，余子川有热情，也很勇敢，骨子里是反帝反封建的。但刚愎自用，好出风头，还需要磨炼。"

"那你这个师傅就好好带他吧！我的意见是营救出来后，让他出去见见世面，捶打捶打。另外，组织同意你跟侯世聪正面接触，但不要主动表明你的身份。"

方先生在小十字翰墨堂见到侯师长的那天下午，侯世聪正在给刘湘的参谋长通话。侯师长有些激动地对着话筒讲："你们手底下的人也太能抓了，哪有那么多的共产党？据说一个上午就抓了100多人。不能放任他们不顾后果地蛮干了，再这样下去，民意是会反弹的！"

方先生与侯世聪在磁器口汤家大院有过一面之交，那是今年中秋节，汤少青备家宴请师父伉俪和方先生饮酒赏月，大家坐在花前月下交谈，用汤少青的话说，师父和方先生彼此欣赏，有相见恨晚的感觉。而客观准确的表述则是方先生自居晚辈，称侯师长是自己学习的榜样，侯师长说得多，方先生听得多。但侯师长也对方先生的养生说大加赞赏，表示要将其作为自己今后的生活指南，好好地加以运用和实践。席间，秦艳秋还助兴演唱了《奔月》，引得大伙儿纷纷叫绝。孙淑珍第一回听到如此美妙的嗓音，更是把秦艳秋说成是下凡的嫦娥，喜得艳秋一口一个妹妹也不忌讳乱了辈分。众人闲聊到午夜方才散去，方先生告辞时，侯师长特地留下话，请他有空去翰墨堂坐坐。

侯师长再次见到方先生很是高兴，二人在窗前坐定，方先生说明来意，侯师长禁不住叹口气道："你刚才也看到了，我是从昨天下午就开始给刘湘办公室打电话，可他们就是不听。靠镇压过日子，能够长久吗？你等到，我马上打电话问那几个学生的情况。"

侯世聪说完又回到桌边拿起电话，打给了重庆警察局局长。警察局长也不躲避，直言说人是在他那里，好吃好喝看着的，连提审也没有。但放人他做不了主，除非刘总司令亲自下命令。侯师长听完又来气了，正想再给刘湘打电话，却被方先生劝阻说："这样没得用，我觉得要联合本市知识界和商界有影响力的人士一齐发声，扩大舆论影响，让政府感觉到压力，恐怕才有作用。"侯世聪放下电话沉思了一会儿道："我担心搞得太猛，会事与愿违。"方先生很赞同地说："是需要有个度，既要给刘湘施压，也要给他留面子，不然路就会堵死。"

在社会舆论和重庆大学创办者兼首任校长面子的双重作用下，刘湘下令释放了包括余子川在内的九名重大学生。这一天也是余子川19岁的生日，赵小曼专门在上清寺荷叶轩设宴为其庆祝。余子川对一起释放的其他八位同学说："革命就是要不怕杀头坐牢，现在大家都坐过牢了，还怕什么呢？这条路我们走定了！"

然而事情却不像余子川说的那么简单，一顿胡吃海喝后，八位同学中就有四个因受到惊吓自动退出。另外有两个迫于家庭压力，也宣布不再从事宣传马列活动。余子川一下子陷入了痛苦之中，他不明白这些同学为何就不能像自己一样，反抗家庭，做一个敢于牺牲的勇士。的确，在反抗家庭这一点上，余子川可谓是大义凛然，寸步不让，搞得余不笑捶胸顿足，毫无办法。后来还是张秉文出了一个主意，让余不笑把余子川送到国外去留学，彻底改变余子川的生活环境。

于是，在1931年那个多雨的秋天，余子川带着一口皮箱，从磁器口大码头乘船直抵朝天门，转民生公司客轮顺长江过三峡去武汉，然后换火车前往广州，再搭乘维多利亚号邮轮，经马六甲海峡越过印度洋，绕好望角一直向北，最后到达大不列颠英国的朴茨茅斯港。余子川这回之所以破天荒地听从父亲余不笑的安排，一是因为身边同学离去滋生的失落，再一个也是最重要的因素，就是得到了方先生的认可。方先生那天在鸡鸣药房的花园对余子川说："你现在目标太大，留在这里也做不了想做的事。不如就依了你父亲，到外面看看，静下心多多思考。我这里可以给你推荐一个人，他在英国很有些办法。明天你来取封信，就说是一位姓莫的先生介绍你去的。"

　　有了方先生的支持，余子川也就定下心来，他对泪眼汪汪看着自己的赵小曼说："你也可以跟家里要求去留学呀？到了那边一样能够干革命。"赵小曼一听说余子川愿意带自己去英国，便扭着家里人大闹，甚至以割腕求死相威胁。可赵家人这次却像是吃了秤砣定心丸，无论赵小曼如何折腾，最后都只有三个字——不许去。弄得赵小曼眼泪哭干没用，想死又下不了决心，真真是难受到了极点。到了年底，不等赵小曼从悲伤中走出来，赵家索性给女儿找了个夫家，出一笔可观的陪嫁，挑个良辰吉日，便敲锣打鼓将赵小曼送了过去。

第二章　江湖取道

一

　　叛徒并不认识方先生，也不认识万县地下组织的联络员，但他知道接头的时间和地点。叛徒还把知道的暗号罗列出来，在认为最有可能使用的内容下，画了一道粗狂的线条。负责抓捕的警备司令部中校行动队队长黄承武，看着纸上那些云里雾里的问答，禁不住疑惑地问叛徒："你确定他们会这么说？"

　　根据接头地磁器口宝轮寺周边的情况，黄队长做出了以下安排：1.所有出勤人员着便装；2.由军警控制码头；3.警察配合行动队在宝轮寺、正街、横街等地布控。

　　这天逢场，一大早，磁器口码头挤满了大大小小的船只，肩挑背扛的乡民一上岸便涌向镇东南的河街。一条二里长三米宽的弧形石板路，临江一边全是鳞次栉比的吊脚楼。石板路两侧大多是些瓷器店，财大气粗的门面，土漆刷得油光铮亮，厚重沉静的色调给人一种威严感。店堂琳琅满目，不仅用的摆的挂的样样齐全，还各自凸显着特色，比如卖青花系列的，就绝不掺杂粉彩，卖青瓷的也绝难看到釉下红。只有卖粉彩的花哨，不论柜台上货架上，还是地上，也不论大的小的，还是不大不小的，都呈现出五彩斑斓的富丽堂皇，最能招惹顾客的眼睛。但外行看热闹，内行看门道。那些真正识货的，可不会被这些表面皮毛的东西左右，他们都长着一双能挑剔到骨子里的眼睛，一瞥一顿一个转身，就能看穿屋里放的是什么货色，让心里没底的老板背脊发凉，猜不透接下来是福还是祸。大概也正是有了这些令人生畏的刁钻客，这块巴掌大的地方，才成了一个酒好不怕巷子深的大磁场，吸引了重庆两江上下游方圆千里的瓷器贸易。

街的两头也有卖油盐酱醋酒、五金布匹杂货的铺子，倒是跟别的地方一样，透着许多的随意和亲切。赶场的地摊几乎都是些农副土特产品，什么新米、大豆、河鲜、糍粑、木耳、蘑菇、干笋、粉条，以及各种腌腊制品应有尽有。从场头到场尾，吆喝、叫骂、讨价还价声此起彼伏不绝于耳。当然，也有纯属来镇子消遣的，打着空手或提一笼鸟，下得船来径直踏着石阶慢悠悠进到镇里，或找一家酒馆坐下花几角钱喊一盘卤花生，勾二两包谷烧，与年轻的老板娘调笑；或直接去茶馆泡一碗本地沱茶，听邻座的言贩子神侃，看老不歇火的棋迷捉对厮杀。

方先生发现镇子里的情况特别，是因为药房门前的街上，多了一些平时少有的陌生面孔。那时，距离约定接头的时间已不到一个时辰，方先生心里一惊，忙提起柜台上昨晚拣好的三副药，吩咐伙计看好铺子，便出了门。外面依然热闹，卖报的，卖炒米糖开水，卖盐茶蛋的你来我往。方先生走在石板路上，不时跟熟人打着招呼，一颗心却早已飞到了宝轮寺。

宝轮寺位于磁器口过街楼对面，背靠马鞍山，面朝嘉陵江，始建于宋真宗咸平年间。相传明朝建文帝朱允炆为躲避叔父朱棣的追杀，曾削发为僧逃至宝轮寺藏匿，故宝轮寺早先又叫"龙隐寺"，磁器口也有"龙隐镇"之称。

宝轮寺门前异常清静，偶尔有人打横街路过也是来去匆匆，只有树上的鸟不时发出阵阵悦耳的啼鸣。方先生暗自做了个深呼吸，一抬腿跨进山门，沿着长满青苔的石梯上山。这里显然已被监视，树后和大殿两侧都有看似无所事事的人。方先生看在眼里，反而没了先前的紧张。他一边走一边思索，如何给接头人示警。

"干啥子的？"方先生刚拐进大雄宝殿旁边的小路，就被两个穿黑衣的人一前一后拦住。

"给方丈送药。"方先生晃了晃手里的中药。

"你是哪里的？"

"镇里鸡鸣药房的。"

这时又过来三个人，其中一位问中间戴眼镜的瘦子："你认识他吗？"戴眼镜的瘦子摇了摇头，一群人才转身散去。

慧能法师正在打坐，见方先生亲自送药，忙起身致谢让座。方先生装作不知地问："寺里出啥子事了？来那么多奇怪的人。"

"听说抓共产党。作孽啊，阿弥陀佛！"

"那我还是先回去，免得惹麻烦。"方先生借口离开，想寻个办法通知接头人。

"好吧，我也不留你，改天见。"

方先生出得宝轮寺，直接往码头边的龙隐茶馆而去。这是预设好的，昨天傍晚，方先生拿着一包干粉条走进茶馆对包放心说："这东西暂时放这里，我有点事，等会儿来取。"包放心听说方先生要放东西，大嘴一咧笑呵呵地道："莫得事，我给你放到柜台里头，保证一根都不得少。"

方先生的"等会儿来取"，自然是紧急情况下为自己去码头做的掩护。按照约定，如果出现意外，方先生可在码头留言栏贴出暗语，接头人看到就不会去宝轮寺了。但今天这一招却没用，不仅留言栏上打扫得干干净净，码头上还有监视的便衣警察。

这一定是组织内部又出了叛徒，敌人才知道这么多。"咋个办？离接头时间还差二十几分钟，接头的同志估计正在去宝轮寺的路上。看来只有冒险鸣枪示警了，但这样必会招来敌人大规模的搜查。"方先生拿着粉条一边权衡着利弊，一边快速返回药房，这时，远处的河街早已沸腾了。

枪响的时候，一个中年男子刚上完最后一级石阶停在过街楼前，右前方不到50米远便是宝轮寺的山门。他的确吃了一惊，紧接着就见几个便衣吆喝着往枪响的方向跑。他全明白了，但返回已无可能，码头早被军警封锁。他看了看不远处的河街，也有便衣特务在堵场口。反倒是镇子里涌出许多人，站在街边叽叽喳喳议论着，于是，他也装作懵逼的样子向镇里走去。

他本想穿镇而去，刚走到高石坎，就听到上面有人喊："回屋里去，都不许出来！"他忙闪进右手边一条巷子，没走多远就到了马鞍山。"居然这么快就出来了！"他暗自惊喜，可很快又明白过来，这是位于镇中的一座山，自己还是在镇子里。他的判断没错，磁器口的地形是三山夹两溪，马鞍山就处于镇中。此刻，他已敏感地意识到，由于这里相对僻静，更容易招致敌人严密的搜查。他有点着急，像一个掉进迷宫不知如何出去的孩子。他咬了咬牙，想上到山顶察看一番再做打算，没想到半山腰竟然有座窑场。他看了看大门上三个沾满灰土的字——广正泰，稍微迟疑了一下，便一头闯了进去。

汤少青看见他的时候，正准备下山。刚才枪声带来的疑惑，瞬间被这个突然冒出的陌生人解了。汤少青迎着他面无表情地问："你找哪个？"

"老哥，我不是坏人。"他下意识回头看了看来的路，又看了看汤少青接着道："你能不能帮帮我？"

"帮啥？"

"我想在你这里躲一下？"

"刚才是你放的枪？"

"不是，我没得枪。"

"那你躲啥？"

"我是外地来的，怕说不清楚。"

"你为啥觉得我会帮你？"

"我也是豁出去了，就觉得老哥你人长得踏实。"

"倒是会说话。跟我来吧！但愿帮的不是坏人。"

汤少青没费什么脑筋，就把他藏到了馒头窑的烟道里，并交代其他人当什么都没看见，该干啥干啥。汤少青做完这一切不禁暗暗笑了笑，是啊！事情往往就这么巧，八年前也是在这里，他和师兄胡阿三也是像此刻一样，把原木材帮帮主郑三的儿子郑江龙藏到烟道里，躲过了现木材帮帮主余不笑的追捕。汤少青正想着，外面就传来了喧闹声，紧跟着进来几个荷枪实弹的警察。

"你们这里看到有人来过吗？"

"没有。出啥事了？"汤少青一副惊讶的样子。

"有共党分子跑到镇里来了，刚才的枪声听到了吗？"

"哦，怪说不得！"

几个警察也不再说什么，进窑场四处看了看，留下一句"发现有认不到的人立刻报警。"便撤走了。

"你是共党分子？"汤少青帮他从烟道出来。

"你看我像吗?"他傻笑着。

"有点。哦,你头上流血了。"

"可能刚才在里面划的。"

"划得有点凶,我去拿点药给你敷起。你要不要吃点东西?"

"不用,喝点水就是。"

"你们看到点,给这个兄弟倒点水。我去去就来,顺便看一下镇子里的情况。"

镇子里果然在挨家挨户搜查,方先生见汤少青进来不禁问:"这时候还出来串门?"

方先生在凤凰溪边朝天开了两枪,将弹壳扔进溪水,便七拐八拐经花园的后门回到了药房。

"我来拿点药,敷伤口的。"

"哪个受伤了?"

"一个认不到的人,搞不好是个共党。"汤少青尽量压低嗓音。

"啊,在哪里?"方先生一脸惊讶。

"山上。"

"等一下,我跟你一起去。"方先生说完也不待汤少青应答,转身进了书房。

方先生确信眼前这个毫不起眼的中年男子,就是自己为其鸣枪示警的接头人。方先生一边为他的创口上药,一边不经意地说:"这天也不下点雨,河都要干了。"

他愣了愣才小心地道:"不着急,等两天吧,上游都下了。"

暗号对上,方先生轻吐了一口气,看了看四周说:"好悬! 你要不是运气好,碰到汤老板,可能就麻烦了。"

"是你放的枪？确实悬！再晚两分钟他们就得手了。"他的话听得一旁的汤少青差点没喊出声来。

"少青，我也不瞒你了，我们都是……谢谢你的帮助！"方先生真诚地看了汤少青一眼。

"嗨，跟我还来这个？"汤少青乐呵呵地看着方先生，掏出水烟袋，心里跟吃了冰激凌一样的快活刺激。

他叫李贵，中共万县地下组织交通员。据李贵说，自从上次万县党组织与重庆方面联系后，即遭受灭顶之灾，联络站被破获，交通员牺牲，其他成员大多入狱，组织完全陷入瘫痪，现在看来，这一切都是因为叛徒。自己是迫不得已，才只身来重庆，按照紧急情况下的约定，在《新蜀报》刊登广告发出接头信号。李贵说："红三军负责接货的同志已到万县，新联络地在万县南门内的清风茶楼，时间是每周一三五的下午三点到四点，暗号换第三种。"

"好，我们尽快买到药，争取一个月内送到。"

"叛徒是谁呢？"方先生看着李贵，又在脑子里将熟悉的同事过滤了一遍。

"不要想了，肯定你们彼此都认不到，不然你就不可能在这里了。"李贵掏出烟取一支递给方先生，自己叼一支点燃继续道："一定要找出这个龟儿子，给大家报仇。"

"放心吧，我刚才已通知我们的人，会找到的。"方先生突然想起在宝轮寺大雄宝殿旁见到的那个戴眼镜的瘦子，忙问："你认识一个中等个子，戴眼镜的瘦子吗？"

李贵想了想道："认不到。"

"你打算咋个办？"

"回万县，红三军的同志还在等我的消息。这次能跟你们联系上，我就算完成任务了。"李贵轻松地吸了一口烟，吐出一股淡蓝色烟雾。

"好吧,这边情况复杂,我也不留你。等会儿我跟汤老板商量一下,安排人送你一程。"方先生说完起身走到汤少青身旁说:"他要回去,能不能让四爷安排人送一程?"

"应该没问题,四爷的为人你又不是不晓得。"

"那就麻烦四爷了!"

朱四爷的确仗义,听到方先生需要帮助,二话没说便挑了两个得力手下,待大搜查一完,便乘散场之机,从豆芽湾混入下行船队,直往涪陵而去。

"真悬!"方先生看了看汤少青接着道:"说实话,我是不想让你卷进来冒这个风险。"

"这就是你不对了,你跟我是啥子关系?还用得着瞒过去瞒过来的吗?"

"呵呵,说得也是。"方先生傻笑着抠了抠后脑勺。

"你多保重吧!我要去趟城头,下月中旬师娘满25,去问哈师父有啥想法。"

"那你顺便也问一下侯先生,能否帮忙买一些消炎药,越多越好。"

"行,没问题。"

二

本来,汤少青的意思是想在秦艳秋生日那天,将师父伉俪请到磁器口的一心酒楼,热热闹闹地欢喜一场。可秦艳秋却想去上海过生日，顺便看看侯师长老上师夏之时的夫人董竹君。侯师长觉得这样也好，免去许多的麻烦，只叮嘱汤少青准备一套汗血瓷器，到时作为礼物送给董夫人。

方先生听汤少青说侯世聪已答应帮忙买药，不禁感慨道："侯先生真是少有明大义的人啊！"一小时以前，方先生与秃头补锅匠老王碰了头，老王告诉方先生，老莫已转移到安全地，但叛徒还没有查到是谁。那个中等个子戴眼镜的瘦子，老莫一时也想不出是哪一个。对此，方先生很是着急，他让老王转告老莫，只有挖出叛徒，自己这边才能放手开展工作。

其时，警备司令部对磁器口行动的失败也非常恼火。黄承武黄队长被上司骂了个狗血淋头，他回到办公室，足足灌了一大盅老鹰茶，才坐下来仔细琢磨那两声神秘的枪响。黄队长去过现场，那是紧靠着清水溪的一片玉米地，没有找到子弹壳，也没有可疑脚印，至于有没有过桥越过溪流逃遁，同样没有找到有力的证据。这个人简直奇了！莫不是化作了空气？这当然不可能。那么，他会不会就是这个镇子里的人呢？黄承武从桌上的烟盒里抽出一根烟点燃，看着窗外继续想：从大搜查的结果看，的确没有谁值得怀疑，但这恰恰说明这个人的厉害。不对，应该是两个人都不简单。枪响时离接头时间就差十几分钟，按理说两个人都在磁器口，鸣枪的目的不外乎是一方通知另一方有危险，但随之而来的搜查，他们又是如何躲过的呢？黄队长让人再次把叛徒叫来。

"你确定在磁器口没有发现有问题的人或者其他啥子？"黄承武示意叛徒坐下。

"没有。"

"那枪响之前，庙子头有人来过吗？"

"有，一共四个。一对拜佛求子的年轻夫妻，一个来庙里帮忙的居士，还有一个是镇里药房的郎中。"

"郎中，他来庙里干啥？"

"给方丈送药。"

"给方丈送药？送啥子药？"

"说是方丈受凉了。"

"那为啥当时没拿药？"

"拿了，刚好前一天服完，送的是接到服的。"

"这么巧？那个郎中查了吗？"

"查了，枪响后有弟兄去过那家药房，郎中在给人看病，屋子里没发现可疑的地方。"

"他们发现你了？"

"应该没有，巴县县委我熟悉的一个都没动。"

"嗯，你要想办法弄清他们是跟哪里的共党分子接头，接头内容是啥子。"

"我晓得。"叛徒哈了哈腰，若有所思地退了出去。

应该说，对磁器口大搜捕反应最敏感的是木材帮帮主、余家院子的掌门余不笑。那天上午，当枪声划破镇子上空，军警随之展开搜查时，余不笑脑海里立刻就浮现出了方先生的影子。余帮主怀疑方先生是共党分子并非毫无由来，最有力的根据就是自己的儿子余子川，与方先生那种说不明道不白的关系。

是啊，一向孤傲的儿子，怎么突然就跟镇上一个看病卖药的郎中你来我往了呢？莫非犬子干的那些事都是姓方的指使的？如果那样的话，这个方先生就必是共党分子无疑。余不笑决定去重庆城找大师爷张秉文说道说道。

"假设你的怀疑是正确的啦，那该从何处查这个姓方的呀?"张秉文看了看余不笑，顺着思路继续道："我认为最简单的办法就是看他去什么地方找什么人啦，然后再看那些地方那些人都是干什么的呀。"

"你的意思是顺藤摸瓜?"

"是呀。"张秉文点了点头道："如果姓方的背后有组织，那他一定会去找他的上级请示汇报工作的呀。这就叫放长线钓大鱼啦。"张秉文走到窗前，看着远处的长江吐了一口气。

其实，对于余不笑调查方先生是不是共党这件事，张秉文是有更深打算的。他认为，既然余不笑那么希望方先生是共产党，从而彻底整倒汤家。那自己又为何不借方先生的共党人头，给刘督办准备一份献给蒋总司令的厚礼呢? 张秉文心里暗道："但愿余不笑能够查实。"

是啊! 一年来，为巴结刘湘，张秉文可谓是绞尽脑汁。他不仅说服大川商行的投资人，将三分之一的股份送给了刘湘，还在刘湘女儿的生日时，以刘夫人的名义摆了一台大酒，将重庆地面上的知名人物一一请到，可谓给刘湘挣足了面子。那天，受邀的侯师长也抹不过刘湘的面子，用他金贵的楷书现场题写了陶渊明的"人无信不立，天有日方明"。弄得大家哭笑不得，不知说什么好。刘湘知道侯世聪还在为国民党左派陈达三将军的死耿耿于怀，于是圆场说侯师长这是在鞭策自己，作为一省之督办要言而有信，不能说了就忘。他还借机表示，要进一步推动四川的民主，让大家都能参政议政，营造出一个和谐的社会。

余不笑从张秉文那里获得了心理上的支持，心情一下子变得好起来。他决定再去找找重庆城的袍哥舵把子田德胜，争取让田大爷也参与进来。余不笑是个懂得利害关系的老江湖，他深知跟踪查找方先生的人事关系，许多时候需在田德胜的地盘上进行，如不得到田大爷的同意，不仅实施起来有困难，弄不好还会惹出一些预料不到的麻烦。所以，不如早点登门说明，一来表示尊重，二来也让田大爷在这件事情上得好处，今后两人的交情也就不同一般了。余不笑想到这里，即令轿夫转向，朝着观音岩田德胜的公口正伦社而去。

田德胜田大爷此时正坐在一张宽大的摇椅上，手里把玩着两颗铁核桃，身边笼子里一只八哥见余不笑进来，便止不住地喊："来客人了，来客人了。"田大爷见余不笑抱拳拱手走近，也在椅子上略微欠了欠身子，算是回礼。有人搬来一把椅子放在田大爷侧前，让余不笑坐，随即又送来一杯茶。田大爷看着余不笑道："今天啥子风把你吹来了？"

"登门见田大爷，自然不是小事情。"余不笑揭开杯盖吹了吹茶沫。

"哦，说来听哈？"田大爷坐起身子，随手将铁核桃递给了身边的人。

余不笑呷了一口茶，放下茶杯再次抱拳道："我在查一个可能跟共党有关系的人，如果查到你老的地盘，还请多关照。"

"警察局的事余帮主也要插一手？忙半天有啥好处呢？"田大爷将身子重新躺回到摇椅里，用脚蹭了蹭地，整个人就随着摇椅晃荡起来。

"至少有两个，一是事成之后，刘督办那里必有说法；二是再次证明了田大爷的实力，从今往后没人敢在你的地盘搞事。"余不笑从袖子里抽出一张交通银行的一万圆银票继续道："兄弟们的活动经费由我出，事成了算我们两个的。"

"余帮主果然有气魄！既然话都说到这个份上了，那我就参一股。往后你要干啥说一声，我这边全力配合。"田德胜再次坐直身子，从身边人那里要过铁核桃，手指一使劲，捏出一阵稀里哗啦的声响。

方先生被死死盯住了，无论外出，还是待在药房，总有那么一两个装模作样的人在十米开外看着。方先生一开始以为是自己暴露了，可仔细一想又觉得不对，如果暴露，盯梢的人就应该是更专业的特务，而不是这些一眼就能被人看穿的街痞。按照组织安排，补锅匠老王的活动点，已由刘家台一带，转到了沙坪坝杨公桥。补锅匠老王每星期来磁器口一次，但不主动联系方先生。如果组织有指示要传达给方先生，老王会在方先生视线内揭掉头上的草帽，过一会儿，方先生就会拿着一口锅，或者其他什么需要补的东西，去老王的摊前。反之，若方先生有信息需要老王带给党组织，便会在药房门上挂出××新药已到的牌子，老王看到牌子，方可进店"买药"。

方先生在药房院子跟汤少青说有人在药房门前盯梢时，朱四爷也在。朱四爷哪能听这些，毕竟磁器口也是米粮帮的地盘，遂叫来帮里弟兄去一旁吩咐了几句，不一会儿，两个盯梢的就被反绑双手蒙着头推进来跪在院子中央。

"说，哪个派你们来的？"朱四爷声音低沉，充满一股杀气。

"没，没得哪个派……"其中一个还未说完，就被朱四爷打断道："好，算你龟儿有种！给我装麻袋扔金子凼喂王八去。"米粮帮兄弟应声将一只麻袋就从那人头上笼到了脚底。另一位见状，吓得赶紧招认："我说我说，我们是木材帮二当家派来的。"

"来干啥？"朱四爷两眼直逼着对方。

"来，来看这位先生都跟啥子人接触，有没得共产党。"那人说毕，一个劲地磕头求朱四爷饶命。

"好啊，姓余的欺负到老子头上了！来呀，通知弟兄们跟我去余家院子！"

"四爷请等一下。"方先生止住朱四爷，看了看汤少青道："我觉得弟兄们就免了，就四爷汤老板和我去吧。"

汤少青也认为没必要把事情搞大，将盯梢的人带去警告一下余不笑，使之今后不敢轻举妄动就行了。于是，朱四爷让手下押着两个盯梢的，与汤少青和方先生一道，直奔余家院子而去。

汤大少爷朱四爷还有方先生，大白天让人押着两个不明身份的家伙在街上走，简直就是一大新闻。镇子一下炸开了锅，人们纷纷出来看热闹，有的还跟着发表议论。路上早有人报进余家院子，未等押解的一行到来，余不笑已候在了大门外。

"余帮主，方先生是老汤家请来药房坐堂的，你这是啥子意思？"朱四爷一脸怒气，双手一发力，将两个盯梢的推倒在余不笑跟前。

"咋个回事？我不认识这两个人。"余不笑看了看地上两个盯梢的，直视着朱四爷。

"说，谁派你们盯方先生的。"朱四爷踢了其中一个盯梢者一脚。

"是，是木材帮的二当家。"

"怎么样余帮主，没冤枉你吧？"朱四爷捏了捏拳头。

"来人啦，把二当家绑到这里来。"余不笑面无表情地看着朱四爷。

　　"等一下！"方先生止住传令者对余不笑说："不才方一鸣，初来乍到，今后还请余帮主多关照。常言道冤家宜解不宜结，绑人的事就请收回吧！"方先生诚恳地向余不笑抱了抱拳。

　　"方先生，久仰久仰！这件事我还真不晓得。前些天倒是听说警备司令部跟各个乡镇打招呼，说共产党活动猖獗，凡是外来人员，一律要查清楚底细，二当家是不是把这个当真了。我这里先代他给方先生赔个不是，改天再喊他自己上门请罪。"余不笑也朝方先生抱了抱拳。

　　"但愿余帮主是真不晓得。我们两家虽有些积怨，但还不至于要撕破脸皮让人看笑话吧。方先生是我请来坐堂的，希望以后余帮主管好下人，不要再发生类似不愉快的事情。"汤少青背着两只手，一副大老爷的派头。

　　"好说好说，我一定严加管束。"余不笑看着方先生等人离去的背影，禁不住咬了咬牙，示意下人给两个盯梢的松绑，才转身进了院子。

三

　　查找叛徒终于有了点眉目，补锅匠老王说，按照先前方先生的描述，巴县县委有个秘书跟叛徒长得比较接近。但此人不戴眼镜，老莫的意思是让方先生尽快确认。老莫还说，一旦确认，就立即清除。那时，中共巴县县委在遭受第三次破坏后刚刚恢复工作没几年。嫌疑人是从下川东地下组织调过来的，虽不是县委领导，却有机会接触许多党的秘密。方先生认为，可以让老王想办法，将其带到相对僻静的地方甄别。

　　进入初秋，重庆的气温反而居高不下，人们常说的二十四个秋老虎，就像一盆盆火，燃烧在山城的每一个角落。补锅匠老王仍戴着他那顶破草帽，挑着担子穿行于大街小巷。根据老莫的指示，他将以通知开会为由，将嫌疑人带到江北城文星门外的三洞桥附近，交由老莫和方先生处理。

　　嫌疑人住七星岗通远门内的金汤街，去江北城可在临江门或朝天门码头乘船。补锅匠老王带着嫌疑人选择去临江门码头，这条路没有那么热闹，沿途多是贫民区，便于掩护。两人保持三米远距离，也不说话，老王在前，嫌疑人跟着。路过大井巷时，嫌疑人说想上茅厕，要老王等一下。老王倒是直率，说自己也想撒尿。于是，老王跟着嫌疑人拐进了巷子。这条巷子直通莲花洞，因中间有一口又大又深的井得名。

　　其实，嫌疑人并不是真要去茅厕，而是想打电话通知警备司令部。他知道大井巷两头都设有公用电话，无奈补锅匠紧跟其后，只好直接去茅厕。

　　"你在巷子口等吧，我还有一阵。"嫌疑人蹲着坑对撒完尿的补锅匠说。

　　"好吧，你快点哟。"

　　"晓得，去吧。"嫌疑人听着补锅匠远去的脚步，赶紧起身出茅厕，不料补锅匠并未走远，见其出来，忙招手示意，弄得嫌疑人很有些尴尬。

　　"这么快？还以为会有一阵。"

　　"怕你等久了，一会儿要想再去。"

两人重新上路，到了罗家巷口子，嫌疑人又说不行了，要如厕。这回老王没跟着，只是叫嫌疑人快点，别耽搁太久。

罗家巷里没有公用电话，嫌疑人打算从另一个口子返回大井巷，但又失算了，补锅匠这回干脆站在了另外那个出口等着。

"你，你啷个在这里？"

"我在这里等你呀！"老王握着补锅榔头的手紧了紧，压低嗓子道："叛徒，老实跟我走。"

嫌疑人愣了愣，转身就往巷子里跑，边跑还边喊"抓共党"。老王见状也不犹豫，追上前照着叛徒的脑袋就是一榔头。补锅榔头有一端为锥形，砸在叛徒后脑上当即戳了个窟窿，脑浆伴着鲜血汩汩流出。老王用脚踢了踢瘫在地上的叛徒，见巷内无人，忙扯过叛徒衣袖擦去榔头上的血迹，溜出巷子挑担而去。

"你确定死了？"老莫不放心地问老王。

"应该是死了。"

"不是应该，是到底死没死？"

"当时情况紧急，怕遭人看到，只踢了两脚，完全瘫了。"

"唉，你也是老同志了，啷个，啷个就这么粗心呢？"

"好了老莫，事发突然，老王也是不得已。我看这样吧，你们赶快通知巴县县委那边与叛徒熟悉的人撤离，我去城头打探消息。"方先生提起药箱，瞬间又成了一位游方郎中。

朝天门码头戒严了，尤其是出城的人，必须经过盘问和检查。方先生跟警察说是来买药的，还提供了有长期供货关系的药商地址和电话。

叛徒确实没死，但也跟死了差不多。黄承武看着躺在法国仁爱堂医院病床上那具不能说话不能动的活体，心里不禁生起一股厌恶。

"查到啥线索了吗？"

"凶手下手的时候，巷子头没得人。"

"那进巷子前呢？"

"没有人注意，不过有人说好像有个补锅匠从那里路过。"

"补锅匠？啥子补锅匠？长啥样子？"黄承武有些兴奋地盯着属下。

"不晓得，那个人说没看清楚。"

"抓，把看到的补锅匠全部抓起来，一个一个审问。"

秃头补锅匠老王被抓了，老王和一大堆补锅匠分关在警察局的三间牢房里，等候讯问。老王是在刘家台被抓的，当时正在补锅，几个便衣不问青红皂白就将老王押上了停靠在路边的囚车。老王被抓时，距离他敲破叛徒的脑袋还不到一天，他看着同屋那些喊冤的补锅匠，很冷静地想了两个问题，一是自己是否暴露，二是待会儿受审该如何回答。对第一个问题，老王很快就想了个透：自己没有暴露，他们抓自己是因为在抓一个以补锅匠做掩护的共党。自己只要撇干净打消他们的怀疑，就有可能走出去。第二个问题要复杂一点，那就是如何来撇干净？老王分析，叛徒是接近晌午的时候被击倒的，警察等到现在才抓补锅匠，证明他们是在查访中知道有补锅匠这个人的。因此，只要自己能证明昨天有不在现场的证据，就可以撇干净。老王回想，昨天上午自己是从江北城过的江，干倒叛徒以后，又从朝天门原路返回的。去来两趟人都很多，自己挤在角落里，又戴着草帽，驾船的人应该注意不到。下船后直接去三洞桥向老莫和方先生报告，分手大概还不到下午两点，在药家沟吃的午饭，然后经过米亭子和聚贤岩时补了两口锅，下午都在刘家台简家台一带揽生意。基于自己的流动性，只要一口咬死一整天都在江北，就很有可能蒙混过去。对，他们就是去问，也未必就能问出一个上午几点到几点不在江北的结果。老王想到这里，也跟着其他补锅匠一起喊起了冤。

提审老王已是第二天的早上，负责讯问的警察显然已经疲惫，不停地打着哈欠。这时，警察局长陪着黄承武打外面进来，警察立刻打起精神凶巴巴地问："说吧，你是哪里的？"

"江北刘家台的。"老王一副委屈的样子。

"昨天上午你在哪里？"

"在江北呀！"

"说具体点，去过哪些地方？"

"大概八九点钟出门，去的江北城，在药家沟吃的晌午，去过米亭子、聚贤岩，下午都在刘家台简家台这边。"

"去过城头没得？"

"没有。"

"现在住哪里？"警察看了老王一眼，有些不耐烦地拿起笔准备记录地址。

"刘家台拾号，挨河边的李老头隔壁。"老王用指头抠了抠鼻子，故意恶心警察。

"你要是撒谎就死定了！下一个。"警察果然厌恶地挥了挥手，让看守把老王带了出去。

补锅匠老王虽然蒙混过关，但方先生还是觉得要小心对待，以防敌人再度抓人。他建议老王以后尽量不要去重庆城，除磁器口外，活动范围就在江北，且注意预留证人。老莫对躺在仁爱堂医院的叛徒也不放心，盘算着如何清除这个不确定因素。方先生说自己有个大学同学在仁爱堂医院，买药的事也正要找他，可以先摸摸情况再做决定。

法国仁爱堂医院位于重庆城西北边的天灯巷，始建于1902年，典型的欧式建筑，旁边是一座教堂。方先生站在医院台阶前见到宋致远时，隔壁教堂里正好在做弥撒，优美婉约的圣歌伴着管风琴的声音，仿佛来自盛大的苍穹。宋致远跟方先生在华西协和大学医科念书时同寝室，后来又属同一个实习小组。宋致远是地道的重庆人，比方先生大两岁，在校期间，处处给予方先生兄长般的关怀。学成后，方先生留在成都做了老师俞先生的助手，而宋致远则回到重庆，成了法国仁爱堂医院的一名外科医生。掐指算来，两人已有十多年未见了。

老同学重逢自然高兴，宋致远非要请方先生去家里吃饭，并给在药房当药剂师的老婆介绍："看，这就是我常跟你提起的大学同学罗义鸿。"

"现在改名叫方一鸣了。嫂子好！"方先生一边解释，一边看着老同学幸福美满的家，一时竟拿不定主意该不该让宋致远帮忙。

"啷个心不在焉的？你有啥事吗？"宋致远待老婆离去问方先生。

"没得，只是……"

"只是啥子？在我跟前还装？"

"唉！我们去那边说。"

两人来到花园，方先生道："本想请你帮个忙，现在不需要了。"

"啥子事？哪个又不需要了？说。"

"本来想请你帮忙打听点事情，怕给你惹麻烦。"

"啥子事情？"

"有个头部重伤的人，现住在你们那里？"

"你是说警备司令部送来那个？"

"对头，我也是受人之托。"

宋致远点了点头道："归我管，目前重度昏迷，估计会成植物人。"

"那有没得可能醒过来呢？"

"这个很难说，你也晓得，每个人的体质不一样。"

方先生也点了点头，轻吐一口气说："有件事想拜托你，如果这个人有醒来的迹象，请告诉我一声。行吗？"

"没问题。你这是……？"

"你还是不晓得好，我实在是不想给你惹麻烦。这是我的电话。"方先生将一张写有电话号码的纸条递给宋致远。

"跟我还保密？"

"不是这意思。你有家，要为嫂子和孩子考虑。"

"唉！看来我只能当一个俗人。"宋致远苦笑着。

"啥子俗人，只要吃饭就都是俗人。"宋致远老婆笑着道："吃饭吧，中午我也没得准备，随便在外头买了些菜。义鸿，哦，是一鸣，你别见笑哈。"

"给你添麻烦了，真是不好意思。"

"嗨，跟你嫂子还客气？她呀，比我还好客。"宋致远拉着方先生去了餐厅。

桌上早已摆了八大盘，四凉四热：白砍鸡、油酥花生、烧腊拼盘、凉拌茄子、酸菜鱼、回锅肉、咸烧白、烧牛肉，还外加一个西红柿蛋汤。方先生很不好意思地说："你们搞得也太多了！"

"没关系，吃不完下顿吃，不会浪费的。"宋致远老婆又拿过一瓶剑南春酒递给丈夫。

"你们家女儿呢？"

"哦，她在电话公司上班，中午不回来。你们先喝酒吧。"

"你呢？孩子多大了？是儿子还是女儿？"宋致远接过老婆递来的酒杯倒上酒。

"是个儿子，跟她妈在老家。"

"啥时候接到重庆两家人一起聚聚？"

"一定会的。"

"来干杯！"

"干！"

"一鸣以后有啥事就尽管来找我们，跟老宋说。"

"谢谢嫂子！我还真有一件事要咨询，你们医院的药是哪里供货？"

"主要是两家公司，益和跟大川。怎么啦？"

"有个朋友想买药。"

"买啥子药？"

"磺胺柴胡麻黄碱这一类。"

"这是管制药品，没得警备司令部和警察局的证明买不到。"

"嗨，要证明人家一鸣还问你？"

"有个人你可以问一下，看他有没得办法，我一会儿把他的电话给你。"

"谢谢嫂子!"

宋致远老婆给方先生介绍的人姓徐,是储奇门一家药材商行的老板。徐老板做生意有些门道,有时也给医院送一些紧俏货。方先生第二天下午与徐老板见面时,做了易容,看上去很有些黑白两道通吃的派头。两人坐在江北城一家茶铺里,就药品的买卖进行了以下对话:

"听,听说你,你这里能买到管,管制货?"

"哪个跟你说的?"

"一,一个热,热心帮忙的朋友。"

"要些啥子?"

"磺,磺胺、柴胡和,和麻、麻黄碱。"

"要好多?"

"有好,好多、要、要好多。"

"你是……?"

"跟,跟你一样,做生,生意的。"

"这可是掉脑袋的事情!"

"放、放心,你不,不认识我,我、我也认,认不到你。你你把货放,放到一个地方,钱一文不,不得少你。"

"好吧,后天中午给我打电话。"

可是,当方先生在约定时间打通徐老板的电话,事情却发生了变化。徐老板在电话里很失落地告诉方先生,那批已经备好的药,前一天被警备司令部的人登记了,现在谁也拿不走,除非有警备司令部或者警察局的购买证明。

方先生有些急了,怎么办?药品须尽快凑齐送万县交给接货人。现在情况这样,时间可是不等人。方先生站在柜台前,盯着那台铜制的电话机出神。

丁铃铃,电话响起,惊得方先生打了个颤。他回过神拿起话筒，是宋致远打来的，问方先生要的东西是否买到。方先生苦笑着说："煮熟的鸭子让别人抢先端了。"

"哦，有其他办法吗？"

"暂时还没有。"

"那你到医院来一趟吧。"

方先生放下电话，都没给伙计打招呼，便一溜烟朝码头而去。

"一小时以前，他的手指头动了一下。"宋致远摘下眼镜用手绢擦拭着。

"你觉得啥时候醒？"

宋致远将眼镜戴上道："不好说，也许明天，也许一个星期。"

"我能进去吗？"

"不行，门外有看守。"

"还有其他办法吗？不能让他醒过来，会死很多人。"

"你也会？"

"差不多吧！"

"那我来弄。"

"不行。这件事跟你没得关系。"

"啥子有关系没关系？你的事就是我的事。"

"绝对不行！你有老婆娃儿，不能牵扯进来。给我说说周围的情况，看有没得别的办法。"

"好吧，你回头看三楼左边第三个窗户，他就躺在里面。靠另一边是走廊，左边两个窗户是手术室，楼下是产房。"

"几个看守？"

"两个，大概四个小时换一回。"

"看守不进屋？"方先生一边打量着大楼，一边在心里盘算。

"一般不会，除非需要帮忙。"

"你今天有啥安排没得？"

"下午有一台手术。"

"看守啥时候换班？"

"刚换过，下一班要等到下午4点。"

方先生想了想道："你的手术能拖到5点以后做完吗？"

"啥意思？"

"我想你在看守换班前进手术室，我在他们换完班后装作查房进去，等他们发现情况，你还在手术，这样就不会怀疑你。"

"我倒是可以安排晚一点手术，但你行吗？"

"应该没问题。你给我准备衣帽口罩，还有听诊器和注射器。"

"好吧，你千万要小心！你要的东西我会放在二楼诊室，就是上楼左手最里面那间。我把钥匙给你，你出来把钥匙放在桌子右边抽屉，然后锁门，我有备用钥匙。"

"放心吧，我晓得了。"

两人分手后，方先生打了两个电话，一个是给老莫的，暗语意思是叛徒有清醒的迹象，将于下午展开相应行动。另一个是打给汤少青的，内容是请朱四爷安排船只在储奇门码头接自己。

下午4点刚过，一位"老人"步履蹒跚地来到仁爱堂医院，他不时咳嗽着上了二楼，瞅准走廊上无人，便快速靠近宋致远医生的诊室，用钥匙开门进入。他熟练摘掉假胡须和假发，脱去破旧的长衫，戴上一副金丝眼镜，从门后挂钩取下白衣白帽迅速穿戴好，再从柜子里拿出口罩、听诊器和一支灌满药物的注射器。他从容戴上口罩，将听诊器挂在脖子上，针头和注射器分放到左右口袋，再把钥匙放进桌子右边的抽屉，拿起桌上的病历记录板，然后拉开一条门缝看了看外面，才轻松出去锁好门，向楼梯口而去。

三楼也很安静，偶尔有护士打一间病室出来去另一间病室，留下开关门的声音，一切都很正常。他微低着头，右手插在衣袋里握着注射器，左手拿着记录板，不急不慢地往目标走去。

"干啥子？"

"查房。"

"又查房？宋医生呢？"

他朝着旁边的手术室道："在里面做手术。"

"进去吧。"看守把门打开，跟着一起进了房间。

屋子里有些暗，叛徒躺在床上像一截木头，一根淡黄色的胶皮管一头插在他的鼻孔，一头连着氧气瓶。

有尾巴，根本不可能注射毒药。方先生有些心焦，他装着不经意看了看四周，目光掠过氧气瓶时，突然有了主意。他先摸了摸叛徒的颈动脉，又翻开眼皮看了看瞳孔，然后将记录板放在床头，让看守把窗户打开，自己转到放氧气瓶的一侧，撩起被子说："请过来帮忙翻个身，我要看看他背上长褥疮没得。"

看守很不情愿地来到床前，伸出双手使劲翻病人的身子。这时，方先生前倾身子挡住看守的视线，伸右臂反手关上了氧气瓶的阀门。

"行了，没什么大的问题。"方先生直起腰，拿上床头的病历记录板，泰然自若地走出了病房。

四

　　一阵风吹得对面的窗门哐当一声重重砸过来。黄承武看了一眼，突然惊讶地问电话的另一端："啥子，死了？哪个回事？"

　　"不晓得哪个把氧气关了。"话筒里的声音清晰且急促。

　　"啥子时候?"

　　"快下班的时候宋医生发现的。"

　　"之前有没得人来过?"

　　"没得，哦不，有个医生来查过房。"

　　"哪个医生？混账！赶快封锁医院，找到那个医生!"黄承武扔下电话向门口的人大喊："所有人都跟我去仁爱堂。"

　　天色渐渐暗了下来，仁爱堂医院的全体医生护士都站在楼下院子里面面相觑，他们大多不清楚医院发生了什么，只有少数几个知道事情的严重性。宋致远当然是最明白的一个，他看着下午当值的两个看守，打一个个医务人员身前走过，心里直觉得好笑。一小时前，宋致远已经往鸡鸣药房打了电话，用事先跟方先生约定的暗语告诉对方，叛徒已呜呼哀哉了。

　　两个看守逐个挨着看了一圈，没有找到那个查房的"医生"。他们耷拉着脑袋回到黄承武的跟前，用比蚊子大不了多少的声音报告："没有那个医生。"

　　黄队长显然已经预料到了这个结果，他伸手推开两个看守，走到台阶前问院长："人都到齐了？"

院长点点头说："都到齐了。"

"你们有没有一个中等个子，戴金丝眼镜的医生？"

"戴眼镜的都在，戴金丝眼镜的，就只有宋医生。"

"宋医生在哪里？"

"宋医生，你过来一下。"院长朝右前方招了招手。

"院长，啥子事？"宋致远看了看黄承武。

"这就是宋医生。"院长给黄承武介绍。

"哦，宋医生好。我想问一下，你啥时候发现他已经死了？"

"大概是快下班的时候吧，具体时间我没看。"

"你之前在做啥？"

"我从三点半开始一直在做手术，完了以后查房发现的。"

"查房？在你之前也有一个医生查房，他是谁？"

"不知道。我没有安排哪个查房。"

"一个跟你一样，戴金丝眼镜的医生。你认识吗？"

"不认识。"

"真不认识？"

宋致远看着黄承武不解地摇了摇头。

叛徒被清除，使大家感到一种久违的轻松。老莫告诉方先生："巴县县委的同志很感谢我们，并要我向你代致问候！"方先生虽高兴，但想起买药受阻不免忧心忡忡。老莫不解地问："哪个不高兴呢？"

"徐老板那里的药卖不出来了，侯先生那里只买到十多斤磺胺粉，太少了。"

"还有别的路走吗？"

"只有再找找我那个老同学。"

"嗯，这回幸亏有他帮忙，不然还真够呛。方便的时候代组织向他道个谢。"

宋致远介绍的英国人名叫罗尔森·赫德，是原海关总税务司罗伯特·赫德的侄子。宋致远告诉方先生，罗尔森代理着好几家公司的药品，仁爱堂医院需要的药90%都是从他那里进的。只要找到罗尔森，买药应该不是问题。方先生大喜，问罗尔森现在哪里，宋致远却摇了摇头说自己不知道，要问他老婆。可是，宋致远老婆也不知道，说医院进药都是打电话给罗尔森下面的公司，至于罗尔森本人在哪儿，估计只有领事馆和海关的人知道。

为了不引起别人注意，宋致远让曾在英国留学的老婆去了一趟领事馆。得到的消息是，罗尔森在两路口和南岸海棠溪均有私宅，究竟住哪里却没个准。事不宜迟，方先生决定上门探访。按照老习惯，他易容后先来到两路口桂花园拾陆号，看院子的人说最近罗尔森先生没有回来过。于是，方先生又去了海棠溪。罗尔森倒是住在这里，但一个小时前被海关的朋友叫走了，至于何时回来，今晚还回不回来，下人也说不准。方先生有点迷茫，是在此死等还是打道回府明天再说呢？此时天色向晚，两岸灯火点点，映在水面犹如群星闪耀。方先生想想吁了口气，向下人要了电话，才很无奈地离去。

方先生见到罗尔森是在第二天的中午。在此之前，方先生打了三次电话，一次说罗尔森先生还未起床，另一次又说罗尔森先生在上卫生间，待到第三次罗尔森接到电话，一个上午已过去了一半。方先生告诉罗尔森，欲购买大量药品，详情需面谈。罗尔森很不情愿地用他变了味儿的中国话嘟噜道："好吧，两小时后在海关旁边的咖啡馆见。"

方先生第一眼看到罗尔森，便想起一头棕熊，秃脑袋几乎直接长在厚实的肩上，肥大的身躯一不小心就会挡住一扇窗户。罗尔森问方先生是哪个公司的，方先生说没什么公司，就是私人代购。罗尔森一听就把脑袋摇得跟拨浪鼓似的道："不行，我的药不卖给个人，必须要机构才可以买。"方先生说这不一样吗，都是买。罗尔森继续摇着脑袋说："这不一样，机构买出了问题可以找得到，私人买就来无踪去无影了，这是我在中国做生意总结的经验。"

方先生傻眼了，他万没想到罗尔森做生意还有这么一个规矩。这可如何是好？方先生出得咖啡馆，在僻静处将帽子和假胡须假眉毛摘掉放进手提包，正踱步寻思着还有没有别的办法，就听后面有人在喊："方先生好啊！怎么上这里来啦？"

跟方先生打招呼的是张秉文张大师爷，两人在磁器口有过一面之缘。"哟，张副会长好！我办完事，正准备回磁器口。"方先生拱手略施一礼，让张秉文走到身前并肩而行。

"方先生啊，你说我这腰痛吃点什么药管用啊？"

"腰痛原因很多，需确定是哪里出的毛病方可用药。张副会长下次到磁器口，不妨来我那里小坐，看能否有点帮助。"

"方先生客气啦，下回到磁器口一定上门讨教呀！"药材公会到了，张秉文抱了抱拳说："我去办点事啦，方先生慢走啊！"

看着张秉文进大楼的背影，方先生突然有了新的想法，如果有药材公会的证明，买药送药不就成了堂而皇之的事情吗？看来还得找老同学宋致远。

其实，宋致远与药材公会并无联系，但药材公会的会长是他的病人。医患关系有时就是生死之交，这位腹部挨过宋致远一刀的会长，听说宋医生的朋友要买药，二话不说，打开抽屉拿出一张盖有公会印章的空白证明，递给了宋致远。

真是得来全不费工夫呀！方先生谢过老同学，再次来到海棠溪。

"不行不行，你这个证明现在买不到你要的药，卖给你政府会找我麻烦的。"罗尔森摇着脑袋，将证明递还给方先生。

"那，那要什么证，证明才能买到？罗，罗尔森先生。"

"警备司令部的证明。"

看来敌人对药品的管控比想象严格多了，警备司令部的证明可不是那么容易拿到的。方先生的心情不禁变得沉重起来。

"这下难办了，除非自己有公司。"宋致远给方先生倒了杯咖啡。

"你们医院咋个买药？"方先生接过咖啡道了声谢谢。

"这要问她们药房。"宋致远将目光转向一旁削苹果的老婆。

"也要去警备司令部开证明，然后再到药商那里买。"宋致远老婆将削好的苹果递给方先生，方先生忙摇手婉谢。宋致远老婆笑道："我看你们干脆去偷算了，又省事又能达到目的。"

"嗨，怎么跟一鸣说话？啥子偷不偷的？听起不舒服。"

"嫂子开玩笑，你何必认真？要是真能偷得到又好了。"方先生自嘲地笑了笑。

"啷个偷不到？跟药商说好假偷不就行了？"

"假偷？"方先生看着宋致远老婆愣了愣，一拍脑门道："对呀！我咋个没想到这一招呢？还是嫂子厉害！"

"啥子假偷真偷？我啷个越听越糊涂了？"宋致远不解地看着老婆。

宋致远老婆也不理丈夫，接着对方先生道："关键是要找一个愿意跟你们合作的药商。"

"是啊，这个人不好找，弄不好是要掉脑袋的。"

"可以再去找徐老板谈谈，多给钱看他敢不敢。"

"不要听她的，尽出些馊主意。"宋致远终于听明白了。

"你不懂，人家方先生心里有数。"

"致远，也许嫂子说的这条路能够走得通。我先回去好好想一想，就不在这里吃晚饭了。"

宋致远见老同学一脸的认真，也不强留，将方先生送到门口又嘱咐道："凡事小心为好，我可不想看到你出事哦。"

"放心吧，我会谨慎小心的。"方先生告别宋致远夫妇，径直来到通远门搭上了去磁器口的客车。一路上，他又将假偷所需的条件细细想了一遍。待回到药房，心里已大致有了一个轮廓。

方先生再次见到徐老板，是在第二天的下午。方先生在电话里告诉徐老板，他有办法买徐老板的那些药。徐老板正为自己的药销不出去发愁，听方先生这么一说，立刻答应见面细聊。

"我，我们付付你钱，然，然后把药'偷'走，如，如何？"

"这，这要是被警备司令部发现我就完了。"

"绝，绝对不会。这，这件事只有你，你知我知，其，其他人都都以为是真偷。"

"那好吧，你们手脚利落点。我那周围可都是些明白人。"

"没，没得问题。不过你，你要帮忙把另，另一批药买，买回来，我们一，一起偷。"

"去哪里买？"

"洋，洋人罗尔森手，手头。"

"这个，警备司令部刚开过证明，再开会引起怀疑。"

方先生想了想道："要，要是医院找你买，买药呢？"

"有医院的订购单没问题。"

"好，你，你等我的消息。"

方先生再次来到宋致远家，将情况大致说了一遍。

"你们也太贪了，徐老板的药都还不够？"宋致远老婆很惊讶地看着方先生。

"朋友说多弄点，反正都是偷。"方先生不好意思地笑着。

"下订单是药房的事，只要给警备司令部报备一下就可以了。"

"那就好！你们能下好多就下好多。"

"我明天去看了才晓得。"

根据徐老板提供的库房位置图，朱四爷认为最好的进入方式应该是下水道。但方先生却不同意，觉得那样就没有"偷"的痕迹了。徐老板堆放药品的仓库是一间废弃的作坊，位于储奇门的刁家巷，左边是一家碗铺，右边是一条支巷，对面也是一家药品仓库。方先生说："动作要大一点，一定要有偷了一家还想偷第二家的架势，得手后把货送到塔子山，那里有人接应。"方先生布置完又问了参加行动的人员情况，朱四爷拍着胸口道："方先生就放心吧！都是我的过命兄弟，个个身手不凡，你那一百斤药保证偷出来。"

午夜，一场大雨浇灭了刁家巷的喧闹，就连更夫敲打的梆子声也显得有气无力。几条黑影顺着墙根来到徐老板的仓库背后，用一把锋利的尖刀，沿串架木方依次割断石灰壁中的篾笆，不一会儿便在墙上开出一扇门来，两个蒙面汉入内将放在指定位置的货取出直奔江边，其余人则把屋里搞得一片狼藉，又去街对面仓库的墙上弄出一些挖墙的痕迹，撤离时还故意将一片瓦使劲抛向屋顶，高喊两声："抓贼啦！抓贼啦！"才消失在雨夜中。

然而，补锅匠老王在塔子山江边的岩石下等了一夜，却未见有船过来。天空翻鱼肚白的时候，雨停了，老王怀揣十八个吊桶，挑着他的补锅担子，奔磁器口而去。他不知方先生是否安全，但他知道药品肯定出事了。磁器口这天逢场，老王夹在赶场的老乡中，一步步靠近鸡鸣药房。周围没发现什么异常，老王高喊"补锅啰！"打药房门前走过。听到吆喝的方先生忙出来喊住补锅匠，回身拿出个洋瓷盆子递给老王，并低声道："还是没拿到。"

方先生说的还是没拿到，即是药没拿到。昨晚两个负责送药的米粮帮兄弟，刚把船划出去，就被巡逻的水警发现，情急之下只好将药沉入江中跳水脱逃。朱四爷天不亮就来到鸡鸣药房，将事情经过原原本本告诉了方先生。方先生得知药品损毁虽觉心疼，但人员安全却是幸事。他让老王转告组织，需尚待时日，另寻机会。

方先生第三次见到徐老板，将十块大洋递给对方说："不，不好意思，给你添，添乱了。"徐老板看着方先生一脸惶恐地问："你们到底是啥子人？"方先生笑着道："这，这个不，不晓得最好。不过你尽，尽可放心，跟我，我们合作不会让，让你吃亏。"方先生还想请徐老板再次帮忙，向警备司令部申请补购丢失的药品。徐老板却怎么也不答应，说再这样玩下去自己的脑袋就要搬家了。方先生对此倒是理解，但提出了一个问题："如，如果不申请补，补购，警，警察会不会怀疑先前是一桩假，假买卖？"

"那啷个办呢？"徐老板不由得紧张起来。

"只，只有补购，我，我们会帮你做好一切。"

"那就谢了！"徐老板抱拳拱手，暗暗长吐了一口气。

五

徐老板的补购申请没像预料的那样顺利获得批准，而是转到了负责刁家巷盗窃案的黄承武黄队长手里。黄队长看着徐老板的补购申请，心里不禁生出两个疑问：一是为什么徐老板刚刚买进管控药就被盗？二是储奇门周围药品库房近百个，比徐老板库房位置更宜偷盗的有的是，盗贼为何偏挑徐老板的库房下手？

黄队长素来以嗅觉灵敏得到同行夸赞，由于对共党分子保有一份高度警惕，重庆警备司令部一直视其为能力最强的侦讯高手。为了消解自己的疑问，或者叫证明自己的猜测，黄队长决定从失窃药品的销售环节入手调查。在一个和风细雨的早晨，黄队长同罗尔森进行了以下一番轻松的对话：

"这批药原来有一个人想买，因为是私人购买，我没有卖。"

"哦，你还记得这个人叫什么？长什么样子吗？"

"有点瘦，留胡须，眉毛很长，戴着帽子和金丝眼镜，右眼角上有个小瘊子，大概五十岁左右，个子跟你差不多，叫什么他没说。"

又是金丝眼镜。黄队长愣了一下接着问："他是怎么找到你的？"

"说是别人介绍的。"

"这个别人是谁？"

"不知道。"

"那这个人如果再次出现，请罗尔森先生及时通知我们。不胜感谢！"

"不客气，协助政府也是我的义务。"

随后，黄队长又来到仁爱堂医院药房，问宋致远的老婆："为什么找徐老板买药？"

"徐老板是医院的供药商之一，没有为什么。"

"我看过你们的药品存量，磺胺和麻黄碱正常情况都可以维持两个月，为什么还要进货？"

"你说的是正常情况，医院药房是以非正常情况备药的。况且这两种药因为管制，市面上本就紧俏，只要价格合适，有多少我们就愿意进多少。"

黄队长最后找到徐老板，他看着有些紧张的徐老板，在屋子里来回走了一遍，才慢吞吞地道："听说你常给仁爱堂送药，都送些啥子药啊？"

"啥都送，他们要啥我就送啥。"

"也包括这些管制药品？"

"是的。"

"那上一回送磺胺麻黄碱是啥子时候？"

"没，没得上回，这是第一回。"

"这么说你第一回送就送给别人了？"

"我这是被盗，黄队长可不能这么说。"

"那我问你，比你库房更偏僻的有的是，盗贼为啥偏偏偷你？而且还是你刚进了这些管制药之后？"

"哎哟喂，这个我哪里晓得哦？他要偷我有啥办法呢？只能怪运气不好噻！"

"有没得一个中等身材，戴金丝眼镜留胡须的人找你买药？"

"没，没得。"

"到底有没得？"黄队长目光似箭地盯着一脸惊恐的徐老板。

"没得。"

"我会查你，如果你说谎，你就完了。"

黄承武黄队长回到办公室，立刻在徐老板的补购申请上批了四个字"准予补购"。他对属下说："好生给我盯住，我倒要看看这些药最后会到哪个手里。"

黄队长的如意算盘这回又落空了，原因是徐老板一拿到补购证明，便转手卖给了大川商行的张秉文。张秉文，也就是张大师爷，这些年傍着刘湘这棵大树，是什么生意赚钱就做什么生意。自从药品管制令颁布，张秉文就专门倒腾管制药，储奇门一带的药贩子都知道，大川商行才是行业中真正的老大，只要跟张大师爷合伙儿做买卖，就没人敢找麻烦。其实，徐老板也是被逼的，跟张秉文做买卖，那是鸡脚上刮油，没几个赚。可没办法呀，与其让那个黄队长天天盯着，还不如把麻烦抖给别人，自己落个一身轻。

应该说，徐老板的无奈之举纯属误打误撞，既救了自己也救了方先生。就在黄承武知道徐老板将补购证明倒给大川商行，心有不甘地撤走监视徐老板便衣那天下午，方先生就出现在了徐老板的眼前。方先生还没开口说要继续买药，徐老板就两手一摊告诉说："不要找我了，补购证明给大川商行了，要买药去找张大师爷吧。"

方先生很有些郁闷，经过白象街药材公会大楼时，突然想起上回张秉文进去办事的情景，赶紧转身加快脚步往仁爱堂医院走去。

"你听说过张秉文这个人吗？"方先生来不及坐下，就急不可待地问宋致远。

"没有。怎么啦？"

"他手里有药，要是药材公会的会长愿意帮忙，问题就解决了。"

"哪个帮？"

"就是跟张秉文介绍生意，让他把药卖给我们。"

"这个应该没问题，我打电话问问。"

"不要打电话，还是面谈。另外也不要提我，不能让张秉文晓得是哪个买药。至于钱，多付一点都无所谓。"

老话说得好，一把钥匙开一把锁。有了药材公会会长的撮合，方先生需要的药终于买到了。三个米粮帮兄弟将两只麻袋分装的磺胺粉和柴胡送到鸡鸣药房时，方先生和汤少青都禁不住长吐了一口气。

"少青啊，这回多亏有你，不然我还真没钱买。"

"嗨！又说这个。还有完没完啦？"

"好，不说这个了。不过还要麻烦朱四爷，这些药须尽快送到万县去。"

第二章

江湖取道

·125·

"四爷为人你又不是不晓得，既然前面都出手帮了，后面的还有啥说的？你就尽管吩咐。"

"好，那我们就请四爷过来商量商量。"

方先生交代完药房伙计去豆芽湾请朱四爷，又跟汤少青说起了药品如何伪装的问题。按照方先生的设想，药品须包装严实，不能漏水，更不能被敌人发现。汤少青觉得这确实是个难题，无论走水路还是陆路，沿途的检查都非常严格，可以说要把一百多斤药神不知鬼不觉地送到万县，真是件很难做到的事。

"你上回说侯先生要去上海？"

"是啊，未必你想让我师父来送药？"

"不是，我在想能不能借侯先生的名。"

"借他的名？啥意思？"

"就是可不可以把药变成他名下的啥东西，比如礼物之类的。"

"礼物？没听说师父要带啥呀？"

"我们可以帮他想啊。"

"嗯，有道理。本来师父就喊我烧一套餐具送人，那就再烧几个瓶子给师父。"

"对，以你家汗血瓷的名气，侯先生作为礼物拿去送人，完全合情合理。"

"关键是这跟检不检查有啥关系呢？"

"只要有一张刘湘签发的通行证，一切就都好办了。"

"对呀！我看这个办法可行。到时瓷瓶用木箱分多层装运，即使遇到开箱检查，一般也只看上面一层货物，除非有针对性，不会将上面的拿出查底层。"

两人越说越兴奋，又议了一阵药品存放以及装瓶的事。

方先生认为药品不能放在药房，装瓶也最好找一个离磁器口远一点的地方。汤少青想了想说："可以把药拿到十八梯我家的货栈装瓶，到时在储奇门上朱四爷的船。"

"嗯，这个主意好！货栈本来就是堆货的地方，从那里进出很正常，只是装瓶的人……？"方先生一脸严峻地看着汤少青。

"这个你放心！货栈主事前几辈人就跟我们老汤家干，早就是一家人了。"

"那太好了！现在就看朱四爷这边有没得问题。"方先生像小孩一样，搓着手在屋里转圈。两人正说着，伙计便领着朱四爷进了屋。汤少青也不绕话，简单说了情况，便问朱四爷行不行。朱四爷倒是耿直，说涪陵以上地界他可以保证没问题，但过了涪陵便是下川东袍哥的势力范围，米粮帮就鞭长莫及了。是啊，上千里的路程，谁来保证这一路上不出任何闪失呢？方先生陷入了沉思。突然，汤少青一拍大腿说想到一个人。这个人便是八年前被人追杀，得到汤少青胡阿三救助的原木材帮帮主郑三的儿子郑江龙。

当年郑三因雷劈受惊吓临死前，曾让拜把子兄弟铁手将郑家母子秘密送回了三溪口娘舅家。那时，郑江龙刚满6岁，接任木材帮帮主的余不笑，经过六年的查找，终于将他们母子俩带回磁器口，软禁在昔日的郑家院子。余不笑对帮里的弟兄说，将郑帮主的老婆孩子接回来，是避免出现意外，让木材帮蒙羞。实际上，则是想撬开郑三老婆的嘴，找到象征木材帮至高权力的龙头斧，然后再斩草除根，杀掉郑江龙母子。但无论余不笑如何软硬兼施，郑三老婆却始终没有说出龙头斧的下落，弄得余不笑很是恼火，只好派人严加看管。郑家母子完全失去自由，每日在恐惧中度过。郑江龙曾问母亲，父亲那些弟兄为何不来救他们出去，郑母有口难言，只好安慰儿子说，大家正在想办法。

郑家母子能够脱逃，全赖昔日木材帮里的一位老人。这位老人并非真的年纪大，只因资历够深，在郑三接掌木材帮帮主前，便是帮中一员，故大家称"老人"以表尊敬。

老人以一己之力帮助母子俩逃离磁器口的时候，余不笑因前一天在城里与张秉文喝欢喜酒过量，还躺在被窝里呼呼大睡。余管家犹豫再三才进屋叫醒余不笑，将郑家母子脱逃的事小心报上，余不笑立刻像被弹簧弹起似的，一跃打床上下到地上，黑着脸咆哮道："快派人给我抓回来！"

从郑家院子去码头走水路出镇，也就抽袋烟的工夫。但郑家母子为避开木材帮的人，只能选择反其道而行之。当然，最关键的还是不知去哪儿。郑母一双小脚，走起路就跟风吹杨柳似的，要不是郑江龙挽扶着，估计走不到一里地就得趴下。如此一来，两人折腾了近半个时辰，也才走到高石坎，而余不笑的人却已开始在镇里搜查了。

"这么走我们两个是走不出去的。"郑母看着儿子，伤心地抹了抹眼泪。

"那咋个办呢？"

"你不要管我了，找个地方躲起来，等天黑了再想办法出去。"郑母已恢复平静，脸上一副毅然决然的表情。

"我不，要死一起死！"郑江龙的眼泪夺眶而出。

"你傻呀？他们要抓要杀的是你！只要有你在，郑家就有希望。快走，再晚就来不及了！"为不拖累儿子，郑母说完推开郑江龙，一头照着身边的石坎撞去。

"妈！"郑江龙一声惨叫，还没来得及悲恸，便被追杀者的声音警醒。大路是不能走了，只有翻马鞍山去蔡家湾，看看能不能从那里逃出去。郑江龙脚随心动，提着气拼命往山上跑，怎奈软禁期间营养不足，体力明显不支，刚到汤家的广正泰窑场便眼前一黑栽倒在地。

最先发现郑江龙的是大师兄胡阿三。胡阿三正在检查馒头窑的烟道有没有堵塞，就看到不远处有个少年倒在地上，赶紧过去背回窑场。这时，汤少青清理完窑房出来，看到师兄背着一个少年，忙问是谁，胡阿三摇头说他也不知道。两人遂将郑江龙放到作坊工作台上，舀一瓢水浇醒问其身世，郑江龙见是两个青年烧瓷匠，便也不隐瞒，把遭遇的事情说了个大概。二人还想细问，外面已传来喧哗，汤少青急中生智，让师兄将郑江龙藏到馒头窑的烟道里，自己则迎着闹声而去。

"啥子啥子？这里是汤家的窑场，有事可以跟我说，我是这里的少东家。"汤少青背着手，露出一副凛然不可侵犯的样子。

"哦，原来是汤少爷，失敬失敬！"领头的抱了抱拳继续道："我们在找一个小儿娃子，不晓得汤少爷看到没得？"

"小儿娃子？哪里的哟？没看到。这里就我跟师兄两个在扫窑。"汤少青回身喊了喊师兄，问看见有人来过没有。胡阿三拿着一把叉头扫帚，打作坊出来大声道："没有。"

"听到没得？他也没看到。我们这里是不准外人进来的。"汤少青将几个追来的汉子认真扫了一眼。

"不好意思，打扰了。"领头的又抱抱拳，转身手一挥，带着手下往后山搜去。

"谢谢两个大哥哥，救命之恩江龙定当铭记。"郑江龙抱拳拱了拱手，接过汤少青拿来的馒头，就着胡阿三端来的一碗菜汤，狼吞虎咽地吃起来。

"你打算到哪里去呢？"汤少青用汗巾擦了擦手。

"万县。"

"这么远？那里有你屋头的亲戚？"

"有两个叔叔。"

"哦，那你一个人咋个去呢？"

"我也不晓得。"郑江龙鼻子一酸，眼里有了泪花。

"莫难过莫难过，我们一起想办法。"汤少青拍了拍郑江龙的肩头，开始摸衣兜，搜出一块银元和一些零钱，又叫师兄去作坊翻找，好不容易凑了约两块银元的钱，递给郑江龙说："不好意思，工地上没有放钱，这些拿去买张船票，路上省到用应该到得了万县。"

"两个大哥哥可留下姓名？我到了万县好给你们报个信。"郑江龙将钱揣到裤兜里。

"我叫汤少青，这是我师兄胡阿三，我们现在就送你走。"汤少青说完又和胡阿三找来几个馒头，用自己的一件衣衫打成包袱，这才和师兄领着郑江龙从窑场边的小路，悄悄溜到童家桥雇了辆大车，直接走旱路去了朝天门。此后，胡阿三遇难，郑江龙成了江湖上的一条龙，但汤郑二人却再没见过面。

方先生听完汤少青的讲述，认为最好能请胡阿三他爹老胡去万县摸摸情况，然后再做打算。汤少青和朱四爷也觉得有理，毕竟过了这么些年，如今的江湖老大还认不认当年的那份情，确实是不好说。

六

　　其实，就在方先生等人谋划如何送药的当口，黄承武也再次来到了磁器口。黄队长之所以突然杀回马枪，是因为李贵。李贵被万县警察逮捕纯属意外。那天，李贵打重庆回来，将情况告诉红三军派来接货的敌工部侦查员杜凤山后，便沿着江边往家走，没想到却被巡逻的军警不问青红皂白抓到了警察局。军警将李贵关在警察局的监狱里，既不提审也不释放，直到三天后李贵突然死亡。对于军警为何抓捕这位并未暴露的中共地下联络员，直到今天也没人说得清楚。万县解放后，当地公安局曾为揭开这个谜，审讯了许多当年担任军警要职的敌特分子，但没有一个人说得清楚。只有一位干过警察局文书的人猜测，很可能当时抓回去是为了凑名额。有关李贵三天后的突然死亡，倒是有据可查，警察局监狱有"无伤痕，无外部受力，属自然死亡"的值班记录。然而不管什么原因，李贵被捕确实令杜凤山吓了一跳。这怎么了得！万一受不了酷刑招了，不仅自己完不成任务，且重庆的地下组织也将面临危险。杜凤山那两天如坐针毡，由于是北方人，口音太招人注意，自从到了万县，就一直装哑巴。南门外码头边接头的小卖部肯定是不能去了，进城更不安全，好在不远的弥陀禅院需要一个帮厨打杂的伙计，主持见杜凤山不会说话，毋需担心搬弄是非，便将其留了下来。

　　为尽快摸清情况，杜凤山每天也像秃头补锅匠老王那样，在脑袋上扣一顶破草帽，挑一副箩筐去城边买菜。令杜凤山纳闷的是军警并未搜查杂货铺，也没安排特务监视这个货真价实的中共地下联络站。敌人究竟是什么讲究？没听说过有这种弄法呀？杜凤山满腹疑惑，却又不敢靠近杂货铺。等到第三日，李贵老婆领回尸体，大张旗鼓地喊冤办丧，杜凤山才知道他已在狱中遇难。

本来，一切也就到此结束了，可李贵生前一盒没抽完的土匪烟引起了黄承武的注意。黄队长因查找刺杀叛徒的线索，来万县提审狱中的地下党，无意中碰到李贵老婆领取丈夫遗物。这盒土匪烟是李贵被抓时收缴的，警察局没有谁拿它当回事，可黄队长却很感兴趣，他看着烟盒上的汤瓷广告，对身边的人说："这盒烟是磁器口的。"

的确，磁器口的土匪烟和别的土匪烟有一个不同，那就是烟盒上印有汤瓷广告。这也是汤家大少奶奶出的主意，孙淑珍说："人家推销人丹什么的都到处做广告，我们老汤家的瓷器为何不照着这样提高知名度呢？"于是，汤少青不仅包下了磁器口土匪烟的所有烟盒，还在进出码头的渡船身上也涂上了汤瓷广告。

这个李贵去过磁器口，而且很可能就是其中的一个接头人。黄队长异常兴奋，与万县警方沟通后，即刻将李贵老婆带来审问，得知李贵确实去过重庆，但具体是去干什么却再也问不出个所以然了。

万县地下电台刚被端，就跑这么远去磁器口接头，是啥子急事呢？黄承武看着屋子里一尊粉彩花瓶，仿佛上面写着什么答案。

"报告，李贵家里啥也没发现。"

"嗯！"黄队长长出了一口气，心想没发现也不奇怪，只能说明共党分子狡猾。现在最关键的是要搞清楚，李贵到磁器口的目的，还有就是他和谁接头。

按照黄承武的逻辑推断，共党的另一个接头人应该就在磁器口或者磁器口附近。也正是有了这一推断，黄队长才重返磁器口，展开了比上回更加严密的清查。他先把镇子里的家庭进行分类，然后再细化家庭中的成员，最后筛出他认为有疑点的作重点讯问。

黄队长率先登门的是磁器口远近闻名的余家院子，面对一脸冷漠的木材帮帮主余不笑，黄队长的两只鹰眼从上到下从左至右地至少看了两遍，才叹口气说："余老板余帮主，我们又见面了！你是不是很不欢迎我啊？"

"黄队长带着这么多荷枪实弹的弟兄，一窝蜂闯到我屋头来，我要是跟你说我很高兴，你会相信吗？"

"有道理，我们进去坐下说吧。"黄承武回头吩咐手下："你们就留在院子里。"

"我这次来是想着重了解一些关于你们家余公子的事，还请余帮主多多协助。"黄队长接过下人送来的盖碗茶，揭开盖子吹了吹茶沫。

"逆子已出国求学，不晓得黄队长还有啥子要了解的？"

"余公子在镇上有好朋友吗？"

"好朋友谈不上，熟悉的倒是有几个。"

"哦，是些啥子人？请把他们的名字和地址给我。"

"好吧，请稍等，我这就去给你写。"

黄承武起身踱步，看了看四周墙上的字画和博古架上的瓷器。这时，余不笑回到客厅，将写好的名单递给黄承武说："不晓得还有啥子需要了解的？"

黄队长看着纸上的名字，将视线停在"鸡鸣药房方先生"这行字上道："这个方先生是卖药的?"

"不，是郎中。"

"郎中？也是本地人?"黄承武条件反射地想起属下说接头那天早上，有个郎中去宝轮寺送过药。

"不是，是汤家大院请来坐堂的。"

"他跟你家余公子哪个认到的呢?"

"不晓得。我也是逆子惹祸以后才听管家说的。"

"那他跟汤家又是啥子关系呢?"

"这个我也不晓得。"

"好吧，谢谢余老板配合，可能以后还会再来。"

"但愿下次来不会扛机关枪。"余不笑心想这下可以省心了，有警备司令部的人查姓方的是不是共产党。要是，汤家也就跟着完蛋。

"哈哈哈，余老板是真生气了。好，下回我一个人来。"

黄承武离开余家院子没有直接去鸡鸣药房，而是去了请方先生来磁器口的汤家大院。

"汤老板，幸会幸会！鄙人黄承武，警备司令部行动队长。"

"黄队长客气，里面请。"

黄队长来到客厅，也像在余家院子一样，煞有介事地欣赏起墙上的字画和屋子里的藏品。汤少青也不打扰，站在一边琢磨这姓黄的队长找上门是什么意思。

"汤老板，听说你在镇上还开了一家药房?"黄队长转过身看了看汤少青。

"是的，叫鸡鸣药房。有啥子问题吗?"

"那坐堂的是汤老板请来的?"

"对，方先生是我请来的。怎么啦?"

"这位方先生是怎么跟汤老板认识的呀?"

"哦,这个说来就话长了。"汤少青于是请黄承武坐下,将自己与方先生交往的经过大概讲述了一遍。

"那汤老板知不知道方先生又是怎么跟余家大公子认识的呢?"

"这个我倒是不清楚,方先生也没有提起过。大概是因为汤余两家有些过节,不便说吧。"

"那汤老板如果方便,我们一起去找方先生谈谈如何?"

"好啊,我也正想听听。"汤少青乘黄承武转身,给一旁的下人使个眼色,然后道:"请黄队长稍等片刻,我去换件衣服。"

一行人出黄桷坪上正街拐进横街到鸡鸣药房时,方先生已安排伙计和汤家下人走后门小路,将一百多斤药转移到了汤家大院。

"方先生,这是警备司令部的黄队长。这位就是我们鸡鸣药房坐堂的方先生。"

"黄队长里边请,汤老板请。"

进到后院,黄承武首先注意到的就是那扇后门,他像一只嗅觉灵敏的狗,走到门前才转过身问:"这外面……?"

"也是连着镇子的。"方先生取杯子泡茶。

"药房就方先生一个人?"

"一个人哪里忙得过来?还有个伙计,外出办事去了。你请坐。"方先生将一杯茶放到石桌上。

"哦,那我就不扯远了。今天来主要是想问一问方先生,余家院子的余公子跟你是怎么认识的?"

"这个嘛,还要从余公子回磁器口办丧事说起。那天记得是在码头等船,余公子听人说我是郎中,就跟我攀谈起来，问心情不好影响睡眠有没得办法。我因为治过这方面的病，就让他有空来开点药做些调理，彼此就这样认识了。哦，药房还存着余公子用过的药方，我去拿给你看。"方先生说完去药房拿来一叠药方，找出余子川服用的那几张，递给黄队长道："就是这些，你看吧。"

黄承武接过来看了看，将药方还给方先生道："你晓不晓得余公子有赤化倾向？"

"他是有些激进，说些不该说的，我觉得跟他情绪压抑有关。"

"哦，这个啷个解释？"

"一般来说，情绪压抑，气血不顺畅的人，尤其是年轻人，都会不自觉地去寻找发泄，以获得缓解。激进行为就是发泄的一种表现。"

"方先生果然博学！"

"不敢当，全靠家父调教。"

"哦，原来出自世家，怪不得汤老板如此看重，人才呀！"

"黄队长过奖了，谈不上啥子人才，像我这样，在哪里都是一样看病。再说我生性散漫不喜欢约束，所以汤老板给我如此好的条件，实在是感激不尽。"

黄承武又四下打量了一遍院子，看着汤少青道："汤老板，这房子是你的？"

"不是，是租的。"

"地方选得不错呀！"

"多谢夸奖，无非运气好而已。"汤少青接过方先生手里的茶杯继续道："黄队长也懂风水？"

"风水？不懂不懂。如此深奥的学问，想必只有方先生懂?"

"我也知之甚少,不过跟中医有关的五行说倒是略知一二。"

"哦,那我倒要请教一下方先生,上回磁器口响枪那天早上,方先生去过宝轮寺吧?"

方先生想了想道:"嗯,去过,怎么啦?"

"你有没有听到那两声枪响?"

"听到了。"

"在哪个方向?"

"这个倒是不敢确定,好像是凤凰山那边吧?"

"对。准确地说,是在凤凰山下的清水溪一侧,而且还是靠镇子这面。因为要是在对面,那个放枪的人就跑不掉了。"

"哦,黄队长的意思?"

"我的意思是这南面在五行中属啥子呢?"

"属火。"

"是啊,这把火真是烧得及时呀!"黄承武看了方先生一眼,揭开杯盖吹了吹茶沫,呷了一口。

"黄队长有话请直说。"

黄承武放下茶杯道:"直说就是那天的枪声破坏了我们的行动,让钻进口袋的共党分子跑了。我想问一下方先生,从这扇门可以去清水溪吧?"

"可以呀,只要愿意绕,镇里随便哪扇门都可以去。"

"有道理,看来方先生是个明白人。不过我还是要说,你有重大嫌疑,我们要搜查一下,你不会反对吧?"

"黄队长,方先生没有做错啥子嘛?"汤少青将手里的茶杯重重放在石桌上。

"汤老板，你不必生气，我这是在履行公务。来人，给我搜！"黄承武说完也不等汤少青说什么，便径直朝关着门的库房走去。

幸好转移得及时，不然就完了。方先生一边想着，一边看着汤少青轻吐了一口气，意思是放心吧，药已经拿走了。

十几分钟过去了，黄承武回到院子对方先生抱歉地说："对不起，屋子给你弄得有点乱，请原谅。不过我们也许还会再来。"

汤少青看着黄承武一行离去的背影，气得一句话也说不出。

"算了少青，跟他们犯不着计较。"

"嗯！"汤少青长吐了一口气道："看来姓黄的闻到啥子气味了。"

"是啊，确实是个老狐狸。药送到你那边去了，就拜托你把它藏好！"

"这个放心，现在你哪个办？估计他们不会轻易放过你。"

"嗯，我最近可能会不太方便，只有请你帮忙了。这样，你带上我的怀表，去一趟沙坪坝，离车站不远有家旧书店，老板姓莫，是我们的人。告诉他这里的情况，让联络员不要来磁器口。然后去仁爱堂医院找外科的宋致远医生，叫他千万不要跟我打电话联系。有关送药的事情，就照我们商量好的，速速安排人去找郑江龙，还有就是请侯先生帮忙拿通行证。我来拖住姓黄的，给你们争取时间。"

"他们不会把你抓进去嚷？"

"不会，他们没得把柄，抓我也无用。记到，喊大家都不要给药房打电话。如有急事，你可以来找我，我也会去找你。"

"好的，你要多加小心，这些家伙一个个精得很。"

七

　　黄承武黄队长在方先生那里确实感到有一种不同寻常，哪有这么多的巧合？宝轮寺送药，罗尔森徐老板那里买药，这又是药店，一连串的事情都与"药"字有关。如果把李贵到磁器口接头联系起来看，基本可以得出共党的行动就是为了买药。是啊，万县靠近鄂西北，目前贺龙的红三军就在那一带活动，他们急需药品，所以让重庆地下组织帮忙买药。对，一定是这样。黄承武想到这儿，立刻吩咐手下人去把徐老板找来，让他确认买药的是否就是方先生。

　　方先生看见徐老板打外面进来的第一眼，脑子里嗡的响了一下，但随即就稳住了。他跟平时一样，站起身迎着徐老板等人道："你们是看病还是抓药？"

　　徐老板有点蒙，他虽不能认定眼前的人就是找自己买药那位，可又觉得有些似曾相识，在哪里见过的感觉。正在发愣，旁边的便衣却发话了："他是不是找你买药那个人？"

　　"哦，不，不是。那个人是结巴，说话鼻音很重，岁数也要大些，留得有胡子。"徐老板小心地看了方先生一眼。

　　"看清楚哦，乱说是要掉脑壳的哟！"

　　"看清楚了的，那个人右眼角上还有颗豌豆大的瘊子。"

　　"妈的，又白跑一趟！走吧。"

方先生待一群人远去，才看着伙计长出了一口气。真悬啊！幸亏当时化了装，说话也有意结巴并加重了鼻音，不然必躲不过今天这一劫。他交代伙计，这段时间切不可有任何行动，一切按药房正常规律行事。

鸡鸣药房受到了严密的监视，黄承武相信，如果方先生是那个接头的共党，就一定还会有人来找他接头。黄队长还加强了对储奇门一带药材市场，以及所有码头运出货物的管控，尤其是针对药品的检查，可谓到了令人恐惧的地步。凡是没有许可证购买的药品，一律收缴，买卖双方一律带到警备司令部接受审查。

"我已经安排老胡去找郑江龙了，估计明天就能到万县。"汤少青坐在鸡鸣药房后院那棵桂花树下，把玩着一只两寸大小的汗血梅瓶。

"侯先生那里说好了吗？"方先生翻着手里的账本，很像是在同汤少青对账。

"说好了。师父叫我们不要慌，他等我们一切弄妥当了再去上海。哦，师父还说请你作为他的私人医生去他那里，他会想办法帮你摆脱困境。这是师父的电话，去之前先跟他联系。"

"真是太谢谢侯先生了！我晚一点就打电话，如果他有时间，我明天就去。"

翰墨堂除了出售有收藏价值的古玩字画，也卖磁器口老汤家的汗血瓷。不过能够进入翰墨堂的汗血瓷，那都是经过挑选的精品。侯师长告诉徒儿，翰墨堂就像一面镜子，它能照出世间所有事物的品质。

方先生进翰墨堂时，侯师长正陪警备司令部的少将高参尹谦在看一只翡翠镯子。侯师长给尹高参介绍，方先生是自己的私人医生，尤其是治疗颈椎病很有一套。尹谦闻听赶紧向方先生拱手道："哎呀，真是缘分啊！我的颈椎病医了好多年都医不好，弄得睡觉都成问题。能否也请方先生给我看看？"

"那就先给尹高参看吧。"侯师长热情地谦让。

"可是……"方先生露出一副为难的样子。

"啥子意思？尹高参是我的朋友，你有话直说。"

"哦，尹高参，是这样的，警备司令部的黄队长只给了我两个小时的时间，我的意思是如果给你看，侯先生就……"

"黄队长？你是说黄承武？他为什么要限制你的时间？"尹谦面露愠色很是不悦。

"他，他怀疑我是共党分子。"

"你咋个不早给我说呢？尹高参，这不会是王陵基搞的鬼吧？上回因为陈达三将军遇害，我当时在气头上骂了几句，他一直就怀恨在心，现在居然报复到我的私人医生头上了。真是岂有此理！我得找刘督办评理去！"

"你确定是黄承武？"尹高参问方先生。

"是的，他手下的人现在就在外面。"

尹谦看了看侯师长，轻吐一口气道："侯兄不必生气，这件事我来处理。方先生，你也不要介意，我这就打电话问他们是怎么回事。"

虽然迫于上峰压力，黄承武撤走了监视方先生的便衣，但军警对于码头船只的检查却一点没有放松。原定在十八梯汤家货栈装药的计划，只能改在磁器口了。为了让装药更具隐蔽性，汤少青专门制作了十六只双层底汗血大肚瓶，中间隔层只留有黑桃大的洞口，每只瓶子可借长脚漏斗往底层装十几斤磺胺粉。

"你这样分成两截来合拢做，会不会断裂呢?"方先生有些担心。

"不会，这是我们老汤家的绝技。"汤少青接过下人递来的茶杯，揭开盖喝了一口又道:"当年为了防土匪抢汗血瓷，祖上发明了用陶缸套装汗血瓷瓶，烧最后一轮的方法。这陶缸的制作就是把坯先拉成两半，装进撒完花的汗血瓷后再合拢，然后用低温烧成。完了周围缝隙用谷草充填，劫匪绝难想到陶缸里还装着汗血瓷瓶。"汤少青见方先生兴犹未尽，便又装上一锅烟，用洋火点燃吧嗒两口，讲起了这广正泰窑场和广正窑的故事。

一百多年前横空出世的汗血瓷，确实轰动了巴蜀大地，无论名流富商江湖盗匪，都视其为宝。尤其是汤家那根神乎其神的滴血辫子，几乎一夜间就成了人们谈论的焦点。有的说汤家男人发梢滴血，是神仙给了仙丹;也有的说是汤家内人念佛感动了释迦牟尼，夜里给丈夫的辫子施了法;还有的说那发梢滴的不是血，是不可泄露的天机，谁泄露谁就会死;重庆城的说书人更是把这根辫子的来历说得有板有眼，称那是一千多年前，大唐名将尉迟恭手中的霸王鞭转世，就连重庆知府也派人送来一块写有"天工绝技"的匾额，对老汤家的绝活儿予以赞誉。

汤少青的烈祖汤广业俨然成了当时龙隐镇瓷窑的代表人物，各地同行鱼贯到访，互相切磋制瓷技艺，汤家大院一时间热闹纷纷，门庭若市。那时，享有川瓷盛名的邛崃县十方堂，有位专门烧制小花点和绿蓝点彩瓷，号称谢大王的行家，听到龙隐镇汤家滴血制瓷的故事，很不以为意，认为是天方夜谭，无中生有的瞎胡闹。遂托人去重庆购得一只汗血瓷碗，一连数日待在寨中研究，竟难以发现血色斑点的成分。谢大王惊奇不已，百思不得其解，决定亲赴龙隐镇，以求得个眼见为实。

那年月，从邛崃到重庆，需经过大邑、崇州、温江、双流、华阳、成都、龙泉驿、简阳、资阳、内江、隆昌、荣昌、大足、永川、江津等府县，下马乘舟，弃舟上岸，一路的劳顿，让从未出过远门的谢大王很有些恍惚，觉得大清朝的地界儿确实太大了，若要靠走动来搞清楚发生在各个角落的新鲜事，最终只会是一种结果，那就是新鲜事没看完，人已经死在路上了。谢大王这一趟花了近一个月的时间，才于某个风和日丽的下午，踏上了龙隐镇的水码头。看着码头上船进船出熙来人往的景象，谢大王不免又有些受刺激，禁不住暗暗埋怨老天爷不公平，说这里若换做是邛崃的十方堂，他谢大王的名气也就不仅仅局限于成都府了。

汤广业在汤家大院的前院，专门为远道而来的客人演示了汤氏"甩头撒花"的独门绝技，并在正厅设宴给谢大王接风。那天天清气爽，气候宜人，院子里百花争艳，二人喝到酒酣，彼此便有了惺惺相惜的意思，谢大王对汤广业道："老、老弟，说实话，在、在到这里之、之前，我还真、真不信。今天眼、眼见为实，我算是服、服了！"谢大王两手一抱拳，给汤广业施了一礼。

"呃，这是啥子话？谢兄业界翘楚，不辞劳苦亲临蓬门，乃汤家之幸！这里还望谢兄不吝赐教，点拨一二，助兄弟我百尺竿头更进一步。"汤广业也抱拳还之以礼。

"好说好说，你、你我虽、虽远隔千里，但性情相、相符。容、容我住、住上两日，自当有话奉、奉告。"谢大王干完杯中酒，也不再言语，犹自伏在桌上呼呼呼地打起鼾来。

翌日仍是晴空万里，汤广业一早醒来，以为谢大王昨日不胜酒力，还在房间酣睡，便不去打扰，独自去了窑场。不料谢大王正在窑前拿着一只刚出窑的梅瓶，对着阳光仔细照看。汤广业很是欣喜，忙招呼人给谢大王取早餐，然后施礼致歉，说家人疏忽，照顾不周。谢大王也不客气，待汤广业安排妥当，才放下梅瓶道："老弟，你晓得我们邛崃的铜红釉彩最早是咋个烧出来的吗？"

汤广业摇摇头说："不曾了解，还请谢兄指教。"

"就一个字——试。反复地试。"谢大王看着汤广业继续道："铜红釉铜红釉，顾名思义就是离不得铜，像你这汗血瓷离不开血一样。邛崃十方堂最早烧彩瓷，都是用铜做着色剂，上色后罩一层透明的釉彩，然后用高温烧。只不过黑色、褐色、绿色跟蓝色居多，而很少用红色。为啥红色用得少呢？就是因为烧铜红釉不容易烧好，它不仅要求铜和色、和釉彩的比例都要恰到好处，更要紧的还要把握火候。火候没有到或者烧过了头，都可能发灰发黑发绿，甚至烧丢。所以烧铜红釉一开始都是试，一遍又一遍地试，看什么样的比例，什么样的火候，才能达到最好的效果。但即使这样，也还是少有满意的东西出窑。因为除了这些，还需要运气。"谢大王说到此，将先前的那只梅瓶拿起，对着阳光照给汤广业看着道："我觉得你的汗血瓷跟烧铜红釉的道理应该差不多。你看，这个瓶子上的红点一边亮，一边有点发木。啥子原因呢？就是窑位没有摆正，瓷胎的受热不均匀，只有一边的温度烧到了位，另一边还差火候。"谢大王再次放下梅瓶，看了看不远处的龙窑道："你不妨把这龙窑改成馒头窑，让温度更均匀。尔后再多试几回，把窑位确定好，哪里适合放碗碟，哪里适合放瓶子。另外注意一下天气季节的变化，这样烧出来的效果就会好很多。"

"哎呀！谢兄真是一语千钧，让广业茅塞顿开！请受兄弟一拜！"汤广业抱拳即行大礼，被谢大王止住道："行礼就免了，我只有一个要求，不知老弟可否满足？"

"谢兄客气！你千里迢迢，不辞辛苦到这里赐教，我正愁不知如何感谢呢！切莫说一个要求，就是十个百个，只要兄弟我能做到，定会一个不少地答应。"汤广业一脸诚恳地看着谢大王。

"好，那我就不客气了！老弟可否将汗血给我一些，带回邛崃烧几个物件？"谢大王也是一脸诚恳地看着汤广业。

"唉！不是兄弟我小气，只是这血若非新鲜，便不可用。谢兄如不信，我现在就给，明日一试便知。"汤广业显得既抱歉又无奈。

"哦，如此说来，这汗血瓷还真是老天爷施与老弟一家的厚爱了！"谢大王虽有些遗憾，也只好作罢。两人此后一连数日形影不离，聊到兴致高涨处，谢大王也非小气之人，凡汤广业有问，都知无不言言无不尽，竟把邛崃彩瓷制作的关键所在，跟汤广业说了个明明白白。待到谢大王离去之日，汤广业将置办的土特产装了满满两大筐，用一匹骡马驮着随行，并派人一路陪护谢大王回邛崃。二人在码头作别，殷殷之情甚是感人。

按照谢大王的指点，汤广业将龙窑改成馒头窑，通过反复试烧，又加硬土提高瓷胎的细腻度，"汗血瓷"终于获得了较稳定的色泽，成为了重庆城瓷器行里一件难求的俏货。这年岁末，长子汤正鸿学成归来，虽说汤家的滴血辫子是隔代相传，但汤广业还是感到万分的欣慰，他对家人说，汤家只要有孙子，"汗血瓷"就不会消亡。

汤广业死于乾隆五十五年，即公元1790年，享年65岁。据说汤广业突然仙逝的那天晚上，汤正鸿烧出了一对天下无二的汗血天球瓶，也就是如今老汤家屋里藏着的那对传家宝。所以，汤家后人为纪念两位汗血瓷的开创者，将窑场取名"广正泰"，主窑唤作"广正窑"。

八

郑江龙当年逃出余不笑的魔掌，只身来到万县，找到父亲郑三的拜把子兄长于德荣，旋即成了于德荣的关门弟子。或许是因为基因的遗传，郑江龙在帮会简直是如鱼得水，才长到十五六岁，做起事来就大刀阔斧，敢打敢拼。几年下来，不仅得到于德荣的赏识，还编织起了属于自己的人际关系。如今郑江龙早已成了万县城著名的郑爷，不但控制着码头和所有的赌场妓院，就连航道上的许多事，也需年轻的郑爷开口才能办踏实。郑江龙郑爷走在万县城的大街上，无论是政府职员，还是警察商人，都得给他面子，或点头致意虔敬问候，或笑脸相迎安排周到。一般百姓就更不用说了，如果哪天郑爷发发善心，说大家去什么地方吃上一顿，账记在他的头上。那这天城里就会像过节一样，捞到一口油水的人欢天喜地，没有捞到的也跟着起哄，希望下一回能轮到自己。

　　那天郑江龙正在澡堂子里搓澡，手下人来报，说重庆磁器口有位姓胡的老头儿求见。郑爷一听，慌得连裤腰带都未系好就冲了出去。大街上阳光灿烂，郑江龙眯着一双瞳孔还来不及缩小的眼睛，恍恍惚惚只看到对面站着个人，便膝盖一弯跪到了地上。这个动作显然吓坏了跟来的保镖以及认识郑江龙的路人，他们纷纷瞪大眼睛，看着个儿并不高，还稍微有些驼背的老胡，心想这是何方来的真神，竟然使声名赫赫的郑爷也要下跪！大家还在迷糊，郑爷却已号啕起来。那个初秋的下午，郑江龙的哭声不仅再次让周围的人吓了一跳，也将老胡的思绪拉回到了痛失儿子的那个夜晚，最后这一老一少竟双双跪着抱在一起大哭，弄得在场的人一时间面面相觑，不知如何是好。

　　郑江龙在万县城有名的老川东牛肉馆摆酒为老胡接风，桌子中央烧一口铁锅，翻滚的红辣牛油汤冒着白烟，周围堆满了蒸的拌的卤的烧的炒的腌的煮的炖的烫的……品种有牛头牛腩牛柳牛筋牛排牛蹄牛尾牛肝……一坛从地窖刚刚抬出来启封的大高粱酒，散发出浓郁的香味。郑爷握着身旁老胡的手，对在座的铁杆兄弟们说，自己这条命就是眼前这位胡大伯的儿子，和他如今的东家汤老板给的，下辈子自己就是当牛做马，也还不了磁器口汤家和胡家的恩情。老胡眼看一台大酒在所难免，赶紧凑过身压低嗓子说明来意，郑江龙估计也只听了个大概，便拍着胸膛道："胡伯不用多说，请转告汤老板，这事就全包在我郑江龙的身上啦！"言毕端起酒碗向老胡做了个敬酒的动作，就一仰脖子将满满一大碗高粱酒倒进了喉咙。后来老胡回到磁器口，怎么也想不起那晚郑江龙跟他说了什么，但他却也像郑江龙那样拍着胸口给汤少青保证："你就放心吧！江龙这小子一切都已经安排好了。"

然而，黄队长调整后的内松外紧防范措施，却没有给方先生等人留下任何空子可钻。重庆两江区域各水陆交通要道，以及可以外出的小路全部被切断。黄承武料定，共匪需要的药品，迟早要运往下游。只要把好各个关口，送药的共党分子就飞不出去，药品就是一堆垃圾。另外，黄队长也没放松对叛徒遇刺的调查，那天，他询问宋致远认不认识一位名叫方一鸣的人，差点没把宋医生吓晕过去。

"认不到，我的同事和朋友没得姓方的。"宋致远知道事情的严重，努力稳住自己。

"你再好好想想，比如过去的邻居、同学里面，有没得这个人？"

"没得，肯定没得。"

宋致远待黄承武一走，便想给方先生打电话，但刚拿起话筒又想起方先生的叮嘱，只好又把话筒放下了。后来两人见面，方先生说："你那天要是给我打电话，我们两个就都完了，姓黄的那时候多半就在附近监听。"

宋医生听罢出了一身冷汗，他惶恐不安地问："你就不怕他去学校查你？"

"查也没用。我那时候叫罗义鸿，档案上又没照片。现在这个名字除了俞老师和你们夫妇，原来熟悉的人都不晓得。"

"哦，怪不得要改名字，你未必那时候就晓得他们要查你？"

"咋个可能呢？是俞老师要我改的。"

"真没想到俞老师是共产党！"

"是啊，你也没想到我吧？"方先生笑着端起桌上的盖碗茶呷了一口。

"是，没想到，都没想到。"宋致远自嘲地摇了摇头。

"致远，以后不要随便联系我，我可不想给你再惹麻烦。有时间我会来看你跟嫂子，你们好好地生活，中国一定会变的。"

果然，黄队长针对方先生的调查一无所得，他看着穿衣镜中的自己疑惑道："未必这回真的搞错了?"黄承武的眼角已经有了鱼尾纹，头发里也夹杂了几根亮晶晶的银丝。他叹了一口气，转身走到桌前拿起茶杯呷了一口，叫来手下问："侯世聪那里有啥子情况没得?"

"昨天去了刘公馆，大概待了半个钟头；晚上跟夫人在东水门吃火锅，大约一个钟头；今天早上……"

"好啦好啦，都撤了，叫他们给我把码头看好。水警那边有啥子消息没得?"黄承武又回到穿衣镜前，仔细地审视着自己。

"他们说一切正常，没有发现可疑船只。"

"继续盯到，我就不信这些共党分子不送药了。"

距离跟郑江龙约定的日期越来越近，重庆大小码头以及水面的管控，不仅没有放松的迹象，反而还有所加强。这不得不令方先生着急，他想转移敌人的注意力，却又找不到一个有效的办法。这天，慧能法师来药房感谢方先生上回施药，说起宝轮寺将在农历九月十九观音菩萨出家日举办法会，想请方先生帮忙准备些预防感冒发热的清凉药。方先生听罢，脑子不由得转动起来，老胡与郑江龙约定的时间是农历九月二十号，何不借此机会声东击西，把药送出去。

按照方先生的计划，他于农历九月十七租一条米粮帮的船，去储奇门药材市场采购，把敌人的视线重新引到自己身上。汤少青负责装药，朱四爷备好船只。九月十八号上午，方先生载药回磁器口，汤少青朱四爷相互配合，把握好时间，来一个验货掉包装船。三人又将关键细节反复推敲，最后把掉包地点定在大家认为最易操作的禹王巷与汲水巷出口。

可是，令大家没想到的是，方先生租船去储奇门药材市场的举动，竟然直接招来了黄承武。黄队长领着一队便衣再次冲进鸡鸣药房，一面盘问伙计一边进行比上次更为严格的搜查。虽然搜查结果仍然是一无所获，但黄承武却准备在这里坐等储奇门方面的消息。

"黄队长，这是哪个回事呢？"汤少青迈进药房吃惊地问。

"我们怀疑方一鸣有通敌嫌疑。"

"上回不是已经查过了吗？"

"上回是上回，现在是现在。"

"唉！那我这里有一批侯先生要送去上海的货，也请黄队长一起查验吧，免得路上麻烦。"

"啥子货？"

"侯先生委托烧制的32个汗血球瓶。这是刘督办亲自签署的通行证。"汤少青从衣襟下掏出一个牛皮纸信封呈给黄承武。

黄承武看完通行证还给汤少青道："嗯，侯先生就是侯先生，面子大来头也大。汤老板不要介意，我们也是吃公家饭替公家办事。货在哪里呀？"

"在我家窑场，马上就要装箱上船了。黄队长这边请！"

"好，那我就去看看。你们帮汤老板把药房收拾收拾，然后去码头等到。"

汤少青领着黄承武来到窑场，老胡正在装箱。为了让黄队长看个明白，汤少青还让人把装好的又拿出来摆在地上，弄得黄承武倒有些不好意思了。

"汤老板也太多虑了吧？"

"还是让黄队长看了放心，东西都在这里了。"

"好，好，你们装箱吧。"

"黄队长这边请坐。给黄队长上杯茶。"

"汤老板，这就是你们汤家的宝贝窑场？"黄承武掏出烟点燃，四处打量着。

"是啊，快两百年了，汤家人全靠它呀！"

"听说你们那个汗血瓷，一个碗都要卖一个大洋？"

"要看大小，比如这个刚烧好的饭碗，就只卖得到半块大洋。"汤少青从架了上取过一只小汗血瓷碗递给黄承武。

"精巧！精巧！难怪听说刘督办家都用这个。"

"黄队长要喜欢，我可以送你一套。"

"啊！那就谢谢汤老板啦！"黄承武露出一脸的惊喜。

"你们给黄队长装一套餐具吧。"此时，汤少青见32个汗血瓶八个一笼共四笼差不多要装完了，便对黄承武道："黄队长，你看这瓶子要是没啥问题，也给我们开个证明吧！免得路上遇到你手下的弟兄拆了再装麻烦。"

"好，好，没问题。"

汤少青将黄承武引到桌前，早有人拿来纸笔。黄队长也不犹豫，坐下便写。汤少青一边请黄承武用茶，一边正要让下人把装好货的大车拉走，就见一个便衣上气不接下气地跑来向黄承武报告："姓，姓方的回来了。"

"哦！一个人回来的？"刚写完证明的黄承武放下笔，一双鹰眼像要看穿对方似的。

"还，还带着一船东西。"

"东西？啥子东西？"

"不晓得，全部用麻袋装起的。"

"汤老板，不好意思，我要先走一步了。"黄承武起身双手一抱拳。

"等一下，把这个拿到。"汤少青让下人将一筐餐具交给黄队长的属下。

"好好好，那就谢谢啦！"黄承武再次拱手一揖。

汤少青看着黄承武匆匆离去，才轻吐一口气指挥大车慢悠悠下山，待大车走到预定路口，后面那辆便迅速拐进右边的汲水巷往黄桷坪汤家大院而去，左边禹王巷内装好药候着的大车，则赶紧出来替补上前，两辆车大大方方地驶向码头。

九

朱四爷运送药品的船一到涪陵，郑江龙便率手下从米粮帮弟兄手里接了过来。他再次向看着自己的老胡抱拳拱手道："放心吧，有我郑江龙在，这船上的东西连一根头发丝也丢不了。"朱四爷将一袋银元硬塞给郑江龙说："这是汤老板给弟兄们的一点心意，你务必收下。"郑江龙见朱四爷如此坚决，也不再强辞，再抱拳一揖道："多谢汤老板！"

从涪陵顺长江而下，要经过清溪、珍溪、湛普、丰都、忠县、石宝寨才到万县。当然，这些码头关卡对郑江龙而言，大多早已打点安排妥当，况且还有刘湘签发的通行证和黄承武手书的验货证明，凡遇检查肯定是没得说，一律放行。

　　入秋的江面，水天一色，两岸草木虽不及夏天茂盛，有的崖壁上却开出了一些星星点点的小菊花，让人感到悄然而至的秋意。郑江龙大部分时间都坐在船头，观察着迎面而来的各种变化，他心里明白这次送货不同以往，汤少青不远千里找到自己并委以重任，肯定是非同一般的事情。他甚至有几次想打开藏在大白菜下面的箱子，看看里面到底装着什么秘密，可转念一想又觉得何必多此一举，既然别人信得过自己，那自己也应该信得过别人。再说汤少青曾冒着生命危险救过自己，总不至于过了这么些年突然想起来害人吧？郑江龙想到这儿禁不住无声地笑了，他为自己的谨慎感到不屑。不过这也难怪，从少年时代起就独自在江湖打拼，到如今闯下一席之地，除了勇敢无畏之外，不就是靠的心机深吗？郑江龙的思绪不由得又回到第一次踏上万县码头的情景。

　　那是一幅千帆相竞的画卷，郑江龙随着人流来到万县南门，这里更是热闹非凡，街道两边各种吃的玩的看西洋镜的小摊依次铺开，叫卖声此起彼伏。城门洞前堆满了黄包车、滑竿和前朝流行的轿子。一个壮汉扯着粗嗓子摆着龙门阵，围观者不时发出猥琐的笑。郑江龙有点傻眼了，这到哪里去找于德荣和铁手两个叔叔呀？正犯难，一位中等个儿，样子很斯文的中年男子就站在跟前对他笑着说：“你是外地来的吧？一个人也不怕走丢？要去哪里呀？”

　　郑江龙见对方笑容亲切，声音柔和，便告知要找何人，以求帮助。中年男子听后，很认真地想了想说：“这两个人我晓得，听我朋友说起过。你来，我这就带你去我朋友家，让他带着去见你叔叔。”郑江龙很是高兴，向中年男子抱拳道："多谢大叔！你那个朋友住哪里哟？"

"就在前头不远。"中年男子回头看了一眼，便领着郑江龙向城门洞走去。

郑江龙和另外两个小孩被关在一间没有窗户的黑屋子里，中年男子换了一副严厉的表情对郑江龙说："不要在这里大喊大叫。如果不听话就是找死！"说完又跟看守使了个眼色，意思是让他把郑江龙盯紧点。

交易在第二天的午后进行，中年男子将三个男孩带到外面一间向阳的屋子，那里有几个看上去与中年男子很熟的人，他们一边说笑一边拉着中年男子到一边砍价。两个男孩很快就被领走了，只剩下郑江龙和一个留大胡子的莽汉。中年男子似乎对莽汉的出价不太满意，两人又在一旁嘀咕了一阵，最后，莽汉从兜里掏出一块银元塞进装钱的袋子，这才伸手拉着郑江龙的胳膊道："老实点，跟我走。"

一辆挂着帘子的黄包车，载着大胡子莽汉和郑江龙过街穿巷，走了大约半个时辰，才在一个僻静的巷子口停下。莽汉带着郑江龙来到巷子尽头一座深宅前，捏着门上狮嘴含着的铜环叩了几下，两扇沉重的黑漆大门便吱呀呀地打开了。莽汉也不说话，将郑江龙交给里面一位瘦子转身便去。瘦子重新插上门，看着郑江龙脑袋一偏，便领着往院里去。郑江龙一边打量路两边的高墙，一边寻思这是啥地方，阴森森像座阎王殿。正想着，忽见墙边靠着根木棒。"这可是好机会呀！再不跑就来不及了。"郑江龙紧走两步顺手操起木棒，照准前面瘦子的头部就是狠狠一击。只听一声闷响，瘦子瘫倒在地。郑江龙折回打开大门，冲出巷子，转眼消失在了熙攘的人流中。

郑江龙再次来到码头，是因为兜里没钱，身上仅有的一块银元前一天已被人贩搜走，想看看这里有没有别人吃剩扔掉的东西。他已经一整天没吃没喝了，自打击倒瘦子逃出来，郑江龙就一直躲在城外一座小山上，生怕碰见买卖自己的那些人。直到夜色降临，远处渔火点点，郑江龙才小心地朝码头走去。

秋天的昼夜温差大，一旦太阳隐没，江风就会带来阵阵寒意。幸亏在船上添加了汤少青给的衣衫，郑江龙看着码头边停靠着，不时随波摇晃的一艘艘船，就想起了自家院子里大石缸里那些死鱼。郑江龙的父亲郑三喜欢养鱼，但又懒得照顾，常常是死了换换了又死。郑江龙曾看着缸里漂浮的鱼问母亲："这些鱼啷个老是死呀？"郑母无奈地叹口气说："你爸在外头成天打打杀杀，这些鱼都是冤魂。冤魂是索命来的，哪里养得活嘛！"郑江龙眨巴着眼睛，听得似是而非，也不懂什么冤魂，只觉得鱼死了麻烦，每次都要换半天的水。而今，郑江龙似乎明白啥叫冤魂了，母亲撞墙倒地那一幕，已永久定格在了他的大脑深处。

"干啥子的？"郑江龙还未走到船的跟前，就被一高一矮两个精壮男子从后面喊住。

"不干啥，我找人。"郑江龙眼里掠过一丝恐惧，但很快又平静下来。

"找人？这里有人吗？"高个儿像是在问矮个儿。

"鬼鬼祟祟的，一看就是小偷。"矮个儿不等郑江龙说什么，抢前一步就逮住了郑江龙的一只胳膊。高个儿也跟着道："嗯，有点像。带回去慢慢审，搞不好牵出一窝。"

"我不是小偷！"郑江龙正要反抗，已被高个儿抱住。矮个儿给了郑江龙一记耳光，恶狠狠地道："再不老实就扔到河头去喂鱼。"郑江龙又恨又怕，只好忍着脸上火辣辣的痛，被二人押着去了码头附近一间平房。

屋子里正烫着火锅，一堆黑乎乎的人影围坐一圈，听其中一位大嗓门讲《鲁智深拳打镇关西》。高个儿和矮个儿押着郑江龙进来的时候，大嗓门正好讲到鲁智深将一包肥肉砸在镇关西的脸上，旁边一位瘦猴儿忍不住叨了一句："哎呀，可惜了！"引得大伙儿一阵哄笑。矮个儿冲着大嗓门道："大哥，逮到个串舱的。"

"嗯，小杂种，哪条道上的?"大嗓门瞥了一眼站在高个儿旁边的郑江龙。

"我不是小偷，我是来找人的。"郑江龙看着大嗓门，并未显出恐惧的样子。

"嘿，嘴还硬！找人？黑灯瞎火的找哪个呀?"大嗓门左侧一张猴子脸尖声尖气地问。

"找我的两个叔叔。"郑江龙揩了一把鼻涕。

"两个叔叔？干啥的？叫啥名儿呀?"大嗓门压低了嗓子。

"一个叫于德荣，一个叫铁手，都是万县袍哥家的大爷。"郑江龙毫无畏惧地看着大嗓门。

"于德荣？你见过?"大嗓门站起身盯着郑江龙又道："你爸叫啥?"

"我爸叫郑三，死了很多年了。"郑江龙鼻子一酸，眼里涌出两行泪水。

"噢，看来是真的。你吃饭没得？没有吃就坐下来一起整，完了我就带你去见荣爷跟铁五爷。"大嗓门挥了挥手，让对面兄弟挪个位子出来。郑江龙也不客气，抬腿跨过条凳，接过猴子脸递来的碗筷，左右看了看，便自顾自地夹块毛肚烫了起来。屋子里的其他人显然还没反应过来，看着大嗓门意思是这咋回事呀。大嗓门看了一眼郑江龙对大伙道："看来我们这里又来了个小祖宗，大家放机灵点，不要给自己找麻烦。郑三我听说过，是重庆磁器口木材帮原先的帮主，据说也是荣爷跟铁五爷的拜把子兄弟。"

于德荣坐在澡堂隔壁屋子的虎皮椅子上，面无表情地打量着郑江龙。说实话，他不愿相信眼前这位清瘦的少年是郑三的儿子。如此瘦弱，哪有袍哥人家的气势？再说身上也没带个能证明自己是郑三儿子的东西。但人家报了铁手叔叔，这就不得不信了，毕竟等会儿铁手一来，假的也就真不了啦。郑三有个儿子于德荣是知道的，但知道和见到却有着本质的区别。三十多年来，荣爷的光环随着取得的一个又一个胜利，已完全抹去了于德荣这个普通的名字，现在的万具地界上知道荣爷尊姓大名的，恐怕也只有当年打天下那些为数不多的老兄弟了。可眼前这小子一开口就能蹦出"于德荣"这名字，这要是假的，那也太不简单了。

怎么就长得没一点郑三的影子呢？于德荣一双眼睛盯着郑江龙反复寻思着，过了好一阵才漫不经心地道："跟我说说你爸都有些啥爱好吧？"

"我爸喜欢喝酒，我妈说他是在酒缸里泡大的。"郑江龙说完忍不住笑了笑。

"还有呢？"于德荣的脸依然看不出阴晴。

"喜欢养鱼，养一拨死一拨。"郑江龙想起码头上那些随波摇晃的船，不自觉地摸了摸被矮个儿扇耳光的脸。

"哦！先去洗个澡吧，你铁叔叔马上就到。"于德荣轻吐一口气，身子如释重负般地往后一靠对一旁的人说："给他拿一套衣服来。"

铁手喊着郑江龙的乳名打外面进来时，郑江龙已洗完澡，换上了荣爷给的衣服。这衣服黑色绸面棉布内衬，中间夹少许的棉花，虽然上身略微大一点，但确实暖和受用。郑江龙看到铁手叔叔，也顾不得有旁人，一头扎到对方怀里便大哭起来，弄得铁手也忍不住掉眼泪，哽咽着骂自己没保护好郑江龙母子。

荣爷见二人如此动情，不免欣慰，站起身轻叹一声劝道："好了，久别重逢应该高兴才是，铁五弟也不必自责，谁能想到十年后的事情？"说罢又吩咐手下："明天老川东摆大酒，给江龙贤侄接风！"

郑江龙开始了与过去完全不同的生活，荣爷除了要求他迅速强身健体，还指派专人教他习文练武，懂得江湖上的各种规矩。于德荣认为，好钢都是锤炼出来的。于是，郑江龙开始了长达三年的学习生涯，每日里除了上课，便是打扫堂口卫生。如此日复一日年复一年，到了十五岁，郑江龙便作为荣爷的锤炼对象，安排到基层跟着大嗓门守码头。所谓守码头就是收保护费，凡有货船停靠码头，船主都需按货物的价值以及多少，付给荣爷掌管的"荣盛堂"一定费用，以换取在此期间，人船货三者不受到别人的侵害。郑江龙从小听母亲讲过许多木材帮的事，加上天资聪明，许多事可以举一反三，毋需别人教就知道该怎么做，不到半年就已成了老手。

郑江龙赢得大伙儿的夸奖，是在一次反盗窃的行动中表现突出。荣盛堂与其他袍哥组织一样，讲究"信义"二字，既然受人钱财，就要替人消灾。否则信誉不仅会受影响，江湖上的面子也不好看，久而久之，还会被别人抢了地盘。万县城南门外的大码头，每天往来的大小船只成百上千，装载的货物也是应有尽有，这无疑是盗贼惦记的一块肥肉。大嗓门率领的这拨弟兄，职责就是看管好这些停靠的船只，别让盗贼钻空子拿走船上的货物。这天下大雨，众弟兄都躲进屋子喝酒聊天，认为白天不会有事。唯独郑江龙没放松警惕，穿上雨衣对大家说出去转一下，有情况吹哨子。不想刚沿着码头没走多远，就看见一艘满载的船上，有几个人影在晃动。郑江龙心一紧，攥紧手里的木棒，一边吹着哨子一边就冲了过去。盗贼见是个半大小孩发难，恼羞成怒，拔出匕首便一起围了上来。郑江龙的木棒虽舞得还像回事，但一打四显然扛不住，只好依着岸边的礁石，跟盗贼玩躲猫猫，直拖到大嗓门领着弟兄们赶来。事后才知，这几个盗贼即是万县一带，最令船家头疼的"五魁首"团伙中的四个。

荣爷为此非常高兴，又经过两年多的观察，渐渐便有了培养郑江龙做自己接班人的想法。这年中秋节刚过完，十八岁的郑江龙就被升为金字号舵主，掌管码头及城内外赌场妓院商铺的日常收支。荣盛堂按金木水火土分五个分舵，其中金字号排第一，实际权力仅次于总舵主。原来的金字号舵主由总舵主于德荣兼任，铁手到万县后，荣爷将镇守北门的木字号给了把兄弟，而木字号舵主则调整做了金字号的掌门。现在，荣爷要让郑江龙当金字号舵主，原来的掌门显然就不愿意了。

金字号原舵主名叫万飞虎，是最早随荣爷打天下的老哥们儿。万飞虎干事敢打敢拼却无底线，常遭到各种非议，于德荣也因此很头疼。十年前铁手带着几十号木材帮的兄弟来到万县，荣爷很是欣慰，觉得可以让把兄弟钳制一下骄横跋扈的万飞虎了。可万飞虎却不吃这一套，那天荣爷刚流露出要让铁手坐金字号交椅，他就跳了起来。万飞虎拍着桌子说荣爷偏心，胳膊肘向外拐，不厚待一起打江山的老哥们儿，硬是闹得荣爷无话可说，不得不将金字号给万飞虎，让铁手去掌管木字号分舵。

荣爷跟万飞虎说："你我都老了，让他们年轻人干吧！今后我们就坐享清福。"

万飞虎不服气地道："靠他们不如靠自己。我有的是力气，再干个十年八年都没问题。"

荣爷又说："总要培养下一代吧？我们都把位子一直占到，后面的咋个接班呢？你也不要再争了，平时拿的好多一个都不少，当二总舵再翻一番，这下没得意见了嚓？"

万飞虎闷了一阵道："那我下面那些人又咋个弄呢？"

"不动呀！原来干啥继续干啥，前提是要听新舵主的指挥。"荣爷端起盖碗清了清嗓子正色道："老万啦，我可要提醒你一句，不在其位不谋其政。以后不管出现啥子状况，你都不要在中间插一杠子，这是一条红线，跨不得哟。"

郑江龙在荣爷的一手扶持下，坐上了荣盛堂金字号的头把交椅。接任前一天，荣爷专门把郑江龙招到自己那间有些狭窄的书房，看着墙上先总舵主的画像说："江龙啊，光绪二十七年先师拿下万县，一共创立了荣盛、武威、义勇三个堂。但只有荣盛留了下来，其他两个都因为内斗火拼，搞得死的死逃的逃，很快就垮杆夭台了。现在你要掌管金字号的大权了，咋个让下面的人服气，树立起自己的威信，是一点都马虎不得的事情。"荣爷转过身坐到正对窗户的椅子上继续道："不瞒你说，当年武威堂的堂主就是你爸，你铁叔是义勇堂的堂主。他们后来去重庆磁器口加入了木材帮，你爸吸取教训，跟铁手联手，才又东山再起。你今后要干的事多得很，有啥子困难千万不要硬撑，跟我说，慢慢学到来，我给你三年的时间。"

郑江龙当上了荣爷的嫡传弟子和荣盛堂接班人。那个阴雨绵绵的秋天，荣爷常常带着郑江龙外出巡视，教他如何管理日常事务，处理与其他势力的利益关系，凡江湖上必须要懂的礼仪和人情世故，都一一讲个明白。好在郑江龙卖力肯学，尤其是应酬上继承了父亲的酒量，每每在宴席上的表现很得荣爷赏识。当然，令荣爷感到最满意的，还是郑江龙的忠诚。据荣爷身边的人说，时逢驻扎万县的王陵基过生日，看中了前来送礼的郑江龙，想留在身边当差，但好说歹说郑江龙就是不愿意，弄得王陵基很没面子，后来还是荣爷亲自登门赔不是，才给了王陵基一个台阶。

郑江龙俨然成了荣盛堂除荣爷外最有权力的人物，满三年出道那天，荣爷特地将一把珍藏的柯尔特六响子转轮手枪送给弟子，勉励他在今后的日子里，为荣盛堂的发扬光大，担起应有的责任。也即是从那天开始，堂里凡遇重大事情需要处置，荣爷的首选毫无例外都是郑江龙。就拿这次送货的事来说吧，虽然汤少青找的是郑江龙，但实际上也是帮里的事，须经过荣爷点头才能算数。可于德荣却对前来禀报的郑江龙说："你就自己拿主意吧！有时义气就是风险，风险也可以成就义气。"

＋

郑江龙显然没有被风险吓住，选择了成就义气。他再次将目光投向那些白菜，想着下面的木箱暗道："管它是啥子哦，是祸躲不脱，躲脱的不是祸。"

就要进入丰都地界了，河面变得热闹起来。也不知哪里散场，一条条船满载着乡民逆流而上，喧闹声犹如浪涛，一波接着一波由远而近，再由近而远。郑江龙打起精神，注视着打近前路过的船，这一路他最担心的就是丰都段。

郑江龙之所以对丰都段没把握，是因为前年拒绝了一门亲事，对方事主是丰都盐帮的马二爷。马二爷人称马天眼，相传七岁就能看身后事，成年后更是一代枭雄，不到三十岁就坐上了盐帮头把交椅。据说二十年代初，刘湘专门派了个师爷请马天眼卜卦，测出刘湘是真正的四川王。后来刘湘平了四川，马天眼的名声也越来越响亮，成了丰都地界谁也撼不动的坐地虎。其实，郑江龙拒绝这门亲事也很无奈，原因是自己有一个不好放到台面上说的心上人。万县坊间都知道，郑江龙与昔日花满楼头牌龚翠红，是本县自民国以来最具传奇色彩的姐弟恋。相传龚翠红比郑江龙大三岁，早在十年前就被万县首富张春佑赎身做了四姨太。然而，一向心比天高的龚翠红却并未死心。那年春天，当穿着一袭长衫的郑江龙，代师父于德荣登门给张春佑拜寿时，两人一下就对上了眼。尔后的情节基本就是戏里的老套路，月下幽会，相见恨晚，山盟海誓，私订终身，张春佑不堪戴绿帽，找于德荣论理，于德荣劝徒儿放弃，郑江龙难舍难离，二人藕断丝连，事情闹到无法收拾时，龚翠红更是以死相逼，张春佑迫于无奈，最终达成协议，龚翠红至死不离开张春佑，张春佑则允许四姨太与郑江龙适当交往。如此情形，郑江龙当然不可能娶马天眼的女儿了。可这样一来，马二爷的脸也就挂不住了，认为郑江龙这小子太不给面子，即使有个龚翠红，那也是别人家的姨太太，难道自己的女儿还不如一个伺候过无数男人的破鞋吗？马天眼越想越气愤，觉得这简直是马家的奇耻大辱。遂特地颁布一道帮规，今后凡是万县方面的船过丰都，都要扒他三层皮。好在荣盛堂这些年的生意大多在下游，故双方才没有爆发大的冲突。可这回非同以往，郑江龙不仅要避免与马天眼纠缠，还要从他的地界神不知鬼不觉地溜过去。

船过回水湾时，郑江龙朝后方打了一个响亮的呼哨，自己的船则迅速驶入一片芦苇。此时，江面上的船越来越多，两艘满载大白菜的下水船突然碰了一下横在江心，叫骂声顿时引来许多围观。不一会儿，三艘各载着几条汉子的小船逆流而来，领头的船上，一位五大三粗的汉子，一边喊着让道，一边用手里的棍棒砸得甲板咚咚响。

荣盛堂两艘担任掩护的货船，被马天眼的手下逼着缓缓驶向下游的码头。与此同时，郑江龙的船则穿过芦苇荡，避开码头沿北岸不紧不慢地顺流而下，甲板上，包着白头帕的郑江龙在外人看来，很像是一位刚收完大白菜的菜贩子。

混过丰都地界，郑江龙总算松了一口气。他得意地笑着摘下白头帕，对船上的弟兄说："今天歇石宝寨，大家好生撮一顿，鸡鸭鱼肉尽管吃，但不许喝酒，随时准备赶路。"

其实，丰都距离石宝寨走下水也就不足四个小时，郑江龙之所以选择在石宝寨停留，一是等担任掩护的那两艘船赶来会合，二是派人通知下游的人接应。多年来，郑江龙养成一个习惯，凡过石宝寨必靠岸停留。他给兄弟们说，当年他爸年少时在滚滚长江上放木筏，几次过石宝寨有惊无险，都是因为寨子里的巴蔓子将军相助。所以郑江龙将石宝寨看作是自己的福地，每次路过都要去天子殿给巴蔓子将军上炷香，叩谢多年来对郑家人的照应。然而，这次一心想得到巴蔓子将军保佑的郑江龙，却做梦也想不到，会在这块他认准的福地遇到大麻烦。

马天眼到底是名不虚传，天眼注意到的东西自然逃不过其手掌。早在听到郑江龙去涪陵的消息时，马天眼就断定这里面有大名堂。因为郑江龙自从发迹以来，还未亲自带着一大帮人，越过丰都去上游的什么地方。为了报复郑江龙雪耻，马天眼这回是运筹帷幄，铆足了劲要决胜于千里之外。他除了派人跟踪，还不惜花重金买通沿线的土匪，发誓要将郑江龙拦在万县以西。所以，当郑江龙使出金蝉脱壳顺利骗过丰都江面的盐帮弟兄时，站在北岸名山上的马天眼却通过手里的望远镜，把一切看了个明明白白。

郑江龙一行才踏上石宝寨码头，就被一群突然而至的陌生汉子围在了岸边。一位形若张飞的黑汉瞪着两只豹眼道："跟我们走吧，不听话就都宰了！"

郑江龙被单独关在天子殿后面一间小屋里，很郁闷，也很不甘心。他已经猜到是马天眼的人干的，却又迟迟见不到马天眼。天色渐渐暗下来，江面上吹来的风撕扯着不远处的小树林，不时发出阵阵沙沙声。汤老板那些货到底是什么？郑江龙有些后悔之前没打开看看，更为货物被扣心急如焚，额头与前胸后背，不觉间沁出了点点冷汗。

郑江龙见到马天眼已是一周以后的事了。在此之前，他一步也没有离开过石宝寨那间小屋子。当然，对于船上的货物以及弟兄们的境况，郑江龙是一概不知。可以说他的内心在这六七天，经历了从生不如死到生亦如死的转变。那些日子，郑江龙就像狗一样赖在地上，眼睛盯着墙上的一只蜥蜴，脑袋瓜一片空白。形如张飞的黑汉倒是来过两回，还带来酒肉供郑江龙享用。按黑汉的说法，他们既不想要郑江龙的命，也不需要他说什么，但就是不能放他出去。

再次见到马天眼可谓让郑江龙懂得了什么叫做摆谱。那天早晨，黑汉等人将郑江龙带到码头，足足等了约两个时辰，马二爷也就是马天眼才坐着八人肩扛的滑竿姗姗来到。滑竿在距离郑江龙两丈远处落地，马天眼戴一副圆形金边墨镜，手里拿一把紫檀木拐杖，灰色长衫外罩一件回字纹马甲，有些秃顶的脑袋在五尺多长的身段上显得很有些器宇轩昂。马天眼缓步走到郑江龙跟前，放眼看了看湍急的江面，轻咳一声道："这一阵子你娃遭罪了。没得法，不弄回来我的心头堵得慌！"

"你想啷个嘛？"郑江龙怒目而视。

"我想放你回去交差。"马天眼再次轻咳一声，转过头看着郑江龙。

"当真？我那些兄弟，还有货船呢？"郑江龙目光中充满了怀疑。

"一起放。"马天眼的嘴角挤出一丝笑，翘起紫檀木拐杖指着前方接着道："看到没得？都在那边。"

"你，你这是为啥呢？"郑江龙看了看远处停靠在码头的船，依然不敢相信。

"回去问你师父吧！看来荣爷还真是把你当他的心肝宝贝啰！"马天眼说完举起拐杖挥了挥，重新坐上滑竿，也不等郑江龙说什么，便又前呼后拥地绝尘而去。就这样，郑江龙带着原班人马和失而复得的货船终于回到了万县，并见到了那位名叫杜凤山的红三军接货人。

杜凤山已经快等出病来了。自从因干活走神被弥陀寺辞退，杜凤山便去码头干上了搬运。那些最脏最累的活儿，渐渐成了杜凤山缓解心中压力的一剂良药。每天清晨，只要监事在门口发一声喊，杜凤山就会从长夜里延绵不断的噩梦中解脱出来。那些充满腥臭和油腻的大包，压在杜凤山的肩和背上，立刻就会令其忘掉所有的一切。杜凤山依然装作哑巴，在一趟又一趟的喘息中，将自己变作一台机器。他在经历一次次自虐后，几乎对拿到药品完成任务已不抱希望了。现在，杜凤山之所以仍然留在码头没走，一是想把事情弄个明明白白，回去好向总部报告，不然就真的白来了。其次是红三军现在去了哪儿，他根本搞不清楚。李贵牺牲后，杜凤山真的成了一个孤儿，或者说叫做孤军作战。他既无电台，也无跟地下组织再次联系的渠道，唯一能做的就是等，等那个到清风茶楼跟自己接头交货的人。

郑江龙在茶楼第一眼看见杜凤山，就知道对方是个狠角儿。虽然脸上显露出有些疲惫，但两只眼睛却炯炯有神，随时保持着高度警惕。郑江龙按照约定，坐到杜凤山对面，从兜里掏出一盒撕掉了封皮的烟，扔到桌子中央说："抽吧，哈德门牌子的。"

杜凤山没动，他仔细打量了一番郑江龙才看看四周道："我还是喜欢抽老刀牌的。"说完掏出一盒老刀牌香烟重在郑江龙那盒烟的上面。暗号对上了，杜凤山问郑江龙怎么走了这么长时间，郑江龙燃上一支烟说，路上出了点意外。杜凤山问东西在哪儿，郑江龙回答放在一个安全的地方。杜凤山又问怎么取，郑江龙说现在不是取不取的问题，是怎么把东西送到该送的地方。杜凤山警觉地看了看郑江龙说："你知道送哪儿？"

郑江龙吐出一口烟雾笑笑道："当然晓得。不过你就不一定晓得了。"

杜凤山没有说话，他心里明白，对方讲的是大实话。也

第二章 江湖取道

许是出于自尊心的缘故，杜凤山并不愿意承认，他也笑了笑说："老弟就这么肯定？"

"当然。你现在孤家寡人，连说话都是这么多天第一回，还能晓得啥子？命没有丢就已经不错了。"郑江龙将手里的洋火放到桌上，指头一弹就滑到了杜凤山这头。

"你是谁？如何知道我是一个人？"杜凤山两条凌厉的目光射向郑江龙。

"不要凶巴巴地看到我，跟你明说吧，没得我帮忙，你想都不要想把这批货拿出去。"郑江龙摊开双手，意思是没办法，你只能依靠我。

"好吧，怎么帮我说来听听。"杜凤山机警地看了看周围。

"我晓得这批货要送到活龙坪。"郑江龙见杜凤山没接话，将脑袋往前凑了凑，用几乎听不到的嗓音继续道："因为贺龙领导的红军部队在那一带活动。"

"真的？"杜凤山一张脸严肃得像一块铁。郑江龙缓缓点了点头说："明天这个时候，你想办法过江到走马镇，到时有人会带着那批货送你一程。"郑江龙说罢也不管杜凤山还有没有什么要问，拿起桌上自己的烟和洋火便起身离去。

十六个装药的大瓷瓶分驮在四匹骡子上，由四个百里挑一的弟兄牵着，旗号打的是利川同兴镖局，镖头是一位留着大胡子的中年男子。郑江龙将一把装满子弹的德制毛瑟手枪交给杜凤山说："他们送你过齐岳山，你们的人在利川柏杨坝接你。"

"你怎么联系到了我们的人？"杜凤山疑惑地看着郑江龙。

"放心吧，一个星期前就派人过去联系了。"郑江龙掏出烟发一支给杜凤山，自己叼一根点燃道："你还是打个收条吧，我受人之托，总得要有个交代。"说完拿出纸笔递给杜凤山。

"给谁打？敢问你贵姓？"杜凤山接过纸笔蹲下身子看着郑江龙。

"就写汤老板吧，免贵姓郑，名江龙。"

郑江龙能如此顺当送杜凤山离开万县，归根到底还是靠的荣爷。一星期前，郑江龙回到荣盛堂，满腹羞愧地跪在于德荣脚下，泣不成声道："弟子给师父丢脸了！"

荣爷看着地上的郑江龙没有吭声。过了好一会儿，待爱徒缓过气来，荣爷才轻声叫起，让人送来盖碗茶，并示意郑江龙在一旁的椅子上坐下。荣爷起身背着手在屋子里走了个来回，停在窗前望着外面的一棵麻柳树缓缓道："我说过，成就义气是有风险的。既然你选择了风险，我这个当师父的就不能看着你一个人去冒险。我用荣盛堂的两分利做股份，把你们从马天眼手里换回来，也算是老天爷对我的眷顾。"

"师傅，都是弟子不争气，害得大家受损失。不能便宜马天眼这个龟儿子，我这就带人过丰都灭了这老杂种。"郑江龙气血上涌，一张脸涨得通红。

荣爷挥了挥手，转过身道："算了。常言说得好，利益均沾嘛！往后这里有马天眼的利益，他还会像从前那样跟我们过不去？再说了，我早就想去重庆了，丰都是必经之路。如今花点银子扫清了道，何乐而不为呀？"荣爷重新回到座位上，端起盖碗茶呷了一口继续道："磁器口的汤老板救过你，这点事算不得什么，值！"

"谢荣爷！磁器口米粮帮帮主朱四爷跟汤老板沾亲，师父若真要往重庆发展，朱四爷那里倒是一个好码头。"郑江龙心领神会，心中的愧疚顿时少了许多。

"不急，有些事要水到渠成。你有了这一回，今后跟磁器口也就搭上线了，慢慢来嘛！"

郑江龙服的就是师父这份做事情的稳当劲。自己还在石宝寨遭马天眼软禁的时候，荣爷就已亲赴白公祠跟马天眼碰了一面。荣爷站在白园门前，看着唐宣宗为白居易写的挽联：浮云不系名居易，造化天为字乐天。对马天眼说："你我都是浮云，何必非要争造化？"

马天眼笑了笑道："不是你我争，是你那个徒弟在争。荣爷晓不晓得那船上装的啥子？"

"受人之托的事，未必他也清楚。"荣爷转过身看着马天眼。马天眼往荣爷身前走了两步，压低声音说："是药品。胆子够大吧？"荣爷又回过身看着那副挽联轻叹一口气道："二爷，我们就成全他吧！回头你把这个收好。"荣爷打袖筒里抽出一份股份转让书递给马天眼。

从白公祠回来，荣爷立刻派人找中间人联系。所谓中间人，就是专门牵线传话的。上个世纪二三十年代，政党之争，军阀混战，帮派林立，有靠山和关系门道的，便做起了这门子生意，即别人找不到的人，他可以通过特殊的渠道找到，或代话传话，或牵线搭桥，完了收取一定的费用。荣爷心里明白，爱徒这回十有八九是在帮共产党。果然，中间人反馈的信息，这批药是红三军的，由于联络员牺牲，他们与派去接货的人失去了联系，估计只有送货的才知道联络地点及暗号。荣爷思忖再三，索性帮人帮到底，给徒儿画上一个圆满的句号。遂让中间人转告地下组织，通知某日红三军来人在利川柏杨坝接货，药品和接货人由这边负责送出万县。

荣爷放下盖碗对爱徒挥了挥手，意思是自己累了让郑江龙退下。于德荣这些年的身体状况的确下滑得厉害，年轻时那个不知疲倦的身影，已在不知不觉间消失了，留下一具老谋深算的躯壳，撑着荣盛堂这块金字招牌。荣爷无后，三个老婆各有一处房产，生活各自料理，逢年过节才聚在一起，吃个团圆饭。荣爷是个勤俭的人，一日三餐均在堂口跟大伙儿一起吃大锅饭，除了每年置两身换洗衣服，喜欢订一些报刊阅读外，基本没有什么其他消费。荣爷常对身边的人说："吃饭只要一口碗，睡觉只需一张床，其他实际上都是多余的，除了给你带来些虚荣，就是哪个都看不清楚的祸。"不过，荣爷自从收了郑江龙做弟子，可谓有了很大的成就感。他曾私底下告诉铁手，郑三这个儿子的性格倒像他自己。

　　铁手已经不是从前的铁手了。铁手自打知道郑母撞墙而死后，就沉浸在了无边的自责中。他整日郁郁寡欢，独自关在屋子里不见任何人，也不许别人打扰。到后来竟浑身乏力，吃不下东西。为此，荣爷几乎把方圆二百里的医生和郎中请了个遍，但情况依然没有好转。到了来年正月间，病情突然加重，待荣爷从汉口请来洋人医生，铁手已说不出话了。荣爷和郑江龙等人看着骨瘦如柴的铁手，心里无比难受，问洋人医生有没有办法。洋人医生摇摇头说："看样子是得了肺结核，无药可治。"铁手死于清明节，这一天也是他40岁生日，荣爷下令将其厚葬于铁峰山铁佛寺旁那棵形如手掌的马尾松下。

　　铁手的离去使木字号重又回到了万飞虎手里。那天，万飞虎坐在木字号原先坐过的太师椅上，对手底下的弟兄们说："老子又回来了！从现在起，哪个要再跟金字号的人搅在一起，就把他龟儿的手膀子砍了。"也就是从这天起，荣盛堂分作了两股势力，一派是金字号水字号土字号联手的拥郑派，另一股则是万飞虎控制的木字号和火字号。荣爷为此非常生气，专门召集各分舵舵主开会，严厉斥责分化荣盛堂的行为，并将各分舵的财物人事权收归总舵，声言谁要是再敢闹派系，就课以家法决不轻饶。在荣爷的干预及高压作用下，各个分舵才恢复原状，但郑江龙和万飞虎彼此却有了戒心。

时光如梭，转眼一年过去了，由于打通了丰都水路，荣爷的生意突飞猛进，不但进了重庆，就连省城成都也有了荣盛堂的赌场和客栈。对此，方先生很是高兴，他告诉老莫："要是下游的势力也像朱四爷那样，这长江上游的水路就掌握在我们手里了。"老莫深有同感，他让方先生多与汤少青商量，紧紧抓住郑江龙这条线，加强同荣盛堂方面的联系，打通长江上游这条交通要道。中秋将至，汤少青特意在一心楼定制了100盒磁器口有名的酥皮果仁月饼，待下游的船一到，便使人送去，说是汤家的一点心意。而郑江龙也是有来有往，将楚地弄来的武昌鱼装了几大筐送到汤家大院，请汤老板一家尝鲜。如此互敬互信的交往，双方感情日益加深，朱四爷曾不止一次对汤少青和方先生感叹："江龙这后生跟他爸还真不一样，是个重情重义知恩图报的人。"汤少青也赞道："像他这样会处世，下川东的袍哥人家迟早都得听他的。"

然而，事情有时很难预料，正当郑江龙与磁器口的关系一天比一天紧密时，荣爷却在这当口被人暗算了。荣爷死于中毒，坊间流传的版本大致有这样三种，一是王陵基所为。说荣爷一直跟王陵基暗中较劲，在码头税收上不与妥协，终于招来杀身之祸。二是下游宜昌洪门舵爷差人下毒。据荣爷的二姨太说，"那天晚上给荣爷送宵夜的小二是张生脸，记得操的是湖北口音，个子也不高，原以为是堂口临时换了人，哪知却是来……"二姨太说到这里又晕了过去，旁人由此联想到不久前，宜昌洪门曾为一批货派人找荣爷讨说法的事，便怀疑荣爷之死与其脱不了干系。最后一个传闻就有些厉害了，矛头直接指向郑江龙，意思是弟子图位害死了师父。对此，郑江龙可谓悲愤交加，数次哭晕在荣爷的灵前，并发誓要找到下毒者及其幕后指使，为师父报仇。

这年冬天，万县城多了几分肃杀之气，就连平日街头大声说话的人也都自觉收敛，仿佛头顶悬着一把什么剑，一不小心就要落下来。郑江龙更是麻衣素缟，终日在灵前伺候，待到27天一过，司职发声喊："出殡！"荣盛堂的弟子便掌幡开路，抬棺下葬。那个飘着雨雪的早晨，整个万县城都被惊醒了，从大码头到大佛寺广济寺石佛寺坛花寺慈云寺，再到文昌宫三元宫紫阳宫南华宫川主宫，炮仗如雷，灵柩经过之处，超度之声不绝于耳，南门内外万人空巷，要不是警察局全体出动维持秩序，光是过万安桥就得乱套。郑江龙手捧荣爷画像，两眼红肿，一张缺乏睡眠的脸白里透青，让挤在人群中的龚翠红看得心痛。

龚翠红已有半年多未见郑江龙了，原因除郑江龙这半年大多在外忙碌，张春佑移居汉口也造成了一定的阻碍。张春佑依然一如既往地喜欢给他戴了绿帽子的四姨太，他曾看着镜前梳妆打扮的龚翠红说："你就是遭万人骑我也爱！"但当龚翠红回过头问他为什么时，张春佑却又说不出个所以然。后来还是马二爷马天眼的解释入木三分："男人也有贱的一面，有些是公开的，有些是隐秘的，但终归逃不掉一个贱字。"

十一

郑江龙能够重回磁器口，应该归结于方先生的主意和汤少青的撮合。那时，朱四爷偶感风寒得了一场大病，病愈后便有退出江湖的意思。方先生说何不把郑江龙叫回来，一来肥水不流外人田，米粮帮依旧掌握在磁器口人的手上；再者也可让郑江龙结束在外漂泊的日子，早日重返家乡。汤少青觉得如此安排很是妥当，米粮帮不仅可以继续沿着朱四爷的路子走下去，也不会因争夺权位出现内讧。朱四爷这两年跟郑江龙来往较多，荣盛堂的生意能打进重庆，朱四爷功不可没，二人早已成了忘年交。朱四爷那天听方汤二人这么一说，也认为是个不错的选项，只是担心郑江龙眼下麻烦缠身脱不开。汤少青说既有情义在此，不妨帮一帮郑江龙。便请方先生代笔修书，邀郑江龙回磁器口接班。

其时，方先生正有意改造米粮帮，使其成为党组织在重庆可用的一支力量。郑江龙在不久前的送药行动中经受了考验，又是木材帮原少帮主，若真能执掌米粮帮，不仅可以服众，还会分化木材帮的势力，对今后党组织在磁器口开展活动可谓意义非凡。方先生在信中引用了俞伯牙与钟子期的故事，意思是告诉郑江龙，相识满天下，知音能几人？信由老胡亲自送到万县，那个寒冷的早晨，郑江龙再次跪在老胡的膝下，泣不成声地道："请转告汤老板和四爷，江龙今生今世感恩不尽！"

郑江龙重返磁器口那天，余不笑刚过完60岁寿辰。余不笑站在大码头，看着下游一艘缓缓驶来的方头船，对一旁的张秉文张大师爷说："磁器口的人气就是旺，不论哪个时候总有人来。"余不笑话音刚落，郑江龙就钻出船舱站到了甲板上。余不笑当然认不出甲板上身材魁梧的汉子，就是当年那个瘦弱的郑家小屁孩，但张大师爷的心却无故地抖了一下。张秉文其实也不认识郑江龙，只因船头上那汉子的气魄，让深谙江湖的张大师爷生理上有了反应。然而，前来迎接的朱四爷却安心要整一下余不笑。他笑着跟刚下船的郑江龙介绍余不笑："这位是木材帮的余帮主。"然后又对余不笑笑着道："这位是原木材帮郑帮主的公子郑江龙。"那一刻，周围的人一下子安静了，有的瞪大眼睛看余不笑，有的则看郑江龙，还有的看看余不笑又看看郑江龙，气氛霎时间变得凝重起来。余不笑到底是个人物，装出恍然顿悟的样子道："哎呀！原来是大侄子回来了，欢迎欢迎！那年贤侄母子执意出走，实在是误会我了。尤其对你母亲的不幸，我是非常的痛心，当即叫人厚葬在你爸的坟旁，啥时候有空我陪你去上炷香吧！"余不笑说到这里，故意转过头看了看朱四爷才又接着说："想当年我与你父亲联手共事，无人能敌。现在你回来了，理当我来安排。你……?"

"不必了。我回自己的家，哪里需要别人安排?"郑江龙一脸的平静，丝毫看不出带着任何情绪。

"好，我这就叫人给你把院子打扫出来。"余不笑招来管家。

"也不必了，朱四爷已经安排人收拾好了。"郑江龙依然保持着平静。

"唉，你这就见外了，毕竟我们才是一家嘛！有空到我那里坐坐。有些事情呀，还真不是你想的那个样子，不信你问张副会长，他是最了解我的。还望贤侄不要听信他人的挑拨，被利用了。"余不笑看了看张秉文，意思是你这个大师爷也说两句。

"是呀是呀，余帮主当初可是有意要培养你做接班人的呀！如今这么多年过去啦，贤侄重归故里，大家应该高兴才是呀！"张秉文不失时机地打着圆场。

"说得对！今天我给贤侄摆酒接风，请朱四爷和米粮帮的兄弟也一同赏光。不知贤侄意下如何？"余不笑不失时机地插话，一是显示其帮主地位，再也是给郑江龙一个下马威，暗示磁器口是他余不笑的地盘。

"余帮主，接风喝酒的事就不用你操心了。老汤家已经在一心楼摆起了。你要有空，就来喝一杯？"朱四爷毫不示弱，将余不笑的话挡了回去。郑江龙也不再搭理，回到船边将龚翠红接了下来。一行人由朱四爷领着往镇子而去，气得余不笑在一边恨得直咬牙。

其实，郑江龙此番回磁器口，除了欢喜，还带着三分苦涩。自从荣爷遭人暗算去了西天，郑江龙的日子就不好过了，整天像坐在火山口似的，随时面临着爆发的危险。木字号舵主万飞虎更是阴阳怪气，不仅背地里称"害师图位"完全有可能，且当着郑江龙的面，摆出一副老人的架势，在堂会上要求对这一说法进行核查。一时间，郑江龙陷入了两难，一方面"害师图位"的传闻牵涉自己，调查的事必须回避。另一方面虽有心挑起担子重振荣盛堂，却受到调查限制，不能马上接任总舵主履行职责。因此，荣盛堂出现了前所未有的群龙无首局面，五个分舵各行其是，完全没了章法，搞得郑江龙一筹莫展，只能在一旁干着急。

看着心爱的人忍辱负重，遭受委屈煎熬，龚翠红的心都要碎了。那时，龚翠红已决心不再去汉口，要与张春佑一刀两断，生当郑家的人，死做郑家的鬼。遂极力劝郑江龙离开万县，寻一个清闲的地方，一起过安稳的日子。郑江龙一开始觉得龚翠红简直是开玩笑，自己受荣爷重托，哪能在紧要关头撒手不管？可后来闲话听得多了，加上以万飞虎为首的一帮元老，极力排挤荣爷扶持的新生力量，便也渐渐心灰意冷。因此，当老胡再次出现，送来方先生代笔的信时，郑江龙看后仿佛一下子开了窍，突然明白"不在一棵树上吊死的道理"，即刻就应承了下来。

　　这天，万飞虎正在茶楼与几个弟兄商量如何逼走郑江龙，就见郑江龙领着另外三个分舵的舵主走了进来。万飞虎愣了愣，以为郑江龙是来火拼的，刚想拔枪，对方手里的柯尔特六响子已抵住了自己的额头。

　　"好好好，算你娃狠！动手吧，老子就是死也不得服你！"万飞虎两只眼睛一眨不眨地盯着郑江龙。

　　哈哈哈哈，郑江龙发出一串笑声，收起转轮枪示意几个木字号弟兄，让位给其他三位分舵主，然后坐到万飞虎的对面说："我不是来杀你的，是来找你商量事情的。"

　　"商量啥子事情？"万飞虎一脸懵逼，看了看其他三个分舵主。

　　"三位舵主请坐。今天当着大家的面，我把我的想法说出来，一起来决定。"郑江龙待伙计收拾桌子换上新茶，继续道："荣盛堂不能这样群龙无首，混乱下去了。既然我不能接任总舵履行职责，那就请万舵主来临时主持大局。"郑江龙见大家都不吭声，又接着说："不过我要把话跟万舵主说清楚，这个总舵主是临时的，今后哪个找到凶手，给荣爷报了仇，这个总舵主就是哪个的。你们觉得如何？"

"要得，凭本事，哪个找到凶手哪个就当总舵主。"水字号舵主率先支持。

"我也赞同。"火字号舵主也表了态。

"我没得啥子意见，只是万舵主到时认不认这一条？"土字号舵主看了看万飞虎。

"我绝对认！如果不认，你们就联手把我灭了。"万飞虎做出一副指天发誓的样子。

"好，那就这样定了。另外，金字号分舵也交给万舵主代管，我只带几个平时离不开的弟兄回磁器口老家，等你们的调查结果。"郑江龙端起盖碗呷了一口。

"这又何必呢？大家又没说郑舵主在妨碍调查。"水字号舵主看着郑江龙，流露出不解。

"你们也不必多虑，自古疑人不用，用人不疑。我现在是个疑人，留在这里不仅不合适，自己也觉得不舒服。不如当个甩手和尚，过几天清闲日子，等你们把事情弄清楚了，再大大方方回来，该干啥子干啥子。"郑江龙将盖碗放回桌上，看了看大家。

"也行。郑舵主既然如此深明大义，我也就当着大家把话说清楚，金字号我只是代管，保证不换郑舵主手下的一兵一卒。等调查水落石出，荣爷西归与郑舵主无关，金字号就还是郑舵主的金字号。"万飞虎显然对郑江龙已没有了敌意。

"好，就这么定了！一会儿喊个会写的，把刚才说的拟作条文，大家盖上手印。来，咱们以茶代酒，为了荣盛堂的兴旺，干！"郑江龙率先举起盖碗，其他人也跟着将茶碗举起。

就这样，郑江龙带着龚翠红和几个铁杆弟兄，在那个春

暖花开的季节，备一船厚礼溯江而上，回到了离别十二年的
磁器口。

郑江龙跟着朱四爷，一边往正街的一心楼走，一边给龚
翠红和几个铁杆弟兄讲自己童年好玩的事，逗得龚翠红不时
发出银铃般的笑声。郑江龙看着烦恼尽逝的心上人，心里也
感觉到从未有过的轻松，是啊！这么多年，两人中间夹着个
张春佑，总不免别扭，尽管彼此在一起时都不提及，但有和
无的差别却是有着天壤之不同。

汤少青今天也特别高兴，他像过节一样，神辫梳得油光
水滑，换上了平日很少穿的豆沙色长衫，外罩一件咖啡色马
褂，在一心楼门前迎接郑江龙。二人相见，郑江龙非要行大
礼，却被汤少青一把拉住道："你我兄弟，如还把那些陈年
往事拿来纠缠，就生分了！"一席话说得郑江龙既感动又不
好意思。汤少青领众人上楼按序入座，老胡即吩咐上菜斟
酒。汤少青以兄长的名义，欢迎郑江龙回到磁器口。郑江龙
则举杯向西，将第一杯酒敬给了胡阿三，然后依次敬汤少
青、朱四爷和老胡。大家开怀畅叙，从晌午一直喝到晚上，
席间，龚翠红弹起了心爱的琵琶，《汉宫秋月》和《广陵
散》在那个月圆的夜晚，不知触动了镇里多少人的心，也搅
得余家院子里的余不笑心神不宁，一夜未眠。

十二

对于郑江龙突然回到磁器口，余不笑丝毫没有心理准

备。还是在码头望着郑江龙远去的背影时，余不笑就对张秉文张大师爷说出了自己的担忧，尤其是木材帮里那些郑三的旧部，更是他久放不下的心病。对此，张大师爷也有同感，认为郑江龙此番回来不是偶然，而是与汤家和米粮帮早有预谋，今天的亮相，只不过是计划好的开场。张大师爷一改往日城府深的派头，表情严肃地劝余不笑早做打算，乘郑江龙还未在磁器口站稳脚跟，来个先下手为强，铲除心腹之大患。张秉文的想法无疑说到了余不笑的心坎上，早在接掌木材帮时，余不笑脑子里想到的第一件事，就是杀掉郑江龙。为此他不惜查找数年，好不容易将郑家母子带回磁器口，只等拿到龙头斧即可斩草除根，不料却被木材帮的"老人"搅黄。如今要是郑江龙拿着龙头斧，来木材帮振臂一呼，那后果简直是不堪设想。余不笑在屋子里思来想去，最后觉得，再次启用独眼龙的时候到了。遂叫来管家，如此这般地交代一番，才无奈地长吐了一口气。

独眼龙这些年一直东躲西藏，他知道在马鞍山窑场惹的祸，不仅激怒了汤家和米粮帮，也让警察局承受了巨大压力，可以说不论黑道白道都不会放过自己。幸亏余不笑给他吃了定心丸，说独眼龙只要找地方藏好，其他的需求一应由他解决。余不笑还送了一只自来得毛瑟手枪和许多子弹给独眼龙，告诉他时代已经变了，什么刀呀剑的已经落伍了，要学会绝杀敌手于百米之外。于是独眼龙开始练习起了枪法，也许是只有一只眼睛的缘故，独眼龙耍起枪来，得心应手，指哪儿打哪儿，没费多少子弹就已经是神枪手了。

独眼龙再次到磁器口没有进余家院子，而是去了余家在金刚坡开的客栈。余不笑盯着独眼龙那只独眼，将嗓音压到最低说："灭了郑江龙，给你一万大洋。"

独眼龙自从扒窑杀人惹出麻烦，一直在余不笑面前抬不起头，早就想找个机会将功补过。这次听说余不笑让自己重回磁器口干大事，可谓是心里憋足了劲，什么钱不钱的，对他来说最要紧的是把活儿做干净，不要再丢人现眼，辱没了自己在江湖上的名号。

独眼龙开始寻找刺杀郑江龙的机会，按照余不笑的意思，除不在镇里动手外，其他任何地方都可送郑江龙上路。独眼龙化装成走街串乡的货郎，手里摇一面拨浪鼓，每天天不亮进镇，在河街及大码头一带转悠，直到夜深人静才又回到金刚坡。为了行动方便，独眼龙将自来得毛瑟手枪藏在货筐的底部，后腰倒别一把刃长三寸的匕首，用一顶旧草帽遮掩他那只瞎眼。

应该说独眼龙的出现，并没有引起磁器口人的警惕，相反，许多年纪大的还对这位寡言少语、只剩下一只眼睛的货郎充满了好感。因为独眼龙不单送货上门，还帮老人做一些力所能及的事情，比如穿针引线，去溪边打一桶清凉的水等等，与居民的关系处得很是和谐。而此时的郑江龙，正沉浸在无比的喜悦之中。那些过去跟随他爹郑三的木材帮兄弟，听说昔日的少帮主回到了磁器口，接替朱四爷坐上了米粮帮的头把交椅，都纷纷脱离木材帮，改投到郑江龙的麾下。这可乐坏了刚刚接掌米粮帮的郑江龙，看着这些曾经跟随父亲出生入死的大叔大哥们，郑江龙除了感动，还充满了一股豪气。正式就职那天，郑江龙对着米粮帮的祖师牌位郑重发誓："从今往后一人有，大家有，有难同当，甘甜共享，绝不贪生怕死，绝不抛弃一个兄弟。"直听得一旁的龚翠红热血沸腾，一晚上都在夸自己的男人是世上少有的好男儿。

木材帮出现人员倒戈，虽在余不笑的预料之中，却仍令他备感羞辱，在磁器口方圆百里的乡民面前颜面扫地，面子上不能接受。余帮主正想要杀一儆百，让大家看看他的威风，却被闻风而至的张秉文拦下了。张大师爷看着气得扭曲着一张脸的余不笑说："你难道没听到过'天要下雨，娘要嫁人'这句话吗？这些人留着不仅要吃你喝你，而且还是日后的隐患，不如乘机清理门户，顺便将卧底塞到郑江龙的眼皮底下去啦。"余不笑听罢才收起杀人的念头，让管家挑了几个得力心腹，混在那些改换门庭的兄弟中，一起加入了郑江龙执掌的米粮帮。

按照独眼龙的想法，郑江龙将在祭拜他父母时，倒在自己的枪口下。但余不笑却一挥手否决了。余不笑认为，在那样的场合杀郑江龙民愤太大，警察局没准第一个怀疑的，就是他这个最大的受益者。余不笑对独眼龙说："你要尽量低调行事，看起来要像偶然发生的冲突。"

清明节这天，郑江龙带着龚翠红来到父母坟前时，一大群原木材帮的弟兄已等候在此。仿佛事先说好似的，大家都不说话，摆上贡品，点上香蜡，默默地焚烧纸钱。郑江龙没有哭，弟兄们也没哭，只是每个人的眼眶里都闪动着亮晶晶的泪花。附近上坟的老乡看着如此肃穆的场面，都不免露出一丝惊讶。有看懂的人小声解释："这是仇还没报，所以不爆火炮，也不能哭。"听者不禁长叹一声道："这下磁器口又不得安宁了！"

郑江龙祭奠完父母，便让两个弟兄送龚翠红回家，自己则带另外两个兄弟，去了文昌宫寨门斜对面的"干一锤"。干一锤是磁器口一带著名的铁匠铺，店主干铁匠生于铁匠世家，相传祖上打过一口青龙偃月刀，放在富顺县的关帝庙里，每晚发出月白色寒光，令城里大小盗贼不敢轻举妄动。

木材帮的龙头斧即出自干铁匠父亲之手，余不笑当上帮主后，想请干铁匠为其打一把一模一样的龙头斧，哪知干铁匠回道："先父之作我岂能造假？"弄得余不笑无话可说，从此打消了再做一把龙头斧的念头。干铁匠无儿无女孤身一人，平时除了打铁就是喝酒。干铁匠可以喝完一坛高粱酒在作坊醉打，这时路人就会听到他自编的小调《铁匠哥》

> 铁匠哥呀铁匠哥，
> 天生就是苦命果，
> 老婆娃儿全无缘，
> 白天晚上锤儿摸呀锤儿摸。

干铁匠曾跟人说，他打的铁器都含有酒性，不但钢火好，且有韧劲儿。郑江龙迫不及待来找干铁匠，是为了给投奔自己的木材帮弟兄，打造几十把好用的家伙什。干铁匠一开始不知道来者何人，心想这又是哪一路抢地盘的亡命徒，要那么多造孽的刀片子。后来听对方喊自己三叔，才停住手里的铁锤，仔细打量起对方来。

"三叔，你不认识我？我是郑三的儿子江龙啊。"郑江龙从后面弟兄手里接过礼盒和一坛酒，上前几步放到作坊的桌台上。

"哟，原来是大侄子！你不是……？"

"我回来了，承蒙朱四爷跟汤老板抬爱，让我做米粮帮的掌门。"郑江龙拿起旁边一把刚打好的菜刀，用指关节敲了敲赞道："好刀！"

干铁匠听说郑江龙接替朱四爷当上了米粮帮的帮主，脑子里还有点打不过转。他放下铁锤来到台前，俯身吹了吹凳子面让郑江龙坐，然后才结结巴巴地说："当当年你爸，跟朱朱四爷，不是一个钉子一个眼的吗？咋咋个这阵又又把交椅，让让给你来坐了哦？"

郑江龙坐下笑着道："三叔啊，这就是江湖，山不转水转，到了一定的时候，恩怨自然化解，敌人也就成朋友了。"干铁匠似乎还是没想明白，嘀咕着打开酒坛子，往一边的洋瓷盅倒了大半盅，端起猛喝一口，咂了咂嘴道："好酒！"然后将洋瓷盅递给郑江龙，很有些感慨地说："你小子命大，居然从余不笑的手心里逃脱了，真是应了那句老话——后福不浅啦！"郑江龙也不客气，接过洋瓷盅照着干铁匠的样子也猛喝一口，道："唉！过去的事就不提了。你老叔的身板还好吧？"

"好哦！一天都在硬碰硬，没得一口长气，还敢摆架势？"干铁匠又拿起台上的烟杆，将烟锅伸进袋子装上一锅烟，郑江龙掏出洋火划燃一根给干铁匠燃上说："三叔还是一个人单干？不想收个徒弟？"

"收啰！前年收的，还是你们郑家厨房头胖嫂的五娃子。今天早晨去余家院子打马掌，估计快回来了。"干铁匠巴了一口烟，将烟杆递给郑江龙接着道："你成家没得？郑家就你一根独苗苗哦！"

"快了，打算今年年底吧！"郑江龙含着玉石烟嘴巴了一口，吐出个大烟圈，看着缓缓升向屋顶。两人你一言我一语，同喝一盅酒，共抽一锅烟，不一会儿就到了晌午。郑江龙让两个弟兄去弄些菜，说中午就在铁匠铺跟干铁匠干两盅。干铁匠听了高兴，扯开嗓门又唱了起来：

　　铁匠哥呀铁匠哥，

对酒当歌不嫌多，

哪天不闻锤儿声，

定是喝死当睡着呀当睡着。

"师父，我回来了。"随着稚嫩的声音，屋里光线一下子暗了下来，一个十五六岁的小伙子打外面进来。

"余家都没留你吃晌午？"干铁匠显然很不了然，正想发泄两句，忽想起郑江龙，便改口道："快来见你的少东家。"干铁匠又转身给郑江龙介绍："这就是胖嫂的狗娃儿。"

郑江龙这时已站了起来，看着一脸茫然的狗娃儿笑道："都长这么大了！我还记得你妈做的红烧肉好吃。"

"你是龙哥？"狗娃儿脸上绽开笑容。干铁匠看着郑江龙叹道："是啊，你走的时候他才四岁多不满五岁，现在一晃都要换嗓子了。"这时，两个买菜的弟兄各拎着一个食盒回来，狗娃儿见状赶紧收拾桌台，将菜从食盒中一一取出。干铁匠又胡乱找些东西当凳子，五个人便围在一起吃喝起来。

干铁匠说今天要喝他的酒。其实干铁匠的酒也是磁器口一带自酿的高粱酒，只是他在铁匠铺的角落里埋了一口大缸用来窖酒，平时要饮便取一竹勺，揭开封口勾出一勺，其做派就连不喝酒的人看了也馋。郑江龙看着干铁匠那让人馋的勾酒样，忍不住吞吞喉咙道："你这样搞，以后天天到你这里来讨酒喝。"

"来噻来噻，我巴不得有人来，一个人喝闷酒有啥意思？"干铁匠勾了一大碗，回到桌边道："装不到了，喝了再勾。"

五双筷子五只碗，一台酒喝开了，狗娃儿不喝酒，独自添了碗饭吃。郑江龙问狗娃儿余家院子咋样，狗娃儿说大得很，人也多。再要问时却见狗娃儿看着自己愣住了。"你嘟个了？"郑江龙看着狗娃儿，举起酒碗跟干铁匠碰了碰，各喝了一大口。

·186·

"龙哥，你是不是那个新来的米粮帮帮主？"狗娃儿一脸认真的样子。

"是啊。"郑江龙放下酒碗又看了看狗娃儿道："有啥事吗？"狗娃儿将筷子停在半空，有些害怕地说："有人要杀你。"

"哪个？"郑江龙放下酒碗，所有人的目光都一齐投向狗娃儿。

"听余家院子赶马车的师傅说，是个只有一只眼睛的人。"狗娃儿说完朝门外看了一眼。

"独眼龙？"郑江龙站起身，立刻想象着胡阿三惨死的模样。

郑江龙知道杀害胡阿三的凶手是独眼龙，还是朱四爷告诉的。两年前，郑江龙请朱四爷帮忙安排荣盛堂的一桩生意，两人在涪陵喝酒时说到胡阿三，朱四爷不无愧疚地说："米粮帮一直在找杀害阿三的凶手，据说是一个叫独眼龙的江洋大盗干的，可惜此人已不知去向，我们还在追查。"

"三叔，今天就喝到这里，我有事要办，改天再找你喝。"郑江龙给两个弟兄使个眼色，起身又拍了拍狗娃儿的肩头道："好好学手艺，照顾好你师父。"干铁匠也不挽留，起身送到门口道一声"小心"，便看着三人的背影消失在拐角处。

郑江龙下令米粮帮兄弟在磁器口全力搜查独眼龙时，独眼龙距离豆芽湾的米粮帮大本营可谓近在咫尺。独眼龙戴着破草帽，挑着货郎担，摇着手里的拨浪鼓，跨过凤凰溪朝着豆芽湾一边走一边察看，寻思能不能在这一段找到一个进退自如的伏击点，猎杀刚刚接掌米粮帮的郑江龙。独眼龙曾跟余不笑发下誓言，这次行动不是姓郑的死就是自己倒下，无论哪一种结果，都是给余帮主一个交代。余不笑听后当即表示，独眼龙这回如能灭了郑江龙，他就给独眼龙说一门亲，拿足够的钱让独眼龙安一个家。

独眼龙走着走着耳边就传来一阵鸽哨，他赶紧停下来警惕地察看四周。鸽哨是独眼龙跟余不笑约定的危险信号，一旦发出，即表示独眼龙已暴露，郑江龙将采取行动。

"他妈的，又是哪里出了幺蛾子？未必姓郑的会算？"独眼龙恨恨地吐了一口痰，转身往金碧山方向走去。

余不笑确实在第一时间接到了卧底传来的消息，他暗自佩服张秉文的远见卓识，也对郑江龙如此快知道独眼龙感到诧异。为防止被郑江龙的眼线发现，余不笑要独眼龙暂停一切活动，待在金刚坡等他的行动指令。

日子就这样有惊无险地一天天过去，米粮帮弟兄在连续搜查一个月后，又恢复了常态。其间，郑江龙还通过狗娃儿，秘密联系到余家院子赶马车的师傅，了解有关独眼龙的情况。据那位赶车师傅说，他也是不经意间听一个醉鬼说的，是真是假并不清楚。郑江龙再问醉鬼是何许人时，对方却想了半天也没想起是谁，原因是那天赶车师傅也喝得差不多了。郑江龙觉得这简直是在捕风捉影开玩笑，派去监视余家院子的人也回来说，没发现院子里的人有什么异常，更没看见只有一只眼睛的人进出。郑江龙为此很是纳闷，到底是对方隐藏得深，还是自己太多虑？但朱四爷却坚信不是空穴来风。

米粮帮展开的一系列行动证明，郑江龙确实知道了某些情况。为了测试和消除郑江龙的戒备，张大师爷又想出一计，让余不笑偷梁换柱找一个有眼疾的人，假扮独眼龙的样子现身磁器口，看郑江龙有何反应。果然，米粮帮弟兄得知消息，不到半个时辰就将其截获。然而，郑江龙却因此陷入了被动，最后不得不亲自去余家院子道歉。而余不笑却装出一副大度的样子，语重心长地对郑江龙说："江龙啊，我跟你爸称得上生死之交，咋个可能害你嘛？你若愿意回木材帮，我马上让位给你。"弄得郑江龙脸红筋涨，不知说什么好。经过此番教训，米粮帮的弟兄也变得谨慎起来，再也不敢大手大脚贸然行动了。

这天，龚翠红听说重庆城来了一位京城的名角儿，便要郑江龙陪自己去看戏。龚翠红自从来到磁器口，就没有好好出去玩过。尤其是一个月前，听说有个叫独眼龙的杀手，要杀自己男人，就更没心思玩了。龚翠红伴着恐惧和担心，在郑家院子里憋着，直到警报解除。当然，这期间也不是没有好事，比如方先生那天给龚翠红号完脉，就告诉一旁的郑江龙："再过几个月，你就要当爸爸了。"

方先生因参加党组织会议，没能参加汤少青在一心楼给郑江龙设的接风宴。方先生见到郑江龙时，郑江龙已是米粮帮的帮主了。由于之前了解郑江龙的一些情况，方先生倒觉得郑帮主看上去要比传说中斯文很多。方先生对朱四爷说："现在有郑帮主接你的班，你老该享享清福了！"朱四爷嘿嘿嘿地笑着道："全靠你跟大少爷的支持，才有这个缘分！"

郑江龙经不住心上人的软磨硬泡，答应第二天带龚翠红进城，顺便也去拜拜码头，看望重庆袍哥的总舵主田德胜田大爷。于是，郑帮主将帮里的事务安排妥当，让人准备好厚礼。为防止出现意外，郑江龙特地带上了出道时荣爷送的那支柯尔特六响子转轮手枪，并叫上两个从万县带来的兄弟随行。

翌日一早，阳光灿烂，郑江龙领着龚翠红等人走过正街的福寿坊，顺着石板路下到河街，再穿过河街去大码头。时逢赶场高峰，码头上人浪如潮，靠岸的船一艘接一艘，喧嚣声不绝于耳。

米粮帮送郑江龙等人的船停在码头下游的一角，那里有警察把守，只允许持通行证的船只进出。郑江龙一边走一边警惕地观察着四周，脑子里渐渐有了一丝担忧，也感觉到了一些兴奋。凭着十多年江湖生涯换来的经验，郑江龙突然预感到就在今天，而且就在这个码头，他一直期待着的事就要发生。几个牵着黄牛的贩子打对面走来，郑江龙拉着龚翠红往一边靠了靠让行，他下意识地抽出腰间的柯尔特六响子，斜插到左腋下，装着双手抱胸的样子，看着牛贩子打身前过去。这时，面朝着郑江龙的龚翠红表情奇怪地说："那边有个戴草帽的人一直在看我们。"

"哪里？"郑江龙话音刚落，就被龚翠红一把推了出去，紧接着一声枪响，龚翠红已仰倒在地。郑江龙发出一声凄厉的喊叫，手中的六响子照着刺客就是两枪。与此同时对方也射来一颗子弹，郑江龙只觉得左耳一热，一股暖流便顺着脖子流了下来。

独眼龙被击穿右锁骨和右颈动脉身亡。在此前一天，他接到余不笑的消息，说郑江龙将于明日一早乘船去重庆。独眼龙欣喜若狂，将那只擦得铮亮的自来得毛瑟手枪，重新拆散又擦拭了一遍，然后细心挑选子弹，一颗一颗压进弹夹。独眼龙已在金刚坡足足憋了两个月，现在终于等到了决定胜负的时刻。他天不亮就到了码头，利用赶集的人群作掩护，等待冤家出现。大约一个多时辰，独眼龙在川流不息的人流中，看见了身穿艳丽旗袍的龚翠红和她旁边的郑江龙，便紧随其后，但两个保镖却挡住了他的射击线路。独眼龙正待调整角度，却被龚翠红无意中发现，最终拿走了一条不相干的命和郑江龙的半只耳朵。

　　毛瑟枪子弹射中了龚翠红的心脏，在淡绿色旗袍的胸前开出了一朵艳丽的玫瑰。郑江龙伤心欲绝，紧紧抱着身子正在变凉的龚翠红，悲恸的哭声在那个太阳初升的早晨，令整个磁器口大码头变得沉默无语。

第三章　汗血梅花

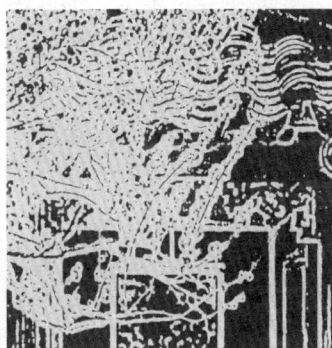

一

　　1938年10月的某个早晨，汤少青正在堂屋吃早饭，突然
传来一阵警报声，外面也隐隐约约有人在喊"敌机来了！快
去防空洞！" 汤少青放下碗筷，让管家老胡领着太太孙淑珍
和家人去屋后刚挖的防空洞躲躲，自己则拿件马甲出门去了
街上。老胡已不当掌窑师傅多年了，那天汤少青当着大伙儿
说老胡岁数大了，阿三死后家里又没其他人，不如就搬到汤
家大院去住，平时帮孙淑珍跑跑腿管管院里的事。老胡起初
还不太乐意，觉得自己在窑上干得好好的，咋就不行了呢？
后来开窑的时候，发现有几个烧废的物件，才明白确实到老
眼昏花的岁数了。老胡进院受到了包括太太孙淑珍在内的所
有汤家人欢迎，孙淑珍对大伙儿说："老胡是汤家的功臣，
今后这个院子里如果有人不尊重老胡，也就是不尊重老汤
家。"说来也怪，自打老胡搬进院子，以前偷懒耍滑小拿小
摸占便宜的都没了，孙淑珍曾问汤少青老胡属啥的，怎么一
来这院子就顺畅多了。汤少青笑道："你晓不晓得有老胡
在，窑场连一块瓷片都不会少。"
　　街上警报声大作，江对岸国军防空阵地上打出的高射炮
震耳欲聋。天上满是涂着太阳旗的日军飞机。正街横街一片
混乱，许多居民一脸惊慌，扶老携幼，站在路中央不知如何
是好。这时，从文昌宫兵工署重庆炼钢厂筹备处，磁器口大
码头，以及詹家溪第25兵工厂方向，传来一连串剧烈的爆炸

声，镇子里的房屋被震得左右摇晃，瓦片四处飞溅。一个警察打宝善宫方向跑来，一边挥舞警棍一边高喊："赶快散开！去防空洞！"汤少青这才调转身子，屁颠屁颠地往回跑，待进到防空洞，已是大汗淋漓气喘吁吁，孙淑珍见状禁不住笑道："跑不动了吧？未老先衰了吧？"

汤少青这些年明显赶不上从前了，才三十出头，跑几步就有些喘，不仅有了下眼袋，额头上的发际线也在升高，过去略长的脸在渐渐变圆，肚子也开始往外贴，好在嘴唇上的一字胡没一根发白，跟一米七八的个头支撑起了老汤家硬朗的形象。难怪耀祖近段时间老说爸爸长胖了。究其原因，一是日子过得舒畅，汤家里里外外都不用自己操心，窑场的事有老胡的两个关门弟子打理，家里就更不用说了，除了孙淑珍，如今还多了个老胡。再就是有儿有女，不像过去汤大老爷，进入中年还成天为传宗接代的事犯愁。这不，几天前，孙淑珍又收养了一个6岁大的孤儿，老汤家再添人丁。汤少青给小男孩取名耀荣，如今长子耀祖和女儿耀华都在正街的嘉陵小学读书，每日里由孙淑珍亲自接送。对此，汤少青很有些不屑，觉得孩子已经大了，不能娇生惯养，完全可以让他们学着自己照顾自己。可孙淑珍却不这样认为，她说老汤家的孩子命好，就得让他们享受命好的待遇。汤少青看着老婆一脸的得意，也就无话可说了。

是啊！享享福有什么不好？这世上哪个不想过舒服的日子？汤家能有今天，那是祖上几代人努力换来的。可偏偏日本人不让人省心，从下游一直往上打，先是南京失守惨遭屠城，紧接着武汉也沦陷，国民政府这仗打得令全中国人揪心。后来终于在宜昌以西的南津关挡住了东洋铁骑，但来自空中的轰炸又开始了。汤少青站在洞口，一边看着天空中不

第三章

汗血梅花

时飞过的日本飞机，一边想要不要劝方先生换个地方。

方先生还沉浸在巨大的悲痛之中，一个月前，宋致远夫妇因救治炸伤的平民，遭日机射杀身亡。女儿也在大轰炸中失踪，方先生托组织帮助查找，到现在还无任何消息。如今，方先生已是远近闻名的名医了，许多城里人也慕名到磁器口找方先生看病。由于重庆成了国民政府的战时首都，许多政府机关和军工单位都迁到了磁器口，方先生根据上级指示，正全力打造以磁器口为中心的沙磁区地下情报网。故此，药房这个联络点也就比以往更显重要了。日机轰炸后，党组织也跟汤少青的想法一样，考虑给药房换一个地方。但方先生认为药房位置虽有空袭危险，但平时人来人往便于掩护，再说即使换到别处，也并非就绝对安全。因此两者取其利，还是决定维持原状。方先生给汤少青的解释除了"哪里都差不多"外，还加了一条理由，地址变动会影响外来患者的治疗。汤少青觉得方先生说得有道理，也就不再勉强，只是提醒方先生一定要注意自身的安全。

日机的轰炸给磁器口造成了前所未有的破坏，不仅内迁来的兵工厂损失严重，就连镇里的房屋，码头上的船只，以及周围的窑场也无一幸免。老汤家马鞍山上的广正窑被炸塌了几回，刚刚烧好的汗血瓷伴着震耳欲聋的爆炸声四处飞溅，变成了致人伤残的陶瓷弹片。进入12月，前方传来消息，日军重新占领宜昌，轰炸比之前更加疯狂，从早到晚到处都是爆炸声，江面上漂浮着人畜的尸体，有些树上还挂着残肢布片，其状惨不忍睹。国民政府为了抓那些给日机发信号的汉奸特务，鼓励各个乡镇成立防务团，并提供一定数量的枪支。郑江龙听到消息，立刻率米粮帮的兄弟响应，自己还当上了磁器口码头防务团的团长。如今，郑团长肩上背着中正造，腰里别着那只击毙了独眼龙的柯尔特六响子转轮手枪，走在大街上，俨然成了磁器口最惹人注目的人物。对此，余不笑是又恨又怕，尽管独眼龙遭击毙，不必担心牵连自己，但没有除掉心腹之患，余不笑终是心有不甘。那天，他和张秉文躲完空袭，坐在劫后余生的龙隐茶馆楼上，说到独眼龙之死，张大师爷不禁感叹："这就是天意难违啦！"

　　与张大师爷有同感的，是痛失心上人的郑江龙。郑江龙自从龚翠红遇难，就不再对女人有兴趣了。他摸着剩下的半只左耳，告诉来磁器口再次跟自己提亲的马天眼："一切都是天意！二爷就不要再抬举我了，若真看得起江龙，从今往后我们就做兄弟，有福同享有难同当。"马天眼一听此话，知道郑江龙的心已死，于是叹口气道："还真没看出郑帮主是个痴情汉！也罢，我们就做兄弟，今后有啥子事情，郑帮主只需带个信，我马天眼定会全力相助。"郑江龙当即抱拳尊马天眼为兄长，并拜托马二爷帮忙查找谋害荣爷的凶手，以早日证明自己的清白。马天眼自然应承下来，硬是没有辜负兄弟所托，一年后在忠县的天堑乡，追查到了当年给于德荣下毒的凶手。据凶手交代，指使者是一个叫杨老板的湖北人，具体为何对荣爷下毒手不太清楚，只知道杨老板找荣爷借过一笔钱，说是做期货买卖。杨老板一年前死于上海，原因同样成了一个谜。郑江龙得到马天眼送来的消息，禁不住喜极而泣。立刻派人去万县通告万飞虎及另外三位分舵主，商量何时押解凶手回荣盛堂，祭奠荣爷的在天之灵。

　　又是一个春天，距离郑江龙离开万县刚好三年。由于日机不断加大轰炸力度，长江沿线白天基本停航，郑江龙只能昼伏夜行。船到丰都码头，马天眼亲自迎接，兄弟俩喝过接风酒，又秉烛夜谈，说到追捕凶手的细节，郑江龙简直听入了迷。翌日傍晚，马天眼令几个手下带上凶手，与郑江龙一同登船扬帆，一路顺风顺水，不到天亮便到了万县。

昔日热闹拥挤的万县码头，而今是惨不忍睹。水面漂浮着炸碎的船板，还有炸沉的铁壳子船，只露出一截桅杆。岸边到处是弹坑和七零八落的条石，南门内外的房屋几无完好。万飞虎和另外三个分舵舵主，将郑江龙马天眼接至荣盛堂总舵，那里早已准备好早餐，大家分宾主入座，万飞虎也不含糊，席间抱拳对郑江龙道："郑舵主得马二爷相助自证清白，万某钦佩之余十分惭愧！现在凶手已经抓到，万某理当兑现承诺，交还金字号，并代众弟兄恭请郑舵主接任总舵。"

"万舵主言重了！我这次回来只是为了祭奠荣爷，并非要接管总舵，总舵主还是让万舵主代劳吧。"郑江龙看着大家惊诧的表情继续道："不瞒诸位，郑某蒙家乡人抬爱，已接掌磁器口米粮帮帮主。这次请马二爷一同来万县，就是想跟各位舵主商量，今后三家结盟，不论哪家的生意在彼此的地盘，都能受到保护，自由交易自由航行。不知诸位意下如何？"

"好！郑舵主不愧有远见，三家联手荣盛堂的生意相当于在上游也有了保护，这是件大好事呀！"万飞虎一拍脑袋站了起来。

"确实不错！往后从重庆到巫山这一段就都是我们的了，这也是荣爷一直在想的事。"火字号舵主一脸的兴奋，水字号和土字号舵主也表示赞同。郑江龙看大家都没意见便进一步道："如果都不反对，我们就还是拟几条出来做成文书，三家盖上手印，就把这件事定下来。"

"行，今天郑舵主说了算。等会儿一起去个安全的地方喝几杯，庆祝庆祝！狗日日本飞机天天闹，大家只有将就了。马二爷也尝尝我们万县的正宗烤鱼和格格。"万飞虎豪情万丈，显然对郑江龙的态度已非从前了。

连续几日，荣盛堂大摆酒席，伴着日机的轰炸，照样大碗喝酒大口吃肉。昔日金字号许多弟兄，对舵主的离去皆有不舍，无奈郑江龙做了米粮帮帮主，已是身不由己。大伙儿只能把酒言欢，在醉意中分享江湖中人的情谊。

旷日持久的轰炸，虽然破坏了重庆人的正常生活秩序，却也让各种矛盾有了明显转化。比如中共将《新华日报》办到了山城，就连田德胜田大爷，也与人合作成立了一个什么互助团，专门救助那些在轰炸中失去住所的市民。至于磁器口就更不用说了，无论是汤家余家，还是木材帮米粮帮，都遭受了不同程度的损失。且不说汤家窑场几乎停产，余不笑的四通商号连房子都没了踪影，就连文昌宫下面的发电厂，附近的24、25、28三个兵工厂，也一样惨遭洗劫，损失惨重。还是张秉文张大师爷总结得好，谁让小日本搅局呀？非常时期，大家还是共赴国难啦！

其实，在中华民族遭受的每一次劫难中，都不乏铮铮国士，重庆城的侯世聪就是其中的一位。早在1937年蒋中正改组川军时，侯世聪就给刘湘谏言："时局艰难，民族危亡在即，若不同仇敌忾，依然痴迷内斗，我华夏必是国将不国。"刘湘对这位昔日的师兄，可谓是又爱又恨。按照刘航琛的说法，叫做"爱其才而恨其直"。的确，侯师长向来不绕弯子，不管是对刘湘，还是刘湘以下的各级官员，都是有事说事没事拉倒，什么"变通""理解""下不为例"，在侯师长那里根本行不通。有一次刘湘实在憋不住，问侯世聪过

第三章 汗血梅花

去带兵打仗是不是也这么直来直去，侯师长却回道："兵者，诡道，岂能造福于民？"气得刘湘半晌说不出话。

刘湘自从借助蒋介石的力量，结束了四川的军阀混战，就又跟蒋委员长玩起了太极。说实话，若不是日本人侵占中国，抗日战争爆发，刘湘这只巴壁虎是不会那么轻易让蒋介石进入四川的。蒋介石也清楚刘湘心里那些小九九，但大敌当前，两人终未撕破脸皮。1937年10月，刘湘通电请缨，主张全国总动员，与日本拼死一决。后抱病赴江苏抗日，任国军第七战区司令长官，因患不治之症，于1938年1月20日，在汉口万国医院病逝，享年50岁。

侯师长对于师弟刘湘的去世，可谓是五味杂陈。一方面称赞其积极抗战之英勇不屈，另一方面又对他屠杀革命志士，逮捕请愿学生之暴行耿耿于怀。复杂的心情在那段时间，搞得侯师长脾气也变得暴躁起来。秦艳秋曾不止一次劝侯师长出去走走，散散心或许就没事了。直到大轰炸一天比一天剧烈，重庆城成了一片废墟，侯师长才有了去城外住几日的想法。

侯师长是清明前到磁器口的，本打算参加老汤家一年一度清明节的广正窑点火仪式，借机释放心中郁积的烦闷。不想受日机轰炸的影响，汤少青不得已取消了点火仪式，侯师长虽觉遗憾，也只好面对现实，在汤家大院暂时驻扎下来。侯师长此行还随身带来了几箱多年收藏的珍品字画，他让爱徒暂且放到屋后的防空洞里，待轰炸稍微平息便组织义卖，以支援抗战。侯师长交代完一切，便坐到书房的楠木椅子上，看着一脸憔悴的汤少青道："怎么啦？几颗炸弹就把你吓蔫了？"汤少青苦笑说："吓蔫倒谈不上，只是窑场点不成火，工人们的日子难过呀！"

"那就叫他们回去种菜。现在天天轰炸，菜贩都躲空袭回乡下去了，城里的蔬菜供应很是紧张，就连我常去的几家大饭馆，菜的品种也少了一大半。"侯师长接过下人送来的盖碗茶，划拉着抿了一口。汤少青认为这是个好办法，不仅自产，还可以利用汤家的运输工具，去乡下收，相当于转行做菜贩子。便请师傅回城后牵线搭桥，与那几家大饭馆商量，往后所需要的蔬菜，就由他汤少青来供货。两人聊着聊着就到了午餐的时间，汤少青这才想起秦艳秋没来，正想问师父，防空警报又拉响了。侯师长起身来到院子中央，仰着脑袋对着天空恨恨地骂道："龟儿子的先人板板！"

二

秦艳秋离开重庆已经一个多月了，秦艳秋是被董竹君请去孤岛上海做慈善演出的。董竹君在信中告诉秦艳秋，自淞沪会战结束以来，沪上物资短缺，人心涣散。为募集钱物救济百姓，她与人共建了一支演出队"梅花魂"，不定期在租界巡回义演。董竹君希望秦艳秋能够参与，一起为拯救沦陷区出力。秦艳秋读罢信热血沸腾，当即向侯世聪表示要去上海。那个冬天的夜晚，侯师长陷入了从未有过的矛盾，一方面觉得民族大义理当支持；另一方面又担心秦艳秋的安全，当然，还有怕自己身边一旦少了秦艳秋，日常生活会出现不便。十多年来，侯师长已习惯了有秦艳秋照顾的生活。秦艳秋知道侯世聪生活中的三大爱好：一是读报，每天早餐，侯师长都要翻阅当日报纸，关注国内外重大新闻和重庆当地发生的事情，因此秦艳秋总是将买回的报纸事先放在餐厅的饭桌上，这样，侯师长就可以一边喝着热牛奶，一边了解外面的世界。二是着装，自打有了秦艳秋，侯师长就不为穿衣打扮发愁了，秦艳秋会根据不同季节和不同场合的需要，早早将合适的衣装准备好，挂在过厅衣架上，侯师长外出时只需穿戴好就行了。三是夜宵，侯师长有夜读习惯，往往一到夜里12点，肚子就开始叽里咕噜地喊叫，这时的秦艳秋会及时端来一碗荷包蛋，出现在他的跟前。因此，侯师长不敢想象，在没有秦艳秋的日子里，自己会是个什么样子。

其实，秦艳秋又何尝不明白侯世聪的心思。她早就跟下人做了交代，还将一些重要环节提前做了准备。比如侯师长喜欢的衣服，必须的用品，秦艳秋都放在一个固定的地方，下人到时只需取给侯师长即可。翌日，秦艳秋见侯师长迟迟拿不定主意，心里着急，说话也失去了往日的温柔。侯世聪当然明白，于是长叹一口气道："去吧去吧！只要你高兴就好！"秦艳秋喜极而泣，抱着侯师长一阵狂吻，并保证两个月后返回。事已至此，侯师长只好尽全力安排行程，他找到过去给汤大老爷看过病的医生斯密特，问这位洋大夫能否将秦艳秋送上去上海的英国商船。斯密特说没问题，他自己正好也要去上海，正好一路上可以照顾秦艳秋。侯师长觉得，如此安排当然最好不过，待确定好日程，斯密特便带着秦艳秋从重庆出发经云南到越南，再从越南的芽庄搭乘英国轮船去了上海。

与侯师长的想象略有不同，秦艳秋的离去并未造成他生活上的不便，相反还让其多了一份自由。时逢人才内迁，许多过去只能从报纸上看到的大人物，也随着战火的蔓延，一路辗转来到重庆。两江环抱的山城一下子热闹起来，大街小巷不时有名流的身影闪现，一不小心就会在某个拐角处，碰到心仪已久的大师或影星。磁器口也不例外，由于毗邻重庆大学和中央大学，文化氛围自然更显浓郁。每天黄昏后，只要空袭警报解除，教授学子们便会结伴来到镇上，有的坐茶馆，有的享受一碗辣乎乎的川北凉粉，或者又香又甜的炒米糖开水，给肠胃送去一份快感，排解战事带来的紧张和郁闷。那时，镇子又回到了往日的景象，无论正街横街，还是靠近码头的河街，人们摩肩接踵有说有笑，小贩此起彼伏的叫卖声，夹杂着饭馆伙计的吆喝，谁都不会相信这里刚刚才经受了强盗的蹂躏。由于实行灯火管制，茶馆酒肆都只能点一盏洋油灯，屋子里半明半暗，一张张脸时隐时现，有时比墙上的阴影还黑。更有甚者，索性把讲堂也搬到了饭馆，比如"学衡派"的吴宓教授，就喜欢在一家名叫"辣二嫂"的鸡毛店里，一边吃毛血旺一边给学生讲《红楼梦》。对于大后方三教九流一齐表现出的乐观，侯师长深以为然，他对爱徒汤少青说："没有这些乐观向上，对生活抱有信心的中国人，抗战的意义就会大打折扣。"

侯师长这天匆忙赶到磁器口，是来听宗白华先生讲书法美学的。侯师长两天前得到徐悲鸿的邀请，说宗先生要在磁器口举办书法讲座，不过具体时间要视空袭情况而定。侯师长与徐悲鸿是老相识，早在中央大学内迁的时候，南京的朋友就托侯世聪关照徐先生。徐悲鸿到重庆时，侯师长原本打算安排让徐先生夫妇下榻翰墨堂，但徐悲鸿觉得从城里到松林坡路途有些远，还是选择住在沙坪坝中大安排的宿舍比较方便。

宗先生的讲座设在正街宝善宫内，其时宝善宫已改做嘉陵小学校，大轰炸前皆有小学生在此学习，琅琅书声常常令路人发出会心一笑。如今轰炸频繁，学校早已搬到了防空洞，只剩下空荡荡的房间和寥寥几根条凳。徐悲鸿这次主持的巡回讲座，一共邀请了五位大师级人物主讲，除宗先生外，有熊十力、傅抱石、孙伏园和田汉，内容涉及文学、哲学、美学、绘画、音乐等领域。徐悲鸿说："日本人可以炸毁我们的房子、工厂、船只和码头，但有一样他是炸毁不了的，那就是我们的文化。"

教室里早已挤满了人，大部分都垫张纸席地而坐，也有自带板凳的。宗白华身穿浅灰色长衫，戴一副深色圆框眼镜，嘴角上永远挂着一抹微笑。他从中国书法的起源、演进和流派，一直讲到艺术的价值结构，不仅将中国书法列入世界艺术之林，还道出其具有象征生命与心灵的特征，是一种类似音乐舞蹈的节奏艺术。宗先生的讲座深入浅出，有理有据，充满了诗情画意。讲座共花费两小时，宗先生讲完后，不少中大艺术系的学生还提出了自己的看法，现场讨论积极。中途虽出现警报，但大家返回后依然气氛热烈，讲者侃侃而谈，听者聚精会神，有的不时还作一些笔记。

侯师长是第一次见宗先生，整个讲座都在专心聆听，他很欣赏宗先生的见解，尤其赞同先生书法象征生命与心灵特征之说。作为一个书法家，侯世聪的感悟较之寻常人要多，他知道书法的精髓来源于哪里，又表现在哪些方面，所以对宗先生观点的理解当然也更为深刻。徐悲鸿给侯宗二人做介绍时，徐夫人廖静文也在场，她打趣地对丈夫说："侯先生跟宗先生站在一起，很有点说相声的味道。"徐悲鸿问为什么，廖静文说："你看宗先生的笑容，再看侯先生的严肃，像不像捧哏和逗哏？"徐悲鸿笑道："照你这么说，我简直就是个跑龙套的。"廖静文看了看丈夫说："嗯，还真有点像。"逗得侯宗二人也跟着笑起来。徐悲鸿又问侯师长："听侯兄说镇上有位姓汤的老板是个奇人，今天引我们去见见如何？"侯世聪见宗白华表情显得有些意外，不禁笑道："好，我这就带你们去见见这位奇人。"

汤少青没想到大画家徐悲鸿和美学家宗白华会莅临汤家大院，他一边叫下人上茶，一边埋怨师傅事先没打招呼。徐悲鸿和宗白华显然对汤家大院产生了浓厚兴趣，竟无初次造访之客套，四处察看起房屋结构及窗门上的木刻来。待到茶点上好大家入座，侯世聪方才让爱徒给大家讲关于老汤家神獬的故事。廖静文忍不住好奇心，想看看汤家甩头撒花的绝活儿。汤少青当然满足，随即让人搬来瓷胎，站在中央甩头舞獬，展示了汗血瓷最关键的独门工艺。看得徐宗二人连声叫绝，廖静文更是大呼奇妙。侯师长见大家高兴，便又叫徒儿取出祖传宝贝汗血天球瓶，请徐宗二位大师品鉴。

紫红色天鹅绒打开的那一刻，徐悲鸿的两只眼睛就定住了，宗白华也眨了眨眼，取下深色圆框眼镜用手绢擦了擦，才重新架到鼻梁上。两个人的表情既严肃又凝重，仿佛时间突然在他们的眼里停了下来。两只瓷瓶高约一尺半，小口长颈，肚子最大直径约一尺，底色白里透青，犹如浅翠，瓶身上疏密不一的汗血，很像是被一阵风吹来的，又像是徐徐降落着的花瓣，色泽艳而不娇，纯而不腻。徐悲鸿凝视了好一阵，才伸出手摸了摸那屹立着的灿烂，然后长吁了一口气对宗白华说："宗先生有何感想？"

宗白华用手绢沾了沾额头，也长出了一口气道："真是巧夺天工！巧夺天工呀！"

情绪放松下来，大家便你一言我一语地说开了。侯世聪还给大家回忆了当年在磁器口,如何拦下士兵保住汤少青脑后发辫的故事,听得众人一个劲感叹世间的事,原来都离不开一个缘字,正应了那句老话:"有缘者千里相会,无缘者擦肩而过。"这时,廖静文发现一只放在角落里还未烧制的梅瓶瓷胎,上面星星点点的红色与天球瓶上的血滴相似,便问汤少青这是否就是发辫甩滴的汗血。汤少青说正是,并将梅瓶瓷胎转到有一印记的地方道:"这是件废品,所以没入窑烧出来。"廖静文看着沉思了一会儿,转过头对徐悲鸿说:"悲鸿,你看这些血点多像梅花呀!只是少了枝干而已。"徐悲鸿闻言走近看了看道:"确实像。"

"那你试试,看能不能变成一幅红梅图?"廖静文将瓷胎递给徐悲鸿。

"拿笔墨来我试试吧。"徐悲鸿将瓷胎放到桌上。早有下人听见取来笔墨,大家不约而同围上前来,徐悲鸿又拿起梅瓶瓷胎转动着看了一番,才一手执瓷胎,一手提笔浸水蘸墨,于印记处下笔,尔后迅疾在血点中穿插,时而刚直有力,时而曲折蜿蜒,不一会儿,一幅红梅图便跃然而出。众人无不惊叹,宗白华在一旁击掌道:"此瓶就叫汗血梅花瓶吧!"

"好!汗血梅花,暗喻我中华之精神,这名字取得好!"侯师长禁不住大赞,徐悲鸿顺势将笔递上道:"侯兄楷书堪称当世一绝,何不题上宗先生赐的好名,待日后汤老板烧成,也好作你我四人合作之物!"廖静文赶紧修正是五人合作。大家笑罢都觉意甚大,侯世聪遂接过徐悲鸿手中的狼毫笔,在砚台边抿了抿笔尖,轻舒手腕将"汗血梅花"四字写在了瓷胎的肚子上。汤少青见大家兴致高涨,便留客人一起共进晚餐,说今天不在家里吃,领大家去镇上品一道新菜。大家也不客气，看看时间已近傍晚，便说笑着走出汤家大院，跟汤少青往正街而去。此时正逢夕阳西下，缕缕阳光越过屋脊，照在巷子里过往行人的身上，阴影里决然看不到一丝悲伤气息，有的只是这个民族本性中的坚毅与豁达。

位于磁器口七七电影院不远的一心楼，是一座二层高砖木结构的中式楼房，占地大约200平方米，屋顶采用传统的人字梁加盖青瓦，大门临正街，一色的雕花窗棂，底层是大堂带厨房，二楼共五个包房，中间正对楼梯的为贵宾厅，可摆一张供16人用餐的大圆桌。当年汤少青的父亲汤大老爷为感谢侯世聪留汤家神骣之恩，以及四年前汤少青为郑江龙摆酒接风，就是用的此厅。一心楼创立于清朝咸丰年间，名字出自宋朝无名氏《上太师公相生辰诗》中的"一德一心天所祐"，意思是只要大家抱着一条心，就会得到上天的护佑。一心楼的创始人名叫王福生，是荣县的一个穷书生。王福生生性好吃，为了满足口福，不惜去某个大盐商家当厨子。王福生除了好吃，也喜欢琢磨，一道菜在他手里经过改良，不仅味道更进一步，还能在视觉上勾起人的食欲。王福生因喜欢上一位大盐商的小姨子，被迫远走他乡。据说王福生乘船去泸州的途中，遇到一位重庆客商，闲聊间知道人来人往的磁器口，居然少一家像样的饭馆，便决定去看看，没想到这一看就看出了一家名震四方的一心楼。

王福生用自己的全部积蓄，在正街买了一间60多平方米的房子，先是卖烧牛肉。王福生做的烧牛肉与众不同的是每卖一碗，面上都要浇上一勺花椒油辣子，那突然而至的麻辣香味，简直就是食客们馋了大半生的梦。王福生操一口地道的川南口音，待人厚道童叟无欺，很快生意就做大，于是盘下隔壁两间房，改造成一个初具规模的饭馆。王福生有了用武之地，手艺也就有了施展的空间，霎时间，经他改良的盐帮菜在磁器口迅速流行，每日食客云集，门庭若市。据说慈禧太后40岁寿辰，王福生用大蒜鲢鱼当食材，做了一道菜取名"红炉点雪"，由重庆府派人送到宫里，慈禧品尝后说了一句："好倒是好，就是辣了点。"终未能留在宫中。王福生死于光绪十八年，儿子接手后对餐馆进行大修，才有了二层楼的格局。现在执掌一心楼的，是王福生的嫡亲孙子王承福。

　　王承福王老板见过侯师长，知道汤老板今儿个领来的客人非等闲之辈。忙吩咐伙计伺候，自己则抱拳跟汤少青打过招呼，安排下厨去了。伙计领大家上楼进入一间小包房，沏一壶龙井茶给客人杯子倒上，便悄然退下。窗户临街，外面一派闹市景象，空袭仿佛从未在这里发生过。众人又聊起局势，说了些政府最新出台的政策。不一会儿，酒水菜肴就陆续上桌，可汤少青说的那道新菜却迟迟不见。几位正纳闷，就见王老板一手执锅，另一只手拿勺，身后的伙计端一大盘子，盘中是烧熟的肉片蘑菇玉兰，最上面散放着十几块黄灿灿的大米锅巴。王老板得意地笑了笑，示意伙计将大盘放于餐桌中央，然后举起铁锅大喊一声"轰炸东京"，遂将锅中滚油缓缓淋入盘中。

三

　　汗血梅花瓶终于在一个太阳喷薄而出的早晨出窑了，那时警报刚刚拉响，凤凰山上升起了第一个红灯笼。汤少青知道，升一个红灯笼表示日机正在向四川飞来，如是两个就是已进入四川境内了。他没等窑子完全冷却，便冲进去将装有汗血梅花瓶的匣钵取出。红日照耀着马鞍山，半边窑子被染得通红，汤少青打开匣钵，一件绝世精品就这样来到了人间。他顾不得细看白里透青的瓷胎上盛开的点点红梅，也全然忘了要去防空洞，随手拿了件衣衫将宝贝一裹，就径直往宝轮寺而去。

　　慧能法师正率众弟子在大雄宝殿诵经祈祷，听说汤少青来访，便匆匆回到方丈室。慧能看到桌上的汗血梅花瓶那一刻，突然而至的警报声竟化作了耳鸣。幻觉中，那只梅瓶仿佛托在一尊佛的手里，瓶子的边缘如同镶了一圈金边，包裹着如血的梅花。慧能双手拿过梅瓶仔细看着，嘴里不停地念着"阿弥陀佛"！汤少青在刺耳的警报声中，对激动不已的慧能法师说："大法师呀，这是老天爷的恩赐，汤家不敢攫为己有啊！"慧能听罢将瓶子放下，双手合十道："国难当头，汤施主何不将此宝物换作利器，支援前方，固我中华?"

　　"对呀！我这就找人去联系拍卖。"

　　"师傅，升、升第二个灯笼了，快、快去防空洞！"一个小和尚跑得上气不接下气地站在方丈室门前。慧能法师用衣

第
三
章

汗
血
梅
花

衫再次将汗血梅瓶裹好，这才跟汤少青说："少青，你也跟
我去躲躲吧！"慧能言罢让小和尚抱上梅瓶，拉着汤少青一
起往后山的防空洞而去。

日机从下游方向飞来，密密麻麻犹如一群乌鸦。巨大的
发动机轰鸣伴着猛烈的高射炮和炸弹爆炸声，震得整个镇子
都在发抖。突然，一颗炸弹落在宝轮寺旁的绞车道上，将碗
口粗的轨道炸得飞上了天。郑江龙正好躲在附近一棵树下，
他一边骂着，一边用中正造瞄准日机射击。一年来，光磁器
口镇就有二三百号人死于日机的轰炸，龙隐茶馆的包老板包
放心一家没能躲过，干一锤的干铁匠、徒弟狗娃儿等都没有
躲过。看着这些无辜的熟脸孔一个个被撕碎，郑江龙的心就
忍不住一阵阵绞痛。这些日子，郑江龙和他的米粮帮弟兄都
没闲着，尤其是日机临近的时候，往往也是特务汉奸频繁活
动的时候。郑江龙抓到的第一个特务，就是在轰炸前几分钟
遇到的。当时，郑江龙和三个米粮帮弟兄正沿嘉陵江往文昌
宫电站方向搜索，突见前方电线杆上有面红色三角旗，郑江
龙等人遂展开呈扇形围上去。在距离电线杆三四十米处，一
个头戴草帽的人正准备离开，郑江龙大吼一声率先往前冲，
那人也不含糊，抬手就是一枪，子弹擦着郑江龙的右耳呼啸
而过。郑江龙自从左耳被独眼龙打掉一半，最恨的就是往自
己耳朵下手的人，他一咬牙举起中正造还了一枪。这时日机
已经临头，周围剧烈的爆炸一阵接一阵。那人见郑江龙凶
猛，撒腿便朝金碧山方向跑，郑江龙见状反倒不急了，索性
直起身瞄准，照着那人腿脚又是一枪。

抓到的特务是随第25兵工厂内迁到磁器口的，据交代，
宜昌大撤退的时候，许多特务采取类似的方式混到重庆，主
要任务就是为日机日后的轰炸提供地面导航。这些特务大多

无组织，属于自主选择目标对象进行破坏的散兵游勇。

从1938年底开始，一场抓特务的行动就伴随着日机的轰炸在重庆展开。军统局局长戴笠训诫全市的军警宪特及各地防务团："勿以恶小而不为。"将当年刘备训诫儿子的那句话，刚好倒过来说。一时间，脑子没转过弯的民众，都将其作为坊间笑谈，说雨农先生古文功底还不如一个七岁小孩。据说胡蝶在枇杷山戴笠送给她的那幢小别墅里，也曾问戴雨农同志此话何意。戴笠解释，就是说不要以为特务汉奸们只是发个信号、放个标志事小，就不值得去抓。胡蝶想想觉得这样解也能说得通，便给戴笠取了个外号——戴张冠，意思是张冠有时也可以李戴。当然这外号除了胡蝶专用，其他人估计连听听都怕。不过戴笠确实不含糊，此令一下，重庆城大大小小的汉奸特务就抓了一两千，日机对山城重点目标的轰炸，顿时从过去60%的准确率，一下子降低到了30%。戴笠还吸取南京国民政府行政院主任秘书黄浚父子投日刺蒋的教训，对蒋介石进行了最严密的保护。据不完全统计，从1939年伊始，到1941年12月太平洋战争爆发，仅三年间，日本特务就针对蒋介石实施了多起暗杀。其中最惊心动魄的，当数蒋介石的车队前往25兵工厂遭狙击事件。

这位名叫中村一郎的日本枪手，几天前刚潜入磁器口，藏在一个以开面粉店作掩护的汉奸家里。中村生在中国南京，父亲曾任日本驻华使馆的武官，直到七七卢沟桥事变爆发，一家人才返回日本。中村自幼学习汉语，通晓中国人的生活习惯和生活方式，算得上是一个地道的中国通。中村此番到磁器口，是为了行刺附近兵工厂的科研人员及工程师，以阻挠国民政府研发生产新型武器。然而，一个意外的消息却使中村改变了主意。那个汉奸无意间听人说，国民政府军事委员会的大人物将到磁器口视察第25兵工厂。

　　这可是个好机会呀！要是蒋委员长亲自来？……两人你看着我我看着你，兴奋得不敢往下想，却又不能确定到底是谁来视察。最后还是中村说，不管是不是蒋介石，杀掉军事委员会的人肯定比灭掉一个工程师的意义重大。于是二人分工，汉奸继续打探有关视察者的情况以及来磁器口的时间，中村则负责挑选狙击地点并执行暗杀。

　　行动进行得很顺利，汉奸没费多大力气，就从常来磁器口采购东西的第25兵工厂总务科长那里打听到，来视察的人正是蒋委员长，时间是第二天上午。总务科长说他采购的食材，就是为蒋介石等人在厂里用餐预备的。中村得到情报，迅疾在童家桥附近一座小山岗上，找好了狙击位置。中村用于狙击的武器，是德制毛瑟军用手枪，国人称做盒子炮或快慢机，有效射程50至150米。中村选择的狙击地压根没考虑后路，他知道不论成功与否，要想全身而退都是痴心妄想。因此狙击地只需满足一个条件，就是距离公路越近越好。

　　第二天天不亮，中村将毛瑟手枪和一颗手雷藏在背篓里，装作外出赶集的样子溜出镇子。初夏的乡野已是蚊虫肆虐，中村来到事先选好的狙击地，背靠着一棵槭树坐下，不一会儿手和脸就被蚊子叮咬得奇痒难忍。他一边小心驱赶蚊子，一边将枪械又检查了一遍，这才盯住不远处的弯道，等候目标出现。大约九点左右，宪兵开始沿公路站哨，一个中尉军官还爬上小山岗，冲着四处看了看。中村将身子塞到树旁的岩石下，躲过了中尉军官的视线。又过了一会儿，远处传来汽车引擎的声音，中村将毛瑟手枪和枪匣组合在一起，成为一支有枪托的步枪，然后进入到狙击位置，很快就瞄准了第二辆黑色奔驰轿车挂着白色窗帘的右后座。

枪响了，中村起身一边冲向车队，一边继续朝挂着窗帘的后座射击，20发子弹转眼间全部打完，他扔掉枪想拉手雷抛出，却被子弹击中，手雷掉在地上轰的一声，将中村炸上了天。此时，中村一郎距离黑色奔驰轿车还不到30米。应该说，中村的预判是正确的，瞄准射击的位置也没错，那辆黑色奔驰车正是蒋委员长的座驾。但中村却没能伤到蒋介石的一根毫毛，因为他不可能想到，那些拼死射出的子弹，只不过穿过了一个空间，黑色奔驰轿车的后座上根本就没有人。

这无疑是戴笠的安排，假借委员长视察第25兵工厂，引出潜伏特务予以消灭。蒋介石闻报既愤怒又震惊，勒令戴笠立刻清除重庆的敌特分子。于是，在1940年的初夏，重庆抓特务的行动上升到了一个前所未有的高度。磁器口作为军工单位所在地，行动由军统乡下办事处直接负责，防务团等民间力量配合军警进行24小时不间断搜索，按照戴笠的指示，即使挖地三尺，也要把特务找出来。

动员令一下达，朱四爷第一个就坐不住了，他取出自己用惯的那把大刀，磨了擦，擦了又磨，直到大刀片成为一面镜子。朱四爷本可以什么都不干，坐在屋里享清福，可他是个闲不住的人，一听说抓特务就像服了兴奋剂，拉着正要外出的郑帮主说："我过去在江湖上拼习惯了，现在一天坐在家里心里闷得慌。"郑江龙见昔日老大劲头十足，知道拦是拦不住的，便安排得力弟兄随朱四爷一起行动，一是保证朱四爷的安全，再者也增强朱四爷这一路的实力。朱四爷也确实宝刀不老，自开始行动以来，不到二十天就擒获汉奸特务六个，当场击毙一个，取得了骄人的战绩。那天傍晚，大伙儿一边喝酒一边交流抓特务的经验，突然有人来报，说镇里面粉店的老板行动诡秘。朱四爷一听腾地一下站起身，抹了抹嘴唇道:"走,去看看。"

开面粉店的汉奸自从中村一郎暗杀失手后,便又待在镇子里老老实实做起了生意。他一边观察周围的情况,一边寻找时机对兵工厂的重要目标下手。两天前,汉奸得知24兵工厂厂长杨吉辉要来一心楼赴晚宴,便决定乘此机会干掉杨吉辉。

一心楼用的面粉一直是汉奸的面粉店供货,杨吉辉在北京陆军大学念书时,喜欢上了老北京的炸酱面,每每酒席开始前,都要来一碗热乎乎的炸酱面垫底。所以,一心楼提前在汉奸的面粉店订了五斤最好的新疆面粉。哪知事情凑巧,面粉拿回去的当天下午即被老鼠偷了嘴,待做面的师傅进厨房准备和面时,却发现旁边躺着一只嘴上沾有面粉的死老鼠。王老板王承福听后不禁大吃一惊,赶紧派人报告防务团。

朱四爷等人到一心楼听王老板讲完事情经过,再看过现场,立刻决定抓人。那时夜幕已降临,一行人来到面粉店砸门而入,汉奸早已不知去向。朱四爷心里一急,令几个弟兄分头通知米粮帮的弟兄,然后便吹响了牛角号。朱四爷的牛角号在磁器口镇的人听来,就是十万火急,凡听到的青壮年男子,都将在第一时间操起家伙向号角响起的地方集结。那个夏天的晚上,朱四爷的牛角号划破夜空,不仅呼唤着镇里的人,也惊动了驻扎在镇子四周的军警。

汉奸在通往杨公桥的小路上被军警抓获,随身搜出勃朗宁手枪一支,手雷两颗。汉奸招认在供给一心楼的面粉中,添加了大量的氰化钾。刺杀杨吉辉的阴谋告破,朱四爷因此受到军统乡下办事处的嘉奖。但命运往往诡异,喜事刚过,坏事就接踵而来。那天朱四爷与众弟兄抓了汉奸高兴,回到酒馆一直喝到天亮。朱四爷豪情万丈，正讲着他前半生的传奇故事，空袭警报就响了起来。朱四爷很是不爽，指着桌上的酒对店小二说："不要收，等我们抓完特务汉奸再回来喝。"

一行人沿着小路往第20兵工厂童家桥方向巡查，一路上并未发现情况，日机也只是呼啸而过，没有投弹。就在大家准备折返的时候，远处一座低矮的茅草房引起了朱四爷的注意，屋顶上一个不太规整的蓝色箭头，正指着20厂的材料库方向。朱四爷将食指竖在唇上示意大家不要出声，分两路迂回包围茅草房。

按照预案，包围圈逐渐缩小，最终停在半径不足10米的地方。朱四爷开始向屋内喊话，可始终不见有动静。一位性急的兄弟手持砍刀奔向房门，朱四爷怕他一人吃亏，赶紧跟上，那兄弟到得门前抬腿就是一脚，岂料门后置有手榴弹，门开时引线也被拉燃，待两人才进房门，便轰的一声炸了个屋毁人亡。

朱四爷的身子被炸塌的土墙压着，头顶掀掉一大块，脑浆四溅，鲜血流了一地。那个冲在前面的兄弟更惨，不仅头没了，肠子也挂到了墙上。那个早上，米粮帮的兄弟一个个哭得死去活来，要不是晌午时分军统乡下办事处一位副主任亲自上门慰问，告知凶手已遭击毙，大伙儿的悲伤情绪还不知何时才能平息。朱四爷无妻无后，只有一个伺候他的女佣，唯一沾亲带故的，也就是汤家大院里汤少青一家了。郑江龙在豆芽湾的江边搭起灵棚，隆重悼念朱四爷。那些天虽然轰炸不断，但前往吊唁朱四爷的人却络绎不绝。汤少青还专门请师父侯世聪题写了一副挽联：一身侠义胆行立江湖扶善除恶；满腔热血男报效中华感地动天。汤少青看着挽联上的一个个字，对一旁摸着半只左耳的郑江龙说："四爷这一走，你就是米粮帮的主心骨了。今后要遇到啥就跟我说，像过去四爷跟我一样。"郑江龙也动情地说："你跟阿三哥救过我的命，汤胡两家就是我郑江龙的亲人！"

四

对于郑江龙跟老汤家的关系，余不笑是既恨又无奈。他对在一旁逗鸟的张秉文说："这等于还是跟过去一样，换汤不换药。"张大师爷回头看看余不笑，哼了哼鼻子道："一样个屁呀！姓郑的跟你有仇，姓朱的没有啦。"余不笑听罢，一张脸越发地阴沉了。

是啊，自从郑江龙回到磁器口，余不笑心里就有种说不出的不踏实，这种不踏实跟以往的情况不一样，除了闹心，还有点生死攸关冷飕飕的感觉。余不笑当然在乎生死，也知道郑江龙一日不除，这种冷飕飕的感觉就不会消失。于是，在独眼龙毙命后，余不笑又策划了一次行动，叫卧底在郑江龙家安放标志，借日机的轰炸了此心结。但郑江龙总是早出晚归，有时甚至根本不归。如此一来，余不笑的心里就又多了一份疑惑，莫非一切都是天意？中国人历来喜欢把欲求不达的事情，看作是有神秘力量作怪。所以，余不笑突然从某日起，开启了他的拜佛生涯。最初，余帮主只是在家里悄悄拜。他让人弄来一尊茶杯大小的金佛，藏在自家书房的柜子里，参拜时拿出来放到桌案上，每天早晚各一次。后来觉得如此不够虔诚，又请了一尊半米高的石佛，置于祠堂祖先牌位前，估计也有求祖先一同保佑的意思。这样一来，余不笑要立地成佛的笑话就传开了，以至慧能法师都觉得这是佛法无边的具体体现。

余不笑习惯拜佛后，余家祠堂的香蜡就没断过。说也奇怪，日机天天打头上经过，却没往余家院子扔一颗炸弹，反倒是位于黄桷坪的汤家大院差点被炸。没有遭受损失是因为掉到院子里的是颗哑弹，弹头斜插在花园栽有玫瑰的灌木丛里，亮着风车状的尾翼，样子着实吓人。余不笑听到消息高兴坏了，他绷着那张笑不出来的脸对管家说："从明天开始，我每隔五天要去一趟庙。宝轮寺就算了，慧能那老家伙跟汤家关系近。你给我另外找一家，按季送些粮油香蜡钱，我要好好给菩萨说说话。"

余管家给余不笑物色了两座庙，一座是凤凰山上的凤凰寺，还有一座是歌乐山的云顶寺。余管家说两座庙据说都很灵验，云顶寺虽然路途远，但海拔高过宝轮寺，距离佛祖也就近一些。余不笑想了想，大概觉得还是离佛近一些好说话，便最终定了云顶寺。

从磁器口镇去云顶寺，中间需经过金刚坡，那年余不笑采纳张秉文的建议，请来苗人巫师阻止汤少青甩头撒花生产汗血瓷，作法地就在这里。现在十多年过去了，金刚坡被国民政府军事委员会战场服务团征用，已不再是早先的木材批发地了。余不笑看着道路两边凋敝的景象，不禁有种说不出的落寞和伤感。

云顶寺原有六个僧人，因日机持续不断的轰炸，山上食物短缺，成了真正的寒寺。四个青壮年和尚每日下山化缘自谋生路，剩下一老一少，靠好心的乡民接济勉强度日。余不笑的到来显然成了云顶寺的转机，老和尚不等白面馒头做好，就迫不及待地给余不笑念了一遍《金刚经》。老和尚对余不笑说："施主有所不知，这大殿上的佛祖前两天刚刚显过灵，不信你看院子里的这株牡丹，昨天又开花了。"

老和尚的话让余不笑再次相信，缘分这个东西是真的存在。现在，余不笑每过五天就要坐上滑竿去一趟云顶寺，他对刚从国外回来的儿子说："你能赶在第二次世界大战开战前离开欧罗巴，躲过一劫，这都是佛的保佑。"余子川听罢很不屑的在心里道："什么佛的保佑？那是党组织的安排。"

早在半年前，余子川接到共产国际转来延安社会部的指示，要他于1939年9月中旬之前，取道苏联回国，接受组织新的工作安排。那时，余子川还远在法国的共产国际欧洲分部宣传处工作，接到通知的第二天，他便离开巴黎到了比利时东部城市列日，再从列日启程到德国柏林，转车去霍夫，穿过波兰进入白俄罗斯，最后到达世界共产主义运动的中心莫斯科。在莫斯科，余子川奉命接受为期三个月的特工训练，熟练掌握了收集情报、发展成员、射击、格斗、刺杀、通讯等手段和技能，并见到中共驻共产国际的代表，向其汇报了在欧洲的见闻。等回到延安时，第二次世界大战就爆发了。余子川在延安抗日军政大学又学习了三个月，然后到社会部情报处工作了半年，这才被组织安排回到重庆。

余子川看着父亲在院子里坐上滑竿远去的影子，思绪又回到了眼前。按计划，今天午时三刻将去码头附近的龙隐茶馆与重庆地下组织接头。余子川既兴奋又不安，他很想知道，待会儿与自己接头的是否就是方先生？是呀，转眼已经六年了，自己能成为一名坚强的共产主义战士，都是因为有方先生的引导。如今想来，当时自己执意办报确实幼稚，要不是组织及早营救，没准还会连累方先生本人。余子川想到这里，禁不住脸有些发烫。他整了整刚换上的咖啡色衣衫，将头上的黑色礼帽往下压了压，又戴上一副黑边墨镜，这才拿起桌上的《中央日报》，不急不慢地出了余家院子。

　　街上的人流熙熙攘攘，尽管处于大轰炸时期，靠江边的河街依然是磁器口最热闹的地方，集市上买卖照常，人们只有听到警报，才收拾东西躲进防空洞。龙隐茶馆没有在轰炸中损毁，包放心一家被炸死后，茶馆由胞弟包省心接管经营。包省心比兄长包放心小两岁，之所以被人唤作包省心，是因为替人办事不需要过多交代，就能把事情办得体面周到。包省心接管龙隐茶馆后，遵照兄长立下的规矩，一切照旧。因此茶馆生意不仅没受影响，相反这两年还成了文化人聚集的地方。

　　余子川顺着一溜石阶上到茶馆门前，他还记得，有一年自己的风筝落在茶馆旁的黄葛树上，还是包放心拿竹竿从楼上窗户帮忙戳下来的。周围一切如常，没有尾巴。余子川站在门口不经意地往周围看了看，一抬腿跨进了茶馆的门槛。天气已转凉，茶馆里甚是热闹，有打长牌下棋的，也有围在一堆吹牛神侃的，还有独自翘个二郎腿品茶读报的。余子川径直上了二楼，这里较之楼下清净了许多，坐的多是一些生意人，声音也显得平缓。余子川在一个靠窗的位置坐下，再次看了看周围，向伙计要了一杯寻常商贩喝的本地沱茶，将《中央日报》随意扔在桌上，这时离约定的时间还有半个小时。余子川透过半开的窗户，打量着楼下往来的行人，思绪不知不觉又回到了在欧罗巴的日子。

　　那是余子川走下维多利亚号邮轮的第三天，按照方先生的叮嘱，去伦敦科文特花园公寓，找那位前欧洲共产主义小组的成员。余子川在国内英语学得不好，口语更是一塌糊涂。好在路牌清楚且勉强可以看懂，这才没费大的周折找到了自己要找的人。余子川见到的人名叫洛伦斯基，是一位有一半汉族血统的波兰人，曾经跟蔡和森，赵世炎，周恩来，朱德等一起共过事。洛伦斯基听说余子川是老莫介绍来的，就哈哈哈地大笑着，用一口夹生的汉语说，老莫还欠他一个老婆。洛伦斯基见余子川一副丈二金刚摸不着头的样子，便打住笑告诉余子川，当年老莫在法国的时候，和他同时喜欢上了一位中国姑娘。后来中国姑娘选择做了老莫的老婆，老莫觉得过意不去，就给洛伦斯基保证，以后一定给他物色一个。这回余子川笑了，他看着洛伦斯基毛发浓密的脑袋，想象着那个老莫一脸严肃向他保证的样子。

　　洛伦斯基没有让余子川的想象继续下去，他看完信对余子川说："你可以暂时住在这里，但不要四处乱跑给我找麻烦。等我联系好了你就去巴黎。周恩来先生好吗？"洛伦斯基见余子川一脸的茫然，便晃了晃手里的信耸耸肩道："哦，你不认识他。"

　　洛伦斯基的房间是一室一厅，余子川每晚只能睡客厅的沙发。白天洛伦斯基外出办事，余子川就待在屋里学习法语，饿了吃一块面包。洛伦斯基告诉余子川，伦敦警察这些日子天天都在搜捕共产党。

　　余子川踏上欧洲大陆已是半月后的事了。临行前，洛伦斯基也像方先生那样交给他一封信，嘱咐余子川到巴黎后，直接去香榭丽舍大街11号《费加罗报》的发行点，然后跟那里的人说，自己是来上班的。洛伦斯基还交给余子川一本护照，说到了法国他就改名叫董元祥了。余子川接过护照那一刻，又惊又喜。他知道，从现在开始，自己就是地下组织的一员了。

化名董元祥的余子川坐在开往巴黎的长途汽车上，脑子却想着万里之外的方先生。余子川很感激方先生给自己指引的这条路，尽管还不知道这条路有多长多曲折，终点到底抵达什么地方，但他已决定就这样永志不渝地走下去。与许多人不同，余子川不仅执着，还极富挑战性，他不会为安逸舒适的生活抛弃自己认定的事情，更不会永远跟在别人后面，当一个没有主见的跟屁虫。余子川很赞同奶奶过去说的那句话："有志者事竟成。"他望着车窗外薄雾笼罩的田野，看着一棵棵树一根根电杆迅速地退去，心里充满了一股对未来的渴望。

董元祥也就是余子川，被共产国际欧洲分部的同志安排从事宣传工作。他们有一张属于自己的报纸，董元祥每天与其他两位同行一道，将印好的报纸夹在《费加罗报》里，然后骑上自行车挨个送递。董元祥起初不会骑自行车，想背一大包去送报纸，结果被分部的领导狠狠训斥了一顿，说整个巴黎就没有徒步送报的邮递员，这样干是在告诉警察"我是可疑分子"。董元祥只好借了一辆自行车，花费一个下午，摔了十几跤，还赔偿了邻居家一个花盆，才勉强可以骑着自行车上街了。

董元祥骑着自行车，穿行在巴黎1区的大街小巷，将印有共产主义思想的报纸，夹在《费加罗报》里，投递到市民的邮箱。投递工作不是每天都有，空闲时，董元祥就去附近一家专为移民开办的法语训练班学习法语。执教的辛迪女士是一位摩洛哥人，二十年前，辛迪随父母来到巴黎，成为了这里的常住民。辛迪的父亲是一个画家，擅长画古建筑。按辛迪的话说，他父亲在这20年间几乎画完了整个巴黎。辛迪的父亲几个月前摔了一跤，住进了医院。医生说不出意外，他将在病床上再躺20年。辛迪的母亲为此哭得死去活来，后来还是辛迪给她找了一份糊纸盒的工作，才使之从悲伤中走了出来。辛迪教董元祥说的第一句法语是："Je t'aime.（我爱你）"辛迪对董元祥说："人只有相互爱对方，活着才有意义。"董元祥却不以为然，认为辛迪的话过于片面，难道对敌人也需要去爱吗？辛迪还叫董元祥去看看卢浮宫里的世界名画，了解欧洲人文主义思想的形成及其发展。但董元祥依然提不起兴趣，他站在《蒙娜丽莎》画前问一个激动不已的中国留学生："她能改变世界？"当然，卢浮宫里也不是没有董元祥喜欢的画，比如浪漫主义画家德拉克罗瓦的《自由引导人民》，董元祥就觉得有点意思。他告诉辛迪，这个世界需要的是"七月革命"，而不是她说的相互去爱。辛迪对此感到很不可思议，她摊开两只手臂，耸耸肩膀道："难道你就那么喜欢暴力，而不是和平？"可董元祥的回答更让辛迪惊讶无语，他说："不消灭资产阶级，铲除剥削制度，这个世界就永远都没有和平。"

余子川掏出一盒哈德门香烟，抽出一根叼在嘴上点燃，顺便看了看腕上的手表。是啊，只有在这里才能感受到战斗的气息。巴黎的一切是多么的遥远！再见吧巴黎！再见吧董元祥！余子川想到这儿，伸手端起盖碗喝了一口，泡开的沱茶霎时间浸润了他的肺腑，使整个身子也跟着热了起来。

五

　　方先生故意晚了两分钟才走过去与余子川接头。方先生和余子川一样，开始并不知道接头的人是谁。但方先生一踏上二楼，目光向四周一扫，独坐窗前身边放着《中央日报》的余子川，就被他认了出来。方先生掏出 ROLEX 怀表看了看，将礼帽往下一压，便去另一边的角落找了个位子。这里有一根柱子，可以挡住余子川的视线，方先生侧背着坐下，也跟伙计要了一碗本地沱茶，他用碗盖划拉着茶沫，眼睛的余光却在观察这位重返祖国的知识青年。是啊，一晃都六年了！余子川从昔日的热血青年，已变成了秘密战线的一名战士。方先生抑制着内心的激动，再次看了看怀表。那时，余子川还沉浸在回忆之中，但经过训练的大脑突然感觉有什么不对，就在转过头目光越过柱子的那一刹那，与方先生的眼睛对上了。余子川既兴奋又自豪，看着方先生从长衫的袖子里，抽出一张《中央日报》卷成筒握在手里，另一只手则端着茶碗缓缓走过来。这是余子川预料中的事情，他在来之前就反复想过好几回这样的画面。余子川看着方先生正想说什么，就听对方道："请问你这报纸是今天的吗？我这是昨天的。"方先生说完朝四周看了看，这时余子川也回过神说："是的，我的是今天的，刚买的报纸。"话毕将报纸递给方先生。

　　暗号对上，方先生在余子川的对面坐下，一边装作在报

第三章

汗血梅花

上找什么消息，一边掏出一盒哈德门香烟抽出一支点燃，将烟盒扔在余子川香烟的旁边低声道："以后我们单线联系，除非紧急情况，不要到药房找我。我们每周一的这个时间在此碰头，如果我要找你，会打电话给你留言，下次见面你把电话号码给我。有关你的工作安排，都在这个烟盒里。记住，我们现在的任务是：隐蔽精干，长期潜伏，积蓄力量，以待时机。要尽快让自己融入社会，取得合法的身份，千万不要冒然行动，一定要注意安全。"方先生说完将报纸还给余子川，又看了看周围才起身将余子川那盒烟揣进衣兜，告辞而去。

烟盒里的纸条上，写着关于广交朋友，建立统一战线的指示，以及余子川今后的公开身份。为便于掩护，组织安排余子川去南开中学任代数教师，并在杨公桥附近，以他的名义租了一间带角楼的房子作为备用。

余子川一开始胃口很大，他瞄准了具有经济实力的工商界。余子川认为，一个国家的根本是经济，谁掌握了经济的命脉，谁就能统治这个国家。因此他想通过努力，将重庆工商界人士发动起来，形成党组织在战时首都的力量，从而左右蒋介石制订国策。余子川找到父亲的大师爷张秉文，称现在国难当头，想学习经济管理为抗战出力，希望他这个伯伯能帮忙安排一个好的去处。张秉文倒也直率，问余子川想学什么。余子川说上大学时对金融有些兴趣，也读过几本这方面的书。张秉文看着眼前这个余家的逆子，想了想道："那就去银行从小职员做起啦。"

张秉文的话令余子川很是郁闷："从小职员做起，我他妈只想认识几个厂长和老板，又不想干银行家。唉！看来还得靠自己。"余子川在岸边弯下身子，将一块扁平的鹅卵石使劲甩出，打出一连串水漂。

余子川终于放弃最初的想法，把注意力转到了自己身边的同事。南开中学由南开大学校长张伯苓于1936年创办，该校不把考试作为衡量学生的标准，而是以培养具有独立思考能力的人为目的。从这一点不难看出，学校教员都有一个开明的胸怀。但方先生却认为最好不要在身边开展工作，以防自己过早地暴露。那时，日机的轰炸越来越猛，学校躲空袭的时间往往比上课的时间多。余子川经过反复思考，决定从母校重庆大学入手，看能不能通过昔日的恩师林教授，与重庆的知识界取得联系。

重庆大学已于1933年从菜园坝的杨家花园搬迁到沙坪坝嘉陵江畔的松林坡。此时，内迁的中央大学也借用该校址与重大联合办学，校园规模比杨家花园大了好几倍。初春时节，校园内一片清新，路边的香樟树发出片片新芽，花园里桃李争妍，迎春绽放，余子川穿行其中很有些自豪。是啊，作为重大学子中的第一位风云人物，也是第一个去国外开眼界的人，余子川实属无人可比，如今游子归来且肩负着组织的重任，岂能不春风得意，踌躇满志？当然，余子川也不是一点遗憾没有，那就是在校期间，居然和浪漫的爱情无缘。

余子川懂得浪漫爱情是到法国以后，在那些递送报纸的枯燥岁月里，他曾备感孤独，甚至濒临绝望。如果不是及时有爱情降临，余子川还真不好说能否继续在法国待下去。那位长着一头栗色卷发，身材高挑的姑娘名叫芬妮，母亲是科西嘉人，父亲则是洛林省的阿尔萨斯人。芬妮在董元祥也就是余子川暂住地附近的一家邮局工作，董元祥每月都从她手中领取国内寄来的生活费，一来二去两人便熟络起来。董元祥第一次享受到浪漫爱情，是在一个初夏的夜晚。那天芬妮和董元祥在埃菲尔铁塔前不期而遇，芬妮骑在一辆自行车上，她跟两手揣在裤兜里的董元祥打招呼，问他这是去哪儿。董元祥说不去哪儿，瞎晃悠。于是芬妮就申请跟董元祥一起瞎晃悠，董元祥觉得芬妮很有趣，便让她坐到后面货架上，自己来驾车。两人沿塞纳河一直往东，经过荣军院、卢浮宫、巴黎圣母院，一路上清风拂面，芬妮笑声不断，董元祥更是卖力，蹬得自行车如同一匹脱缰的野马。最后两人在巴士底广场停下，董元祥喘息着呼喊："la commune de paris vivent！（巴黎公社万岁！）"芬妮也跟着呼喊。董元祥还站到广场中央，用不太熟练的法语唱起了欧仁·鲍狄埃的《英特纳雄耐尔》，将芬妮感动得热泪盈眶。化名董元祥的余子川和芬妮恋爱了，花园里，余子川搂着芬妮一遍遍亲吻，仿佛一个急于要吸干母亲乳汁的孩子，他第一次尝到了爱情的甜蜜。

余子川自从有了芬妮，便再也不觉得孤独绝望了。他像一头高度兴奋的猎豹，以饱满的热情投入到每天的工作中，使一向对东方人持有偏见的组长，也不得不为他竖起大拇指，称董元祥是最坚强的共产主义战士。然而，这段浪漫爱情却在一年后的秋天戛然而止，成为了余子川心中的痛。那个悲伤的下午，芬妮的母亲给董元祥打来电话，说芬妮和她父亲回老家时遭遇车祸不幸身亡。余子川听罢犹如当头挨了一棒，整个人立刻瘫倒在地，好在一旁的同事将其扶到椅子上，不停地摇晃呼叫，余子川才如梦方醒，望着大伙儿号啕大哭起来。这个意外给余子川的打击是沉重的，以至于以后好多年，他几乎都只能靠拼命工作去忘掉痛苦，直到有一天，组织召唤余子川返回祖国，他内心的伤口才渐渐愈合。

余子川提着一盒甜点，走在郁郁葱葱的林荫道上，突然

想起曾经疯狂爱着自己的赵小曼。是呀，小曼现在怎么样了？那时候怎么就没跟她痛痛快快热恋一场呢？余子川正没头没尾地想着，忽听一旁有人叫自己。抬头一看，原来是学妹洪学敏。洪学敏是理学院数学系1931级的学生，比余子川矮一级，是赵小曼大学时代的闺蜜。老同学相见分外高兴，洪学敏问余子川这些年去哪儿啦，大家都没有他的消息。余子川说出国留学刚回来，今天才踏进新校园，还没来得及跟同学们联系。洪学敏说自己毕业后就留校给林教授当了助教，这不，刚送完资料从林教授家出来，就碰见老同学了。余子川一听高兴坏了，说自己就是专程来看林教授的，还准备在前面找人问路呢！洪学敏道："应该的应该的！想当年你们遭抓进去，林教授不晓得找了好多人说情，还约其他系的老师一起去市政府抗议。老人家见到你，肯定高兴！我看这样，反正今天星期天，家里有电话的同学我都可以联系到，没得电话的就莫法了！大家一起聚聚如何？"

"好呀！我也很想跟大家见见。这么多年一个人在外头，想起来还是家乡好啊！"余子川很是高兴，仿佛一下子回到了从前。

余子川再次见到赵小曼，是在林教授的家里。在此之前，洪学敏告诉余子川，赵小曼已于一年前离婚，现在一家律师事务所上班，住在娘家，跟同学基本没有联系，不过可以打她家里的电话找到她。余子川虽有些诧异，却没再问下去。

老同学久别重逢自然高兴，你一言我一语，回忆那些激情燃烧的日子。尤其是因办报身陷囹圄的同学，更是情绪高涨。余子川自然是主角，除接受大家的夸赞，还不时被问及在国外的情况。对此他倒也不回避，省去与组织有关的部分，其他有啥说啥，听得一个个唏嘘不已。当问到是否已恋爱结婚，余子川才不好意思地道："在外晃荡，终日为生活奔波，实在是没资格成家。"林教授也不无感叹地说："是啊，当初我在美国留学，若不是遇到你们陈老师，还不是跟子川一样，没得着落。"

林教授的夫人陈教授，也在重大数学系任教，平时话不多，典型的中国贤妻良母。林教授说陈教授是他们家的真正家长，不仅养儿育女，还要照顾他的日常生活。林教授还说陈教授是他在美期间，遇到的最漂亮的女留学生，当年大家都称她是东方的克拉拉。一旁的陈教授显然被丈夫夸得不好意思了，赶紧把话岔开，问大家想吃什么，她好叫人去买。并说待会儿要亲自下厨，给同学们做两个正宗的淮扬菜尝尝。

赵小曼进林教授家门的时候，其他接到电话的同学都已经到了，大伙儿正坐在楼下客厅里，听林教授讲时局的变化。林教授说汪兆铭南京政府的成立，标志着长江中下游大部分地区已落入日本人的管控。现在长沙方面的战事已基本结束，据说国军收复了许多失地，薛岳将军已下令停止追击。国民党高层也正在谋求美国的援助。赵小曼的出现不仅打断了林教授的话，也将大家的思绪拉回到眼前的聚会。洪学敏第一个上前与赵小曼拥抱，昔日的闺蜜禁不住喜极而泣。有同学问赵美人去哪儿啦，这些年连个影子都看不见。也有的开玩笑，说赵美人是不是也出国了，弄得余子川脸涨得通红，一时间不知说什么好。

其实，赵小曼进屋的时候，余子川的心就紧跳了一下。他没想到昔日那个整天缠着自己，脑后扎两根麻花辫的姑娘，已变成了一个成熟的风韵少妇。赵小曼在跟大伙儿打招呼的同时，也认出了余子川，她落落大方地伸出手浅笑道："欢迎大才子回到祖国的怀抱。"两人的手握到一起那一刻，余子川感觉到了体内有股暖流正迅速升起，往日赵小曼的许多可爱之处，顿时浮现在眼前。他突然意识到自己心里原来是有赵小曼的，因为即使是跟芬妮在一起，也从未有过眼下这种体验。

余子川跟赵小曼又有了往来，这种往来与过去在学校相比，发生了很大的变化，两人似乎有了一定的默契，而不再是赵小曼剃头挑子一头热了。在余子川看来，如今的赵小曼更像一首诗，就像戴望舒先生写的："一个丁香一样地结着愁怨的姑娘。"余子川不是诗人，但却有品读的能力。他曾跟喜欢诗歌的辛迪说，自己要是写诗，一定会写《英特纳雄耐尔》那样的诗，而不是辛迪读的那些湖畔派诗人作品。辛迪对此很不以为然，觉得写什么是根据人的经验决定，因此喜欢什么也跟人的经验有关。辛迪还说，只有经历了，才明白什么好，什么不好。如今，辛迪的话正在应验，这不得不让余子川重新审视自己和赵小曼，也许这就是成长吧！然而，赵小曼却不是这样想的，她之所以不像过去那样缠着余子川，是因为觉得自己早已失去了优势，或者叫失去了资本。离婚对于赵小曼来说，就是一个令她抬不起头的污点，她怎么可能带着这个污点，像从前那样颐指气使地去面对这个世界呢？永远不能了！她只能找一个角落苟活着，不让自己再次受到伤害。这也是多年来，赵小曼远离同学，不跟任何熟人来往的根本原因。但是，赵小曼越是这样同余子川保持距离，余子川就越是有一种冲动。那天，余子川站在磁器口凤凰山上对赵小曼说："你是不是还在恨我？怪我当初丢下你一个人出国？"

"现在说这些还有用吗？我已是结过婚的人，身上盖着别人的章。"赵小曼又露出一副结着愁怨的样子。

"那就让我们重新再来一次。"那时警报突然响起，山顶上正在升第一个红灯笼。余子川将赵小曼拉进怀里，像一头饥饿的狮子，对着久违的美食毫不犹豫地撕扯起来。

六

早在太平洋战争爆发前，戴笠就以"军事委员会战场服务团"的名义，将歌乐山下五灵观以及磁器口一带的部分民房征用，设立了军统局乡下办事处，使杨家山成为挡在歌乐山地区与重庆城之间的一道屏障。1943年4月，戴笠在杨家山人称"戴公馆"的别墅里，就关于签订《中美特种技术合作协定》，与美国海军情报处的梅乐斯中校，进行了长达三天的秘密会谈。戴笠后来跟人说："那真是劳人的三天，美国人一个个精得跟猴子似的，占不到什么便宜！"

中美合作所的建立，立刻使磁器口镇有了新的变化，人们发现镇子里突然多了些穿卡其布军服的美国大兵。他们常常叽里呱啦连比带划地向行人问这问那，有的还进到店里，掏出一张张别人不认识的钞票，购买自己喜欢的东西，就连方先生的鸡鸣药房，也没躲过美国人的好奇。这天，一位戴大盖帽的美军上尉打外面进来，看着柜台后面墙上的一排排药屉，一脸不解地道："What's this？（这是什么？）"弄得伙计一脸的懵逼，只好将抽屉取下给上尉看，并比画着说是治病用的。美军上尉可能从伙计的比画中，明白了抽屉里那些草根的用场，笑着伸出大拇指一个劲地道："Very good！Very good！（非常好！）"后来这位名叫吉米的美军上尉闹肚子，还是方先生用草药汤给止住的。所以，中美合作所的美国大兵，都知道磁器口镇有一家公鸡打鸣的药房，老板叫米斯特儿方（Mr fang 方先生）。

方先生虽在大学学过英语，但毕业后没派上用场，时间一长好多单词就忘了，如今只能连估带猜，才勉强知道那些美国大兵在说什么。那天，吉米路过药房见方先生闲着，便进来跟方先生聊天，交谈中说到一些中美合作所的情况。方先生觉得事关重大，赶紧将这极有限的信息通过补锅匠老王传递给了组织。

事实上，自从皖南事变以后，国共两党隐秘战线的斗争更趋复杂和激烈。方先生的信息在那个多雨的初夏，很快得到组织来自其他渠道的证实，中美合作所确实是国民党顶级的情报单位和训练机构。组织明确指示，重庆地下党须选择适当时机，安插人员获取该所情报。

这无疑是一项重大任务，老莫和方先生商议决定，即刻实施代号为"梅花针"的渗透计划，并由方先生具体负责相关行动。老莫说："梅花针计划是插入国民党心脏的一把钢刀，具有现实和深远的意义。因此，这项任务既迫切，也是绝密。除了执行者和你我，就不要让其他人知道了。"

五月骄阳似火，随着日机轰炸的减少，人们户外活动的时间也越来越多，磁器口又恢复了往日的繁荣。从正街横街到河街再到码头，小贩的叫卖声此起彼伏，茶肆酒馆门庭若市，战事的转变给大家带来了久违的好心情。这天下午，方先生和余子川在龙隐茶馆碰头，交代"梅花针"计划具体的行动方案。前一天，方先生得到最新消息，中美合作所总工程处急需从事无线电通讯方面的人才，戴笠正派人去各单位和高校遴选。

"这是个绝好的机会，让他们把我们的人带进去。"方先生坐在二楼一个靠窗的角落，一边观察着楼下一边继续道："这个人你来找。要有海外留学经历，单身，无任何政治背景和复杂的社会关系。最好是重庆本地人。"方先生端起茶碗呷了一口。

"好，我尽快落实。"余子川有些兴奋，轻轻吐了一口气。是啊！回国快三年，现在终于轮到干大事了。余子川的确憋屈得太久，按他的话说，这三年可谓过得无聊。除了在知识界交了一些朋友，就基本没其他事情可做。方先生也不安排别的工作，每次见面都只是叫余子川沉住气，学会冬眠，积蓄能量。当然余子川也没闲着，他和赵小曼已于两年前结婚。那个暖洋洋的春天，赵小曼做完爱躺在余子川的怀里说："子川，我们结婚吧！"余子川正抚摸着赵小曼的头发，听罢不由得长叹一口气道："是该给你一个说法了！"

然而，组织对此却有着不同的意见。老莫曾很不客气地给方先生说："他这是在违反党组织的纪律。事先不打招呼，我行我素，到底想干什么？"好在方先生帮忙解释，说赵小曼在学校时参加过学生运动，也跟着余子川一同办过进步报纸，父亲虽然是盐务部门的官吏，但人并不坏，整个家庭没有什么复杂的社会关系。

余子川和赵小曼的婚礼是按西方礼仪举行的。芬妮父亲是阿尔萨斯人，全家信奉天主教，余子川为纪念他与芬妮那段爱情，特意选择了位于临江门方家什字的若瑟堂。那天，余子川带赵小曼去临江门的"梦巴黎"试婚纱，赵小曼挑了一款宋美龄当年嫁给蒋介石时穿的式样，一边照镜子一边问余子川："你觉得怎么样？"这时对面正好传来祷告的钟声，余子川看着左顾右盼的赵小曼说："我们去若瑟堂吧，愿若瑟保佑你！"

对于儿子以西方礼仪迎娶儿媳，余不笑是一万个不赞成。他对前来道贺的张秉文说："娶个二手货也就算了！居然连老祖宗也不拜，要去什么教堂？真是岂有此理！岂有此理！"张秉文对西方文化了解甚多，看着余不笑气急的样子不禁笑道："贵公子受西式文化教育嘛，不落俗套是可以理解的啦。"

其实，余子川能够堂而皇之迎娶赵小曼，还得感谢张秉文张大师爷。张大师爷曾跟余不笑说："余家能和赵家联姻，以后就不怕官场没人说话啦。"余不笑听后半天没有说话，他一会儿看看堂屋墙上祖宗的画像，一会儿又看看张秉文，脸色是由青变紫，再由紫转灰，最后黑着脸对张秉文道："照你的意思，余家没有亏哟？"

"余家当然亏不了啊！余帮主可以想想啦，大少爷这么些年啥时候听人摆布过呀？既然谁说都没有用，还不如取其利，总比带回来一个什么都不是的强呀？"张秉文将鼻烟壶放在鼻孔吸了一下，立刻打出一个响亮的喷嚏。

余子川再次来到重庆大学，他顺着宽敞的林荫道，走过寅初亭，图书馆和文字斋，穿过团结广场，在松林坡礼堂前拐了个弯，最后来到饶家园附近一座小楼。余子川留意着行人，尽量利用环境和前面的人掩护自己，不想被熟人看见。余子川这次到重大，是找工学院物理系一位名叫周蓝的助教。余子川自打从龙隐茶馆回到杨公桥自己家，脑子里就一直在琢磨，谁能担当"梅花针"行动之重任？他本想自己上，无奈自己已婚，还有个刚满周岁的女儿，况且出国前办报进过局子，属于有前科的激进分子。思来想去，一个优雅女子的身影渐渐浮现在了眼前。周蓝，女，26岁，未婚，毕业于美国哥伦比亚大学应用物理学专业，获硕士学位。父亲原为重大理学院物理系教授，周蓝出国前一年病逝，母亲翌年再嫁，有一个同母异父的10岁小弟，也在大轰炸中遇害了。周蓝于三年前回国，被昔日父亲的同事召回重大任教。

余子川认识周蓝是在位于中兴路大巷贰号的东方文化协会礼堂，当时正在举办一场抗日募捐拍卖会。汤少青与徐悲鸿等大师们合作烧制的汗血梅花瓶，以及侯师长收藏的字画，都在此次拍卖会上拍卖。汗血梅花瓶一露面便引起了轰动，不到5分钟就竞拍出2.5万美金的天价，相当于一架固定翼F4F战机的价格。

那天，周蓝抱着一只纸盒做的箱子，游走在人丛中募捐，余子川起初以为她是个学生，只是觉得气质很特别，后来听人叫她周老师，才开始特别留意起来。拍卖会结束后，周蓝坐在一张条凳上清理纸箱里的钱，这时余子川走过去，将一张100元面值的法币投进箱子笑着道："周老师也来帮忙了？"

"嗯，你也是我们学校的？"周蓝有些码不实在有没有见过余子川。

"是呀，30级理学院数学系的。刚从法兰西回来。"余子川一脸的微笑很是亲切。

"呀！原来是前辈师哥啊！你好你好！"周蓝脸上露出了一抹笑容。

那天，两人在心心咖啡馆坐了两个小时，彼此不仅讨论了目前的局势，还谈到了自己的理想。其间，周蓝有句话决定了她后来的选择，她说现在政府里的人太腐败了，居然连募捐给前线的财物都敢贪。周蓝说这句话的时候，一张脸因气愤涨得通红，余子川由此看出，周蓝是一个拥有革命觉悟的人。

余子川与周蓝的交往可谓特殊，他从一开始就没打算将其带入圈子，哪怕是一次纯学术聚会。也没有向任何人说起过有这么一个人，甚至包括方先生。余子川深谋远虑地认为，周蓝将会成为一把利刃，在最出其不意的时候派上用场。现在，这个时候到了，余子川觉得这简直就是天意，没有谁比周蓝担当此任更合适的了。

余子川径直来到周蓝住的学校单身公寓，在门口略微停顿了一下，掏出一张纸条看了看上面的门牌号，才进楼上二层走向尽头的房间。在此之前，余子川曾几次送周蓝回宿舍，但都是到公寓门口便折返，从没有上过楼。对此余子川有自己的想法，与周蓝一定不要有什么说不清的关系，尽管那时还没有和赵小曼结婚，但余子川知道，男女间只要有了暧昧，其他的事就都不是事了。余子川对周蓝的日常作息规律显然很了解，知道此时此刻除特殊情况外，周蓝都不会外出。他敲了敲门，周蓝见是余子川也没显得吃惊，两人只是对视了一下，周蓝便侧身让余子川进了屋子。

房间不大但很整洁，这让余子川又多了一分满意。他一边打量屋子一边问："我来你哪个一点都不吃惊？"

"我为啥子要吃惊？"周蓝脸上还是没有表情。

"你知道我会来？"余子川突然转过头盯住周蓝。

"这是迟早的事。"周蓝给茶杯倒上水，递给余子川。

"知道找你啥子事吗？"余子川接过周蓝递来的水杯，将目光停在窗前一只汗血梅瓶上。

"应该很特别吧。"周蓝坐到窗前的椅子上。屋子里出奇地安静，两人仿佛可以听见彼此的心跳。

"那我要先告诉你，你不是组织的人，可以不听，也可以听完拒绝，当我没说。"余子川一脸的严肃，没有半点开玩笑的意思。

"我明白。你说吧。"周蓝一副泰然自若的样子。

周蓝能够顺利进入中美合作所，当上一名中尉电讯管理员，应该说全靠余子川的策划和导演。余子川那天在周蓝的宿舍说："明天他们有可能就要到重大看档案，你可以找个理由去训导处问一件啥子事，但不要久留，也不要刻意看那些人。总之要自然，要把你的清高展示出来。"余子川还交代："如果他们找上门来，你的态度要冷淡，而且明确表示不愿辞去现在的工作。"

事实证明，余子川的判断是准确的，那些军统政训处的人第一眼看到周蓝，就被周蓝的气质吸引了。接下来一打听，更是觉得"踏破铁鞋无觅处，得来全不费工夫"。当天下午就把周蓝请到了训导处。一位着深灰色中山装的中等身材男子看着周蓝说："周小姐，你的档案材料我们已经看过了。目前国难当头，国家急需要像你这样的人才。我们诚恳邀请周小姐加入抗日战士的行列。"

"你们要我去前线？"周蓝一副没有心理准备的样子。

"不不不，周小姐误会了！"中等身材男子将右手举起来摇了摇笑道："我们不是要周小姐上前线，是让你把学到的知识用到抗日大业上去。"

"难道教育不是抗日大业？"周蓝表现出一丝反感。

"不不不，也不是这个意思。我们的意思是想请周小姐

第
三
章

汗血梅花

换个岗位，更好发挥学到的知识。"中等身材男子尽量讨好周蓝。

"我不去！我不喜欢工作换来换去，再说我在陌生地方工作有心理障碍。"周蓝按照余子川的设计，毫不犹豫地表示了拒绝。

"周小姐，这可是国家的需要！请你再仔细想想，明天我们还会再来找你。"中等身材男子的脸色明显变得有些不好看。

第二天，主角换成了一个瘦高个儿，中等身材男子面无表情地坐在一旁。瘦高个儿对坐在对面的周蓝上下打量了足足一分钟，才咳了咳嗓子低声道："周小姐，我现在跟你说的，都是国家的秘密。请你认真地听，再认真地想，然后做出答复。"瘦高个儿又轻咳了两声接着道："我们是军统局政训处特别征召小组，奉国民革命军事委员会和戴局长命令，为刚刚组建的中美特种技术合作所紧急选拔人才。你的个人履历和家庭社会关系，我们已调阅并作了详细的了解，认为周小姐很适合从事未来的工作。希望你能为了国家民族夺取抗战之胜利，尽一个国民应尽的责任。"

周蓝没有说话，她轻咬着嘴唇微微低着头，像是在权衡答应还是不答应。这时，瘦高个儿又说话了："如果周小姐坚持己见，于国家民族大义不顾，我们将建议教育部取消周小姐的执教资格，任何学校不得聘用。"

"这么说，我只能答应你们啰？"周蓝微微表露出一丝愤慨。

"大概就是这样。"瘦高个儿端起桌上的水杯呷了一口。

"好吧，我试试。但愿你们没看错人。"周蓝无奈地叹了一口气。

七

　　两个月的集训结束了，周蓝以各科优异成绩名列第一。戴笠在结业典礼上，亲自将一枚绩学奖章颁发给了周蓝，并授予她中尉军衔。周蓝成为了中美特种技术合作所的一名电讯管理员，她的职责是保证所有无线电通讯的畅通。周蓝踏上新岗位的第一个假日，便与余子川在城里的国泰大戏院碰了头，两人装作恋人在窃窃私语中完成了情报交流。余子川告诉周蓝，没有他的指示千万不要轻举妄动，要继续伪装好自己，得到同事的充分信任。

　　对于余子川不请示汇报就大胆起用周蓝，老莫大为光火，代表组织向余子川宣读了处分决定。对此，方先生的内心也很矛盾，他知道余子川这是刚愎自用的老毛病又犯了，没有经过训练和组织的评估就贸然打入，不仅周蓝要面临巨大的风险，且一旦失败，后果不堪设想。然而，错过这个绝好机会，再想实施"梅花针"行动就基本不可能了。现在木已成舟，想改变也不可能，无奈之下，也只好走一步看一步了。那天，方先生得知周蓝的情况，掂量再三后叮嘱余子川："要在安全方面，做好一切必要的准备，千万出不得差错。"余子川虽然保证安全方面不会有问题，但心里却不以为然，觉得方先生过于担心了。还是在苏联接受训练的时候，乌克兰教官的话"不择手段，不惜最大牺牲"就深深印在余子川的心底，成了他干特工的座右铭。余子川还记得，苏联教官用模型演示了特工的心理活动，指出"只有最大限度的承受，才会换取最大程度的收获"。因此，余子川认为，"梅花针"行动必须承受最大限度的风险，才有可能取得最后的胜利。在他的心里，一个好的特工须具备创造性和抗风险能力，而国内的同志大多保守，遇事谨小慎微，犹豫不决，容易错失良机，这往往也是任务完不成或中途难产的关键原因。所以，余子川不愿在"梅花针"行动这个问题上瞻前顾后，他从一开始就将风险担在了自己一个人的肩上，即一旦出事，到他这里为止。当然，最重要的还是他坚信对周蓝的了解，相信周蓝是完成"梅花针"行动不二的人选。

余子川与周蓝的联系方式有两个，一是将暗语信息放在磁器口文昌宫寨门右下方第二块石头的石缝里；二是每周日下午两点至四点在城里的夫子祠碰头。另外，周蓝若有急事，也可打南开中学的电话找余子川或用暗语留言。为进一步提高周蓝的特工技能，余子川还利用节假日，采取苏联教学模式对周蓝进行培训，使之较全面地掌握应变手段。余子川对周蓝说："你现在是一颗钉子，钉得越深就越牢固，发挥的作用也就越大。"

不知不觉中，半年一晃就过去了。周蓝按照余子川的指令，老老实实做人，兢兢业业工作，很快获得了上司和同事的称赞。参谋长李崇诗就曾在大会上说："在此国难之际，全体同仁都应向周中尉学习，为国家民族奉献革命之热情。"美方参谋长贝乐利也夸赞道："Miss Zhou, You're the best.（周小姐，你是最厉害的。）"那年春天，周蓝再次获得军统局颁发的五等云麾勋章，成为中美合作所一年内两次获得嘉奖的下级军官。

周蓝出色的表现和独有气质，很快成了中美合作所一道亮丽的风景。几乎所有的未婚男青年，都把周蓝当作了自己的梦想。但周蓝却没给大家任何机会，几乎是突然间就跟美军联络官吉米上尉打得火热起来。周蓝坐在吉米驾驶的吉普车上，十分歉意地说："中国文化跟西方文化很难沟通，如果你告诉他们没什么理由，就是不想谈恋爱，他们要么认为你有问题，要么就会死皮赖脸地缠着你。所以，我想说你是我最好的朋友，谢谢你帮我这个大忙！"吉米转过脸坏笑着道："你就不怕我也跟他们一样，缠着你不放？"周蓝笑了笑说："如果你跟他们一样，那我在美国那几年就白待了。西点军校的校训是把责任放在第一位的，你既然答应了我，这个责任你就得担起来，而且没有后悔。"

"周小姐，你确实厉害！但愿我能一直在这里帮你。"吉米在弯道上也不减速，盘子一甩，吉普车呼啸而过，眨眼便消失在了一片翠绿色的竹林中。直看得两个哨兵傻傻的，不知说什么好。

周蓝送出的第一份情报，是军统局重庆电讯总台的密码、波长、呼号、图表，以及军统在全国各地秘密电台的分布情况。余子川兴奋不已，自从三年前震惊国民党的"军统电台案"告破，张蔚林等人被捕，组织已很久没有得到如此重要的情报了。余子川坐在龙隐茶馆的楼上，一边等方先生，一边享受着"梅花针"行动带来的成功喜悦。

"这确实太不容易了！请转达组织对她的感谢。"方先生也很激动，他燃上一支烟，看着楼下的行人继续道："还是那句老话，要注意安全，千万出不得问题。"

"你就放心吧，一切都在我的掌控之中。"余子川也看着楼下的行人，吐出一口淡蓝色的烟雾。其时，余子川并不知道方先生正遭遇麻烦。前不久，汤少青的老婆孙淑珍让丈夫做媒，说要把守寡六年的妹妹嫁给方先生做填房。方先生过去为了掩护自己的身份，不敢说妻子在成都工作，只称两人于战乱中走散。不想说者无意听者有心，现在麻烦找上门来了。接受孙淑珍的盛情肯定不行，以后没法给老婆孩子交代。推辞吧，又会得罪孙淑珍，弄不好连汤少青也觉得面子上不好看。这事还真成了烫手的山芋，到底该怎么做才能摆平呢？方先生很想找到一个两全其美的处理办法。

方先生和余子川分手后，回到鸡鸣药房禁不住又冥思苦想起来。怎么处理眼前这件闹心的事呀？他呷了一口伙计刚送来的茉莉花茶，将目光投向窗外花园里长满苔藓的大青石鱼缸，以及鱼缸里怪石嶙峋的假山和假山背后的青砖院墙。突然，一张熟悉的脸浮现在方先生的眼前，他一拍桌子压着声道："可能只有他才能帮我摆脱困境！"

方先生一想起这个人，就忍不住哑然失笑，他就是一直担任方先生联络员的秃头补锅匠老王。秃头补锅匠老王有一次传递完上级指示，跟方先生坐在嘉陵江边闲聊时说，自己的绝活儿其实不是补锅，而是算命看相。早在参加革命前，秃头补锅匠就是涪陵一带有名的半仙。那时，秃头半仙身着道袍，头戴方巾，手持一面招子，从早到晚就没多少闲的时候。那些梦想发财的望子成龙的祈求平安的渴望长寿的害怕疾病缠身的想娶几个老婆又怕惹麻烦的等等等等各色人，都少不了请秃头半仙卜一卦。日子一长，就连混官场的也叫人带着自己的生辰八字，慕名前来请秃头半仙推一推前程。所以，待到秃头半仙参加革命，这身份在下川东一带反倒是树大招风，起不到掩护的作用了。

秃头补锅匠听说组织让自己重操旧业帮方先生解围，高兴得差点没从凳子上掉下来。他从怀里掏出一只不知从哪里捡来的铝制酒壶，拧开盖咕嘟咕嘟灌了两口，然后一拍胸口，踌躇满志地对方先生说："放心吧！一切包在我身上。"

第二天晌午，在孙淑珍每天接送汤耀荣上学的必经路口，一位器宇不凡的游方算命先生，面朝东南方向设置一摊。他头戴方巾，身穿道袍，一面白底黑字的招子上写着"不误前程"，三绺长髯飘拂胸前，一副圆框墨镜架在鼻梁上，让人觉得高深莫测。先生说话中气十足，带一点下川东腔，句句实在，字字珠玑。围观者早已被他的卦辞镇得五体投地，问卦者更是心服口服，只恨此生没能早些遇到这位活神仙。此时，送完孩子路过的孙淑珍，看着听着心里不由得也有了想法，何不乘机也给方先生和妹妹合一合八字，看看他们在一起到底咋样？孙淑珍想到这儿，连忙回家取汤少青前日要来的方先生生辰八字，捡个人少的空当，像个贼似的来到算命先生的摊前。

算命先生看着孙淑珍送上来的生辰八字，沉默了约一分钟，才低声道："两人犯冲，一年之内必走一个。"

"啊！那咋个办啦？"孙淑珍大惊失色，几乎瘫坐在地。

"没有办法，此乃天意！"算命先生做了个单掌拜佛的手势接着道："如果我没有说错，这女子应该是个寡妇。"

方先生终于撇清了麻烦，但秃头补锅匠老王却出现了意外。秃头补锅匠老王重操旧业，在磁器口摆摊算命，一下子就征服了一大堆信众。那些听过老王算命卜卦的人，纷纷议论老王很可能是上天派来指点迷津的神仙，不然也不可能把一个个的命算得这么准。还有的干脆说老王白天打天上下来，夜里又回到天上，每天都要向太上老君报告人间的情况。如此一传十十传百，没两天就传到了磁器口镇公所的黄镇长耳朵里。黄镇长向来迷信，家里和镇公所只要有点什么事，都要请文昌宫的道士来做道场。现在听说本镇来了一位高人，岂能轻易放过？黄镇长立即派人寻找传说中的神仙，可转了半天却连个鬼影子都没看见。黄镇长很是不爽，亲自到龙隐茶馆问包省心，知不知道算命先生从何处来？包省心摇了摇头说："神仙都是独来独往，没得哪个晓得从哪里来。"包省心显然要比他的兄长包放心聪明，能找说法挡回去的，绝不揽到自己身上。黄镇长没能在包省心那里问出个道道，便又回到镇公所吩咐下面的人："这几天耳朵眼睛多听到盯到点，只要有算命先生的消息，马上回来报告。"黄镇长如此急着找算命先生，是因为最近政府人事上有变动。磁器口虽是重庆城之外最繁华的地方，但因国民党军统设有乡下办事处，镇公所基本是空有其名。黄镇长想借这次政府的人事调整，换一个可以自己说了算的位置，因此想请算命先生推算一下该往哪个方向努力。

黄镇长坐在办公室正为找不到算命先生心烦，就见属下带进来一位秃头补锅匠。黄镇长刚要开口问这是啥意思，属下就笑着道："报告镇长，算命的活神仙找到了。"

"你就是那个……？"黄镇长疑惑地看着秃头补锅匠老王。

"就是他。他一说话我兄弟就听出来了。"属下转身朝门外招招手，进来一个小伙子。

"你跟镇长说一下，他是不是那个算命的。"

"就是他。前几天在黄桷坪岔路口摆摊算命那个。"

"镇长，绝对不会错。我弟弟天生耳朵好，就是一百个人当中哪个说一句，我弟弟听声音都能找出是哪个。而且补锅匠自己也承认了。"

"你真是那个算命的？"黄镇长依然不敢相信眼前这位补

锅匠。

"是我。"秃头补锅匠老王傻笑着。

"那你这是……?"

"我今年犯冲,要干一件别的事情来化解。"

"哦,原来是这样。"黄镇长如释重负般地吐了一口气,朝属下挥了挥手,意思是我知道了,你们下去吧。

秃头补锅匠老王确实被人认出来了,这一天正好是来磁器口与方先生碰头的日子。老王一开始想拒绝承认,后来一想,承认也无所谓,反正又没犯过科,说不定还有啥好事等着,于是被黄镇长的属下带到了镇公所。

黄镇长才听老王说了两句,就晓得老王有名堂,是个真人。忙引到后屋,叫人看茶。老王也不客气,虽没戴方巾穿道袍,也没准备墨镜和假胡须,但只要重操旧业,气场就自然流露,跟补锅匠身份搭不上界了。老王一边喝茶,一边听黄镇长说的那些弦外之音,心里渐渐明白了是怎么回事。这不是个好机会是啥子?投其所好,把这个猪脑子镇长搞服,以后没准还有用场。老王主意拿定,清了清嗓子轻声道:"镇长的意思我已知晓,请准备香案龟背和六枚铜钱,三日后的傍晚在此卜卦。"黄镇长大喜,拱手连说事后必有重谢。

老王将黄镇长的诉求报告组织的第二天,方先生被通知去了江北刘家台。老莫首先说:"可以利用黄镇长的迷信,逐步将其控制。大家觉得把他放在哪里好?"

"我查了一下姓黄的背景,他有个同父异母的弟弟是警察局治安大队的大队长。"老王拧开铝制酒壶喝了一口。

"我觉得往南岸布局比较好,一是那边政府里没得我们的人,二是以姓黄的实力只有去郊区才管得到事。"方先生燃上一根烟,将洋火吹灭。

"那就给他指南岸，往后老王要跟姓黄的保持联系。"老莫说完，禁不住笑了起来。

秃头补锅匠老王用的是择日占星学，他以六枚铜钱和龟背组出两个爻象，将一知半解的黄镇长带进了一个深不可测的领域。老王说："常言道退后一步自然宽，黄镇长要想像鱼儿一样自在地畅游，只有一个办法，远离热闹，去一个相对平和的地方。"

"啥子地方？能不能具体一点？"

"黄镇长的八字在东南方，但东方一泻千里，坐不稳，就只有南岸了。"秃头补锅匠老王说完暗自笑了笑，将六枚铜钱一边三枚分列在龟壳的两边。

八

吉米上尉不能充当周蓝的保护伞了，由于奉命调驻黄山的美国军事顾问团，吉米不再担任中美合作所的联络官。吉米那天看着一脸无助的周蓝，很遗憾地说："Now it's up to you.（现在要靠你自己了。）"

吉米上尉的离去，不仅让周蓝有点小失落，还立刻引起了所里人的议论。有的说周中尉被美国人玩厌丢了；也有的说周中尉这是自找的；还有更难听的，说周中尉本来就是做梦，一头土猪不好好待在自家圈里，想往天上飞？简直就是笑话。……那几天，不论周蓝走到哪儿，身后总有一两个嚼舌头的。那时，若是周蓝猛然回头盯着这些家伙，他们又赶紧换作另一副嘴脸，媚笑着点头哈腰地夸赞周中尉辛苦。

平心而论，周蓝并不害怕谗言，她真正害怕的是那些蠢蠢欲动，把自己当作猎物的狼。侦讯组的副组长李少校，无疑是狼群中荷尔蒙分泌最旺盛的一个。现在，他一有空就请周蓝吃饭看电影。周蓝虽婉拒了几次，但对方大有不达目的誓不罢休的意思，弄得周蓝既心烦又头疼。那天周蓝实在忍不住了，在夫子祠和余子川碰头时，异常委屈地要求余子川赶紧想办法，阻止事态的进一步发展。余子川知道周蓝这回是真的遇到难事了，遂安慰道："本周内就想办法解决。"两人分手后，余子川一路上都在想，怎么才能帮周蓝甩掉麻烦呢？一对恋人打远处走来，启发了余子川的灵感，他决定找一位家境优渥，且靠得住的进步青年，假扮周蓝的恋人，让那位李少校目睹他们的亲密，知趣而退。

余子川选中的青年名叫王彦平，父亲是国民政府参事和民生公司董事。王彦平毕业于巴黎大学艺术学院，与年长5岁的余子川在辛迪的法语训练班相识。由于彼此三观相近，旅法期间时有交往。余子川对王彦平的评价是，一个同情无产阶级革命的布尔乔亚。王彦平于一年前回国，现为刚刚复刊的《良友》杂志副主编兼摄影部主任。王彦平刚听说要自己假扮恋人时，还以为余子川是在开玩笑，不禁哈哈哈地笑着说："你就不怕我假戏真做，把那个女的打来吃了？"谁知余子川想了想，竟然看着王彦平很认真地道："要是对方愿意，又何尝不可？"

王彦平和周蓝的初次见面，被安排在富有浪漫情调的北碚嘉陵江温泉公园。余子川开车将周蓝送到时，王彦平已等候多时了。余子川给双方做完介绍，对王彦平笑道："周小姐就交给你了，出了事我拿你是问。"

冬天的午后，阳光穿过槭树稀疏的枝叶，从高处洒落到地面，像一朵朵温暖无比的腊梅花。两人坐在道旁王彦平的车上，面朝嘉陵江谁也不发一言，仿佛时间突然停了下来，只剩下彼此的心跳在继续。一群候鸟打头顶飞过，王彦平咳了咳嗓子道："你没谈过恋爱？"

"谈过。你呢？"周蓝看着不远处的一棵桂花树。

"也谈过。"王彦平看了看周蓝，也将目光移到那棵桂花树上。

"后来呢？"

"什么后来？"王彦平顿了顿接着道："她不愿跟我回国，只好各走各了。你的后来呢？"

"学跳伞摔死了。"周蓝很平静。

"对不起！"王彦平赶紧道歉，又咳了咳嗓子把话题岔开："为啥干这个？"

"不晓得。"周蓝打开车门下车，缓缓走向桂花树。

"不晓得？开啥子玩笑？"王彦平将头伸出车窗，很有些惊讶。

"就想尝试一下，看自己行不行。"周蓝转过身淡然地笑了笑。

"想冒险，还是不要命了？"王彦平也下车走过来。

"都有点吧！你呢？为啥帮忙？"周蓝这回将目光落在了王彦平的脸上。

"我也不知道。May feel fresh and exciting!（可能觉得新鲜刺激吧！）"王彦平有些不好意思地用英语说道。

"想占便宜？门儿都没得！我现在就把话挑明，要干就听我的，不干走人。想好了再回答我。"周蓝的目光充满寒意，直视着王彦平。

"没你想的那么糟。连句实话都听不得，我看你也就这点城府。"王彦平摸了摸后脑勺，叹口气接着道："还是说正经的吧！等会儿一亮相，我们就是一根绳上的蚂蚱了，一损俱损。所以我建议彼此马上开始熟悉对方。你以为如何？"

周蓝收回目光轻吐了一口气，上下打量了王彦平一遍，才严肃地道："好吧，从你开始。"

李少校第一眼看见王彦平，脑子有点蒙。他看看周蓝又看看王彦平，仿佛在问"你们这是搞的什么鬼？"半小时前，坐在办公室的李少校听人说，周中尉挽着一位相貌堂堂的公子哥儿，进了位于磁器口高石坎的嘉宾舞厅。当时李少校并未在意，觉得周蓝也就是遇到了什么熟人。然而，眼下的情景却超出了他的预想。看着周蓝一脸甜美，那位公子哥儿舞姿的潇洒，李少校是真傻眼了，他做梦都没想到会有这么一出等着自己。李少校恼羞成怒，突然疯了一般，上前一把抓住王彦平的西服领子道："你他妈的混蛋？老子一枪毙了你！"

"干啥子？放开！"周蓝的声音像一把锋利的剑，一下就把李少校的精气神斩断了。

"他，是谁？"李少校看着周蓝软了下来。

"他是谁你管不着！但你应该为你的不礼貌道歉。"周蓝两眼直逼李少校，那模样跟在所里完全判若两人。李少校愣了愣，终于冷静下来对王彦平道："对不起！请原谅！"

出生徐州的李少校，毕业于民国二十六年军统青浦训练班。按他自己的话说，在中美合作所他还是有资历的。李少校工作勤奋，有韧劲，但性格乖张，喜欢争强好胜，尤其是对女人，充满了常人难以想象的征服欲。李少校有过三段恋

情，每一段都不超过半年，据知情者透露，三个女人离开李
少校的原因，都是李少校太怕戴绿帽子。李少校对戴绿帽子
仿佛有种天生的警惕，他越是喜欢哪个女人，怕戴绿帽子的
恐惧就越深，以至于做出一些匪夷所思的事情。比如天天检
查女人的内裤，偷偷在女人身体的某个部位做记号。总之，
李少校越是使劲喜欢一个女人，这个女人就越悲惨。李少校
曾对这些女人说："跟我就得服管，不然就滚蛋。"这也是同
事评价李少校气量狭窄的原因。

如今，深感屈辱的李少校走在磁器口正街的石板路
上，一双眼睛烧得通红。他抬头看了看冬天的夜空，两行
泪水止不住夺眶而出。李少校平时算是个理智的人，今天
不知怎么就没把持住，在喜欢的女人面前丢了脸。李少校
抹了抹眼泪，对着夜空长吐一口气咬牙道："此恨不报枉为
男人！"

李少校打第二天起，就开始留意起周蓝的一举一动。他
在工作笔记上用钢笔写了两个很规范的字——周蓝，然后把
时间地点行为列成表格，供自己每天做记录。李少校笃信一
条经验："谁都会出错，只是大小而已。"李少校显然是要找
周蓝的错还之以报复，可一个月下来令他吃惊的是，表格上
不仅没有任何错，综合起来还值得表扬。"这简直太不可思
议了！这不符合正常人的行为逻辑呀？一个人怎么可能在一
个月时间里，连句出格的话都没有说呢？要么就是刻意为
之。那么为什么要这么刻意呢？刻意需要时刻绷紧神经，这
对于一个普通女子而言，是多么难受的一件事情，有这个必
要吗？除非……"李少校想到这里禁不住吓了一跳。"不会
吧？这怎么可能？有这么悬的事？"李少校自从脑子里闪过
这样的念头，便再也控制不住自己，只要与工作不发生冲

突，他都会将身心放在周蓝身上。李少校暗暗下定决心，倒要看看这位女神到底为何如此刻意。

李少校的行为周蓝是在无意中发现的，她一开始以为自己暴露了，可仔细一想这一个月没做什么呀，周蓝想着也留意起了李少校，这才渐渐有了答案："他是想挑我的刺。"周蓝决定整治一下李少校，让他不再那么猖狂。这天下班后，周蓝去磁器口镇买生活用品，刚到童家桥，就发现李少校跟了上来。于是，周蓝故意绕弯子，走一些令李少校捉摸不透的地方，既可以解释为出来散心，也可以看做是要与某人私会。待到一进镇子，周蓝便不见了。这可急坏了李少校，"肯定有问题！绝对有问题！这一招是特工常用的隐身术，也就是走着走着突然跳出前后方的视线，以预防自己被跟踪监视。"李少校看了看四周，目光停在不远处的巷子口冷笑了一下，意思是跟我玩这个，还嫩了点。李少校径直走过那个巷子口，然后快速拐进紧邻的一条巷子，他想从这里绕到周蓝所在的巷子。然而，李少校没走几步就停了下来，一张脸霎时间红到了脖子。他傻兮兮看着打旁边支巷走出来的周蓝，刚要解释，就听周蓝说："李少校，别以为我不知道你在背后干的这些烂事。如果你还是个男人，还想跟我做同事，就收起你这些上不了台面的勾当。否则，我一定叫你身败名裂！"

李少校简直要疯了，他从未像今天这样狼狈，而且是在喜欢的女人面前。李少校坐在办公室的椅子上，一边撕下笔记本上有关周蓝的记录，扔到脚旁的洋瓷盆里点火销毁，一边低声骂着："去你妈的小贱人，老子不跟你玩了！"李少校确实受伤了，他既恨周蓝无情，也恨自己愚蠢，居然想出这等不着边际的事情，让自己在人前丢此大脸。当然，最重要

第三章 汗血梅花

的还是绝望，李少校从周蓝的目光中，真真懂得了什么叫做遥不可及。

然而，周蓝没想到整治李少校这件值得夸耀的事情，到了余子川那里竟变成了一个严重的问题。余子川说："李少校现在是气糊涂了，一旦醒过来，还会有更危险的举动。"余子川要周蓝百倍地提高警惕，尽可能用王彦平及其家庭掩护好自己。余子川叮嘱完这些就去了磁器口，他要找方先生好好议一下，听听组织对周蓝目前处境的想法。

方先生自从摆平孙淑珍提亲的事，心情就出奇地轻松。他对几次三番跟自己道歉的汤少青说："这都是命，与你两口子有啥关系？"汤少青每每听方先生这样说，就会长叹一口气赞同道："是啊，一切都是老天爷安排好的！"汤少青至今记得妻子孙淑珍那天一脸惊慌的模样，他还没来得及问出了什么事，孙淑珍就呱呱呱竹筒倒豆子，把刚从算命先生那里听到的全倒了个底朝天。平心而论，汤少青一开始还真没相信，他看着孙淑珍禁不住笑着说："那要是再来一个说他们般配，你又该如何？"孙淑珍瞪了丈夫一眼，走到汤少青跟前压低声音道："人家连我妹是寡妇都算出来了。"这个结果确实令汤少青无话可说。两口子一合计，再撮合下去就要死人了，还是及早收回吧！可这突然变卦，又怎么去跟方先生解释呢？最后还是汤少青想了个主意，让方先生自己来作决定。

方先生自然不会拿人的生死开玩笑，他诚心谢过汤少青夫妇，说死生有命，富贵在天。如果一件事连天老爷都不同意，那就是命该如此了。方先生的大度在那个冬天的夜晚，显得无比明净，一下子就让汤少青那颗忐忑不安的心放平了。

方先生在龙隐茶馆二楼上听完余子川的汇报，呷了一口盖碗中的本地沱茶，往四周看了看道："他们两人的关系现在怎么样？"

　　"剃头挑子一边热，女方不愿意。"余子川苦笑着摇了摇头。

　　"为啥？"方先生放下盖碗看了看余子川道："只是约会，关系没有进展，时间一长会露馅的。组织很重视这条线，也很关心她的安全。"

　　"明白，下次见面我专门跟她谈这件事。"余子川望着远处薄雾中的码头，轻轻地吐了一口气。

　　其实，没人知道周蓝此时的内心有多矛盾。作为一个普通女子，周蓝对于爱情的渴望，与常人并没有什么两样。还是在刚认识余子川的那个夏天，周蓝的心就隐隐有种不安，眼前这位高大帅气，与自己一样有过留洋经历的男人，不正是这些年一直在等的白马王子吗？但随着知道余子川与赵小曼的关系，以及两人后来结婚，周蓝的心反倒是平静了，这就应了那句老话："该来的总会来，不该来的即使眼睛望穿也没用。"

　　应该说性格温厚的王彦平突然出现，令周蓝很有些意外。这个看似什么都不在乎的公子哥儿，不论相貌、学历、人品还是家世，都远在余子川之上。可相处几个月来，她就是找不到感觉。有时，周蓝拿着梳子坐在镜前，想象王彦平从背后搂着自己的情景，到最后总会变成余子川。这种幻象真是让周蓝的内心太撕裂了，怎么可以是这样呢？如此两人今后怎么在一起生活？她又怎么对得起王彦平？于是，周蓝开始寻找理由说服自己，所有发生的一切都是命中注定的。也许，她的生活中根本就不该有爱情。因此，她常常用德国女间谍玛塔·哈里的话宽慰自己："干这一行，情感就是软肋，稍不留神，害人害己。"

九

李少校有很多理由可以不去想他跟周蓝的事，比如工作繁忙，同事间抬头不见低头见，没必要弄得彼此尴尬，或者戴局长一再说的，大家需要精诚团结，共克时艰等等。但他却没有选择其中任何一条让自己平和下来，反而更容易把周蓝放到脑子里加以研究。李少校自从挖空心思找周蓝的不是丢了脸，便常常一个人坐在办公室里发呆。当然李少校发呆跟一般人发呆是不一样的，一般人发呆脑子里几乎是空白，但李少校发呆却不是。李少校发呆的时候，脑子里总会出现某个人或者某件事，让他的思绪缠绕着直到被打断。这样一来，李少校就发现了一个问题值得探究，那就是一年多来，周蓝似乎只跟那姓王的公子哥儿去舞厅，不仅从未去过男方的家，就连两人一起吃饭的时候也少之又少。富有侦讯经验的李少校觉得，这从逻辑上讲有些说不通。于是，他又把注意力放到周蓝身上，在工作笔记上写下周蓝和王彦平的名字，并打了一个大大的问号。李少校这回是真的想看看，周蓝与那王姓公子哥儿到底演的哪一出。

李少校采用的手段依然是老套路——跟踪，只不过在具体的实施中，比以往更加小心。他知道，这个女中尉不一般，如果再像先前那样来一回，那他就别在所里待了，估计到时就是走在这杨家山上，也是一个笑话。

这天又是一个周日，李少校一大早安排好工作上的事，就换上便装戴上礼帽来到磁器口镇，他要在高石坎附近等候周蓝。这里是磁器口镇的热闹地段，也是去码头的必经路口。李少校估计，周蓝今天如没有特殊情况，应该进城。

果然，才过10点，周蓝便经过高石坎朝着码头方向走去。她穿了一件灰色格子旗袍，拿着黑色软皮手袋，足蹬一双黑色高跟皮鞋，烫成波浪的秀发瀑布般披在肩上，那份收敛之美既亲和又不乏凛然。周蓝随着人流登上开往朝天门的客轮，选了个靠左舷的位置坐下。她将手袋放在腿上，双手拢了拢耳后的头发，于不经意间看了看周围，泰然之神色让躲在扶梯旁的李少校不得不佩服。

船到朝天门，天空飞起了小雨。周蓝用手袋遮住头，快步上完大码头的石梯，喊了一辆黄包车，经陕西路进沧白路过小什字到精神堡垒右转上邹容路。今天是和余子川在夫子祠碰头的日子，之所以提前到晌午，是因为余子川下午家里有事，说是赵小曼生病要去医院。这是定好的例行碰头，主要是为了方便交接情报，地点有时改在国泰大戏院，或者心心咖啡馆，但主要还是夫子祠，因为周日来文庙的人多，不易被人怀疑。

黄包车在熙攘的人流中穿行，后座上的周蓝此时拿出镜子装着补妆，查看后面有无尾巴。这是她干特工后养成的习惯，即使是在日常生活中，周蓝也不会忘记那些自我保护的环节。李少校躲在另一辆黄包车里，一边指挥车夫躲避周蓝的反跟踪，一边从考官的角度给周蓝打分。

"妈的，真狡猾！慢点，他们可能要停下。"

"靠左一点，装作进那边的巷子。"

"好，就这样，别跟得太紧。"

"确实有两下，可以给八分。"

……

车夫被前面的周蓝整出了一身臭汗，他以为那是自己车上这位的老婆，当丈夫的正在捉奸。所以车夫即使被弄来弄去，也心甘情愿地卖力，并从中感受难得的兴奋和刺激。

"你老婆也太不把你放在眼里了，居然敢给你戴绿帽子。"车夫回头看了一眼李少校。

"说什么呢？看到拉车。要是被前面的发现了，你他妈就别想要钱了。"李少校有点恼羞成怒，他最不喜欢听到谁说戴绿帽这种事。尽管周蓝并不是自己的老婆，但车夫的话还是让李少校感觉像是吃了一只苍蝇，既恶心又没处发泄。

夫子祠人潮涌动，今天逢庙会，小贩打文庙门前分两边排开，吆喝声此起彼伏，吃的穿的用的琳琅满目，让人目不暇接。许多善男信女在孔圣人像前点蜡焚香，程门立雪，享受着大轰炸后的繁荣和安宁。周蓝在此下车，并没有急着进夫子祠，而是去了国泰大戏院旁边卖川北凉粉的铺子。她要了一碗浇油辣子的黄凉粉，边吃边查看着四周，吓得想靠近的李少校赶紧躲到一棵树后，长吁了一口气，他看了看腕上的手表，时针刚好指向1点。

余子川穿一袭灰色长衫伫立于池畔，他已看见打外面进来的周蓝，却没有迎上去的意思。这是特工最警觉的时刻，因为危险常常随着等来的人一同降临。

周蓝走到余子川跟前，很自然地斜靠到石栏上，瞬间便营造出恋人氛围。

"一切都好吗?"余子川转过身也靠在石栏上。

"还好。他们拿到了南京方面的密码。"周蓝又取出镜子一边照一边道："据说汪精卫得了什么病，马上要去日本。"

"能弄到密码吗？"余子川掏出哈德门香烟抽出一支用洋火点燃。

"难。在老板那里，其他人根本碰不到。"周蓝用手理了理耳旁的头发。

"彦平说你不同意，为啥？"余子川吐出一口烟，转过头看了看周蓝。

"不为啥，就是还没想好。"周蓝也看了看余子川。

"这样下去会出问题的。"余子川吸着烟正准备转身，就听周蓝警告："别转过去！快抱我，跟我亲热。"余子川闻言知道有情况，稍稍调整一下自己，便伸出手很自然地搭在周蓝肩上，并将头靠拢轻声道："怎么啦？"

"有尾巴，嘉宾舞厅吃醋那位。"周蓝依着余子川。

"他怎么来了？你太大意了！"余子川用手轻轻理了理周蓝的头发道："现在啷个办？"

"我也不晓得。"周蓝顿了顿，脑子里一片茫然。

余子川陷入了沉默，他在假设可能出现的后果，并评估危险性和处置办法。但所有结果似乎都不妙，暴露的概率远远大于化解的可能。

"不能让他回去，不然我们全完蛋。"余子川深吸一口烟，急切地想着办法。

"那我们该啷个办？"周蓝看着余子川。

"去美军招待所，那里近，好打扫。"余子川拿定主意，将剩下的小半截香烟扔进了一旁的垃圾桶。

李少校没有意识到自己已被发现，更没有意识到眼前是两个中共特工，他的兴奋还停留在抓住周蓝脚踏两只船的喜悦中。李少校躲在墙边琢磨，待会儿只要弄清那个穿长衫的男人什么来头，今后就不愁把周蓝攥在自己手心里了。李少校一想到把周蓝攥在自己手心里，浑身上下就涌起一股热浪，许多想象如同拉洋片打眼前掠过。"是啊，太难得了！这简直就是上天不负有心人。"李少校看着周蓝挽着余子川不急不慢地往临江门方向而去，禁不住自语道："小样儿，到时候看老子怎么收拾你这个贱人。"

李少校依然小心地跟在周蓝和余子川身后，生怕出现什么闪失。当看见二人双双走向美军招待所时，李少校又是一乐，心里暗暗骂道："这个婊子养的，平时装得像个圣女，原来也他妈是个荡妇。"

李少校等两人办完入住手续上楼，才匆匆拿着一串钥匙来到前台，问刚才上楼的男女住几号房，给他的办公室钥匙拿错了。李少校顺利获得了余子川周蓝的房号，他上到三楼，正准备侧耳听听302房间的动静，就被一只手枪顶住了后背。

"不要出声，进屋。"余子川将李少校往前一推，虚掩着的门便开了，周蓝端坐在屋里的椅子上，手里也握着一把勃朗宁手枪。

"你们是……"李少校话音未落，脑袋就被余子川的枪柄狠砸了一下。余子川不等李少校倒地，左手扣住对方脖子，右手撑着左腮一扭，只听咔嚓一声，李少校的脖子就被余子川拧断了。

"我去打个电话。"余子川看了看地上烂泥般的李少校，又看了一眼正望着窗外的周蓝。

电话是打给方先生的，暗语的意思是遇到了麻烦，需要人帮忙打扫。余子川再次回到房间，让周蓝换上李少校的衣服先行离开，自己则留下等方先生的人。

　　周蓝穿戴着李少校的西服和礼帽走出美军招待所的时候，也是方先生找到汤少青的时候。方先生站在汤家大院的院坝里，对匆匆出来的汤少青说："我们的人出了点事，能不能让郑帮主派几个靠得住的去帮帮忙？"汤少青也不细问，点点头道："应该没问题。"

　　那天傍晚，郑江龙和三个手下带着一只大麻袋，扮成旅客住进了美军招待所三楼的两个房间。与此同时，一辆收垃圾的大板车也停在了大楼的后门。余子川得到信号迅速离开招待所，搭上了最后一班开往沙坪坝的公交车。

　　郑江龙推开302号房虚掩的门，看了看地上蜷缩着的李少校，示意手下将其折叠成最小的体积塞进麻袋捆牢，从消防通道抬到楼下停在后门的大板车垃圾箱里，然后交代其中三人一人一间房招妓过夜，明天一早用过早餐再退房。一切安排妥当，装着李少校的垃圾车，便借助夜色的掩护直奔临江门码头。那里，一艘粪船已等候多时，待装有李少校的垃圾箱一上船，艄公模样的汉子便轻点竹篙，粪船退出码头，消失在下游的黑暗之中。

　　"你们是咋个搞的？这也太危险了！"方先生站在江边一块礁石上，表情异常严肃。

　　"情况太突然，是我没有做好周蓝的保护工作。"余子川在一旁低着头。

　　"你们要尽快弄清楚，这个李少校到底是个人行为，还是领受了啥任务？"方先生掏出ROLEX怀表看了看时间。

　　"已经安排布置，明天就可以确定。"余子川掏出烟递一根给方先生，再叼一根在嘴上，背着风划洋火点燃。

"她不会有危险吧?"方先生也掏出洋火给自已点燃。

"暂时没有。我已做了安排,一旦出现意外,马上通知她撤离。"余子川猛吸了一口,从鼻子里喷出两股烟雾。

"就怕连撤离都来不及。"方先生看着余子川。

方先生的担忧不是没有道理,早在1940年春,军统破获电台案后,中共组织即安排其女特工张露萍撤离,就因戴笠抢先未能躲过。那么四年后的今天,会不会悲剧重演呢?这个问题不仅方先生心里没底,就是余子川也难以回答。

再说周蓝回到宿舍,将下午发生的事又从头到尾捋了一遍,确定无什么差错后,才将换下的旗袍装进盆子,连同其他衣物拿到外面洗衣台清洗。那时,太阳还没有落山,夕阳残照在宿舍的墙上,既温暖又凄凉。周蓝一边搓着旗袍的领子,一边在心里盘算:"他们是否已经收拾干净?如果像余子川说的,李少校是领受的任务,那我又该如何撇清?"

"哟,周中尉星期天也没出去?"参谋长李崇诗打下面路过。

"刚进城回来。参谋长今天值班?"周蓝一边笑着一边想:"码头上的警察肯定记得我。余子川说得对,最大的谎言就是99.9%的真话,加0.1%的不说。现在看来,这个0.1%就是不说跟余子川见面,以及见面后的一切。"

"是呀,没你们好玩。"李崇诗没有停下脚步,很快消失在路的尽头。

"那么掐掉跟余子川见面这一段,就变成这样了:上午10点左右从磁器口乘船进城,逛了夫子祠的庙会和商店,买了冠生园的巧克力奶糖,在国泰大戏院旁边吃了川北凉粉,去英年大楼,给王彦平送他喜欢吃的老四川牛肉干,然后返回。"周蓝将这些场景在脑子里过了一遍。是的,她的确去了英年大楼。那时,王彦平正在加班冲洗照片。为了不让王彦平紧张,周蓝没有提及二十分钟前发生的事情,只说到城里闲逛,顺便给他买了牛肉干,晚上肚子饿了可以充饥。王彦平很有点感动,本想陪周蓝共进晚餐,无奈有人等着拿图片稿,只好说改日请周蓝吃法国大餐。

王彦平是真爱上周蓝了,虽然刚开始答应余子川假扮恋人时,说的那些纯属开玩笑。但随着时间的推移,周蓝的品质显露无遗,那些玩笑便渐渐被王彦平当真起来。是啊,一个年轻漂亮,具有全方位修养和专业知识的女子,为谋求民族的自由,竟愿意冒如此大的风险,这不得不令王彦平佩服。记得也是在某个周日的下午,两人在嘉宾舞厅演完戏去江边散步,王彦平看着风中不时用手往后束头发的周蓝突然问:"你真的不怕?" 周蓝停住脚步,转过身子看着王彦平道:"是人都有恐惧,我跟你一样。"周蓝放开手,头发立刻被江风吹乱。她一边倒退着走一边继续说:"但这个世上总要有人付出,不然人类也就没有进步了。"

也就是从那天起,王彦平对周蓝有了心动的感觉。夜里,他躺在床上辗转反侧,久久不能入睡。周蓝姣好的面容以及说的那些话,就如同在他的枕边。王彦平失眠了,他告诉余子川,这在他二十几年生活中,还是第一次。打那以后,王彦平向周蓝发起了进攻。王彦平第一次给周蓝表白,是在跳舞的时候,他搂着周蓝低声地告诉她:"上帝让我爱上你了,我没办法。"周蓝听后却没什么反应,她抬起头看了看王彦平,轻描淡写地回了一句:"你们男人怎么连说话的腔调都是一个样?"

＋

李少校的失踪不仅在军统再次引起恐慌，也令戴笠震怒不已。他将各组组长叫到办公室，要他们全力配合政训处彻查李少校失踪案。

具体负责李少校失踪案的军统特工，是军统重庆站侦讯处的马蜇少校。马少校平时不苟言笑，说话有气无力，一旦觉察到某个地方有什么不对劲，立刻便会精神焕发，变成一头猎犬。马少校进驻中美合作所那天，独自关在二楼一间不大的房子里，花了整整十个小时研究有关李少校的资料，然后拟出一个49人的名单，开始一个个询问，中尉电讯管理员周蓝也在其中。

马少校向周蓝了解最多的，是有关李少校舞厅吃醋的事。他还去《良友》杂志社找王彦平，核对周蓝的笔录有无出入。马少校之所以把周蓝作为重点排查对象，是因为李少校的工作笔记里，有一页写着周蓝和王彦平的名字，旁边还打了一个大问号。这显然与工作无关，马少校很想知道李少校是什么意思，他曾看着笔记本上的名字琢磨了半天，结果脑子越搅越糊涂，完全成了一堆乱麻。当然，马少校也想到了情杀。但调查结果表明，王彦平不仅无作案时间，就连作案动机都不具备。换句话说，如果非要是情杀，也应该是李少校杀王彦平，而不是王彦平干掉李少校。马少校由此陷入了深深的迷茫，他再次翻开李少校的工作笔记，找到写有周蓝王彦平名字的那一页，看着一旁的问号发起愣来。

马少校对周蓝的调查引起了余子川的高度重视，他让王彦平转给周蓝一封信，告诉她暂停每月的例行碰头，今后有关情报和指示改由王彦平传递。余子川在信中还劝周蓝，如果对王彦平没有什么反感，就赶紧结婚，以免引起他人的怀疑。而王彦平也乘机向周蓝发起更猛的攻势，经过一段时间的软磨硬泡，终于在南山的一棵树下，攻陷了周蓝的城池。那时正值夕阳西下，王彦平搂着周蓝望着如血的天空说："你的选择就是我的选择，如果我们俩必须要有牺牲，那就让我去吧！"

那个多雨的春天，伴着抗战即将到来的胜利，周蓝和王彦平在李子坝的嘉陵宾馆举行了盛大婚礼。在古诺神圣的《圣母颂》音乐声中，王彦平将一枚闪闪发光的白金蓝宝石戒指，戴在了周蓝左手的无名指上。看着王彦平真诚无瑕的笑容，周蓝终于忍不住流下了幸福的泪水。

——由美国拨用租借物资加以装备和训练的国军机械化部队，已基本完成改编。共计13个军39个师，包括驻印5个师，远征军30个师，青年军1个师和最后一批受训的3个师。

——美军将于1945年11月1日实施"暴雨"计划，内容是分两个阶段登陆日本。第一阶段代号"奥林匹克"，大约投入70万兵力登陆九州；第二阶段代号"花环"，于1946年3月展开，大约投入近百万兵力登陆本州岛。

——美国原子弹已进入最后试验阶段。

……

周蓝的情报源源不断，余子川兴奋不已！他看着窗外一片绿色的麦浪，禁不住自语："真是一枝不畏寒冬的梅花呀!"

"你说哪个是不畏寒冬的梅花?"赵小曼双手抱在胸前,斜倚着卧室的门框,眼里尽是嫉妒。赵小曼如今已不是过去那个赵小曼了,赵小曼在生完女儿后,身子就像发面包一样,发成了一堆肥肉,性格也变得越来越火爆。按余子川的话:"简直成了市井泼妇。"两人的性生活也就此结束,余子川的解释是工作太累,没心情。赵小曼当然不信,几次三番在床上折腾,直整得汗流浃背,余子川也没有反应。赵小曼只好作罢,但对丈夫的言行却多了一份警惕。

"啥子这个哪个的?梅花就是不畏寒冬呀?简直不可理喻!"余子川马着脸,一甩手出了家门。

这个春天对余子川来说,既欣慰又伤感。欣慰的是因在"梅花针"行动中,大胆启用周蓝获得组织表扬,接替方先生成了中共沙磁区地下组织的负责人;伤感则是正值春风得意,爱情却渐行渐远。余子川天性情感丰富,且在欧罗巴受到西方文化的影响。过去跟芬妮在一起,浪漫色彩自不必说,后来与赵小曼重温旧梦,也称得上激情犹在。然而,自从有了女儿妞妞,余子川就像走进了一条岔路,突然对周围的一切变得不适应起来。先是父亲余不笑对儿媳生女不生男感到失望,要求余子川加倍努力,让余家早得孙子。其次是赵小曼性格发生变化,往日的温情和风韵不仅荡然无存,还多了许多的猜忌。当然,赵小曼的猜忌也不是毫无缘故,比如余子川的表妹陈妤凤,就给赵小曼装了一肚子的气。

陈妤凤是余不笑妹妹的女儿,从小长在余家院子,与余子川可谓是青梅竹马。陈妤凤比余子川先出国留学,也比余子川晚回国结婚。两人重逢是在陈妤凤的婚礼上,余不笑携赵小曼前来祝贺,尔后两家便有了来往。陈妤凤的先生是南京人，靠国府供职的父亲拉关系走后门，挣了不少钱。可陈好凤却并不买账，觉得丈夫取的是不义之财，常投以蔑视的眼光。两人由此生分，关系也一天比一天紧张，不到一年即宣告分道扬镳。这样一来，陈好凤便缠上了同受西方教育的表哥，且以她敢爱敢恨的性格，将余子川逼得无处躲藏。幸好那时余子川沉浸在赵小曼的温柔之乡，表妹的投怀送抱没能得到表哥的回应。但赵小曼自此醋劲却上来了，不仅拒绝陈好凤再进家门，还跟余子川来了个约法三章，不许他与表妹陈好凤再有任何的接触。如此严防死守，陈好凤没了机会，也只好另择良木，终于在不久前爱上了美军联络处的一位上尉。

这个美军上尉便是吉米。吉米自从被方先生治好腹泻，就对中医产生了浓厚的兴趣。为此，戴笠专门给调到黄山美军联络处的吉米找了个通中医的老师易先生。易先生上过教会学校，懂英文，且给蒋委员长治过病，现住在南山的黄桷垭。戴局长认为吉米跟易先生学习安全可靠，于是吉米每周就有了半天时间待在易先生的家里。哪知无独有偶，这位易先生也是陈好凤的私人医生，多年来，只要陈好凤身体不适，就会到易先生家开两服汤药调理调理。这天，陈好凤又来找易先生看病，正好吉米也来上课，两人一对眼就有了相见恨晚的感觉，待易先生开好药方上完课，陈好凤便带着吉米去了弹子石法国水兵营旁边的咖啡馆。

陈好凤和吉米同居了，余子川听到这个消息的第一反应，就是想将表妹也打造成特工，一起为共产主义事业奋斗。余子川和上回启用周蓝一样，不打算请示组织就私自行动。他认为，国内的同志都怕担责任，客观上缺乏当机立断。所谓请示在余子川看来，就是延误战机。他又想起了苏

第三章 汗血梅花

联教官的那句话："只有最大限度的承受，才会换取最大程度的收获。"余子川准备再次承受风险，做一件别人做不到的事情。他决定约表妹见面，先摸摸底探探口风。那个盛夏的午后，在南岸玄坛庙大殿的台阶前，余子川给了陈妤凤一个惊喜。他将表妹当年在余家院子用过的一把象牙梳子交给陈妤凤说："青梅竹马，志趣可同？"陈妤凤当然记得这把梳子，她看着上面雕刻的忍冬花，禁不住又想起了在余家院子生活的那些日子。

"你还留着这个？"陈妤凤眼露秋波。

"当年李莲英给慈禧老佛爷梳头就用的这个，不过差点掉在苏联了。"余子川撇了撇嘴。

"啊！你去苏联了？啥子时候？给我讲讲，那里怎么样？"陈妤凤一脸的崇拜。

"在法国读书的时候，有一年暑假，跟两个同学一起去的。"余子川一副不经意的样子。

"苏联怎么样啊？听说饿死不少人？"陈妤凤好奇地看着表哥。

"边远地区有，因为还来不及做社会主义改造。"余子川掏出烟点燃一支。

"莫斯科怎么样？还有彼得堡。"陈妤凤有些急切。

"莫斯科当然好啰！人们实现了公有制，不用为吃穿发愁，一切由国家供给。"

"这么好啊！"

"彼得堡已改名叫列宁格勒，也跟莫斯科一样。每天傍晚，涅瓦河畔都有许多人在那里散步歌唱。"余子川吐出一股淡蓝色的烟雾。

"真是太好了！我咋个就没想到去看看呢？"陈妤凤有点

遗憾。

"光是去看没啥意思，关键是自己也能享受那种生活。"余子川看了表妹一眼。

"自己享受？你是说移民到苏联？"陈好凤有点蒙。

"移民？去人家的国家？那也太没追求了。"余子川背转身仰头看着树梢上的一只鸟。

"那怎么办呀？总不能把中国也变成苏联吧？"

"怎么不能？我晓得就有人在干这方面的事情。他们还喊过我加入。"余子川转过身看着表妹。

"你答应加入了？"陈好凤很是关切。

"怎么说呢，我有工作，有老婆孩子，好多事情离不开。不过我答应他们，在力所能及的范围帮帮忙，出一把力。"余子川吸了一口烟，又回转身子仰头看着刚才那棵树的树梢。不过鸟已经不见了，微风中的树梢轻轻地摇晃着。

"会有危险吗？"

"不会，我也就是把平时看到的听到的讲给他们，让他们自己去评估有没有价值。"余子川说到这儿突然转身像想起什么似的，对陈好凤道："你也可以帮忙呀，大家一起来改变中国多好呀！"

"我？我怎么帮忙？我什么都不懂。"陈好凤很是惊异。

"怎么不能？你也只需要像我这样，把看到的听到的说给他们就行了。"余子川两眼直盯着表妹。

"我能看到听到什么呀？"陈好凤眼睛里充满了茫然。

"这个我怎么知道？你接触的人我又不认识。不过只要是有关国家的都可以。"余子川说到这里将话锋一转，又回到表妹在余家院子生活的事情上："唉，听我爸说，你小时候还偷拿过别人的东西。有没有啊？"余子川哈哈哈地笑

第三章 汗血梅花

起来。

"舅舅太坏了,我那哪里是偷拿嘛?明明就是我自己的东西,被二舅妈拿着哄别人家的孩子去了。"陈妤凤很是委屈。

"好了好了,舅舅那是在表扬你,说你机灵。走吧,我带你去吃一样你没吃过的东西。"余子川扔掉手里的烟蒂,拿出车钥匙晃了晃。

"你又跟你那个骚表妹在一起了?"赵小曼两手叉腰,堵在家门口。

"人家找了个美国军官,喊我这个当表哥的帮忙拿主意,看要不要得。"余子川皱了皱眉头,朝周围看了看,伸手将妻子拉到一边进了屋子。

"呵,这个借口找得安逸!你又认不到那个美国军官,要不要得你咋个晓得呢?"赵小曼将两手抱在胸前,看着丈夫。

"你有没得完?我累得很,想歇一会儿。"余子川倒在床上,长吐了一口气。

"累得很?该不会是跟你表妹两个累吧?"赵小曼的醋劲十足。

余子川起身,瞪了妻子一眼,很愤怒地一甩手出了家门。

"又走,走了就不要回来!"赵小曼看着丈夫的背影,歇斯底里地叫喊着。

余子川走在乡间的路上,一种无奈和惆怅渐渐涌上心头。他感到自己是多么的孤独,竟然想找一个说话的人都没有。是啊,一个大男人,感情上的事又能说什么呢?即使有人听也没法说。自己的选择，打掉的牙只能往肚里咽。余子川长叹了一口气，掏出烟燃上一支，对着远方的歌乐山吐出烟雾。那时，周蓝的样子又浮现在了眼前。

"她还好吗？现在在干什么呢？王彦平这小子真是有福气！"余子川笑着摇了摇头。

其时，周蓝并不轻松。虽然与王彦平的结合，封死了如过去李少校的怀疑，但马少校却在逐一核对周蓝的笔录。根据掌握的情况，现在至少有两个人的证词，可以说明李少校那天也进了城。

一个是当天码头上执勤的警察，他看着照片回忆说："女的上船没多久，男的也上船了。"并肯定自己没有记错，因为李少校曾经在警察培训班给他们讲过课。

另一个是拉黄包车的车夫，他说李少校一直跟踪那女的到了夫子祠附近。

综合这两个人提供的信息，马少校可以肯定李少校那天是去跟踪周蓝了。可怎么就跟不见了呢？他看着周蓝的笔录，又看了看这些天调查的结果，心里有种说不出的堵。周中尉说的都对呀，她也说自己去了夫子祠的庙会，时间上也都能对上。最后看见王彦平送周蓝到朝天门码头的，还是重庆站的特工。那李少校跟完周蓝又去了哪里呢？按照马少校的思路，李少校最多也就只能跟到英年大楼，再往后就没任何意义了。可事实上却是没有一个人看见李少校返回码头上船，也没有人证明他乘坐了出城的公共汽车。为了获得更多的信息，马少校还亲自拜访了重庆城的袍哥舵把子田德胜田大爷。

田德胜田大爷反馈的一个信息引起了马少校的注意，那就是那天晚上，有人将一个垃圾箱抬上了停在临江门码头的一艘粪船。垃圾箱怎么往粪船上抬呢？那里面装的是什么？马少校想到这里，不由得倒抽了一口凉气。

十一

持续十四年的抗战终于胜利了，汤少青在磁器口一心楼摆了一台大酒，与亲朋好友共庆来之不易的胜利，同时也祝贺考上重庆大学工学院电机系的耀祖和考上师专的耀华。汤少青一身灰色新装，脑后拖着那根油光水滑的神辫，他端起盛满茅台酒的汗血杯，眼含泪水地说："抗战胜利了，这第一杯酒让我们敬奉牺牲的英雄！"言毕与大家将手中酒缓缓倾洒在地上。

"第二杯一起同饮，庆祝胜利！"随着大伙儿的应和，汤少青双手举起酒杯一仰脖子将酒倒入喉咙，一股热流顿时浸入心肺，他擦了擦嘴角，又举起第三杯道："这第三杯是祝贺耀祖耀华的，老汤家终于出了读书人！"这时，一旁的方先生补充说："我觉得还应该加上少青你，因为老汤家有你，才有今天的兴旺发达。"众人均赞同，一齐举杯敬汤家两代，孙淑珍也端起酒杯心里乐开了花。

孙淑珍已有好长时间没喝酒了。自从日本人开始轰炸重庆，孙淑珍就把喝酒扔到了一边。她对丈夫说："现在遭别个欺负，没得心情。等以后把小日本打跑了，我天天陪你喝。"汤少青本来喝酒没瘾，见妻子这样说，也点着头道："是该罚一下自己。"于是，汤家大院晚餐饮酒的习惯被暂时取缔。那天，孙淑珍在院子里跟大家说："记住这个耻辱！我们不能挨炸还无动于衷，要与国人一道，知耻而后勇，把小日本撵出去。不达目的，誓不过安逸的日子！"事后汤少青还夸赞妻子，说她适合去大街上做宣传。今天，孙淑珍终于可以放开喝了，心里当然有一种难以形容的高兴。她敬完丈夫，又敬方先生，一圈下来，脑子就有点发晕。汤少青见状，赶紧叫人将汤家大奶奶送回家。

汤家大院今夜特别的清静，除了留守院子的老胡和另外几个年轻人，就连那些老妈子都出去找乐子去了。老胡本来是要去一心楼的，可一看所有人都走了，便坚持留下来看家。老胡对大奶奶孙淑珍说："你们去吧，我老了，欢喜不动了，在家里待着踏实。"几年前，由孙淑珍做主，给老胡说了一门亲，终于在晚年有了个贴身照顾的人。

孙淑珍被下人扶上床，不一会儿便入了梦。恍惚中，孙淑珍看见父亲正用一根筷子蘸酒喂自己，母亲在一旁笑得前仰后合。孙淑珍是家中长女，从小受父亲宠爱，别人家孩子不能想的事情，孙淑珍不仅随意想，还可以大胆尝试。孙淑珍曾在婚后告诉丈夫，自己天性随意，今后要是有什么出格的地方，还请多多担待。不想汤少青却道："你就是闹上房我也不管。"如今，二十年过去了，孙淑珍已是老汤家无人可及的功臣，就连和汤家有恩怨的余不笑都说，汤家娶了一个难得的好媳妇。

余不笑说这话的时候，儿子余子川正准备迎娶赵小曼。余不笑看着儿子匆匆离去的背影，禁不住长叹一口气，对一旁的管家道："逆子不可教也！"余管家哪敢接话，忙端起桌上的盖碗送上说："老爷请用茶。"

这两年，随着抗战一步步走出困境，余不笑的木材帮又开始跟郑江龙的米粮帮斗了起来。起初，余不笑想借田德胜田大爷的势力，将磁器口大码头全部吃下来。可郑江龙显然不是省油的灯，隔天就请军统乡下办事处的人出面，把余不笑的木材帮赶到了一边。余不笑为此还有些想不明白，郑江龙凭啥能让军统来干预？张秉文想想道："也许人家是看他为国家出过力啦。"

当然，张大师爷这回也没猜对。军统出面帮郑江龙纯属有另一层意思。整个抗战期间，军统对郑江龙及其米粮帮的评估，是可以为党国所用。因此，给郑江龙一个面子，帮米粮帮摆平对手，事实上是军统乡下办事处的策略。戴笠说："让一帮听话的叫花子看住磁器口，比我们的人守在那里管用。"但戴笠还是小看郑帮主了，这位天生就有吃血饭的基因，十几岁跟着荣爷摔打的老江湖，心里明镜似的。郑江龙那天刚送走军统的人，便嘱咐手下几个得力干将："任何时候，我们都只烧香不拜佛，不要干得罪人的事。"郑江龙的做法也得到了汤少青的赞同，两人一致认为，日本人打跑了，接下来国共之间又该要整得你死我活了。

是的，1945年初秋的重庆并不仅仅只有欢庆，在那些热闹的表象下，依然是国共两党的斗争。两个月前，党组织任命方先生为中共重庆市委委员，负责统战工作，要他不遗余力地联合各党派人士，分化瓦解重庆的国民党集团。为方便起见，方先生找了个机会跟汤少青说，现在鸡鸣药房有一大半病人都是重庆城来的，何不去城里开一家以满足那里患者的需要？汤少青听着觉得有道理，便在道门口租了一套房，作为鸡鸣药房的分号。平时方先生让徒弟打理磁器口的老店，自己则基本待在了城里。方先生虽不再具体管理沙磁区的工作，但对位于杨家山的中美合作所，却一点也没有放松。他告诉余子川，要不惜一切代价保住这条线，上级党组织非常重视她的情报。余子川当然明白周蓝的重要，自从8月14日蒋委员长在重庆给延安的毛泽东发去第一封电报，邀请中共领袖来渝谈判。上级党组织便指示重庆地下党，迅速获取敌方的动向。可到目前为止，周蓝还未送出一个字，这不能不让余子川感到忧虑。

　　余子川已去过英年大楼两次了，王彦平除了让他挑选图片，其他什么表示也没有。余子川此时走在临江路上，心里有种说不出的不踏实。下午的太阳火辣辣的，阳光穿过行道树投射到地面，不仅白花花的晃得人眼花缭乱，还散发出一股子烧焦的气味。余子川又想起两天前，表妹托人捎来的那封信。陈好凤在信中说，那天她把情况告诉了吉米，吉米说这可以被看做间谍行为，如果军统知道，是要遭逮捕的。吉米还叫陈好凤转告余子川，目前美国正打算调停国共双方，让他最好不要掺和惹事，以免被人抓住把柄。余子川没等看完，就气得将信纸撕成了两半。他一边拿过洋瓷盆焚烧纸片，一边在心里骂陈好凤脑子进水，是个十足的傻妞儿。当然，令余子川不安的，是自己有没有暴露。他看着盆子里渐渐熄灭的灰烬，将那天说的回忆了一遍，才放下心吐出一口气道："真是晦气！"

　　"又啷个了嘛？啥子晦气？你在烧啥子？"赵小曼牵着妞妞打外面进来。

　　"不关你的事少问。"余子川将杯子里的水倒在盆里，端着去了厨房。

　　"气还大呢，又没得哪个惹你。走，不理爸爸，我们进去吃糖。"赵小曼拉着女儿进了里面屋子。

　　一连串的不顺利，弄得余子川是又烦又急。的确，再过

第三章 汗血梅花

六小时，曾家岩伍拾号就要向延安报告，为毛泽东复电蒋介石提供参考依据。可现在仍然没个谱，这不是很要命的事情吗？望着不远处嘉陵江上往来的船只，余子川心里暗道："老天爷真是急死人！"

翌日，王彦平依然没有拿到余子川想要的东西。余子川看着王彦平不知如何是好的样子，决定启用第二套联络方法，直接约周蓝见面。余子川在一张纸上写下暗语，让王彦平给周蓝打电话，问晚上有饭局，她要不要一起去。周蓝在电话的另一端回答说，看下班早晚再定。

余子川离开英年大楼，沿着临江路往朝天门而去，他看着远处闪闪发亮的两江汇合处，脑子里像塞了一团乱麻，理不出头绪。就常识而言，像国共谈判如此重大的事件，中美合作所不可能没有重要情报。是戴笠采取了什么新的防范措施，还是周蓝遇到了什么困难？王彦平说她已有两天没回家了，但刚才打电话又很顺畅，这到底是什么情况？气温很高，余子川有些犯困，他点燃一根哈德门牌香烟猛吸一口，往左进了沧白路。千厮门码头到了，几个苦力抬着沉重的货物踩着石阶打江边上来，号子声顿时把余子川本来就乱的思绪，搅得更加地七零八碎。

其实，周蓝早在两天前就拿到了情报，但马少校的新一轮排查钳制了她将情报及时送出。马少校那天下午临下班的时候，拿着李少校的工作笔记来到周蓝办公室，翻到有周蓝王彦平名字和问号那一页，递给正准备回家的周蓝道："周上尉，你能解释一下李少校这是啥意思吗？"

"这恐怕只有李少校能回答。"周蓝已于半年前晋升上尉军衔，她平静地看着马少校。

"但你得承认李少校写下这些和你有关系。"马少校的目光与周蓝对视着。

"他一直骚扰我，我一直忍让，这就是李少校和我的关系。你们查也查了，问也问了，还扭着我不放，我不干了行不行?"周蓝终于发火了。

"不行。戴局长说了，工作要好好干，调查要好好配合。周上尉，这两天我想请你静一静，仔细想想，把李少校跟你的接触以及说过的话，尽量全的再写一遍。"马少校将笔记本合上，拉了拉军装的下摆，一转身走了。

应该说余子川及时采取第二套联络方法是正确的，不然，情报只能于第二天才能送达。周蓝接到王彦平打来的暗语电话时，刚刚将写好的材料送给马少校。总机把电话接到马少校办公室，周蓝就当着马少校的面接听了电话。

"两天没回家，先生挂念了?"马少校翻着手里的材料，抬眼看了看周蓝。

"你要的东西写完了，我可以回家了吗?"周蓝用手捋了捋有些乱的头发。

"去吧，好好睡一觉。不过要是需要补充什么，我还会麻烦你的。"马少校将材料放到桌上，脸上露出一丝歉意。

周蓝赶到中央公园时，余子川已坐在江天烟雨阁旁的长椅上等候多时了，他手里捏着一本人物杂志，见周蓝打林荫道上过来，便起身往前缓行，乘机查看四周情况。

"出啥问题了?"余子川很自然地让周蓝挽住自己的左臂。

"还不是姓李的事。"周蓝将装有情报的一盒哈德门香烟递给余子川。

"他们发现什么了?"余子川停下来面朝着望龙门方向。

"李在笔记上写了我和彦平的名字还打了问号。"有人从远处走来，周蓝将头靠在余子川肩上，假装恋人。然而，周蓝没有想到，过来的人里有一位是余子川的学妹洪学敏。

洪学敏刚参加完一个社团聚会，她一眼就认出了侧着身的余子川。洪学敏低着头装作听人说话，心里却害怕和余子川照面，出现彼此尴尬的场面。她一边小心地利用别人做掩护，一边偷眼看余子川身旁的周蓝，幸好前面是弯道，洪学敏打两人背后路过，便很快避开了余子川和周蓝。周蓝与洪学敏虽同在重大工作过，但彼此之间并无交往，互相也不认识。此时，洪学敏再次回头看了看拐弯的地方，不禁长出一口气，为昔日的闺蜜赵小曼不平起来。

"估计是怀疑你跟彦平的关系写的。现在你们已经结婚，拿着也没任何意义了。"余子川掏出香烟点燃一支接着道："组织很关心你的安全，一定要谨慎又谨慎。"

"谢谢！我很好，只是……"

"只是什么？"余子川转过头看着周蓝。

"我怀上彦平的孩子了。"周蓝有点羞涩。

"好事情呀！彦平晓得吗？"余子川的脸上露出一丝喜悦。

"这些天都在盯你们要的东西，还没来得及跟他说。"

"赶紧告诉彦平，他会乐得连姓啥子都不晓得。"余子川笑着吸了一口手里的香烟道："我真为你们感到高兴！尤其是你，了不起呀！"

"你就会捧人，我和彦平现在这样都是你捧出来的，这辈子你欠我们的。"

"是，我欠你和彦平。等到革命胜利了，你们说要我怎么还就怎么还！"

周蓝心里一热，看着余子川信心满满的样子，也禁不住露出了笑容。

十二

"李少校去过美军招待所？"马少校疑惑地看着来报告的人。

"是的，李少校当时说钥匙拿错了，去了302房间。"

"302房间住的什么人？"

"一对夫妇。"

"拿照片给他们认了吗？"马少校紧张得一脸通红。

"认了，他们说男的不是，女的只见到背影，看不出是还是不是。不过第二天当班的说，那女的好像是个卖肉的。"

"卖肉的？"

"哦，就是妓女。"

"妓女？"马少校脸上掠过一丝诧异的表情，随即坐回到椅子上，向属下挥了挥手，意思是自己想安静一会儿。

"这也太不可思议了！李少校去美军招待所找一个大白天跟妓女鬼混的男人拿钥匙，什么情况？"马少校脑子有点乱，不，是完全搞糊涂了。他点上一支烟，拿起桌上周蓝写的情况说明，翻到进城那一页，又一字不漏地看了一遍。"没有问题呀！那么李少校跟踪完周上尉，是又发现了其他什么？钥匙拿错了又是怎么回事？"马少校看着灰白色的天花板，慢慢吐出一股浓烈的烟雾。

第三章

汗血梅花

·275·

赵小曼带着女儿妞妞回娘家去了。临走时，她对冷着一张脸的丈夫说："余子川，我要让你后悔一辈子！"赵小曼之所以这般恨之切切，是因为大学时代的闺蜜洪学敏给她说了一句话"不要太傻，让狐狸精拐跑了"。那天，洪学敏与几个同学商量校庆聚会的事，正好赵小曼也来了。洪学敏一看到赵小曼，就想起了不久前在中央公园碰见余子川与别的女人幽会。于是，洪学敏将赵小曼拉到一边，问她和余子川的关系如何，赵小曼一开始怕丢面子不愿说真话，后来经不住昔日闺蜜的再三追问，才呜呜呜呜地哭着说："他现在嫌弃我就像嫌弃一块用旧的抹布。"洪学敏听了忍不住叹口气道："典型的喜新厌旧！"

"你说啥子？"赵小曼停住啼哭，一把抓住闺蜜的一条臂膀，一双眼睛瞪得如同两粒算盘珠子。

"没啥，你自己看紧点，不要太傻，让狐狸精拐跑了。"洪学敏拿开赵小曼的手愤然离去，弄得赵小曼独自愣了好一阵子。

常言道，爱有多深恨就有多深。回过神来的赵小曼决定报复深爱过的丈夫，她的计划是找出洪学敏说的狐狸精，让他们一起身败名裂。赵小曼告诉父母，她和余子川最近都很忙，让家里保姆帮忙带一下女儿。两个老人见到小外孙女高兴还来不及，哪有心思想别的，忙异口同声道：放心放心，忙你们的去吧！

赵小曼本想问洪学敏狐狸精是谁，无奈闺蜜也不认识，除了劝赵小曼看好丈夫外，就说不出其他有用的东西了。赵小曼只好自己想办法查找，她趁余子川不在家，像间谍一样把屋子翻了个遍，结果却很令她失望，不仅没找到一丁点与其他女人有关的东西，就连余子川本人的东西也少得可怜。

如此一来也就更让赵小曼想不通了。"怎么啦？还有另外的窝呀？把家当旅店了？"赵小曼越想越气愤，就差点把火将房子烧了。第二天一早，赵小曼找到陈好凤家想抓奸夫淫妇，不料开门的却是长着两只蓝眼睛的吉米，倒把赵小曼吓了一跳。吉米一手扶着门框，操着刚学会不久的汉语问赵小曼："你是谁？需要我们帮助吗？"这时陈好凤也出来了，她看着有些不知所措的赵小曼讥笑道："哟，找你男人啦？走错门了吧？"气得赵小曼哑巴吃黄连，窘得恨不得钻地缝。

深感屈辱的赵小曼大哭了一场，便托人去重庆城找了家私家侦探所。她对长着一脸络腮胡子的侦探说："你只要给我找出那女的是谁，我多给你一倍的钱。"络腮胡子看了看赵小曼，拿起桌上的定金，什么话也没说就起身出了房门。

时间仿佛又回到了过去，赵小曼上班下班，周末带孩子。余子川也依然早出晚归，或者有时不归。日子过得静悄悄的，谁也跟对方不存在似的，各自忙着各自的事情。络腮胡子那边一点消息也没有，赵小曼有点坐不住了，她打电话去私人侦探所，接电话的说络腮胡子在外面办事。赵小曼无奈，只好回父母家。

"妞妞快上小学了，除了简单的字能写几个，其他的连加减法都不会。你们当父母的是怎么搞的？"赵父放下手里的报纸，一副很生气的样子。

"爸，子川成天在外面忙，有时连家都不回。我又要上班又要忙家务，哪有那么多时间呀？"赵小曼一脸的委屈。

"好了好了，女儿难得回来一次，你就别难为她了。"赵母赶紧阻止丈夫继续说下去，并叫来保姆吩咐晚餐做赵小曼爱吃的红烧狮子头。一向心细的赵母已察觉到，女儿女婿的关系今非昔比，只是碍于女儿的自尊心，才没有追问。其实，赵母私下也为此掉过泪，埋怨命运之神没能保佑女儿，使之在情感上屡遭不幸。对于女儿跟余子川组成家庭，赵父赵母心里并不乐意，他们认为余子川是个不本分的人，女儿嫁给这样的人是难有个好结果的。可想起女儿前面那段失败的婚姻，两人又常常感到内疚，因此赵小曼提出和余子川结婚，赵父赵母才没好意思阻止。现在问题出现了，吃亏的还是自己的女儿。赵母看了看女儿，意思是别听你爸唠叨。

赵小曼没心思在父母家久待，吃完饭就借故离开了。她又去了一趟位于两路口的私人侦探所，依然不见络腮胡子。赵小曼很是失落，坐在开往沙坪坝的公交车上，一直看着窗外的嘉陵江，大学时代跟余子川的一幕幕，又情不自禁地浮现在了眼前。

要说赵小曼爱上余子川，还就是在这嘉陵江边上。那年春天，余子川组织大家野餐，说同学不分贵贱，有钱出钱，没钱出力。赵小曼特别高兴，一转身就把包里的钱全拿出来交给了余子川。到了周末，余子川领着大伙儿来到江边，将锅碗勺盆在草地上摆开，吩咐一些人捡柴挖坑垒石砌灶，另一些人择菜烧水。余子川更是忙得一塌糊涂，一会儿指挥人炒臊子，一会儿又提着木桶去江边打水。不多一会儿，每人手里就有了一碗臊子面。赵小曼后来告诉余子川，说那天吃的臊子面，是她长这么大吃到的最好吃的臊子面。入夜，嘉陵江上渔火点点，犹如天上的星星掉进了水里。大家围坐在篝火旁，唱《长城谣》和《大路歌》。也就是从那时起，刚满17岁的赵小曼爱上了19岁的余子川。

然而，余子川那时却是一副爱理不搭的样子，整天除了忙革命就是睡觉，什么女人呀爱情呀，统统被扔到一边，仿佛这些对他而言根本就不需要。赵小曼曾问闺蜜洪学敏：

"余子川是不是脑子傻了？哪个连有人喜欢都不晓得呢？"尽管如此，赵小曼还是觉得很幸福。因为她能天天见到余子川，有时还能跟在他的身后一起闹革命。这种奇妙感受一直持续到有一天，家里人不由分说把她接走，参与办报的学生全部被关进警察局，赵小曼才知道余子川闯了大祸。但她并没有退缩的意思，相反，赵小曼那些日子还天天闹着要救余子川，有时关在卧室两三天不吃不喝闹绝食，或者就发脾气摔东西，搞得赵父赵母完全不知如何是好，最后还是赵小曼的舅舅出了个主意，把这个不听话的大小姐嫁出去。

那年夏天，赵父赵母将女儿叫到客厅严肃地说："我们可以为余子川说情。但有个条件，你得答应结婚。"

"结婚？跟哪个？"赵小曼一脸的诧异。

"跟谁你不用管，我们会给你选个好的。"赵父用手拍了拍女儿的肩膀，赵母也赶紧笑着坐到女儿身边说这说那，百般地开导女儿，直弄得赵小曼不知所措，脑子里一片混沌。

赵小曼原打算先答应着，等父亲把事情办了再跟家里翻脸赖账。谁知余子川出狱没几天就说要去大不列颠英吉利，而且是说走就走。赵小曼彻底绝望了，她知道大不列颠英吉利有多远，也知道余子川这一去就不知何时才是归期，更严重的是家里已给她找好了结婚对象。当然，赵小曼也不是没做过努力，她曾告诉家人要和余子川一起去大不列颠英吉利，可遭到的却是家里所有人的反对。赵父还恨恨地丢出一句："要是再敢提跟他走，我就找人把他再送进去！"

跟赵小曼结婚的男方也是官宦子弟，父亲当过刘湘时期的税务处长，蒋介石入川后做了国民政府的参事。促成这门亲事的是赵小曼的舅舅，他对自己的姐姐姐夫说："把小曼嫁过去赵家就又多了一张说话的嘴，你们也会少去许多的烦恼。"赵父赵母相互看了看，只好默默答应。

婚礼是在男方的老家合川举行的。那天，赵小曼哭成了泪人儿，幸亏有红盖头罩着，才没把新郎家里人给吓着。到了入洞房的时候，赵小曼死也不准揭盖头，据新郎说，那天晚上他是隔着一张红布蒙着的脸开的处。既然黏不到一块儿，夫妻那点事也就没什么意思，新郎仍是照旧做他的花花公子，成天在外面花天酒地。而赵小曼也乐得清闲，常以回娘家为由，一走就是十天半月。如此来回拖了一年，赵小曼便提出离婚，男方家也不阻拦，按赵父跟赵母的说法："估计人家还求之不得，儿子可以重新找个靠得住的了。"

赵小曼刚回到家，就见余子川拿着一包东西正准备出门。

"你又要去哪里？女儿还管不管呀？"赵小曼怨恨地看着丈夫。

"我去给别人送点东西，完了去接妞妞，你自己吃晚饭吧。"余子川看了妻子一眼。

"给哪个送东西？包里面装的啥子？"赵小曼怒目而视。

"你管得宽。"余子川开门扬长而去。

"我就要管!"赵小曼歇斯底里地叫喊着，将柜子上的一面镜子朝房门砸去。

余子川确实是去给人送东西，且送的人和东西都不一般。包里装的是新鲜的延安狗头枣，皮薄肉厚，味甜如蜜。方先生说东西少是少了点，但略表心意也够了。方先生要略表心意的人，是重庆大学的常务副校长章琪元。方先生告诉余子川："章副校长是个有强烈爱国情怀的科学家，曾留学美国，是国内化学界举足轻重的人物。我让你去是考虑到学生见老师，不容易引起别人的怀疑，再就是组织里除我之外没人认识你，便于保护章副校长的安全。"

"有啥子需要章副校长帮忙的吗？"余子川掂了掂那袋狗头枣。

"没得。纯属联络感情。"方先生看了余子川一眼。

重大新增了许多院系，学生也比前几年多了好几倍。校园里欢歌笑语，大家依然沉浸在抗战胜利的喜悦中。余子川走在林荫道上，内心既感到欣慰，也有些酸涩。欣慰的是，两年前，在这里将周蓝变成了一枚直插敌人心脏的梅花针。是啊，这是多么值得骄傲的事情！将来革命成功了，一定要陪周蓝重返校园，去那幢灰色的单身公寓楼看看，回忆那天傍晚，在二楼尽头的小屋里，决定了命运的那番谈话。余子川想到这儿，顿时觉得浑身发热，恨不得那一天马上就到来。可是，这份激越很快就被另一种心情取代了，同样是在这座校园里，余子川喜欢上了赵小曼。他还记得那天从林教授家里出来，送赵小曼回家的情景。赵小曼当时住在父母位于枣子岚垭的家里，距离重大少说也有二十里地，但两人却不知不觉走完了这一路。余子川还能想起赵小曼挽着自己的手臂，说的那番肺腑之言："子川，我这一生心里只有你。任何人，无论何时何地，都不可能取代你。"这是多么令一个男人感动而又提气的话呀！那一刻，余子川真想一头扎进赵小曼的温柔之乡。但如此美好的一幕，仅仅过了不到五年，就变了，而且变得面目全非，判若两人。余子川不由得轻吐了一口气。他曾经也自我反省过，承认造成这样的局面不止是赵小曼一个人，自己也有不可推卸的责任。可那是为了革命呀！余子川一想到革命，内心的歉疚立刻就烟消云散了。的确，革命可不是请客吃饭，做文章，绘画绣花，这是毛主席早就说过的。我又怎么能温文尔雅地整天顾着一个小家呢？我是一个革命者，一切都须从革命的利益考虑，不能说的打死也不能说，不理解就让她不理解吧！何况谁都有让别人不理解的时候。就拿节日里回余家院子来说吧，你赵小曼不是也有不顾情面，难尽人意的表现吗？哪一回不是家里人三请四迎，才很不情愿地去敷衍了事。余子川知道赵小曼对公公余不笑有一大堆意见，两人从一开始就针尖对麦芒，谁也不服谁。当然，造成这样的局面主要在余不笑。赵小曼曾对丈夫恨恨地说："你爸根本没把我当做儿媳妇，他只是把我当一单交易在做。"

的确，赵小曼自从进了余家的门，余不笑就没给过她一天的好脸色。整日里不是嫌赵小曼不会做事，就是说她耍小姐脾气。反正无论赵小曼怎样，都不会得到公公一丁点的夸奖。如此没几天，赵小曼不干了，找个人多的时候，当着大伙儿的面，就跟公公来了一个猫洗脸，弄得余不笑好长时间下不了台。赵小曼心里明白，有赵家在背后撑腰，她是吃不了亏的。于是从那天起，赵小曼便再也不把公公当回事了，该吃吃该睡睡。余不笑虽然恨得牙痒痒，但也不敢把儿媳怎么的。最后还是余子川决定搬出余家院子，才将这场无法调和的公媳大战做了个了结。不过有一点要说明，余子川搬出余家院子，绝不是为了结束这场公媳大战。相反，他倒觉得让赵小曼收拾一下父亲，是一件挺开心的事情，不然，父亲还真当这院子里只有他说了算。余子川之所以决定启用杨公桥的租赁房，是因为住在余家院子不便于从事地下工作。那时，余子川正为打开局面四处奔走，常常要忙到半夜才回来。时间一长，院子里嘴碎的大妈大嫂就议论开了，说大少爷新婚也不回家陪大少奶奶，害得大少奶奶脾气不好，成天跟老爷过不去。余子川搬出余家院子后，最困难的一件事就是吃饭问题。赵小曼倒是提过请保姆，但余子川没有同意。他说早餐午餐都不在家吃，请个保姆就做一顿晚餐，劳神又费力，还不如去你爸家吃方便。赵小曼一听丈夫愿意回自己娘家，高兴得抱着余子川就是一通狂吻。赵小曼一边吻还一边口齿不清地说："亲爱的，我叫他们给你做红烧狮子头吃。"

余子川一路想着，不知不觉就到了校长办公楼，他抬头看了看二楼那扇半开着的窗户，心里暗道："但愿章副校长没去上课。"

十三

络腮胡子终于找到了那个跟余子川在一起的女人。一大早，他把一叠偷拍到的照片放在赵小曼眼前说："这女的叫周蓝，军统中美合作所的上尉军官，再查我的脑袋恐怕就要掉地上了。"赵小曼拿起照片看了看，然后收好付钱，整个过程一声没吭。

说起络腮胡子能查到周蓝，靠的还真是运气。本来，余子川在中央公园拿到周蓝的情报后，双方又恢复通过王彦平传递的方式，互相不再见面了。可事情往往出现一些意想不到的变化，就在几天前，王彦平病了，急着要情报的余子川只好再次约周蓝，这才让络腮胡子把这单生意做成了。

络腮胡子那天跟着余子川一到国泰大戏院，就意识到今天可能有戏。他点燃一根烟，站在街对面的黄葛树下装作等人，不时观察往来的年轻女子。不一会儿，一辆黄包车从精神堡垒方向过来停在戏院门口，穿着灰色格子旗袍的周蓝打车上下来，两人很默契地进了戏院。那一刻，络腮胡子真有种说不出的兴奋。是啊！已经跟余子川快两个月了，换别人也许早就泄气不干了。络腮胡子为自己的韧性和耐性感到满意，更为即将到手的一大笔钱暗自高兴。他将烟蒂扔到脚下踩灭，选了一个适合拍照的位置静候着，准备为那充满诱惑的时刻摁下莱卡相机的快门。

散场的时候余子川先出来，他站在门口四下看了看，叫了一辆黄包车往临江门方向而去。这是络腮胡子拍下的第一张，紧接着周蓝也出来了，她一边单手拢脑后的头发，一边不经意地查看着周围，然后步行沿邹容路离去。络腮胡子不停地摁下相机快门，生怕漏掉这个难得的机会。

赵小曼待络腮胡子一走，也来不及细看那些照片，就带着赶紧去了重大。她找到洪学敏，将其拉到没人的地方，拿出照片递上说："看看你见到的是不是这个女人？"

洪学敏当然记得，她只看了第一张便惊讶地问赵小曼："你在哪里弄到这些照片的？"

"哎呀，这个就别问了，你只跟我说是还是不是。"赵小曼一脸的急切。洪学敏又看了看其他的照片，才木然地点了点头。赵小曼一把抓过照片，一声不吭地转身便走，弄得洪学敏看着她的背影，不知说什么好。

赵小曼在重大门口又要了一辆黄包车直奔杨家山，她幻想着待会儿周蓝在同事眼前丢尽脸面，不得不跪在地上给自己求饶的情景，心里就有种说不出的舒服。可是，这回与她的想象却完全相反，赵小曼还没到中美合作所，就被军事管制区的卫兵拦下了，无论她怎么说都没用，人家只一句话："赶快离开，这里是军事禁区，有事去军事委员会找督察组。"气得赵小曼一张脸涨得通红，在回家的路上不停地诅咒那些当兵的。她决定先跟丈夫余子川摊牌，让他在事实面前无可抵赖，见识见识赵家大小姐的神圣不可侵犯。

然而，令赵小曼没想到的是，余子川看到周蓝的照片不仅没有什么抵赖不抵赖，反而狠狠给了她一个大嘴巴子。余子川两眼射出凶狠的光芒，压低嗓子问赵小曼："这些照片哪里来的？不说老子杀了你！"赵小曼捂着半边脸吓坏了，她从未见丈夫发这么大脾气，说话也像换了个人似的，赶紧竹筒倒豆子，把照片的来龙去脉说了个透。

余子川一边听一边评估着事情的严重性，当听到赵小曼还去了杨家山，脑子里不禁嗡的一声，如同炸裂一般。他顾不得再问什么，将周蓝的照片放到架上的铜制脸盆里，划根洋火一一烧掉，然后看着惊慌失措的赵小曼说："以后跟谁都不要再提这件事，从今天起回你父母家住，照看好姐姐。"余子川说完也不等赵小曼回答，掸了掸长衫上的烟灰，便打开门走了。赵小曼看着这一切，似乎明白了点什么，又像是什么也不明白，她看着盆子里那堆烧焦的相纸，只觉得身子骨一阵发冷。

余子川在最近的公用电话给方先生报告了情况，又急忙赶到英年大楼。那时，王彦平刚主持开完编务会，他看着一脸严肃的余子川问："出啥子事了？"

"是的，赶快给周蓝打电话，通知她撤离，你也一起走。"余子川将写有暗语的纸条递给王彦平继续道："20分钟后，千厮门码头见。不要给家里打电话。"王彦平看着余子川离去后敞开的房门，足足愣了好几秒，才回过神直奔装有电话的楼梯拐角处。

尽管周蓝曾无数次想到过撤离，但刚才接到王彦平通知撤离的暗语电话，心里还是不由得紧了一下。她不知道究竟是哪里出了问题，更不会想到是余子川妻子赵小曼惹的祸。此时已是中午，许多人都在午睡，院里不时传来一两只麻雀的叫声，周围一片安静。周蓝打开抽屉，将填满子弹的勃朗宁手枪和一个备用弹夹塞进黑色皮手袋，装着去镇上买东西的样子出了中美合作所，经过军事管制区的岗哨时，一位执勤的中尉军官很猥琐地朝她笑了笑。一切都很顺利，看来组织总是能提前知道即将出现的事情。周蓝一边想着一边往磁器口镇走去。

这场在磁器口镇上发生的激烈枪战虽然短暂，却划破了1946年春天的宁静。率先开枪的是周蓝，据汤少青描述，他当时正好经过宝善宫，女军官看样子是准备去码头，两个便衣男子打后面追上来拦住去路，其中一位对女军官说："周上尉，马少校请你回去。"女军官很镇静地问："啥子事？我奉组长命令去码头取东西，这里有提货单。"女军官说完很自然地拉开黑色皮手袋并迅速掏出手枪射击，说话男子应声倒地，另一男子见女军官掏枪射击，赶紧往一边跑，但还是被射伤大腿。女军官开枪后迅速拐进了一条小巷，随后赶来的五六个便衣分三路追了上去。一时间，巷子里枪声大作，附近的军警全都赶了过来。最后那一枪应该是女军官朝自己打的，因为声音有些闷，像是枪口抵着什么东西。另一位目击者说："那女军官抬出来时，太阳穴已经打烂了，有便衣向一个当官模样的中年男子报告，女军官是开枪自杀的，而他们一共有五个弟兄丧命。"

马少校听到周蓝自杀很是沮丧，他很想骂眼前的人都是饭桶。可想到他们刚死了几个弟兄，还是硬生生把话咽了回去。马少校发现情况是中午开完会从城里回到中美合作所，听卫兵议论周上尉偷人，人家的老婆找上门闹来了。马少校一开始并没太在意，觉得这是别人的私生活，犯不着。可一进屋看到桌上的工作笔记，就想到了李少校在工作笔记上周蓝夫妇名字旁打的那个问号，以及美军招待所那一对神秘男女。偷人？以他对周上尉的观察和了解不像啊？不对，这里面肯定有问题。马少校脑子飞转，随即找人详细了解有关周上尉偷人传闻的由来，并从赵小曼声称自己是余子川老婆为切入口，很快在警察局查到了余子川过去办报的案底。马少校放下电话，派人去叫周蓝来问个究竟，却被告知周上尉已外出。

"外出？去他娘的！赶快封锁所有交通要道，给我找到周上尉！"马少校一副疯了的样子，那声嘶力竭的叫声吓坏了周围所有的人。

余子川哭了，比哭芬妮还要肝胆欲裂。那个多云间阴的下午，余子川趴在嘉陵江上一艘小船的舱板上，嘴里咬着块烂抹布，简直是悲痛欲绝。半个小时前，他在磁器口码头听到枪声停息，心里就悬起十八个吊桶，待岸上消息传来，果然是噩耗。现在小船已拐进下游江对面的盘溪河，还有一会儿就到预定的会合点，余子川再也控制不住了，所有的自责内疚一齐涌上心头，令看到的人无不动容。

王彦平没有像余子川那样宣泄，他只是愣愣地看着远方，仿佛那些灰蒙蒙的山丘和林木间，隐藏着自己的爱人。王彦平的脑子里不断浮现出三年来，与周蓝一起生活的点点滴滴，他想用一千多个日夜闪亮的瞬间压住眼前的哀伤，竭力相信一切都是上天安排好的，是他和周蓝爱情的全部。但肠胃泛起的一阵呕吐感，却让王彦平的想象一片黯淡。他默默地流下了眼泪，让有些咸的悲痛顺着脸颊洒落到地面，细数今生今世难以忘怀的思念。

组织安排余子川王彦平暂时隐蔽在盘溪河上游的乡下，等待下一步指示。方先生代表中共重庆市委，宣读了追认周蓝为中共党员的决定，并告诉王彦平正安排人找寻烈士的遗体。方先生问王彦平对组织有没有什么要求，王彦平摇了摇头道："我别无他求，如果找到她，请葬在南山的一棵树旁，这是我们的约定。"方先生没有做更多停留，临走时他要余子川振作起来，准备迎接新的战斗。

其时，国民党军统也笼罩在巨大的悲哀之中，戴笠戴局长所乘专机由青岛飞南京时，因遇恶劣天气，改飞徐州途中不幸撞南京郊外岱山失事。马少校得到消息时，正在赵家盘问赵小曼，他很想得到点余子川的信息，但眼前这个女人却傻得啥也不知道，倒是赵父说了一句令马少校不得不信的话："要是我女儿知道他的行踪，那余子川也就不是共谍了。"

马少校听到戴局长不幸身亡，不禁大吃一惊，他知道军统失去这位老板意味着什么，也明白眼下有比找到余子川更重要的事等着他做。马少校再也顾不得盘问了，他合上工作笔记对赵父说："今天就到这里吧，如果想起什么漏掉的就跟我打电话。"赵父起身送到门口，望着马少校一行远去的背影，禁不住叹口气自语："真乃家门不幸啊！"

戴笠遇难在国民党内部引起了不小的混乱，军统也因此出现群龙无首的局面，许多戴局长的亲信都在找退路，局里从上到下充满了恐慌。马少校不属于戴笠的直系，严格说他是郑介民的人。那时郑介民作为军调处执行部国民党方面的代表，正在安排力量向解放区渗透。马少校当然不愿舍妻去解放区，便暗中宣誓效忠毛人凤，不但免了后顾之忧，还晋升为军统沙磁区行动组的中校组长。马组长到任的第一件事，就是全面展开对余子川的调查拘捕。他将警察局有关余子川的档案全部调来，又派人去余家院子搜查，收获却令他大为不满。马组长知道，这一切都是因为戴局长的去世造成的。

的确，戴笠的死客观上给了中共地下组织一个千载难逢的机会，那些本需及时撤离的组织成员，大多得到喘息，停下来重新找到潜伏位置，继续从事地下斗争。比如余子川就摇身变成了储奇门茶叶公司的经理董元祥，继续领导开展这座城市的学运工作，策划针对国民党要害部门的渗透。

转换身份后的余子川深居简出，除了召集几个学运骨干开会，布置相关任务，基本不抛头露面，更不参加具体行动。余子川也就是董元祥对即将去美国的王彦平说："我对不起你！希望你的新生活一切顺利。"王彦平苦笑道："这不是你的错，我能跟她在一起是因为选择了干这个。现在她走了，我想找个安静的地方把自己藏起来。"

王彦平由方先生安排南下，经香港乘船去的美国。为安全起见，王彦平没有回家告别，只留下一封信托方先生转交给他的父母。那个阳光肆虐的夏天，董元祥站在茶叶公司的窗前，看着长江上往来的船只，心里有种说不出的迷茫。新的工作要从零开始，突破口会在哪里呢？

第四章　化蝶重生

一

化名董元祥的余子川又去了重大，他小心地回避着熟人，以免自己的踪迹被人发现。董元祥也就是余子川之所以冒险再次到重大，是想请林教授帮忙联系重庆电报局的熊科长，他想尝试与这个人接触，看能不能获取国民党要害部门的通讯密码。

熊科长名叫熊照麟，四川乐山五通桥人氏，重大数学系1937届毕业，林教授的学生，也是余子川的师弟。熊照麟考上重大时，余子川已去了法国，所以两人并不认识。余子川拿着林教授的介绍信去见熊照麟那天，也是国民党保密局宣布成立之日。两人在心心咖啡馆见面后，余子川递给熊照麟一个装着钱的信封道："听老师说你老婆孩子都在医院，我这个当师兄的没啥能耐，找几个同学募了点钱，略表学长们的一点情谊。"熊照麟正为钱发愁，见余子川说得真切，便连声道谢收下了。那个下午余子川跟熊科长聊了很久，主要是听熊照麟谈自己的不如意，还有政府内部的腐败。余子川也说了些在法国的见闻，却未向对方提任何要求。余子川临别时握着熊科长的手说："你不必客气，师兄师弟互相帮助是应该的。"

"董经理，这是各个学校促进会新选出的小组长名单。"

化名董元祥的余子川接过一叠写满名字性别年龄和简历

的稿纸问："南开中学和磁器口的情况怎么样？"

"他们只是传唤了一批人，一个都没抓。从昨天起，两处监视的人都撤了。"

"这个汤耀华可是磁器口汤家大院的大小姐？"余子川看着手上的名单。

"是的，董经理认识？"

"哦不，只是听人说起过。"余子川将名单放在桌上又站到了窗前。

其实，对于磁器口的汤家，可以说即便是方先生也没余子川了解。余不笑曾说，最了解余家的莫过于汤家人，最了解汤家的当然也就是余家的人。旁人的解释则更有说服力，余汤两家历经几十年的争斗，谁是谁，是正房还是侧室，长什么样，缺哪根骨头，爱吃什么……就是不想了解也不行了。但余子川对余汤两家的争斗打心眼里厌恶，还是在上大学的时候，他就劝父亲不要跟汤家斗，两家应该联合起来利用各自的长处，把磁器口做成一个真正意义上的瓷器王国。哪知余不笑一听就火了，说余子川读书读到屁眼里去了，连谁是老余家的敌人都看不清楚。后来余子川去了欧罗巴，接触到更多的西方文明，就更不理解中国人为何喜欢窝里斗了。余子川暗暗决定，找个机会见见汤家这位大小姐，看能不能从自己这一代人开始，化解余汤两家的百年恩怨。

化名董元祥的余子川第一次见到汤耀华，是在重庆学界纪念"一二·九"运动的筹备会上。为了防特务，会议从九月一直推到"双十"国庆后。那时汤耀华刚进入二年级下学期，看得出她很兴奋也很有信心。在此之前，余子川已详细核查了汤耀华的个人背景资料，冥冥中他有种感觉，汤家这位年轻漂亮的大小姐，很可能也是一枚日后能扎到敌人心脏去的"梅花针"。

年方二八的汤耀华的确漂亮，在余子川看来，她不仅有着芬妮的灿烂，还有着周蓝的沉静。汤耀华对余家的人没什么印象，更不知道董元祥是余子川。她只是觉得眼前的董经理，谈吐不凡举止大方，待人也挺细致周到，很像一位认识多年的老大哥。

"你是磁器口汤少青的女儿?"余子川给汤耀华倒了一杯水。

"是呀，董经理怎么知道？谢谢!"汤耀华双手接过杯子。

"你姓汤，又住在磁器口镇，不是老汤家的人，还会是谁?"余子川微笑着看了看汤耀华。

"还有其他姓汤的人家呀。"汤耀华也笑了笑，露出两颗好看的小虎牙。

"磁器口镇一共就五户姓汤，除了你家老爷子有个千金大小姐，其他四户都只有儿子，我说得对吧?"余子川拿起自己的茶杯呷了一口。

"呵，看来董经理对我们磁器口知道得很多嘛。这些事连我都不清楚。"汤耀华有些惊讶，愣愣地看着余子川。

"别这样看着我呀，我还知道你爸脑后留着根大辫子。"余子川又看着汤耀华笑了笑。

"那是汤家的遗传，不是封建保守。我们家的汗血瓷就是靠的那根辫子。"汤耀华生怕眼前的董经理误会，赶紧解释。

"晓得晓得，就因为汗血瓷，余汤两家你争我斗的成了冤家，害得我连汤家大院的门都没进过，想想真是没意思!"余子川叹口气，将茶杯放回到桌上。

"你是……?"汤耀华迟疑地看着余子川。

"对,我就是磁器口余家院子的大公子,遭国民党反动派通缉的余子川。"余子川一脸严肃,目光似箭地直视着汤耀华。

"啊! 你就是他们说的共产党?"汤耀华压着嗓音,脸上洋溢出喜悦。

"是啊,你觉得我们之间还有仇恨吗?"余子川笑着看了看汤耀华继续道:"我认为不但没有,而且还很有可能成为同志。"

"同志? 我可以吗?"汤耀华睁大了她那双好看的眼睛。

"嗯。"余子川点点头说:"我看过你的材料,完全可以。不然我们也就不会有今天的谈话了。"余子川端起茶杯呷了一口。

"真的!"汤耀华意识到声音太大,赶紧压低嗓子道:"那我现在就是共产党了?"

"还不是。你还要经过党组织的考验。"余子川放下茶杯。

"考验? 哪个考验呢?"汤耀华有些迷茫。

"你要接受训练,开始新的工作。"余子川见汤耀华似懂非懂地点着头,便将声音压得更低道:"从现在起,你要低调,不要随意参加促进会的活动。下周末你放学后,我开车到学校门口接你,带你去训练。"

余子川给汤耀华上的第一节课是射击加心理辅导。余子川那天下午给汤耀华讲完手枪的操作和使用,便将上满子弹的勃朗宁手枪递给汤耀华说:"干地下工作,不到万不得已不要用这个。如果非要用,那就尽量做到快、准、狠三个字。你的动作必须要比别人快,才能在关键时候解决问题。

因为很可能晚一分钟，你就会成为别人的俘虏或者丢掉性命。准就是目标要选准，打蛇打头，打掉哪个对自己最有利，就打哪个。狠就是果断，不犹豫，该动手就动手。明白吗？"

"明白。"汤耀华一脸严肃。

"好，你现在把这周围的树都看成是敌人，按照一个人的身高目测，然后瞄准射击。手枪里有六颗子弹，你必须在30秒内全部打完。"余子川说完退到安全位置，抬起手腕看了看表道："现在准备，开始。"

汤耀华确实有干特工的天才，随着啪啪啪……六声枪响，手枪里的子弹不到20秒就全部打完。余子川查看目标，除一颗子弹未击中树干外，其余五颗分别打在躯干部位，平均距离约25米。

"不错呀！六发中五发。第一次就这么厉害，以后不得了！"余子川笑着接过枪，习惯地拉开套筒检查枪膛。待确定手枪处于安全状态，又递还给汤耀华道："以后要多练，练到闭着眼睛听声音都能打中目标。"

"你能打中吗？"汤耀华抚摸着枪体。

"好久没打了，不过应该没问题。我在苏联学习的时候，就是神枪手。"余子川看着远处，仿佛又回到了莫斯科。

"苏联？你去过苏联？"汤耀华羡慕地看着余子川。

"嗯，那都是六年前的事了，我从欧罗巴回国，去苏联待了三个月。刚离开，第二次世界大战就爆发了。"余子川折断一根小树枝含在嘴角。

"苏联好吗？"汤耀华将手枪还给余子川。

"怎么说呢？对一个共产主义战士而言当然好。但对于我们的敌人，那简直是糟糕透顶。"余子川看了看有些不解的汤耀华道："因为他们是被清除的对象。"

"你真幽默，不就是说苏联好吗？"汤耀华露出一丝灿烂的微笑。

"可不能这么简单地理解。不同的人有不同的信仰和认识，当你站的角度不同，看问题的方式也就不同，这就是马克思主义的辩证法。"余子川卸下空弹夹，从兜里掏出子弹一颗颗地压上。

"问你个问题好吗？"汤耀华仍然微笑着看着余子川。

"啥子问题？"余子川抬头看了汤耀华一眼道："问吧。"

"你为啥子这么信任我？就不怕我去告发你？"汤耀华收起笑容，一下子变得严肃起来。

"你们老汤家二百年来出过软骨头吗？况且……"余子川话到嘴边又咽了回去。

"况且啥子？"汤耀华两眼紧逼着余子川。

"没啥，反正就是信任你噻。"余子川有些不好意思，赶紧把话岔开道："你记住，从现在起就要承担起责任。主要是两点：一、保守秘密；二、绝不当叛徒。能做到吗？"

"能。"汤耀华坚定的神态又是另一种美，余子川的心猛跳了一下，随即叹了口气道："我也不知道你爸妈同不同意你走这条路！"

"这是我自己的选择，跟他们没得任何关系。况且……"汤耀华笑了起来。

"况且啥子？"余子川猛然回头看着汤耀华。

"况且我会保守秘密，不跟他们说。"汤耀华说完发出一串银铃般的笑声，逗得余子川也跟着哈哈哈地笑起来。那天，余子川和汤耀华一直待到天黑才开车返回。一路上，两人都陷入了沉默，他们知道，往后无论多么艰难，都必须一同去面对，这就是常说的，同呼吸共命运。当然，其中也有着别人不可知的神奇和温暖。

局势越来越严峻了，自从国共两党谈判破裂，内战爆发，中共地下组织就再次成了重点打击目标。毛人凤命令保密局各部门，务必以最严厉之手段，清除各地的共党地下组织。重庆形势陡然变得残酷，保密局不仅依靠抗战时期建立的优势，且联络像田德胜这样的江湖力量，对地下组织进行地毯式清剿，老莫和他的电台就是在这时遭受灭顶之灾的。

老莫的电台设在沙坪坝的旧书店里，平时只有报务员守着。老莫那天在刘家台得到方先生的消息，说敌人要在沙磁区展开一次大的行动。老莫担心电台安全，忙收拾东西出门往沙坪坝赶，谁知一到小龙坎就遇到戒严。老莫随身带着刚刚整理好的中共重庆市委会议纪要，想扔又有些不舍，正在犹豫，前边一个军警就向他招手，意思是过来接受检查。老莫心一虚，拔腿就往后跑，一时间哨声大作，十几个军警一边放枪，一边追着老莫喊"站住！"

老莫借着路边的树木做掩护，往土湾方向没命地跑，他知道那里有炸毁的豫丰纱厂和一大片棚户区，只要拐进去就能逃生。然而就在快到岔路口的时候，一辆满载砂石的卡车打里面出来，老莫刹不住脚，一头撞在车体上当场身亡。军警打老莫身上搜出会议纪要和一枚书店用的图章，很快找到位于沙坪坝的旧书店。那时报务员正在楼上清理货物，听见楼下有人闯入，赶紧翻窗户打屋顶上逃脱，但电台却落入了敌手。

补锅匠老王领着报务员在道门口找到方先生时，大家还不知道老莫已经牺牲。为防万一，方先生决定立即通知相关人员撤离，他让老王领着报务员去南岸乡下暂避，设法通过黄镇长的关系，尽快打探老莫的消息。方先生待老王和报务员一走，赶紧去街对面打公用电话，告知汤少青做好应对准备，并拨通鸡鸣药房，叫伙计挂一块闭门三日的告示牌后速速撤离。

汤少青很冷静，他站在窗前望着远处的马鞍山，将自己经过的事细细捋了一遍，认为还是静观其变为上。是的，如果现在就躲，弄不好没事也会有事，还会连累家人；不躲，顶多被传讯，因为除了方先生，没人可以证明自己干了什么。汤少青想到这里，禁不住长吁一口气，暗暗为方先生祈祷起来。

老莫的牺牲虽然令同志们难过，却也使大家提着的一颗心放下了。除报务员跟着方先生外，其他人又回到了原来的位置。方先生还特意去了一趟汤家大院，对自己给汤少青带来惊吓深表歉意。但汤少青却没当回事，他说要是论带来惊吓可不是现在，早在十年前就跟方先生坐在一条船上了。方先生也笑道："这只能说是缘分。"

二人那天还在院子里喝了两杯，汤少青第一次问方先生："你说我们能赢吗?"

"肯定赢!"方先生一口干了杯中的酒，压低嗓音继续道："我们的部队正在运动中消灭敌人，蒋介石没几天了。"

"哎呀，没想到才几十年，就又要改朝换代了!"汤少青也端起酒杯一饮而尽。

"这一回跟过去不一样，这回是人民当家作主。"方先生看着汤少青不太明白的样子，接着道："就是人民说了算。"

方先生又开始忙碌起来，那天一离开磁器口，就去了储奇门余子川的茶叶公司。

"你想办法弄一部电台，我们不能跟组织失去联系。"方先生吸了一口哈德门香烟。

"我明白。你就安心等消息吧，我会尽快弄到的。"

余子川没想到只给熊科长打了一个电话，对方就帮忙搞到一部电台。

"你这么有把握？我可不愿你这个师弟摊上麻烦。"余子川放下咖啡杯，看了熊科长一眼。

"放心吧，这个跟单位没得关系，是一个回南京去的商人留下的。"熊照麟看了看周围。

"哦，东西在哪里呢？"余子川也不经意地看了看四周。

"在南岸弹子石法国兵营附近。"熊照麟燃上一支烟。

"哪个会放在那个地方？"余子川看着熊科长。

"那个商人原来就住在那里。"熊照麟吐出一口烟雾。

"好，何时提货等我的消息。你先走吧。"余子川看着熊照麟不急不慢地离去。

入夜，重庆城的喧嚣终于停息，春森路只有一家小酒馆还亮着灯。熊照麟熊科长喝完最后一口酒打店里出来抬头看了看天，才边掏钥匙边哼着小调，往斜对面巷子里自己家走去。

"不要出声。"余子川的手枪顶在正开门的熊科长腰上。

"你这……"

"进去。"余子川将熊照麟一把推进房间。"别开灯，到里面去。"余子川将房门轻轻关上，逼着熊照麟去了卧室。

"你这是啥子意思？"熊照麟一脸的不解。

"熊科长，熊少校，国防部二厅的资深译电员。我没说错吧？"余子川声音很低，但一字一句却像把榔头，敲打着熊照麟的心。

"你哪个晓得的?"熊照麟抹了抹额头上沁出的汗珠。

"这个你不要管。现在我问你答,要是乱说一个字,就不要怪我这个当师兄的不讲情面。"余子川将枪口抬高一点,对着熊照麟的面孔。

"有没得电台?"

"有,但还没送过去。说是明天,哦不,今天早上送。"

"那套房子是咋回事?"

"过去用来监视法国水兵营的。"

"他们想怎么样?"

"他们在电台做了手脚,你们一发报就可以找到你们。"

"他们有密码?"

"有,几天前刚弄到手。"

"哪个弄到手的?"

"好像是搜查沙坪坝一家旧书店找到的。"

余子川看了看手表道:"等会儿我们去取电台,还像原来你们计划的一样。愿意配合吗?"

"愿意愿意。你不会打死我吧?我家里上有老下有小。"熊照麟看着余子川。

"只要你老老实实帮我拿到电台,安安全全离开那里就没得事。"余子川看了看屋子道:"家里有吃的吗?"

"有,有正宗老四川的卤牛肉。"

"把你的家伙给我。"

"在后腰上。"

余子川一弯腰伸手卸掉熊照麟的枪道:"去吧,再拿点喝的。"

余子川之所以把熊科长摸了个门清,全赖熊照麟的表现太过积极。就余子川掌握的情况，电台绝不像熊科长说的那么容易搞到。仅从这一点，余子川便产生了怀疑，但那时并不能确定熊科长的来路。真正弄清熊照麟的真面目，是在心心咖啡馆两人分手后，余子川对熊科长实施了跟踪，直到看见熊科长走进位于观音岩的警备司令部大门，才又去春森路熊照麟的家，查找出熊照麟的身份证件。余子川这一连串干净利落的动作，的确不是一个从事技术工作的译电员能够想象得到的。

二

"你啷个拿到的呢?"汤耀华欣喜地看着电台手册。

"开车去，把车停好，下车上梯坎，开门进屋，打开柜子后面的暗室，就拿到了噻。"余子川双手抱胸，看着汤耀华微笑着。

"然后呢?"

"然后又关好暗室，关好门，下梯坎上车，发动车，开走噻。"

"就这么简单啦? 他们啷个不抓你呢?"汤耀华转了一下电台右边的旋钮。

"他们的目的是想窃取我们的电讯内容，抓我就没得意义了。你的英文不错!"余子川收起笑容走到桌边，看着正在读《操作手册》的汤耀华。

"那当然啦，省立师专的高材生嘛!"汤耀华得意地抬头看了余子川一眼。

"好了，今天先学习拍照。"余子川将一款烟盒大小的微型照相机递给汤耀华。

"这就是你说的里加minox间谍相机？"汤耀华不太熟练地摆弄着。

"是的，按我说的开始吧。"余子川点燃一根烟，看着汤耀华操作。

"不对，你应该拉上窗帘开灯拍，在窗户边拍照是找死。"余子川拿过汤耀华手中的相机，一丝不苟地为其做示范。"拍的时候屏息，手不要抖，这样拍出来的照片才不会花。"余子川演示完毕，将相机递还给汤耀华，端起桌上的茶杯喝了一大口。

汤耀华接受特工训练已快两个月了，余子川告诉汤耀华，这两个月将决定她能为革命做多大的贡献。为了将汤耀华锻造成一个无所不能的女特工，余子川还想学苏联间谍学校培训"燕子"的手段，对汤耀华进行特别训练。余子川之所以萌生出这个想法，是认为汤耀华还不是组织的人，只要自己对她负责就行；其次他已拿定主意娶汤耀华为妻，那么跟汤耀华发生性关系就属于情理之中的事情。余子川那天看着正在学习易容术的汤耀华说："耀华，我们结婚吧，结束余汤两家的恩怨。另外我也好教你一些特别的技能。"

"啥子特别的技能？"汤耀华看了一眼镜子中的余子川。

"就是，就是……唉，现在不告诉你，等你答应嫁给我再说。"余子川不好意思地转过身，望着窗外江面上行驶的来往船只。

"嫁给你我要好生想一下，但你可以先教我。"汤耀华换了一个发型。

"算了，还是以后再说吧！"余子川突然想起组织铁的纪律，看着一脸清纯的耀华，终于还是打消了培训其做"燕子"的念头。

其实，汤耀华倒不是不想跟余子川结婚，而是没想好怎么给父母说这件事。汤耀华知道，父母这一关要是过不去，结果就是两者取其一，要么从此再别进汤家的门，要么就是跟余子川断绝一切关系。这对于汤耀华来说，都是不能割舍的。这份内心的苦，虽不能说余子川一点没想到，但至少不像汤耀华想得那么具体，那么揪心和深远。

1947年的春天注定是不太平的，先是莱芜战役国军损失七个旅，第二绥靖区副司令长官李仙洲被活捉；再是宋子文因上海的黄金风潮辞去行政院长；然后胡宗南的部队占领延安还不到半个月，西北野战军就来了个青化砭大捷，晋冀鲁豫共军主力也开始反攻……已升为保密局重庆绥靖公署二处中校行动组组长的马蛰，看着这些情报心里可谓有种说不出的滋味。夕阳透过窗户，给深紫色的地板抹上了铜黄色，桌上放着一大摞卷宗，全都是和余子川有关的材料。马组长开始重新调查周蓝余子川案，是在国防部保密局成立，毛人凤任局长以后。那天，绥靖公署二处处长徐远举把马蛰叫到办公室，将一叠卷宗扔到他跟前道："赶快组织力量，把这个余子川抓到。"

余子川真的离开重庆了？马组长点燃一支烟，将双脚交叉着搁在桌沿上。尽管几个月来的搜捕行动毫无结果，但他却坚信余子川没有离开重庆。马组长对中共地下组织的套路还是熟悉的，尤其是伪装潜伏伺机而动这一手，简直是到了炉火纯青的地步。远的不说，抗战时他们在重庆布下的局，就足可以让委员长后悔一辈子。马组长捏了捏有些干涩的鼻子，将目光再度投到那叠卷宗上。今天周末，马组长却丝毫没有回家的意思。自打干上这一行，休假这个词就被马组长从脑子里删除了，他曾对自己的属下说："戡乱时期，一个党国卫士是没有资格放松自己的。他唯一要做的，就是保持清醒睁大眼睛，于任何时间任何地点，揪出那些共党分子。"马组长抬腕看了看表，已是下午六点多了，派去磁器口余家大院的人还没回来。磁器口一直是马组长的重点监视区域，虽然早在半年前中美合作所就已撤销，其他重要部门也随委员长一起返回了南京。但马组长还是一如既往，没有放松对这一地区的控制。因为他不会忘记那里有余子川的家，也不会忘记周上尉最后撤离的地点是磁器口码头。

马组长之所以再次派人去磁器口余家大院，是因为新近的共党变节分子交代，重庆地下组织很可能在磁器口设有秘密联络点。马组长想通过将清余子川在镇上的活动，找到与秘密联络点相关的蛛丝马迹。他又看了一眼桌上的卷宗，忽然想起李少校在嘉宾舞厅受辱的事。这家舞厅会不会有问题呢？把舞厅作为联络点不是没有可能，那里人来人往便于掩护。李少校吃醋那天，周蓝跟王彦平只是单纯跳跳舞？没那么简单吧？一连串的问号在马组长的眼前闪过，他决定亲自去一趟嘉宾舞厅，看看那里到底有些什么名堂。

嘉宾舞厅已今非昔比，抗战的结束也带走了它的辉煌，那些南腔北调的军政官员，喜欢喝威士忌的美国大兵，以及一掷千金的名流商贾，都做了鸟兽散。唯一留下的只有几十首百听不厌的老歌曲。马组长不喜欢娱乐，从嘉宾舞厅开业到现在，一共就来过两三回且还都是为了工作。马组长跟他的妻子说："那种男男女女搂在一起的玩法，不是一个正人君子的做派。"因此，原本喜欢跳舞的马组长妻子，也就放

第
四
章

化
蝶
重
生

·305·

弃这一爱好，给同事和朋友做了夫唱妇随的表率。

不过，马组长不会忘记自己是在嘉宾舞厅认识妻子的。马组长认识他妻子的时候，还是军统后勤处的马上尉。马上尉负责给南京迁来的机关找办公地，找着找着就找到了妻子以前常去的嘉宾舞厅。马上尉那天正向舞厅老板出示军事委员会令，征用老板另外一处房产为政府所用，就看见前来找寻失物的妻子。马组长妻子当时不满十九岁，皮肤白里透红，很像马上尉记忆里家乡的莲藕。于是，马上尉顺便帮妻子在舞池的某个角落，找到了前一天晚上因跳舞不慎遗失的金耳坠。

嘉宾舞厅的老板显然记得马组长，听到大驾光临，忙打着哈哈从楼上下来迎接。马组长也笑着拱手还礼，说着生意兴隆财运亨通之类的套话。一通寒暄之后舞厅老板才问马组长有何指教，马组长从西装内侧口袋掏出余子川的照片，递给舞厅老板直视道："余家院子的大公子余子川先生来过你这里吗？"

"没有，绝对没有。马组长，我知道他也是共党，但确实没来过。"舞厅老板将照片还给马组长。

"李少校吃醋那天之前，那女的也常来？"马组长再次盯住舞厅老板的眼睛。

"没有，绝对没有。我用性命担保，女的跟男的都是第一次来。"舞厅老板额头上青筋暴绽，两只眼睛鼓得像算盘珠子。

"这么说李少校也是第一回来？"马组长端起小二上的茉莉花茶吹了吹茶沫。

"李少校倒是来过两三回，但都带着女伴，从不一个人来。"舞厅老板很肯定。

马组长呷了一口茶，放下茶碗道："出事以后李少校还来过吗？"

"没有。一直没来过。"舞厅老板递给马组长一根哈德门牌香烟，并划燃洋火为其点燃。

"好吧，打扰你了。要是你想起什么，请及时给我打电话。"马组长将电话号码写在桌上一张价目单上，然后笑着起身向舞厅老板告辞。马组长已基本排除舞厅是共党秘密联络点的嫌疑，周蓝王彦平在此跳舞，不过是共党借舞厅给李少校做的一个局，其目的就是阻止李少校纠缠周蓝。马组长走在去码头的路上，心里不禁为李少校难过。女人啦，红颜祸水！马组长看着往来的人流，轻轻地叹了一口气。

"方先生！你咋个到这里来了？"汤耀华露出一脸的惊讶。

"耀华！"方先生愣了愣，立刻明白过来道："他呢？"

"哦，在下面河边。"汤耀华也反应过来忙说："我去喊他。"

"不用，我下去找他谈点事。你没去上学？"

"我们在实习，刚下课回来。"汤耀华说完"回来"两个字，脸有些发红。

"哦，那你忙你的吧，我到河边去。"方先生径直往后门走去。茶叶公司这座两层楼房，一面临小街一面朝着长江。余子川自从拿到电台，就再也不敢外出了，实在憋得慌，也就从后门下到河边走走，看看江上往来的船只和对岸的树木山峦。

"你咋个把她也发展了？还带到这里来？"方先生一脸的严肃。

第四章 化蝶重生

"她是个难得的优秀人才。而且……"余子川低着头有些犹豫该不该往下说。

"而且啥子?"方先生看着余子川。

"我们,我们已经相爱在一起了。"余子川抬起头看了方先生一眼。

"唉,余子川呀余子川,你叫我咋个说你呢? 她是哪个你未必不晓得吗?"方先生瞪了余子川一眼,很不爽地继续道:"她父亲跟我们的关系很特殊,对于发展这种人家的子女,一定要慎之又慎,不然有可能会酿出严重的后果。你这样不打招呼就擅自行动,是要出问题的。我现在以组织的名义警告你,对汤耀华的使用必须上报,千万出不得半点差错。"

"我明白。"余子川从未见方先生发这么大火,心里也着实吓了一跳。方先生沉默了一会儿,长叹一口气,将语调转平和说:"另外,我们用那部电台连续发出了三封电报,内容想必他们已经看到。最后一封说的是老莫同志牺牲,沙坪坝联络点被毁,密码已泄露,我们将启用新的密码。这样,姓熊的就不会有啥子大麻烦。这个人以后也许还用得上。"此时,站在窗前一直望着他们的汤耀华,也大致猜出了方先生在给余子川说什么。她轻轻叹了口气,不觉又把思绪拉回到自己该如何向父母交代她和余子川的关系这个问题上。

三

磁器口鸡鸣药房被查抄,是因为西南绥靖公署破获了中共重庆市委地下组织。汤少青作为药房的老板，以及他与方先生的关系，被马蚤马组长当做了重点审查对象。好在侯世聪找到刚上任的重庆绥靖公署主任张群，以个人名誉和家产做担保出手相救，汤少青才免遭劫难。据侯师长掌握的情况，此番变故源于中共重庆市工委副书记冉益智，以及市工委书记刘国定的叛变。许多中共地下组织的重要成员，如许建业、江竹筠、李青林、刘国鋕、齐亮马秀帧夫妇等党员干部，都因冉刘二人的出卖被捕入狱。方先生那天因临时出诊，侥幸躲过了军警的抓捕。报务员撤退时中弹牺牲，电台被查抄。而运气最差的还要数秃头补锅匠老王。

老王本应该去华蓥山找游击队，可他担心方先生的安全，便去了南岸上新街找黄镇长帮忙打探消息。黄镇长听信老王的指点，托他弟弟的关系，已于两年前调到了龙门浩税务所当所长。黄所长这天正和弟弟黄大队长商量事情，见老王突然登门，正要问何事，就听弟弟黄大队长说："补锅匠，我们真是有缘分呀！"老王一愣，还没想清楚眼前的警察是谁，就又听对方道："还记得我吗？你这个秃驴，真是踏破铁鞋无觅处啊！"

"这是咋个回事？"黄所长看着弟弟掏出枪对着老王，顿时不知所措。

"他是共党的地下联络员，当初审讯的时候我也在场。"原来，黄所长的弟弟黄大队长便是原警备司令部行动队队长黄承武。蒋介石中央军接管四川，重庆成为战时首都后，警备司令部在职能上有所变动，过去情报调查这一块交给了戴笠的军统，黄承武也因此去了警察局的治安大队。

黄承武黄大队长看了一眼兄长黄所长继续道："哥，去找根绳子来，我今天要将功补过。"

老王听黄承武这么一说，才明白十年前用强光照着自己眼睛审问的人中，有黄所长的弟弟黄大队长。老王见黄大队长给兄长说话有些分神，转身便往外跑。哪知黄承武早有防备，没等老王跑出几步，就开枪将其击倒，不料子弹划破了左腿上的动脉，老王血流不止休克身亡。

重庆陷入了最恐怖的日子，大街上一辆辆警车呼啸而过，军警宪特四处抓人。董元祥也就是余子川因一直与方先生单线联系，除方先生外，没人知道他的行踪，故暂时还算安全。那天，躲到储奇门茶叶公司的方先生告诉余子川，组织已批准汤耀华同志的入党申请。另外，他将暂时撤离重庆，今后一段时间的工作由余子川自行定夺安排。磁器口正街的金鑫杂货铺，是组织刚刚启用的新联络点。方先生再一次嘱咐余子川，务必保证汤耀华的安全，不能有半点闪失。

恶劣的局势让余子川陷入了困境，他指示各学校的促进会停止一切活动，并将与自己有联系的几个骨干转移到了乡下。这天，余子川坐在茶叶公司靠江的阳台，对正在喝炒米糖开水的汤耀华说："看来我们要孤军作战很长一段时间了。"

"好啊，你不是说只有最大限度的承受，才会换取最大程度的收获吗？"汤耀华看着余子川，露出一脸的自信。

"不要高兴得太早。最大限度的承受，并不等于一定能换取最大程度的收获。弄不好是要丢命的。"余子川吸了一口手里的香烟。

"你啷个突然又怕死了？"汤耀华白了余子川一眼。

"不是怕死，是提醒你越是这个时候越要小心谨慎，出不得一点差错。"余子川将没抽完的半截烟在烟缸里摁灭，起身伸了个懒腰道："今天吃啥子？我都两天没吃肉了。"

"已经准备好了，红烧狮子头。"

汤耀华自从被余子川招募，就退出了学校的促进会。她跟同学的解释是促进会没有把促进同学更好学习放在首位，偏离了办会的宗旨。为了让大家相信她对促进会的失望，汤耀华还在大庭广众与新上任的组长展开辩论，表明自己对政治的厌恶。这年夏天，汤耀华以即将毕业找工作为名，游走于各政府机关和商界。她的目的是普遍撒网重点摸鱼，寻找可以接近的重要人物和情报源。

对于女儿的日渐神秘，汤少青起初以为是少女成长的阶段性表现。但不久便发现这种想法极其肤浅，女儿不仅心智超出了年龄，且行事作风也非比寻常人。那天晚餐，儿子耀祖跟家人讲军警到重大查《挺进报》，耀华听得很认真，还不时问一些细节，仿佛要在里面找到些什么，其专注不得不令汤少青惊讶。后来汤少青躺在床上盯着蚊帐罩顶问妻子："你说儿子和女儿哪个更不让人省心？"孙淑珍看了看丈夫道："你那宝贝女儿。"

第一个进入汤耀华视线的是重庆商会理事长柴永年。作为《商务日报》常务董事、永生钱庄经理和参议会的参议，柴永年在重庆具有非凡的影响力。这位时年43岁的中年男人，在汤耀华看来当属一个懂大义，有担当的商人。那时，辽西会战已经打响，重庆城不时传来国军不力的消息，党国的前程一片暗淡，许多商人纷纷准备后路，准备去香港去海外。柴永年却无动于衷，仿佛出不出国这件事与己无关。这让刚进入《商务日报》当实习记者的汤耀华备感振奋。

"你有把握见到柴永年？"余子川看着汤耀华。

"总编看过我的采访提纲，他说他来安排。"汤耀华看了余子川一眼。

"好吧，你可以尝试接触，但绝不能有一丝一毫的暴露。"

"放心吧，我晓得方先生给你说了很多，你有压力。"

"这倒不是，我主要担心你……"

"我不要你担心。我已经是一个革命者了，我知道自己在干什么。"汤耀华很不耐烦地打断余子川的话。

"你哪个又发脾气了？跟你说过，任何时候都要冷静。"余子川表情很严肃。

"对不起，是我没有控制好。下次一定注意。"汤耀华笑了笑正待离开，却被余子川一伸手揽进怀里道："我要你发誓，绝不干没把握的事。"

"好好好，我发誓。这下你放心了吧？"汤耀华亲了一下余子川的脸。

"我可不上你的当。按照说好的，发一回脾气做十顿饭。不许耍赖！"余子川放开汤耀华，没有半点开玩笑的意思。

"是，教官。"汤耀华只好自认倒霉。

一周后，总编辑将汤耀华叫到办公室，说柴董事同意接受采访，并将修改过的采访提纲递给汤耀华道："我基本没动你的原始想法，只是有些提问觉得不妥，做了相应的调整。总的来说热点都抓住了，干得不错！"

那个晴朗的下午，汤耀华走进柴公馆时，一只喜鹊正好停在门口的树上鸣叫。汤耀华后来告诉余子川，这是老天爷安排的喜事。带有泸州口音的柴永年端庄沉稳，没有客套也没有敷衍。关于这次改变了柴董事命运的访谈，没人知道除采访提纲外的其他内容，也不清楚柴董事经过了怎样的思想斗争，但结果却是余子川通过磁器口金鑫杂货铺联络点，安排柴永年同中共川东特委负责人见了面。

初试身手便获得成功的汤耀华受到了余子川的表扬，她决定将下一个目标对准国民党的要害部门，以弥补重庆地下组织遭叛徒出卖的损失。看着斗志旺盛的得意弟子，余子川有些百感交集，不禁想起了抗战胜利前的那个夜晚，他、王彦平和周蓝在沙坪坝一家小酒馆彻夜庆贺的情景。余子川还记得那天跟王彦平都喝晕了，说话有些口无遮拦，害得周蓝分外紧张，让老板赶紧喊黄包车送他们回家。事后余子川也意识到了前一天自己的出格，还专门就此跟周蓝和王彦平道了歉。光阴似箭，如今三年一晃过去了，抗战的胜利不仅没有带来和平，反而给这座城市罩上了白色恐怖。余子川掏出哈德门香烟燃上一支，看着远处雾蒙蒙的江面道："你怕不怕？"

正准备去里屋的汤耀华转过头笑了笑，那意思是"你说呢？"

汤耀华和余子川处于半同居状态已有半年，她给家里人说报社常加班，有时夜里也要写稿，自己在单位搭了一张床，忙的时候就不回家了。对此，孙淑珍很有意见，还是汤少青说了句"女大不由母，你就不要操这份心了"，孙淑珍才一声叹息，没再深究。余汤两人的情况除方先生外，再无其他人知晓，余子川曾以此打趣说他们是一对地下夫妻，不想却遭到汤耀华一顿臭骂。也即是从那天起，汤耀华就不太愿意住在茶叶公司了。她总是找各种借口回磁器口的汤家大院，搞得余子川后悔莫及，恨不得当着耀华狠狠抽自己几个嘴巴。好在工作离不开彼此，时间一长又都回到了原有的状态。要说从余子川的角度，当然是想娶了耀华，二人做夫妻。但事实上却又有许多障碍一时间难以消除，比如余子川

第四章 化蝶重生

·313·

跟赵小曼的关系，虽然余子川自离开杨公桥的家后，就再也没有跟赵小曼有过任何联系。然而夫妻名分却摆在那里依然存在，且眼下这种情况也不可能去做了结。而最令两个人伤脑筋的，还是余汤两家半个世纪积淀的恩怨难以化解。虽然余子川没人管得了，但汤耀华的情况就不一样了，首先她爸那一关就过不了。还是在跟余子川好上不久，耀华就想试探家里人的口风，可才提了一下余家，汤少青就用异样的眼光看着女儿道："你怎么也关心起余家院子来了？"直吓得耀华再也不敢往下说。所以，真要让汤少青同意把女儿嫁给余家这位结过婚的男人，可以说简直比登天还难。这道理余子川和汤耀华这些日子是越来越明白，只不过两人情到深处，谁也顾不了那么多，即使理智也是心照不宣，彼此不说而已，总不免有拖一天是一天的意思，待到拖不动了再另想办法。

"我说不怕也怕。"余子川像是自言自语，看着耀华吐出一股灰白色的烟雾。

"哦，那你说我怕啥子？"汤耀华回到阳台，严肃而专注地看着余子川。

"怕事情弄不好出乱子。说吧，目标是谁？"余子川转过头仍旧把目光投向江面。

"袁秘书，绥靖公署机要室的袁秘书。"汤耀华轻吐了一口气。

"张群的机要秘书？"余子川转过身子看着汤耀华想了想道："不行。这个太危险了，以你现在的能力，根本不可能成功。"

"他是我同学的大哥。我的意思是先混熟，能走到哪一步就到哪一步。你说呢？"汤耀华很期待地看着余子川。

"先摸一下背景再说吧。能够当上张群机要秘书的人，绝非等闲之辈。你千万不要大意，弄不好会害了自己。"余子川看着汤耀华。

袁秘书名文理，又名志勋，现年35岁，重庆人。妻子韩雅琴小他三岁，是交通银行重庆分行副总经理的千金。两人感情很好，育有一子，今年满十二岁。袁秘书毕业于四川大学历史系，于1940年回重庆，在市政府任职。后被张群看中，做了绥靖公署的机要秘书。袁秘书性格沉稳，独立性强，具有较强的传统意识和家庭观念，喜欢书法、瓷器，有收藏古董的爱好。汤耀华像背书一样，将袁文理袁秘书的档案说了个门清。

"呵，功课做得很细嘛！"余子川停了一会儿道："你想过没得？这种人是最不容易做工作的。衣食无忧，工作体面，有自己的世界观，家庭和睦，传统意识强。几乎没有给你留下任何可能。"

"有。听报社的同事说，袁秘书的岳父，就是那个交通银行分行的副总经理，最近摊上事了。"

"啥子事？"

"好像是总行下拨的一笔搬迁款，被他岳父挪用了。袁秘书因此也受到了影响。"

"说说你的想法。"余子川吸完最后一口烟，将烟蒂在烟缸里摁灭。

"我想在家里搞个Party，到时找个我同学哥哥也在的时候去送请柬，就一起请了。"

"你就那么有把握袁秘书会参加？"

"应该有一半的把握。毕竟袁秘书喜欢瓷器呀，除非他那天有事。"汤耀华一副胸有成竹的样子。

"那就试试吧，但不许有任何其他行动。这是命令。"余子川一脸的严肃。

　　1948年圣诞节前在磁器口汤家大院举办的这台Party，无疑给许多人留下了难忘的印象。据汤少青后来回忆，那是一台规模空前，内容丰富的Party，仅人数就达到200人之多。除苏联外，几乎所有西方国家领馆都有人参加。汤家大院的前院，沿墙根一圈摆满了条桌，桌布是清一色的意大利白底暗花亚麻布，所用餐具全部由上海一家外贸公司代办提供。烧烤架前后院一共20付，主厨的20多位师傅，都来自重庆有名的大酒店。汤少青还说，那天最令人兴奋的，是美国领事馆带来的20人无伴奏合唱队。他们用嗓音的高低组合，男女声的分部重唱，将一曲曲乡村歌曲演唱得妙不可言，他的老婆孙淑珍就是从那天起，喜欢上听音乐会的。当然，汤少青和其他人一样，并不清楚女儿汤耀华弄这台Party的真正目的。那个凉爽的下午，汤家大小姐，也就是Party的总策划汤耀华，绝对称得上是一颗耀眼的明星。她不仅指挥安排整个活动的进程，还扮演着主人的角色。其落落大方，有条不紊的行事风格，就连孙淑珍都忍不住一个劲地夸赞，给丈夫说女儿比她想象的要强，有宋美龄的风范。而袁文理袁秘书却说得更实在，要是汤大小姐愿意去绥靖公署，他将竭力推荐。袁秘书是在欣赏老汤家的汗血天球瓶时，对一旁的汤耀华说的。他用戴着白手套的手，捏着瓶口来回转动，查看瓶子的外表。汤耀华那时有一点心动，但随即便否定了这一想法，因为她认为，一旦进了绥靖公署，就不可能像现在这样，以记者的身份随便与人交往了。

　　汤耀华此后还跟袁秘书有过两次接触，一次是在她同学也就是袁秘书小妹的生日Party，再一次是在袁秘书奉调南京总统府的送行宴会上。但两次说话交流的时间都不超过五分钟。汤耀华后来告诉余子川，袁秘书已经帮他岳父脱离了困境，自己也将被国府委以重任。所以针对袁秘书的行动，不可能再继续进行下去了。

四

虽然汤耀华构思缜密，按计划一步步靠近袁文理，却因国民党内部人事变动，未能达到预期目的。余子川总结说，这次针对袁文理的工作失败，既有客观上不可预测的因素，也有一口想吃一只大螃蟹的主观思维作祟，后者是主要的，应该吸取这个教训。汤耀华也意识到自己的冒进，表示以后再不会出现类似问题。当然，余子川也没有全盘否定汤耀华这段时间的工作。比如，在磁器口汤家大院的Party上，耀华就认识了国民党兵工署驻重庆办事处钱主任的女儿钱梦。

钱梦是袁文理妹妹的好朋友，在宽仁医院当护士。钱梦性格开朗，与汤耀华一见如故，两人很快成了好朋友。钱梦住在原兵工署所在地中山一路的勤居巷内，汤耀华就是在她家见到钱主任的。根据余子川的指示，汤耀华没有对钱主任本人展开行动，而是把精力花在了钱梦身上。她常常带钱梦一起去采访民主人士，听知识界的演讲，使钱梦不知不觉改变了过去对政治漠不关心的态度。这年平安夜，钱梦在热闹的教堂告诉汤耀华，她认识了一位进步青年。汤耀华一开始挺高兴，还祝福好友收获了爱情，可见过两次钱梦说的进步青年，耀华就觉得不太对劲。那个名叫许登云的大学助教，很明显是冲着汤耀华来的。就在第二次见面后的第二天，许登云便打电话到报社找耀华，说学校有几个同学准备办一张进步报纸，想请汤耀华帮忙做指导。余子川也觉得事情蹊跷，他让耀华想办法冷处理，不要引起对方的怀疑。为稳妥起见，两人决定必要时采用电话联系，耀华暂时不回茶叶公司。

许登云确实非单纯的大学助教，他的另一个身份是保密局安插在校园内的线人。许登云之所以对汤耀华感兴趣，是因为钱梦说耀华是一个有思想，敢想敢干的人。不久前，二处行动组的马蛰马组长亲自召见了各个学校的线人，要他们密切注意一个叫余子川的共党分子。马组长说，余子川曾就读重大，去过欧罗巴和苏联，是磁器口余家院子的大少爷。此人系中共重庆地下组织的重要成员，也是杀死中美合作所侦讯组副组长李少校的第一凶犯。许登云那天一听说汤耀华也住在磁器口，心里就禁不住产生了联想。

许登云没想到，汤耀华会带着钱梦一起来学校，脸上的表情顿时无比尴尬。钱梦显然很不高兴，一见许登云狼狈的样子，就更是含讥带讽地说开了："哟，你厉害耶！还会背到翻院墙。晓不晓得啥子叫卑鄙无耻嘛？自己照哈镜子就看到了。哼，跟我来这一手，亏你想得出来。"一旁参加讨论会的学生不知怎么回事，看着许老师满脸通红，一言不发地低着头，一个个只好悄然离去。最后还是汤耀华给许登云找了个台阶，她说许老师可能是考虑工作上的事去了，才没有顾及钱梦的感受。但钱梦却不能原谅，她认为即使讨论办报与自己无关，许登云也应该让她帮忙请汤耀华，而不是自己私下联系。

汤耀华借钱梦的自尊心，让许登云碰了一颗不硬也不软的钉子。但许登云却并未就此罢休，直觉告诉他，这是汤耀华玩的一出心计，目的是想阻止别人靠近自己。于是，许登云像当初李少校跟踪周蓝那样，开始对汤耀华进行秘密跟踪。好在学校有课要上，许登云不可能进行24小时全天候的监视。即便如此，许登云的行为还是给汤耀华带来了许多的不便。

"想办法玩一玩这家伙，让他走进死胡同，再碰一鼻子灰。"余子川看着江对岸紫灰色的山峦，点燃了一根烟。

"你有办法了？"汤耀华看着余子川。

"把他引到侯世聪那里去，让侯师长收拾这小子。"余子川吐出一口烟雾，回头看着汤耀华，露出一脸的坏笑。

接到汤耀华要采访自己的电话，侯师长很是高兴。是啊，小姑娘一转眼都成大人了。真是时光飞逝呀！侯师长一边感叹一边对秦艳秋说："晚上去星临轩，尝尝他们新推出的火爆鸭肠。"侯师长知道汤耀华喜欢吃鸭肠，什么凉拌鸭肠、烧烤鸭肠、水煮鸭肠，火锅就更不用说了，只要是耀华点菜，第一个准是要鸭肠。这个食好恰恰与秦艳秋相同，秦艳秋也喜欢吃鸭肠，而且吃那种用碱发过的鸭肠。侯师长每次听到秦艳秋咀嚼脆鸭肠的声音，都会笑她像是在锉牙。

汤耀华将许登云引到翰墨堂，故作神秘地往两边看了看，才一闪身跨进了大门。许登云以为汤耀华这是与谁接头，也一头跟进去想看个明白。哪知翰墨堂和其他同类商店最大的不同，就是顾客必须预约。没有预约的许登云才进大堂，就被伙计拦住了。

"你是干啥子的？"

"哦，看一下。"

"有预约吗?"

"没,没得。"

"那不能进。"伙计做了个请回去的手势。

许登云磨蹭着正想用什么话打探一下里面,就见汤耀华领着一位气度不凡的长者走了出来。

"嗯,你哪个跟到这里来了?"汤耀华很是惊讶。

"他是哪个?"侯师长打量着许登云。

"这个人最近老是跟着我。烦死了!"汤耀华厌恶地看着许登云。

"我,我……"

"太不像话了!送到警察局让他们管管。"侯师长面露愠色,一甩衣袖与汤耀华回了内院。

"你也太不识相了,重庆城大名鼎鼎的侯老爷子也敢去惹?连蒋总统看到他都要礼让三分。汤家跟侯老爷子是世交,汤大小姐又是重庆城的知名记者,你想干啥子?"马组长将烟头摁进烟缸。一小时前,警察局打来电话,说一个叫许登云的声称是保密局的人。那时马组长还不知道究竟出了什么事,立即派人将许登云接到二处行动组。

"我不晓得。还以为……"

"以为个屁!磁器口的余汤两家是对头你晓不晓得?怀疑汤小姐跟余子川有关系,简直就是个笑话。你们这些业余选手除了惹麻烦,没一个有用。滚吧,好好看到学校那边,我要你盯的是余子川。"马组长点上一根烟,很轻蔑地看了一眼衣衫不整的许登云。马组长这些天有些烦,处长徐远举告诉他,再抓不到余子川,就调他去下川东剿匪。徐处长说的剿匪可不是一般人说的剿匪,而是提着脑袋跟共产党的游击队打仗。那可不是什么好事，成天在大山里转，又苦又累，弄不好还得丢性命。马组长虽然不怕苦也不怕死，但要他远离妻子和孩子，就比苦和死还令他难受。是啊，自从查到共党电台来自国防部二厅，以及熊照麟等人下套失败，余子川的案子就彻底归了保密局。且不说上面有局座督战，就是郑介民为了脸面也不会放过此案的进展，可见二处现在的压力有多大。马组长又看了一眼桌上摊开的有关中美合作所周蓝间谍案的材料，不禁在心里问道："这个余子川究竟躲在哪里的呢？"

五

袁秘书回来了。袁秘书也就是袁文理在1948年的秋天，以西南军政长官公署副秘书长的身份，又回到了重庆。不过袁文理现在已不叫袁文理，又改回原来的名字叫袁志勋了。袁文理之所以改回原来的名字，是因为蒋总统有一天在国府跟大家拉家常，无意间听到袁文理还有一个名字叫志勋，便说志勋这个名字好，有立志报国，建勋立业的意思。于是，袁文理遵领袖之言，将志勋重新用作自己的名字。

袁副秘书长一回到重庆，就成了炙手可热的人物，首先是长官公署为其接风洗尘，接着副长官杨森又在家宴上宣布，袁副秘书长将兼做自己的私人秘书。当然，最劳神的还是过去那些同僚，排着队地祝贺袁副秘书长高升。那些日子，袁志勋可谓有苦难言，常常感叹官场的腐败之气，恨自己不能改革立新。不过，袁志勋的回归倒是给汤耀华带来了许多方便。如今，汤耀华已经成了袁夫人韩雅琴的干妹妹，来长官公署，简直就跟回家一样，只要报一声"找袁副秘书长"，门口的哨兵就会立刻放行。韩雅琴告诉汤耀华，党国撑不了多久了，她丈夫此次回来，是要把成渝两地的专家学者教授文化人都弄去台湾。

"果然不出所料，要想办法阻止他们。"余子川看了看汤耀华。

"就我们两个？咋个阻止？"汤耀华有些迷茫。

"我相信这座城市现在绝不只有你我两个在孤军作战，一定还有其他同志也在战斗。我们尽最大努力，能做多少做多少，能做到啥程度就做到啥程度。"

"那我们从哪里做起？"

"你去一趟重大，以采访的名义找章琪元副校长。"余子川说着去屋角拆开一块地板，从里面拿出一封信继续道："这是南方局撤离前，首长亲笔写给章副校长的信。方先生临走时交代，如果需要章副校长帮忙，就拿这封信去找他。"

"好，我这就去。"汤耀华接过信封看了看，放进一旁的包里。

"另外，也找一下侯世聪和鲜英，请他们也帮忙想想办法。记住，这些人有可能现在都被特务上了手段，说话一定要小心。"

"我晓得，你就放心吧。"汤耀华拿起桌上的杯子喝了一口水，然后匆匆离去。

章琪元副校长确实遭到了特务的监听，他在看完汤耀华送来的信后，也像汤耀华先前那样，用笔在纸上写了三个字

"放心吧"，才咳了咳嗓子道："尽管时局不稳，我们学校商学院还是决定明年扩招。因为商业这一行，不论哪个朝代，都是离不开的。"那天下午，汤耀华和章琪元就用这种双重对话的方式，达成了挽留教育精英的共识。章副校长在纸上开出了一长串名单，如文学院的段子夔，工学院的冯简、谢立惠、谢秉仁，商学院的陈豹隐，医学院的陈志潜，法学院的罗志如，教育系的罗容梓、政治系的潘大逵等。他还请汤耀华转达对中共党组织的谢意，说那狗头枣实在是好吃。为防止特务检查，汤耀华用随身携带的相机，将名单拍成了照片。那时校园里响起了钟声，章琪元看着窗外铅灰色的天空，情不自禁地用英语诵读起约翰·多恩的名言："Send not to know for whom the bell tolls，it tolls for thee.（别问丧钟为谁而鸣，它为你鸣响）"

一场争夺民族精英的斗争就此展开，侯世聪、鲜英和民主党派人士，纷纷为此奔走。重庆城一时间掀起了"保护本土文化精英"的活动，许多知识分子和学生走上街头，游行并发表演讲，长官公署门前更是请愿不断，要求留下专家学者的呼声一浪高过一浪。各方压力使负责执行撤退计划的袁副秘书长深感头疼，他要求二处撤除对专家教授的监控，徐远举却并不买账，还在毛人凤那里告了一状，说袁副秘书长软弱无能，放纵共党分子肆意挑拨，置党国大业不顾。

"这样搞下去是适得其反！"袁志勋放下电话，见妻子端着一碗银耳汤打外面进来，不禁长叹一口气道："看来我们也要为以后的事做打算了！"

这年元旦，蒋介石发表声明，称"只要共党一有和平的诚意，能作确切的表示，政府必开诚相见，愿与商讨停止战事，恢复和平的具体方法"。长官公署随即也召开记者招待会，表示积极拥护蒋总统和平民主之主张。

"你去哪里了？这么高兴？"余子川看着满脸笑容，刚上楼来的汤耀华。

"长官公署呀。你猜，我接触到哪个了？"汤耀华将包放到椅子上。

"哪个嘛？还不是些反动派。"余子川燃上一根烟。

"刘西尧。"汤耀华用手捋了捋额头上的一绺头发。

"刘西尧？长官公署的中校参谋刘西尧？"余子川盯着汤耀华。

"对，就是他。"汤耀华拿起桌上的暖瓶倒了一杯水。

"有啥收获吗？"

"现在还不晓得。不过感觉有戏。"汤耀华喝了一口水。

"哼，我看悬。"余子川将刚抽了两口的烟摁进烟缸，起身去了阳台。

"你又嘟个不舒服了嘛？"汤耀华朝着余子川的背影努了努嘴。

余子川确实有些不舒服，他也恨自己变成现在这个熊样，只要一听到耀华认识了某个男青年，心里就有种说不出的压抑和难受。他知道这是由爱而生的嫉妒，也懂得这种嫉妒是内心脆弱的表现。但就是不能控制住情绪，而且还越来越明显。余子川转过身有点恼怒地道："啥子嘟个不舒服？我的意思是一个小参谋有用吗？"

"有没得用要看咋个挖掘。你不是说猪向前拱，鸡往后刨各有各的门道吗？"汤耀华在屋里不知翻找什么，咣当一声，掉下一物砸在地板上。

"你就不能轻点吗？"余子川烦躁地再抽出一根烟点燃。

"我晓得你心头想些啥子，看我不顺眼。走了，今天回磁器口了。"汤耀华从屋里探出半个身子，跟余子川扮了个鬼脸，随后便传来一阵下楼远去的脚步声。

中校参谋刘西尧不仅长得帅气，还是国民党西南军政长官公署公认的青年才俊。刘西尧出生于南京下关，18岁考取戴笠举办的临澧训练班，以优异成绩毕业分到第九战区。参加过南昌会战、上高会战、四次长沙保卫战、常德保卫战、衡阳保卫战以及湘西会战等著名战役。用长官公署参谋长萧毅肃的话说，抗战最惨烈的战役刘西尧50%都在场，20%在前线。刘西尧今年29岁，妻儿于八年前重庆大轰炸中丧生。刘西尧不苟言笑，办事稳重，1949年初从南京调西南绥靖公署，同年5月，绥靖公署改为军政长官公署，刘西尧晋升为中校参谋。

刘西尧第一次见到汤耀华，是在长官公署为袁志勋袁副秘书长举办的欢迎酒会上。那天，汤耀华穿了一袭黑色暗花长袖旗袍，长发高挽，谈笑间气质高贵典雅，既与人保持适度的距离，又不乏必要的亲和力。刘西尧一下子就看傻了，也就是从那时起，直到酒会结束，刘西尧的目光再也没有离开过汤耀华。刘西尧第一次跟汤耀华说话，是在酒会的第二天下午，汤耀华应邀参加长官公署的新闻发布会，刘西尧刚下完楼就碰见打外面进来的汤耀华。

"你好，你是汤小姐吧?"

"是的，请问你是……?"

"长官公署中校参谋刘西尧。"

"有什么事吗?"

"哦，你是来参加新闻发布会的吧?"

"是呀。"

"发布会改地方了，请跟我来吧，我也去会场。"

当然，刘西尧最难忘的，还是第一次约汤耀华私下见面。那个春寒料峭的午后，刘西尧拨通了商务日报采编部的电话，他想试试运气，看汤耀华在不在报社，哪知接电话的正是汤耀华本人。刘西尧一刹那有些语塞，但很快便调整过来。

"汤小姐你好，我是长官公署的参谋刘西尧。"

"哦，有啥子事吗？"

"我，我想请你喝咖啡，不知是否恰当？"

对方陷入了沉默。汤耀华后来说，是因为"是否恰当"这四个字，使她接受了刘西尧的邀请。在心心咖啡馆二楼靠窗的位置，汤耀华说："一个能够问别人是否恰当的人，一定是一个有节制的人。跟一个有节制的人交往，是值得信赖的。"刘西尧有些欣喜，也有些感动。他觉得这么多年这么多人，包括被炸死的妻子，都没有眼前这位大小姐懂自己。这不是天意又是什么呢？从那以后，刘西尧只要有时间，都会约汤耀华一起共进晚餐，或者看场电影。汤耀华也很尊重刘西尧的邀请，即使有时采访错不开时间，也会提前打电话告知刘西尧，让他把晚餐换成宵夜或者看电影。

位于林森路的西南军政长官公署，与余子川的茶叶公司直线距离还不到800米。但每次跟刘西尧见面后，汤耀华都是回磁器口的汤家大院。汤耀华坐在刘西尧驾驶的美式吉普车副驾座上，顺长江拐进陕西路，过小什字到千厮门，然后再沿嘉陵江上行。汤耀华一边跟刘西尧聊天，一边欣赏两岸风景，有时还让刘西尧把车停下，到岸边与江水来个亲密接触。这时，汤耀华在刘西尧的眼里，就会变成一位女神，或者一枝怒放的梅花。刘西尧看着汤耀华逆光中被风吹散的头发，常常想起小时候母亲带着自己在南京下关码头玩耍的样子。刘西尧还记得，母亲每次带他出去玩，都要买一小包状元豆，说刘西尧吃了将来就能考上状元出人头地。后来刘西尧果然考中了千里挑一的临澧训练班，而母亲却在逃难途中身亡。对于母亲的不幸去世，刘西尧一直耿耿于怀。他曾无数次后悔考上临澧训练班，于最险恶的时候离开母亲。刘西尧得到母亲去世的消息时，正在参加第二次长沙会战。他跪倒在捞刀河南岸一棵麻柳树下，望着灰蒙蒙的天空泣不成声，并发誓要为母亲报仇。那个血雨腥风的秋天，刘西尧率领伙伴深入到北岸春华山敌人阵地前沿，弄清了日军的兵力部署，为74军夺取胜利立下了首功。战役结束，刘西尧被授予上尉军衔，调杨森27集团军第134师任参谋，这也是他日后得到杨森的信任，从南京调到重庆的来由。刘西尧曾对关心自己的同僚说："能得到汤小姐的垂爱，是此生最大之荣幸。"

懂得"是否恰当"的刘西尧，与汤耀华一直保持着他们都认为恰当的距离。随着战事一步步吃紧，长官公署也比两个月前忙了许多，有时两人只能在车上说几句。刘西尧每次送汤耀华回磁器口，都是离汤家大院还有五六十米远，就踩下刹车停稳让耀华下车，然后嘱咐她早点休息，自己就不去府上打扰了。而耀华也从不主动邀请刘西尧去家里坐坐，仿佛两人的交往即到此为止。对此，做父母的汤少青和孙淑珍很是迷惑。每逢这个时候，汤少青就会问妻子："这丫头啥子意思？"孙淑珍也望着丈夫摇摇头说："看不懂。"

这年夏天，汤家少爷汤耀祖大学毕业，由于品学兼优，被训导处直接推荐去了中央通讯社重庆分社，从事无线电广播的转播工作。汤少青看着儿子一脸的兴奋，不禁叹道：

第四章 化蝶重生

·327·

"身逢乱世，即使体面的工作也未必就好！"孙淑珍也不想儿子这时在外面跑，劝汤耀祖留在家里，待局势稳定再出去工作。可汤耀祖却不这么想，他认为国家正急需用人，男子汉大丈夫岂有退缩之理？几句话跟母亲对不上路，干脆一裹铺盖卷连家也不回了，气得孙淑珍暗地里哭了好几场。好在耀华隔三岔五回家，才给了父母许多的慰藉。

"耀华呀，咱们磁器口历来有金鞍玉镫一说，这金鞍倒是被我们老汤家骑上去几十年了，但这个玉镫却到现在都还看不出来是哪个的。你天天在外头采访，听到的消息多，你说哈这码头到底会姓国还是姓共？"汤少青咕噜咕噜抽了一口水烟壶。

"爸爸是在故意考我。你跟方先生关系那么好，未必还不晓得呀？"

"死丫头，哪壶不开提哪壶，你还嫌你爸麻烦不够多？"孙淑珍一边削苹果，一边没好气地插了一句。

"呃，话不能这么说。方先生跟共产党有关系我十多年前就晓得，这回又不是他惹的祸，是那些叛徒在咬人。这个世道，坏人多啊！"汤少青叹了一口气。

"那爸爸认为方先生是好人还是坏人呢？"汤耀华接过母亲削好皮的苹果咬了一口。

"方先生当然是好人，就你跟你妈，要不是方先生，早就成泥巴了。我毫不夸张地说，方先生这十多年在磁器口医好的病人，少说也是几大千。"汤少青又咕噜咕噜地抽了一口。

"好人最终都是能战胜坏人的。我看啦，方先生一定会回来。"汤耀华看了父亲一眼。

"呵，这么有把握，不会是方先生跟你说的吧？"汤少青似笑非笑地看着女儿。

"爸，你这是在给我做套。妈，你要帮我呀!"汤耀华撒着娇。

"好了好了，你爸逗你的。还是跟我们说说那个刘参谋吧。"孙淑珍将身子往女儿身前凑了凑。

"他呀，一天到晚开不完的会，我还没想好呢。"汤耀华又咬了一口苹果。

"女娃子家，差不多就行了。哪天你还是请人家到屋里坐一坐嘛。"孙淑珍看了看女儿。

"时局这么乱，他以后在哪里都还不晓得，我才不忙呢。"

"也有道理，稳重一点好。"汤少青也看了看耀华道："不过你们也要当心别个说闲话哟。"

"我才不怕呢，爱说说他们的，未必我的事别个还管得到吗? 好了，我要出去了，晚上给我做水煮鱼哈。"汤耀华得意地看了看父母，缓缓起身离去。

六

这是一个难得的周日，忙碌了两个月的刘西尧终于有了属于自己的一天。美式吉普在十月灿烂的阳光中飞驰，天气比一周前凉爽了许多。昨天下午，刘西尧打电话给汤耀华，说明天要是没有特别的事情，就开车去南温泉泡澡，消除身体的疲劳。耀华觉得这个主意不错，当即表示赞同。

　　从磁器口到南温泉，需经朝天门借轮渡过长江，再由上新街往四公里方向开大约半小时。花溪河畔的南温泉，因处于森林地带，抗战期间许多国民党要员都在此建有别墅。一路上山色多变，风光旖旎，但刘西尧却一直沉默不语，仿佛沉浸在另一个世界里。汤耀华看在眼里，脑子却在估摸对方藏着什么心事。到了目的地，两人下车分别去浴室换好泳装，来到露天的温泉池。

　　"啊，好舒服！西尧，你今天怎么啦？一副心不在焉的样子。"汤耀华终于忍不住问。正在沉思的刘西尧看了耀华一眼，不禁仰头长叹道："利令智昏啊！"

　　"什么利令智昏？你做错啥子了？"汤耀华很关心地看着刘西尧。

　　"不是我做错了啥，是他们太自以为是了。堂堂西南长官公署，防线上竟留下那么大的隐患，简直是岂有此理！"刘西尧愤怒地用手掌拍打身前的泉水。

　　"啥子隐患？与你有关系吗？"汤耀华不失时机地再进一步。

　　"啥隐患？偌大的国军西南防线，居然在东南方向无重兵把守，还说共军主力不可能出现在湘西和贵州，真是误党误国呀！"刘西尧情绪激动，五官显得有些扭曲，完全失去了往日的优雅。

　　"那你可以向上面提出来呀？"汤耀华眼里闪着不解。

　　"提出来？他们听吗？昨天的作战会议，我才说了一句要防止共军南下迂回，就被刘参谋长说成是多虑了。哼，我敢打赌，共军十有八九就是从渝东南来。"刘西尧愤愤地吐了口气。

　　"你啷个这么肯定？"汤耀华眨巴着一双天真的眼睛。

"我有预感。"刘西尧看了看女友的表情道:"前几天的情报说刘伯承在郑州,可现在呢? 谁也说不清他在哪儿。我认为,刘伯承此时就是在南下。"

"那你打算哪个办呢?"汤耀华看着刘西尧。

"大后天国防部要听长官公署关于西南防御的意见,我到时准备直接向国防部报告。"刘西尧看了看汤耀华,又叹口气道:"算啦,不谈这些了,还是说说我们的事情吧。"

"我们的事情有啥好说的,你不走啥事都好办,你要走,我爸妈肯定不会同意。"汤耀华无奈地叹口气,两人不约而同陷入了沉思。两个月前,也就是汤耀华应邀与刘西尧在心心咖啡馆喝咖啡那个晚上,汤耀华就已经想好了以后将会应对的一切。她曾告诉余子川,自己定能把握住分寸,不会有出格的事情发生。如今,两人关系到了最微妙的关头,如何处理好工作和情感,便成了汤耀华需要谨慎对待的首要问题。

其实,对于刘西尧的外表和无时不有的君子风度,汤耀华是十分欣赏的。她曾不止一次地问自己:"难道这不就是你想要的白马王子吗?"可刘西尧敌方阵营一员的身份,又无时不提醒汤耀华关闭心动的大门。这无疑是情感与意志的较量,也是汤耀华内心最隐秘的哀愁。

"他说要直接向国防部报告?"余子川看了一眼汤耀华,燃上一根烟接着道:"要想办法阻止,也许他真的猜中了。"

"哪个阻止? 嘴可是长在他的身上。"汤耀华心里没底,表情充满了忧虑。屋子里刹那间呈现出死一般静,只有老旧的华生牌电风扇发出嚓嚓嚓的声响。余子川斜靠在窗前望着远处的江水,一口接一口地吸烟,脑子却在飞快转动。他一会儿想的是解放大军南下,一会儿又是国民党的军事会议,

第四章 化蝶重生

阵阵烟雾笼罩在脸上，让汤耀华看着时而清晰，时而模糊，完全摸不透余子川在想什么。突然，余子川摁灭烟蒂对汤耀华说："有了，他不是跟你说过罗广文兵团的去向吗？你明天就给他亮明身份，告诉他这个情报我们已经送出去了。总之，把这个姓刘的拉下水。"

这天晚上，汤耀华失眠了，她知道现在已到了决战关头，如果不阻止刘西尧向国防部报告，解放大军就有可能付出惨痛代价。但仅凭罗广文兵团去向泄密这一点就能扳倒刘西尧？汤耀华实在是没有把握。

"你是共党我不在乎，我在乎的是你爱不爱我。"刘西尧说这话的时候很平静，平静得让对面的汤耀华都有点不相信自己的耳朵。咖啡馆里的人不多，刘西尧说完看了看四周，掏出打火机点燃手里的香烟，轻吸一口吐出一缕淡淡的青烟，然后将目光紧紧盯着汤耀华。

"我是共党，说爱你你信吗？"汤耀华用手捋了捋额前的刘海，淡淡一笑往周围扫了一眼。

"我信！你们共产党不是常喜欢说君子一言驷马难追吗？今天我也当一回君子，你汤耀华如果敢爱我，同意嫁给我，我刘西尧就帮你，决不食言。"刘西尧虽然声音压得很低，但一字一句咬得跟嚼黄豆似的，一点也不拉稀摆带。

"你会为了我放弃你的信仰？"汤耀华内心一震，眼睛里却透出明显的不信任。

"我没有放弃三民主义，是他们放弃了。"刘西尧又吸了一口烟，一脸的轻松。那意思是告诉汤耀华，自己这么做并无任何道德障碍。

"那你答应我后天不向国防部报告。"汤耀华审慎地看着刘西尧。

"这得你先说爱我，并同意嫁给我。"刘西尧狡黠地笑了笑，像个久经商场的商人，看着汤耀华慢条斯理地提出条件。

双方一下子僵持住了。刘西尧看了看已经喝干的杯子，伸手对着不远处的服务生打了个响指，并告知再上两杯。

"好吧，让我考虑一下，明天晚上七点以前打电话答复你。"汤耀华说完也不等刘西尧说什么，起身头也不回地离开了心心咖啡馆。

一辆警车鸣着警笛打茶叶公司楼下巷子外的马路呼啸而过，此时夕阳正在西下，远处的江水被染得通红。已经到了预定接头的时间，桌上的电话却依旧沉默着，磁器口金鑫杂货铺没有传来余子川汤耀华盼望着的中共川东特委指示。

"先答应姓刘的，至于啥时候结婚以后再说。"屋子里的空气很沉闷，余子川一边抽着烟一边来回踱着步子，来自上游的一艘船不知为何拉响了汽笛，外面一下子变得喧闹起来。

"不行，答应了就必须结，共产党不能说话不算话。那么多先烈为了革命事业，死都不以为意，我嫁给一个国民党又算得了什么？况且只要嫁给他，他就为我们做事了。"汤耀华的凛然之气让余子川有种气短的感觉。

"可是……"余子川掐着烟头的手在空中划拉了一下，又无力地垂落下来。

"可是啥子？没有可是，我们现在就决定。"汤耀华说完举起了右手。

"你真要嫁给一个国民党狗特务？"余子川惊讶地看着汤耀华。

第四章 化蝶重生

“啥子狗特务？我只要嫁给他，他就不是狗特务了。而且……”

“而且啥子？”余子川的目光像箭一样射向汤耀华。

“而且我本身就很喜欢他。如果能策反，我愿意做他的妻子。”汤耀华坚定地与余子川对视着。

“那，那我们呢？”余子川垂下了头。

“我想过了，我们根本就不可能有结果。与其像现在这样，还不如拿去换最后的胜利。”汤耀华最后一句轻得几乎只有自己能听到。

“那你决定吧，我没得啥子好说的了！”余子川说完气冲冲地摔门而去。

汤耀华轻叹一口气，独自又想了一会儿，正要去拿电话，电话却响了起来。

“喂，你哪里？”汤耀华的心一下提到了嗓子眼。

“我是磁器口金鑫杂货铺，老板联系不上。”话筒里的声音一字一句说得很慢，语气却很确定。汤耀华放下话筒，心里反而没有了刚才的沉重。耀华知道，必须由自己做出决定的时候到了。她转过头看了看重又弹开的房门，再次拿起了话筒。

美式吉普停在秋日的夕阳下，给人一种安静的感伤。这是汤耀华给刘西尧打完电话的第二天黄昏，两人站在路边的一块岩石上，默默望着远方亮晶晶的江水发呆。时间在一分一秒地过去，有一段时间谁也不知道该说什么，只有风儿不时吹动着他们的头发和衣裳。

“你确定已经想好了？”刘西尧终于率先开口。

“我确定，而且愿意因此和你一起进步。”汤耀华转过头，很认真地看着刘西尧。

"我很爱你。老实说吧，现在你对我而言，比这个国家重要。但愿上帝也能让你这样爱我！"刘西尧伸出双手握住汤耀华两只柔嫩的手。

"你只要真心实意地改变自己，我会的。"汤耀华轻轻依偎在刘西尧的怀里。

磁器口老汤家的大小姐要嫁人了。这个消息一经传开，整个镇子就跟炸开了锅似的，无论茶肆酒馆还是药房商号，只要是人扎堆的地方，都能听到有关汤大小姐的议论。其实，镇里那些喜欢嚼舌头的人，对老汤家这位千金大小姐并非十分了解，许多人在回忆的时候都张冠李戴，不是将别人的事说到了汤耀华的头上，就是把汤耀华说成了另外一个人。不过，最闹心的还是汤家大院。首先，作为一家之主的汤少青就明显有些犹豫，他不明白女儿为何这时候找一个国民党军官结婚，甚至怀疑女儿很可能有什么隐匿或者另有他图。汤少青跟妻子说，若真是如此，女儿不仅会害己，还可能牵连汤家其他的人。而孙淑珍一开始也觉得丈夫的分析有道理，可一见到刘西尧本人，就把汤少青说的全忘了。在孙淑珍看来，刘西尧不仅相貌堂堂，举止得当，且待人处事也很讲究，老汤家觅得这样的女婿，简直就是一百年修来的福分。

汤家大院内外当家的思想不统一，自然要影响到下面的人，结果便成了窑场的挺老爷，院里的跟太太，说好说坏七嘴八舌，硬是弄得偌大一个院子不得安宁。这样的局面一直延续到汤耀华举行婚礼的前一天，汤少青破天荒召开了一个全院大会，规定从即日起，不得再私下议论汤家人的生活，如有违反者，就自行走人。当然，汤少青最终也默认了女儿的选择，他在前一天用过晚餐后，专门将女儿叫到上房，要

第四章 化蝶重生

女儿给汤家列祖列宗一个实实在在的说法。面对父母，汤耀
华的心里可谓是五味杂陈，她既不能坦白自己决定结婚的原
因，也不能泄露刘西尧已站在了共产党的一边。她只能告诉
父母，选择刘西尧做丈夫确实是经过了深思熟虑，绝不是违
心的举动。

　　按照规定，刘汤二人的婚礼从简，在西南长官公署礼堂
举行，证婚人是中将代理参谋长刘宗宽。刘西尧的同僚和老
汤家的亲朋好友共120多人参加了典礼。二处处长徐远举感
叹，在这风雨飘摇之际，能在长官公署闹腾的，恐怕也仅此
一例了！刘西尧那天着中校礼服，汤耀华穿大红色绲金边的
旗袍，两人拜过天地，再拜汤少青和孙淑珍，夫妻对拜时，
汤耀华低声告诉刘西尧，刚才没改口叫爸妈。刘西尧猛然醒
悟，急中生智端起桌上的两杯葡萄酒，将其中一杯递给汤耀
华，再次来到汤少青夫妇跟前，恭恭敬敬口称爸妈将葡萄酒
敬上，弄得循规蹈矩的司仪毫无准备，只能待在一旁傻笑。

　　"你在报社听到的消息多，接触的人也广，你说我们这
一大家子去台湾好呢？还是去哪里好？"韩雅琴看着手腕上
的翡翠镯子问汤耀华。

　　"要我说呀，哪里都不要去。跟着一个垮台的政府去台
湾，那叫不识时务。你看现在外面，树倒猢狲散，都成啥样
子了？"汤耀华拿起暖瓶，给韩雅琴的茶杯续上水。

　　"可是你袁哥是党国的人，哪里敢留下来嘛？"韩雅琴看
着汤耀华。

　　"袁哥又不是战犯，手上没沾血，应该没问题吧？"汤耀
华看了韩雅琴一眼，将嗓音压低道："我倒是听说连杨森都
有人劝他留下来。"

"这样啊？反正我爸妈都不愿去台湾，我也不想去，要是真没得问题倒是件好事。"韩雅琴若有所思地端起杯子抿了一口。

"妇人之见。你以为共产党会放过我们？自古做贰臣的，没一个有好下场。再说我受命于党国危难之时，岂能偷安苟且？我不管别人怎么样，我也管不了别人，但要我袁某人改弦易辙，绝对不可以！"袁志勋凶狠的样子，着实让妻子韩雅琴吓了一大跳。回想结婚这么多年，还从未见丈夫在家发这么大脾气，刚才就跟换了个人似的。韩雅琴自觉委屈，不禁伤心地哭了起来。

"好了好了，我也不是说你。只是想起这些天总有人在劝我，心里就烦！现在二处的人，一个个都疯了，今天在磁器口又抓了十几个，说是通共。以后类似的话不要再说了。"袁志勋坐到妻子身旁，轻叹了一口气。

磁器口今天确实如临大敌，还不到晌午，整个镇子就被军警包围，长官公署二处行动组的马组长亲自督阵，拿着照片挨家挨户地问，是否见到过照片上的老头儿。马组长还带人去了余家院子，问余不笑余子川回来过没有。余不笑自从知道儿子是共产党，就基本上不出余家的院门了，他跟管家说："今后木材帮的事就由你来管，有什么不明白的，就去找张大师爷。"余不笑说完就将自己关进后院的佛堂，再也不见任何人。余不笑看着马组长很恭敬地道："逆子若是回来，我定当将其绑来给你们。"马组长又叫人看了看前后院，然后又拿过照片问余不笑是否见过。余不笑摇摇头说："若是见到，也一定将其绑来给你们。"其实，马蛰马组长也知道，余子川根本不可能回家，那个老头儿就更不可能躲到余家院子了。但马组长还是想来看看，因为这座老院子藏了太多不为人知的故事。据渣滓洞监狱报告，老头儿名叫韩三，安徽黟县人，中共地下党，1936年被捕，被判无期徒刑，1946年转至重庆，关押在渣滓洞监狱。于当日早上随看守去磁器口买菜时脱逃。马组长看着院里的黄葛树，脑子里突然冒出一个念头："这老头说不定就是余子川策划逃走的。"

七

汤家大少爷这几天很纠结，国民政府西南军政长官公署要求恩师冯简教授一家不日迁往台湾。冯教授时任重庆大学工学院院长，是国内无线电研究的创始人，曾任中央广播事业管理处总工程师，负责主持修建远东功率最大的75千瓦广播电台和我国第一座35千瓦短波电台，即人称"重庆之蛙"的抗战时期中国国际广播电台，也是第一位只身进入北极圈考察过的中国科学家。冯教授不愿落下得意弟子，跟长官公署提出要汤耀祖陪伴同行。本来，已在中央通讯社重庆分社干得风生水起的汤耀祖，是准备顺着父母的意愿，回到冯教授身边当助教做学问的。可现在冯教授却要去台湾，而且还指定要自己陪同前往。一边是教导过自己的恩师，一边是生养自己的家人，这去与不去确实令汤大少爷犯了难。汤耀祖茶饭不思，夜不成眠地熬了两天，最后还是决定把心中所想说出来，由父母来做裁定。那天晚上，汤耀祖揣着一颗忐忑不安的心，走进了父母亲居住的上房。

"不行！老汤家就你这么一个儿子，你走了我们啷个办？"孙淑珍不等丈夫说话，抢先阻断儿子说下去。屋子里一下变得沉闷起来，三个人各想各的，谁都不知道说什么好。

"你说你的，不要受你妈影响。"汤少青终于打破僵持开了口。

"时局不好，我是想先……" 汤耀祖偷看了一眼母亲继续低声道："先随老师去台湾继续完成学业，待时局好转再……"

"时局时局，几十年了，你啥时候见到时局好过？"孙淑珍禁不住擦拭起眼睛，伤心起来。

"唉！你等耀祖把话说完嘛，他有他的道理，又不是你要去台湾。"汤少青有些埋怨地看了妻子一眼，让儿子继续往下说。

"我是想换一个环境安安静静做学问，重庆确实太乱了！特别是现在，人心惶惶，一天到晚说的做的都是要打仗，就连学生也分作了好几派，简直是不务正业。"汤耀祖说完又偷瞟了母亲一眼。

"嗯，说的倒是在理。但你想过没有，你这一去还能不能再回来？"汤少青拿起桌上的水烟壶，划燃一根洋火吧嗒起来。

"啷个不能？清华的钱伟长教授，钱三强教授，浙大的苏步青教授都是从国外回来的。等时局一好，我就跟老师请假回来看你们。"汤耀祖信心满满的样子，弄得汤少青只好把想说的话咽了回去，换了个另外的话题："你们学校还有人走吗？"

"有，光工学院这边就有十几个，文理学院还有。爸妈，你们就放心吧！他们说台湾那边的条件比这里好。当然，如果你们非要我留下，我就去跟老师说不去了。"汤耀祖垂下头，一副毕恭毕敬的样子。

"算了，我们也不留你，自己的路自己走。"汤少青咳了咳嗓子接着道："我们老汤家的祖训是学以致用，你今后不管在哪里，都要把学到的东西用在正道上。"汤少青又停了一会儿说："你去把家里那两个汗血天球瓶拿来。"

"你这是要干啥？老糊涂了？"孙淑珍惊讶地看着丈夫。

"妇道人家，头发长心眼短！男子汉大丈夫，做事情第一，整天守着个家有啥出息？耀祖跟他老师去台湾是对的，我支持！"汤少青严肃地看了妻子一眼，再次划燃洋火抽起了水烟。

那对由汤少青的天祖汤正鸿烧制的汗血天球瓶被放在屋里的八仙桌上，灯光下色泽温润，白里透青犹如浅翠，红点像玛瑙。汤耀祖还是第一次如此真切地体会到这对瓶子的不同凡响，仿佛他的二十三年短暂人生，突然间就跟这两个瓶子紧密地连在了一起，并且再也不能分开。

"你知道这是我们老汤家的传家宝，"汤少青看了看桌上的汗血天球瓶继续道："现在我把其中一只传给你，今后不管你到哪里，都必须带着这瓶子，保护好它就是保护好我们老汤家！"汤少青说到后面有些动容，他站起身长叹了一口气，将目光停在儿子的脸上轻声说："你拿着去吧！记住，要做一个对得起老汤家的子孙！"

"不行，不能让哥哥走！"与父亲不同，女儿耀华极力反对哥哥耀祖去台湾。她不仅以"去了就回不来"为理由，要

母亲制止，而且还希望汤耀祖劝说冯教授一家留下。汤耀华对哥哥说："重庆有许多人跟你一样，需要冯教授。他不应该走，他应该属于重庆。"

　　汤耀华自从与刘西尧结婚以后，就很少回家，差不多一周来一两次电话，询问一下家里情况及父母的健康。当然，有时也冷不防回来一次，但都是来去匆匆，连留下吃顿饭也没有过。汤耀华这次回娘家，是为了看看位于高石坎的金鑫杂货铺联络点是否出了问题。半个月前，刘西尧从长官公署看到一份绝密文件，内容是保密局局长毛人凤授权二处处长徐远举，秘密处置渣滓洞白公馆两座监狱里的共党政治犯。汤耀华得知消息迅疾告诉余子川，并通过磁器口金鑫杂货铺这个秘密联络点，将情报送给了中共川东特委。可是如今半个月过去了，营救计划和相关指示却一直没有传来，余子川怀疑联络点遭敌人破坏，不敢轻易打电话，只好让汤耀华亲自去磁器口查看。结果是要办的事情还没办，却听说哥哥即日将随冯简教授一家飞赴台湾。

　　汤耀华没能让父母阻止哥哥留下，那个风雨连连的秋天，她眼看着汤耀祖带着汤家那只汗血天球瓶，与恩师冯简教授一家随袁志勋夫妇一行于白市驿机场搭上去台湾的飞机，只能望天兴叹，恨自己无能为力。

　　磁器口的秘密联络点没有遭到破坏。汤耀华那天装作买东西，走进了位于高石坎的金鑫杂货铺。铺子里人来人往，大多是镇里人和附近的乡民。汤耀华在柜台间走走停停，眼睛看着货架上的东西，余光却留意着四周。她没有用暗语同铺子里的人接头，她只是想弄清楚这里是否还一切正常。按照余子川的交代，如果发现铺子有问题，即刻买一样与身份相符的东西离开。汤耀华没有发现联络点有什么可疑的地方，尽管如此，她还是买了一双绣花鞋垫，才若无其事地离去。汤耀华通过电话告诉余子川一切正常，然后又摇通了杂货铺的电话。暗语对上后，对方说他们也未得到指令，由于刚刚掩护韩子栋脱逃，为安全起见暂停了对外联络。

11月27日，针对渣滓洞白公馆两处监狱里政治犯的大屠杀开始了。刘西尧那天回家说，徐远举派了四大车宪兵配合二处的人展开行动，分别在白公馆、渣滓洞和松林坡处死了300多名共党和进步人士，并命令即日实施破厂行动。汤耀华闻讯当即昏倒在桌旁，吓得刘西尧不知如何是好。幸亏楼下住着一位医生，请来检查后说患者是受了惊吓，并无大碍，遂用糖开水服下几粒仁丹丸，汤耀华才渐渐于昏迷中缓过气儿来。

"破厂行动"是蒋介石11月初，指派毛人凤和兵工署督办的一项秘密任务，即对第十、二十、二十二、二十三、二十四、二十五、三十、三十一、五十等兵工厂以及大渡口钢铁厂、大溪沟电力厂、小龙坎军械总库和广播电台等军工重要设施实施毁灭性爆破，目的是致使这些单位至少在一年内不能恢复生产和使用。

其实，早在徐远举奉命策划破厂行动方案时，刘西尧就已将情报送给了汤耀华。但由于刘国定冉益智的叛变，中共重庆地下组织在1948年4月至1949年1月遭到严重破坏，能继续坚持斗争的同志，除组织各厂工人护厂外，便再也没有力量做更多的事情了。那天汤耀华从昏迷中醒来听到刘西尧说破厂行动即日实施，也顾不得外面已经戒严，立刻要了一辆黄包车去了储奇门。在茶叶公司二楼那间屋子里，余子川和汤耀华心急如焚，两人商量来商量去，也没能商量出一个可以阻止敌人破坏的方案。汤耀华说事到如今，只有去找找钱梦的父亲钱主任，看能否起到一些效果。余子川却悲观地认为，这些事情都是保密局在执行，姓钱的根本就没有说话的资格，找也是白找，弄不好还会伤了自己。两人陷入了茫然，不知接下来该具体做些什么。这时，楼梯上传来脚步声，余子川迅速拉开抽屉拿出手枪，与汤耀华退到门外的阳台。

"我可以告诉你们怎么做，也许能起到一定作用。"刘西尧一边说着一边打楼梯上到屋里。

"你、你啷个晓得这里？"汤耀华回到屋子，一脸惊讶地看着刘西尧。

"你们这里对我而言早就不是什么秘密了。出来吧，董老板。"刘西尧将视线再次转向门外阳台。

"为什么不征得我们同意就来？"余子川关上手枪保险，打阳台进来。

"情况紧急，再耽搁就来不及了。"刘西尧掏出香烟递给余子川一支，然后用打火机点燃。

"说吧，我们该啷个做？"余子川也划燃一根洋火将香烟点燃。

"不知道你们和商会的理事长柴永年熟不熟？如果能让他出面，应该有些办法。据我所知，反共保民军一师参谋长段举之跟他交情很深。另外，国防部第二警卫团的团长跟我是老乡，看是否需要我去跟他做点工作？"刘西尧用征询的目光看着余子川。屋子里死一般静，钟摆发出的嘀嗒声分外清晰，余子川站在桌前不停地吸着烟。

"行！我和你去跟你那老乡谈，看看能做到哪一步。柴先生这边耀华去试试。"余子川将吸剩的烟头摁进桌上的烟缸，下意识地看了一眼汤耀华。

应该说柴永年这些日子每天都在行动，自从与中共川东特委搭上线，柴理事长就联络重庆地界有分量的商人和知名人士，开始组织保护重庆城不遭破坏的民间力量。就在"11·27"大屠杀的前一天，柴永年与另外两位商界朋友，还去观音岩重庆警备司令部拜会了兼任司令的杨森市长，游说其不要对重庆城的重要设施采取不利行动，并得到了杨市长的口头承诺。

柴永年在黎明前听说国民党破厂行动已经开始，不免大吃一惊！急忙来到书房拿起电话给杨公馆打电话，可对方却说杨市长一夜未归。柴永年放下电话想了想，对一旁的汤耀华说："走，我们去保民军找段举之。"

此时，反共保民军一师参谋长段举之与师长廖开孝正急得像热锅上的蚂蚁，他们听着打南泉方向传来的激烈枪炮声，不知如何是好。听说柴永年亲临拜访，段举之心里不禁一动，旋即明白其中款曲。他忙跟廖开孝使了个眼色，让卫兵领柴永年进来。

为预防情况有变，柴永年将汤耀华留在距离保民军师部百米外的自家店铺，他告诉汤耀华，如果半小时后没见自己出来，就赶紧离开。柴永年进屋见段举之满脸笑容，且师长廖开孝也在场，心里便知道了一个大概。两人寒暄后，柴永年也不遮掩，直接说自己受中共委托，请廖师长段参谋长维护重庆城治安，保护市内重要设施免遭破坏。段举之连声道"好说好说"，并称廖师长和自己都有此意，就是不知道怎么跟共产党接洽。廖开孝也接过话头说："杨司令早就给我打过招呼，要我们保民军切实保护好重庆城。"

"好，这里先谢过二位长官！我这就带你们去见中共代表。"柴永年拱了拱手，然后一伸右手做了个请的动作。

"去哪里？"段举之疑惑地看着柴永年。

"不远，一会儿就到。"柴永年笑了笑，转身向门外走去。

当汤耀华出现在廖开孝段举之眼前时，二人不禁暗暗吃了一惊！共党代表竟如此年轻美貌，真是世事难料啊！柴永年给双方略作介绍，便将情况告诉汤耀华。汤耀华当即表示，只要廖段的保民军能够在解放军进城之前维持好城内秩序，保护重要设施不遭破坏，就算是反正。汤耀华随后开出了一串需要保护的工厂和单位，但廖开孝看后却摇了摇头，说不是自己和弟兄们不愿做，是根本做不了。因为所有的兵工厂和军械库都由徐远举的二处负责，其他任何单位和个人无法沾边。段举之见汤耀华有些不信，赶紧补充说大溪沟电力厂是警备司令部负责，没有保密局的人。柴永年听说是杨森的人，立刻表示愿去一试。

其时，大溪沟电力厂的护厂工人正同领命炸厂的警察对峙，双方火药味十足，冲突随时可能发生。柴永年和汤耀华从车上下来，负责的头目见是重庆城有名的财神柴老板，忙点头哈腰打招呼。柴永年让汤耀华去安抚护厂工人，自己则将警察头目拉到一旁道："兄弟们辛苦了，大家都是重庆人，炸也是炸自己的。前两天杨司令还表示不会让重庆城的重要设施受损，你们也就不要顶真了。我看这样，车上有些现大洋，你拿去给弟兄们喝茶如何？"警察头目见有好处，心想杨司令已飞往成都，命令执行与否也没人过问。便一转头对下面人说："看在柴老板的面子，我们就撤吧！"话毕指使两个兄弟去车上取出大洋，也不再说什么就此离去。

然而，第二警卫团团长却没那么审时度势，他看着刘西尧一脸冷淡地说："我不管什么破坏不破坏，我接到的命令是坚守重庆城，军人以服从命令为天职，你就不要再劝我了。"

"不是劝不劝你，而是要你放下武器投降。"装作刘西尧随从的余子川抬起手里的枪，两眼逼视着警卫团长。

"你，你是哪个？敢在我这里撒野？"警卫团长脸上掠过一丝惊恐。

"我是解放军。"

"啊！你们是……来人啦！"团长惊呼着刚想有所动作，即被余子川一枪击毙。随后进来的两个卫兵还未明白发生了什么事，也被余子川一声"缴枪不杀！"吓得两腿一软缴了械。刘西尧乘势出去向院里的官兵喊话，说解放军马上就要过江了，蒋介石杨森已经逃到了成都，大家没必要当炮灰，愿意回家的放下枪立刻可以走人，不愿走的就留下来帮助解放军维持城里的秩序，争取立功。众官兵见大势已定，纷纷表示愿意留下效力。此时天色渐亮，余子川命令警卫团官兵按原有部署，守护重庆城，准备迎接解放。

八

精神堡垒插上红旗那天早晨，汤少青刚出完窑，他抱着一只还未完全冷却的匣钵，走出飘着青烟的窑口，朝不远处灰蒙蒙的嘉陵江吐了口长气。这天是 1949 年 11 月 30 日，中国人民解放军第二野战军第 3 兵团所属 11 军和 12 军先头部队，分别从南岸海棠溪、李家沱以及嘉陵江北岸的江北城渡江进入市区。

汤少青蹲在地上打开匣钵，将一只约一尺八寸高的汗血梅瓶拿出来，起身对着跟嘉陵江差不多浑浊的天空照看，查验是否有瑕疵。这是一年来汤少青烧出的第四批汗血瓷，也是今年的最后一批。早在抗战胜利那个秋天，汤少青就宣布，往后老汤家的汗血瓷每年只出四窑，平均一季度烧一窑。如今四年过去了，4×4=16，马鞍山这口广正老窑也就烧了十六回，产出还不到一万件产品。然而物以稀为贵，汗血瓷越是产量少，价钱就越是卖得贵，如今重庆最顶级的瓷行，一只一尺八寸高的汗血梅瓶就能卖到5块大洋，而5块大洋在1949年的重庆，则可以买70斤大米或20斤猪肉，够一个五口之家整整吃上半个月。汤少青看着手里的梅瓶，眼睛不知不觉变得模糊，脑子里又想起了远走台湾的儿子耀祖。他止不住轻叹一口气，放下梅瓶愣了愣神儿，才缓缓迈开脚步，沿着石子路往山下走去。

汤少青这些日子确实经常想起儿子，他会在夜里突然惊醒，看着一脸诧异盯着自己的妻子说："我梦见耀祖了。"昨晚也不例外，脑袋刚一落枕便入了梦乡，渐渐地他看见耀祖骑一匹白马，打一望无际的人流中穿过，周围很安静，可无论自己怎么使劲喊，儿子却听不见，仿佛他们隔着一面巨大的玻璃墙。后来在耀祖走过的地方发生了爆炸，汤少青猛然醒来，吓出一身冷汗，孙淑珍看着惊魂未定的丈夫，不安地说了声："你还在做梦？都解放了。"那时，有零星的枪声打远处传来。

汤少青在石子路上走着走着，就听到镇子里有人喊"解放军来了！"他不禁加快步伐小跑起来。汤少青刚进到镇子就有下人来报，说大小姐穿着解放军的衣服回来了。汤少青又是一愣，但迅疾回过神，一言不发地往汤家大院走去。

汤耀华确实换上了一身土黄色军装，领着一个连的解放军到了磁器口。她后来跟父母讲，29日晚与柴永年成功阻止军警破坏大溪沟电力厂后，就与商会的温少鹤、周荃柏以及保民军的代表任柏雕一起，乘船去了南岸的海棠溪。由于天气有雾，他们在船头升起了一面白旗，并不断高呼是来迎接解放军的，以免造成误会遭枪击。汤耀华说这些的时候，还不时用手摸一下腰间的皮枪套，仿佛在告诉父母，她已经是一名革命军人了。

汤耀华带到磁器口的这支队伍，主要任务是占领中美合作所，查找渣滓洞白公馆两处监狱里是否还有中共地下组织成员以及进步人士。可令他们感到痛心的是来得太晚了！首先是中美合作所已是人去楼空，所有电台和情报资料都被转移，就连那些喂养的狼犬，也全部被带走一个不剩；其次就是两处监狱的惨状，白公馆几乎每一间牢房墙上都留下数不清的弹洞，地上全是发黑的血迹；渣滓洞更为恐怖，牢房里还冒着丝丝青烟，许多烧焦的尸体重叠在一起，根本分不清男女。经知情者指认，大家又在松林坡和电台岚垭找到几十具遭枪杀的遗体，其状惨不忍睹。一时间，歌乐山上哭声一片，伴着阴霾的天气，整座山城也悲恸起来。陆续赶来的市民有的抬着棺材，有的带着白布，每个人的表情都分外凝重，对国民党的残暴行径表现出极大的愤慨。刚刚成立的军管会举行了盛大的追悼会，将收殓好的烈士遗体集体掩埋在歌乐山下。

这年年底，磁器口呈现出前所未有的激情，尤其是年轻人，几乎都响应工作组的号召，加入了清匪反特的斗争行列。按龙隐茶馆包省心的话说，这叫做全民皆兵。当然"全

第四章 化蝶重生

民皆兵"并不是包省心第一个说的。早在抗日战争时期,毛主席就对开展敌后游击战说:"我们要做到全民皆兵,让敌人陷入人民群众的汪洋大海之中。"

磁器口的全民皆兵,主要体现在抓特务上。十年前,人们冒着飞机轰炸的危险,抓汉奸特务的劲头,如今得到了更广阔的发扬。现在,就连妇女也组织起来了,她们左臂上戴着红袖章,三个一组,五个一队,手拿洋铁皮做的话筒,分散在各条街道巡逻,挨家挨户宣传,家里来客人要去工作组登记,发现陌生人要立刻向工作组报告。熊照麟就是被这些妇女发现落入法网的。

1949年末,熊照麟如同一只惊弓之鸟,他在执行炸毁电话总机的任务后,原打算带着老婆孩子去成都,不料警卫团被余子川和刘西尧策反接管,重庆城遭封锁没能脱逃,遂潜回磁器口蔡家湾的岳父家躲避。为防止暴露,熊照麟的老婆和岳父均对外宣称,熊照麟去了台湾。从此,熊照麟躲在岳父家后面一间小屋里当起了鼹鼠,白天睡大觉,晚上没人的时候出来透气。熊照麟想去重大找自己的恩师林教授帮忙指一条路,无奈磁器口兴起的抓特务运动,让他寸步难行。这年腊月,沙磁区隆重庆祝解放后的第一个春节,家家户户要张灯结彩,爆竹连连。熊照麟岳父是镇子里公认做灯笼的一把好手,妇女会一位干部上门请他给河街做几个大红灯笼,却发现熊照麟岳父的表情异常紧张。于是这位女干部第二天将熊照麟的儿子带到僻静处,问他爸是不是在家里。十岁小儿经不住连哄带吓,一边吃着妇女干部给的麻糖,一边点着头说他爸就藏在后面的屋子里。

那个阳光明媚的春天,在逃的渣滓洞监狱看守所长,外号"猫头鹰"的徐贵林也在南岸弹子石惠工村落网。徐贵林是杀害江竹筠等30位中共地下组织成员，制造"11·27"渣滓洞监狱大屠杀的直接凶手。据徐贵林交代，解放军进城时，他曾率部去华蓥山打游击，后在南部县编入胡宗南七十六军第80师，一个月后于四川三台县被俘。由于隐瞒身份，徐贵林获得一般俘虏遣返待遇，借机潜回重庆，想蒙混过关再谋出路。碰巧被曾经关押在渣滓洞监狱的裕华纱厂托儿所所长认出。西南公安部接到举报，立刻命令18分局实施抓捕，并于同年5月对徐贵林执行了枪决。

与这些充满激情的妇女不同，汤耀华躺在汤家大院昔日的闺房已有一星期了。自从参加完"11·27"死难者葬礼，汤耀华就病了。她一会儿看着头顶上灰蒙蒙的天花板浑身冰凉，一会儿又说着胡话烧得跟块炭似的。刘西尧几次要送妻子去医院，都被汤耀华拒绝了，后来还是进驻磁器口那个连队的军医，给她打了两针盘尼西林，烧才退下去。

汤耀华斜靠在床头，喝着丈夫送到嘴边的一勺勺糖开水，心里却怎么也甜不起来。她望着刘西尧背后的窗户，外面空荡荡的一片白，仿佛世界融化成了无边的虚无。

"不要再想了，古往今来改朝换代都少不了要流血的！"刘西尧将一块白手绢递到汤耀华的手上。

"你不觉得难过吗？"汤耀华用手绢沾了沾两只眼睛的眼角。

"难过又有什么用？这是代价，我们只是比他们运气好一点而已。"刘西尧叹了口气，拿起一旁的烟盒抽出一根去门口燃上。

"西尧，我现在好害怕！"汤耀华放下手绢，痛苦地闭上眼睛。

"现在还怕什么？已经解放了，你是新政权的功臣。"刘西尧坐到床边，将妻子的一只手握住，两人陷入了短暂的沉默，屋子里只有座钟发出嘀嗒嘀嗒的声响。

"你的新工作安排了吗?"汤耀华突然睁开眼看着丈夫。

"没有，他们说还在审查，要再等等。"刘西尧吸了一口烟，将目光转向窗外。

"有问题吗? 我去找他们说。"汤耀华挣扎着想从床上下来，却被丈夫一把按住道："没事，让他们查清楚也好，免得以后麻烦。"

"余子川没跟你说啥?"汤耀华再次看着丈夫。

"人家现在是大忙人，成天连个人影都见不到，他能跟我说啥?"刘西尧苦笑着摇了摇头。

"这还讲不讲道理呀? 当初可是他同意的，怎么就成这样了?"汤耀华将手放在丈夫的手上，一脸的愤愤不平。

其实，在如何安置刘西尧这个问题上，有关方面确有两种不同意见。一种认为刘曾经是军统，应该先改造再使用；另一种则觉得既然已经反正，就应该给予相应的待遇。对此，余子川倒是说出了自己的心里话："这些反正的人，谁知道他们心里在想些啥子?"

余子川自从公安局成立，就当上了沙磁区负责清匪反霸的副局长。余副局长坐在绿色美式吉普车的后座上，沿着嘉陵江来回地奔跑，心里有种说不出的满足。他常常对随行的属下说："重庆是国民党在大西南的老巢，斗争非常残酷，大家在工作中千万马虎不得。"每逢此况，属下们也就备感自豪，觉得自己能在如此重要的岗位上与敌人作斗争，是组织的充分信任。余副局长还跟大伙儿讲一些地下斗争的经验，教那些从正面战场下来的同志如何甄别敌特分子。一时间，沙磁区的清匪反霸工作搞得如火如荼，伪装潜伏的敌特分子几无藏身之地。用西南军政委员会委员方一鸣的话说："余子川就是一只善于捉老鼠的猫，不论老鼠有多么狡猾，都逃不出他锋利的爪子。"

方一鸣即是大家都熟悉的方先生，作为曾经的重庆地下党负责人，方先生随刘邓大军回到重庆做的第一件事，就是寻找余子川。方委员告诉西南局的领导和公安支队的同志："现在最熟悉重庆情况的同志，就是余子川。"

方先生再次见到余子川，是在进城后的第二天下午。那时，余子川被反绑着双手，关在南岸玄坛庙旁一间狭小的杂物房里。据看守的士兵说，他们在江边遇见此人，自称是地下党。班长怀疑像逃跑的国民党特务，遂将其拿下，待过江后交上级处理。

方先生看了看望着自己笑而不语的余子川，将士兵打发走，然后给他松了绑。二人来到外面，余子川不等方先生开口便说肚子饿了，要方先生请客。方先生也不推辞，就近找到一家路边店，胡乱弄了两个菜，要了一竹筒高粱酒，便坐下喝起来。

"咋个跑到这里来了？"方先生将酒倒在两只土巴碗里，端起一只呷了一口。

"接你们呀！"余子川夹了一块肥腊肉送到嘴里。

"汤家丫头呢？"方先生停住夹菜的筷子，看着余子川。

"跟柴永年在一起，我就是来找他们的。"余子川端起土巴碗喝了一大口。

"听说她跟一个反正的国民党军官结婚了？"方先生掏出香烟递给余子川一支，自己燃上一支。

"还是个军统。没得办法，她比我还犟。"余子川借着方先生的火将烟点燃。

"据说当时情况紧急，联系不上组织，也算是不得已吧!"方先生拿起土巴碗跟余子川碰了一下。

"是啊! 现在看来，要是刘西尧那天在国防部会议上报告了国民党在渝东南防线上的疏漏，恐怕这一仗真的就难打了。"余子川又喝了一大口。

"嗯。现在重庆解放了，最要紧的是阻止国民党特务搞破坏，迅速恢复社会和生产秩序。"方先生终于夹起一块肉送到了嘴里。

"组织有啥子具体安排?"余子川又夹了一块笋子咀嚼起来。

"吃完饭你就去军管会政治部报到，他们会给你安排工作。"方先生话音刚落，后面山上就传来一阵枪声。一个警卫员打探后回来报告，说搜山部队遇见一股残匪，指挥员请首长赶快离开。

其时，方先生和余子川哪里知道，这股残匪就是马蛰马组长率领的二处行动组一部和半个连的宪兵。他们是在炸毁铜元局第二十兵工厂后逃至南山的，马组长认为只要与白马山防线撤下来的国军会合，就可以重新形成力量往贵州方向突围，然后去云南到缅甸。马组长终于还是离开了妻儿，他有些沮丧，但更多的是愤恨。马组长的愤恨是同沮丧紧密相连的，他越是对自己兢兢业业勤勤恳恳落得的下场感到悲哀，就越是恨那些误党误国的官僚。什么他妈的大西南防线，连个屁都不是。长官公署那些白痴不管是真傻还是装傻，全都应该抓去枪毙。马组长的脑子正想着，前面就突然枪声大作，一瞬间倒下好几个，一颗子弹还擦着马组长的头顶飞过，差点要了他的命。

"散开，散开! 快占领山头。"马组长无论怎么喊，队伍都乱作一团，完全失去了抵抗能力，一个个自顾自地乱放着枪四处逃窜。

战斗只持续了十几分钟，残匪便被解放军包围。这场战斗敌方脱逃4人，被击毙16人，重伤2人，轻伤7人，其余43人全部缴械投降，解放军轻伤1人。这也是继南泉激战后，人民解放军在重庆近郊进行的最后一场战斗。

九

刘西尧做梦也没想到，自己昔日的上司，西南长官公署中将代理参谋长刘宗宽是共产党的卧底。而更令其吃惊的是，那个曾被自己看到的防御隐患，就是刘宗宽将军的杰作。刘西尧看着眼前面带微笑的老上司，竟把要说的话全忘了。刘西尧是来感谢刘宗宽为己出力的，昨天一早，军管会派人通知刘西尧去文史馆报到上班，并说是刘参议员刘宗宽将军的意见。刘西尧回家将情况告诉妻子，汤耀华才笑着说，她也是在解放军进城后，才知道刘将军是自己人的。

"小刘啊，我知道你在想什么。"刘宗宽含笑止住刚想说什么的刘西尧继续道："我也在这么想。难道不对吗？老蒋独裁，倒行逆施，我们应该说都对得起自己的良心！"

"刘参谋长，哦不，刘参议员，属下明白。"刘西尧愣了愣，习惯性地打了个立正。这时，一个戴眼镜穿中山装的小伙子进来，说刘司令员有请刘参议。刘宗宽看了看刘西尧道："好好干吧年轻人，今后的路会越走越宽的。"说完也不

第四章 化蝶重生

·355·

等刘西尧回答，便跟着戴眼镜的小伙子出了房门。

那个初夏，刘西尧干上了资料整理工作，他每天早晨八点准时到位于沧白路的办公室，将资料员送来的一摞摞资料进行分类，用毛笔蘸取红蓝两种颜色的墨水给资料编号建档，登记后再放进一个个木制的柜子。刘西尧干着这些枯燥乏味的工作，脑子里就不由自主地冒出一些奇怪的念头，比如，自己要是在长沙战死，若真有灵魂的话，现在该在哪里？再比如，要是没遇见妻子耀华，他会不会跟着蒋介石去台湾？刘西尧想着想着不免就有些走神，对面的老钱就会咳一下嗓子，让刘西尧把飘得太远的思绪拉回来。老钱就是钱梦的父亲，原国民党兵工署驻重庆办事处的钱主任。

钱主任也就是老钱，并没有跟随杨森去成都，更没有参与保密局对兵工厂实施的一系列破坏。老钱在解放军进城的前一天晚上，带着妻女和一口皮箱躲进了兵工署的一间密室，待到重庆一解放，又从密室里出来，将皮箱交给了军管会。当然，皮箱里的东西自然珍贵，据说刘伯承司令员看了也忍不住一拍大腿称赞："这些东西是宝贝啊！"

皮箱里装的是重庆所有兵工厂及其设施的图纸，这对于恢复生产至关重要，于是钱主任也就被算作起义人员，安置在文史馆工作了。老钱虽不会打仗，但对于当今世界各种武器性能的优劣，可谓烂熟于心。比如针对二战中德军虎式坦克与苏军T-34坦克，老钱就有这样的表述：虎式坦克火炮威力大，防御能力强，但油耗大，补给困难，坦克重量紧密压在悬挂系统，导致维修难。由于自重大，灵活机动性较T-34差，成本就更不用说了，虎式坦克的原材料和建造费用，相当于T-34坦克的三倍，因此，在整个大战期间，它的生产数量也远远不及T-34，虎式坦克1型产量为1355辆，2型只有

500辆，而T-34则生产了50000辆。如此大的数量差距，即使虎式坦克性能再优越，也不可能对战局产生决定性的影响。

刘西尧和老钱同属一类，每日又相处一室，自然就亲近起来。他们常常下班后去附近的小酒馆喝两杯，聊一些共同关心的话题，日子一长竟成了习惯。这年端午节前，老钱说要请假回老家汉口看看，临行的前一天，两人下班后又去了小酒馆。刘西尧从包里拿出一瓶茅台说："今天喝自家酒，点菜就是。"老钱也从包里拿出一瓶剑南春笑道："我也是这样想的，那今天就来个一醉方休！"不过，那天两人都没喝多少，更谈不上一醉方休。酒瓶才打开就没话说了，老钱看着刘西尧动了动嘴唇，就把想说的话咽了回去，刘西尧也看着老钱不知从何说起。两人就这样一声不吭地闷着喝了三杯，老钱才叹口气道："算了，还是不要喝多了，免得人家说闲话。"刘西尧也看着老钱点头说："是要注意影响，现在解放了，比不得从前。"

老钱走了，刘西尧又回到了孤独乏味的工作中。由于耀华一天工作上的事情多，刘西尧也就有事无事待在单位。常常是别人都走了，他还一个人看着桌上的资料发呆。打扫卫生的大嫂见刘资料员天天如此，便夸赞刘老师这样拼命工作，年底一定会评为先进。弄得刘西尧哭笑不得，连说过奖过奖。

端午节这天，侯师长带着太太秦艳秋来到磁器口的汤家大院，令汤少青一家好生欢喜。侯世聪已近七十，头发胡子全白了，他用拐杖指着门前贴的对联道："这是少青的字吧？嗯，像那回事！"孙淑珍在一旁忙笑着说："还不是你这个师父教得好，就他，哪有那个悟性哟！"众人笑着进屋喝茶。侯师长刚当上重庆市各界人民代表会议协商委员会副主席，心情如沐春风，他看着堂上挂着的自己三十年前写的一幅中堂，很有感触地说："少青啦，我们都是旧社会过来的人，如今可是跟从前两样啰！"

"少青愚钝，还请师父多多开导。"汤少青夫妇接过下人送来的茶，恭敬地给侯师长夫妇献上。

"少青啦，我今天一是来看看你们一家，再就是想跟你商量，过完端午要成立商会，政府有意让你出任沙磁区的商会会长，不知你意下如何？"侯师长揭开手里的盖碗，轻吹茶沫呷了一口。

"少青不才，只怕担当不起，辜负了新政府。"汤少青朝着师傅抱了抱拳。

"呃！什么辜负不辜负的，现在解放了，百废待举，能出力的大家都要出力。人家周区长怕你有顾虑，专门找到我，要我跟你说这件事。我看啦，你也不要多想，就这么定了。"侯师长甩了甩左边的空衣袖，用拐杖有力地戳了一下脚下的青砖笑着道："今天端午节，准备了啥子好吃的？"

"有，啥都有！你喜欢的粽子、冬瓜炖肘子，扣肉，师娘喜欢的火爆鸭肠，糖醋排骨，辣子鸡，哦，我再叫他们弄个炸酥肉，这是师父的最爱！"孙淑珍说完赶紧去安排，乐得侯师长夫妇忍俊不禁。大家正说笑，下人又报方先生到，于是忙起身去门口迎接。

方先生一袭灰色长衫，外罩黑色马甲，还是原来大家熟悉的药房郎中打扮，身后站着一位穿军便服的中年男子。方先生见侯世聪夫妇也在，忙打趣说："侯副主席伉俪也在，看来我们是不谋而合呀！过节都待着无聊，来这里打秋风蹭酒喝。"侯世聪却故意撇清："呃，我们是来看徒弟的，跟方委员不一样哈!"逗得大家又是一通开心的笑。这时方先生让身后中年男子上前道:"少青啦,给你带来一个客人。你们虽然没有见过面,但是十多年前就有交情哟!"见汤少青没有回过神,中年男子遂自我介绍:"汤老板你好哦,我叫杜凤山,十四年前你给我们送过药,还记得不?"

"哎呀!是杜老板,欢迎欢迎!请里面坐。"众人这才说笑着回到堂屋重新落座,方先生对着侯世聪夫妇给杜凤山介绍:"这就是重庆城大名鼎鼎的侯世聪侯师长侯副主席和他的夫人,著名川剧艺术家秦艳秋秦先生。"然后又给大家道:"杜凤山同志是西南军区作战部侦察处的处长。杜处长从红军时期就跟随贺龙司令员转战南北,早就想来看看汤老板一家了。"

"不敢当不敢当,那都是方先生方委员当年一手安排的。"汤少青谦让着,拿起茶壶给方先生杜凤山一人倒了一杯茶。

"呃,郑江龙今天咋个没来?"方先生往四周看了看。

"哦,他去三溪口他舅舅家团圆去了。"汤少青拿着烟散给大家。

"郑江龙也在磁器口?"杜凤山顾不得点烟继续道:"这小子可是个人物!当年要不是他派人把药送到柏杨坝,我一个人还真没办法!"

"郑江龙给你们送药后没多久就回来了,抗战的时候抓特务也是把好手,后来也帮过我们。所以解放后没有按反动会道门头子处理。"方先生端起杯子喝了一口茶。

"就是,新政府应该考虑这些人的出路。我前两天还递交了一个提案,叫《关于改造旧军政人员的几点意见》,算是读毛主席《中国社会各阶级的分析》得到的一点启发吧。"侯师长看了看大家。

"还是师父给我们树立了一个好榜样，任何时候都离不开学习。"汤少青拿起水烟壶抽了一口。

"关键是侯副主席不仅学得好，还用得好呀！"方先生补充着又看了看四周问汤少青："咋个没看到耀华他们呢？"

"两个人都加班，快要回来了。"孙淑珍正准备拿茶壶给方先生的杯子续上，就听屋外台阶下传来汤耀华的声音："妈，今天过节，弄啥子好吃的？"

汤耀华大病初愈后，由方一鸣方委员向组织提请，安排在统战部工作。方先生看着精神抖擞的汤耀华说："你们统战部节假日也要加班啦？"耀华说："是呀，忙到给侯爷爷他们这些风雨同舟，肝胆相照的民主人士送粽子啊！"逗得大家又禁不住笑起来。那时，耀华已身怀六甲，方先生得知后很严肃地对耀华说："革命者不仅要对工作负责，还应该对下一代负责。"叮嘱耀华明天就给领导说明情况，不再加班了。

然而，老汤家的每一次欢聚，都或多或少会牵动镇上另一个人的心，他就是余家院子的主人余不笑。余不笑已经老得不成样子了，从上到下凡裸露在外的皮肉，无不皱纹密布，干瘦如柴。余不笑已经很久没在磁器口镇露面了，他深居后院每日礼佛，除了送饭打扫卫生的老妈子，其他人一概不准踏进院子半步。余不笑曾对几月前跟自己道别去香港的张秉文说，这辈子他哪儿也不去，就死在余家院子了。余不笑之所以敢留在磁器口，很大程度是仗着儿子是共产党。在余不笑看来，只要儿子在，老余家就可保平安。但令余不笑难以接受的是，从解放到现在已快半年了，余子川却一次也没回过余家院子。余不笑也差人去找过儿子，可连余子川的影子都没见着。去的人每次得到的答复都是余副局长在做外调，不知何时返回。余不笑恼是恼，倒也不气馁，仍交代下人隔三岔五去探访儿子。今年大年三十，余不笑估摸着儿子再忙也该回家吧，吩咐下人将团年饭操办得特别讲究，说老余家好长时间没过热闹年了，可余子川最终还是没回来。真是作孽啊！一年前，赵小曼带着女儿妞妞跟公公辞行去美国，且留下一纸离婚协议，要公公转交余子川。余不笑是既不屑又伤感，不屑的是这个丧门星儿媳妇终归脱离余家了，伤感的却是自己的亲孙女也要离他远去。余不笑那天拉着小孙女的手说："不要跟你妈走，留在爷爷这里，将来一切全都是你的。"小孙女却眨巴着眼睛看着余不笑，突然吓得大哭起来。余不笑后来告诉张秉文，那妞妞一点不像余家的人，他怀疑是不是儿子的骨血。张秉文听后哈哈大笑，说余不笑已经老糊涂了，连儿子什么人都不知道，这世上即使有十个赵小曼，也休想骗得过余子川。

　　的确，余子川的精明是一般人望尘莫及的。就拿抓捕西南军政长官公署二处行动组的中校组长马蛰来说吧，如果不是余子川，估计马组长那天就打调查组的眼皮底下溜过去了。

　　马蛰马组长从南山逃脱后，知道靠硬冲突围根本行不通。于是，他决定先找个地方潜伏下来，待时局缓和下来再作打算。马蛰马组长非本地人，只有妻子娘家是重庆人。但妻子的娘家肯定去不得，去了就是自投罗网。马组长思来想去，终于想起妻子有一个表弟住在合川大河坝乡。于是，马组长历经艰辛，藏到了合川大河坝乡白马村妻子表弟的家里。大河坝乡又称下太和乡，位于合川县的西北部，与铜梁、潼南毗邻，马组长原打算在此躲一阵便取道遂宁前往川西。谁知妻子的表弟酒后失言，说出了马组长与自家的关系。信息传到重庆，余子川正在军管会听取清匪反霸工作部署，闻讯即刻找市局领导请求去合川调查抓捕。时任局长刘明辉考虑到余子川曾与马蛰有过交锋，对其情况比别人熟悉，遂批准由余子川组建调查组并担任组长。

余子川抓到马组长那天，马组长正欲外逃。马组长将手枪藏在一捆干柴里，手拿砍刀头戴草帽，装扮成一个砍柴的农民，刚一出村就碰见了调查组。马组长无处躲避，只好硬着头皮迎着走过来。此时余子川跟在当地一位土改积极分子的后面，一行人与马中校擦肩而过时，余子川发现积极分子与砍柴人没有相互打招呼，便问积极分子过去的老乡是否认识，积极分子说从未见过。余子川闻言一惊，随即大喊一声"马蛰！"那砍柴人竟无反应，仍继续前行。但余子川却清楚地看到，那只握砍刀的手不由自主地紧了一下。

马蛰马组长落网了，周蓝的遗骸也在距离杨家山气象台不远的一处树林里找到。余子川看着挖出来的战友一根根白骨，泪水止不住一个劲地往外涌。那个细雨绵绵的春天，余子川遵照王彦平的托付，将周蓝的遗骸安葬在了南山的一棵树下，并在写有"革命烈士周蓝之墓"的石碑旁，种下了一株红梅。余子川看着枝叶繁茂的红梅，昔日周蓝沉静冷艳的样子又浮现在了眼前。余子川知道，自己心中最痛的那个地方还将继续痛下去。

十

余子川终归没有回余家院子过端午节，他开着美式吉普沿嘉陵江顺流而下，去了重庆东水门外一家号称"老不死"的火锅店，这也是过去有一段时间，余子川和汤耀华常来的地方。他找了个僻静的角落，要了平日里喜欢吃的毛肚鸭肠和豆芽，又额外加了一壶高粱酒，便独自吃喝起来。其实鸭肠并非余子川所爱，只因汤耀华好这一口，才要了一盘品尝。余子川已很长时间没有见到汤耀华了，自从掩埋好周蓝的遗骸，他突然对耀华有了一种莫名的思念。工作之余，余子川会情不自禁地想起过去跟耀华在一起的点点滴滴，有时甚至会因此夜不成眠。余子川觉得他是爱耀华的，之所以没有冲破层层阻挠跟耀华在一起，责任完全不在自己。如此一来，痛苦不知何时就打心底最柔软的地方悄然升起，经血液抵达身体的每一个角落，弄得余子川常常心烦意乱，生活不在状态。进入夏季，天气酷热，余子川的睡眠越发地减少。他有时会站在窗前，仰望浩瀚的星空，猜想汤耀华此时是否也跟自己一样，遭受着相同的内心折磨。当然，余子川也不止一次地说服自己，耀华已是别人的妻室，早就与他没有任何关系了。可这样的说服却显得很是苍白，且每出现一次，随之而来的痛苦就会加剧一分，余子川感觉自己快要崩溃了。

由于在清匪反霸斗争中表现突出，余子川于这年夏天，调任市公安局政治保卫处处长。新的工作千头万绪，余处长将全副精力投入到保卫来之不易胜利果实的同时，也暂时缓解了内心隐藏着的痛苦。到新中国第一个国庆来临之际，余处长已破获特务案件300多起，抓获国民党潜伏特务1000多人，再次得到西南局首长的肯定，在庆功颁奖典礼大会结束时，竟与汤耀华来了个不期而遇。

大半年不见，汤耀华已是孕妇，短发配上土黄色的大号

军装，显得既有革命者的朝气，又不失母性的温柔。余子川
第一眼看见完全愣住了，还是汤耀华率先打招呼："余处
长，好久不见，别来无恙?"

"好好，这半年没你的消息，不想都快做妈妈了!"余子
川的脸上微微有些发烫。

"是啊，时间过得真快呀! 不过我倒是听方副市长经常
说起你。"汤耀华依然微笑着。

方副市长就是方委员，也就是方一鸣方先生。方先生当
副市长已有两个月了，他在离开军政委员会的前一天，专门
找汤耀华谈了话，告诉有关部门已调查完结，刘西尧一点问
题没有，组织上正在考虑调整他的工作，同时也让汤耀华不
要把这事放在心上。方委员还特别问到汤耀祖有没有消息，
说如果他想回来，党和政府一定欢迎。

余子川其实也不是一点都不知道汤耀华的情况，尽管半
年未见面，但有关汤耀华的消息却也没断过。比如组织关于
刘西尧的调查，就是方委员交代余子川尽快结束的。

余子川刚接手政治保卫处工作时，组织对刘西尧的调查
还在进行。那时刘西尧已去了文史馆，除了不时与老钱喝两
杯，每天大部分时间都是在故纸堆里打发时光。余处长其实
对调查刘西尧丝毫不感兴趣，甚至觉得多余，毕竟整个环节
他是最清楚的人。然而，余处长却没有叫停，一方面这是组
织的要求，再者就是在他的内心深处，有一种说不出的感
受，让他不愿接受刘西尧这个人。他曾对汤耀华说："一个
无产阶级革命先锋战士，是不可能与国民党军统人员有共同
语言的。"汤耀华闻言很是生气，反问余子川："一个帮你得
到情报，策反敌人警卫团的同志，你认为还是军统特务吗?"

"那也是形势所迫，不得已而为之。"余子川痛苦地低

下头。

　　"照你这么说，还应该抓起来哟？你不觉得你很过分吗？"汤耀华气愤地看着余子川，心里有种说不出的委屈。其实有那么一段时间，汤耀华尽管和刘西尧结了婚，但情感上依然没有完全放下余子川。一个人独处时，她会反复拷问，对刘西尧是否只允许开展工作而不能有感情？或者任务完成后即应该考虑与刘西尧离婚？可随着时间的推移，汤耀华的感受和认识渐渐发生了变化。首先，刘西尧根本不是余子川说的那种不能与之有共同语言的人。自打汤耀华答应嫁给刘西尧那天起，刘西尧确实就兢兢业业地履行了自己的诺言。虽然彼此心里明白，他们的结合并不纯粹，但各方面表现出的默契却令汤耀华暗暗吃惊。刘西尧具有稳定的心理素质和判断能力，他的不急不躁常使性急的耀华不得不佩服。有时工作上两人也会出现分歧，只要刘西尧一耐心讲解，汤耀华也就会欣然接受。其次，也是最重要的一点，刘西尧非常懂得关心人。相比公子哥儿出身的余子川，刘西尧不仅脾气温和，善解人意，更让耀华感到欣慰的是没有大男子主义，无论在外还是在家，刘西尧的那份尊重都让耀华感到温暖和踏实。

　　"方副市长不是在批评我吧？我也好长时间没看到老领导了。"余处长往四周看了一眼又道："看来今天是有啥要紧事？没来。"

　　"你要真想见他，后天去磁器口一心楼，我爸给侯爷爷祝寿，方副市长到时也要来。"汤耀华保持着微笑，用手捋了捋额前的头发。

　　"算了，还是你们热闹吧！我有一大堆事情等到的。代我向侯副主席方副市长问好！哦，还有你爸妈。"余子川略显尴尬地笑了笑，随即挥手告别离去。

汤少青给师父侯世聪祝寿，还是方副市长提议的。一个月前，毛主席决定出兵朝鲜，抗美援朝，保家卫国。中国人民解放军将以志愿军的名义，雄赳赳气昂昂地跨过鸭绿江。同时，进军西藏的十八军也已在进军拉萨的路上。那天，作为沙磁区商会会长的汤少青去市府开会，刚进院子，一辆外出的黑色轿车就停在了他的身旁。方副市长也就是方先生打车里下来，热情地问汤少青到市政府有什么事。汤少青说是来开会，听上面传达支援抗美援朝的文件精神。方先生一边点头一边叹道："是啊，我们现在急需援助，打仗不能没有钱啦！你们商界能够积极行动起来，是件大好事啊！这方面，侯副主席可是大家学习的榜样哦。"

"哦，我师父做什么啦？"汤少青颇感兴趣地问。

"你师父是个能人啊！"方先生伸出右手竖起大拇指赞道："他一个人发往香港的电报，就要回来上千万的港币，这对部队是多大的支持啊！"

"哟，我还不晓得！这阵子忙，没顾得上去看师父。"汤少青有些惭愧地抠了抠后脑勺。

"找个机会给你师父庆功，他太了不起了！"方先生正要上车，突然又停下道："我记得侯副主席的生日好像是在下个月吧？"

"对呀！阴历八月初五阳历9月16号，下个月中旬，还有十多天。"汤少青猛然想起。

"你可以安排一下给他祝寿，要办得风光，到时我也来参加。"方副市长一边上车一边叮嘱着。

由汤少青操办的侯世聪70岁寿宴，可谓是新中国成立后，磁器口级别最高、场面最大、情景最热闹的生日宴会。

如果套用如今央视的报道手法，肯定少不了这样的介绍：今天前来道贺的有，重庆市人民政府方一鸣副市长，西南局农林部陈铁部长，西南局统战部程子健副部长、西南局统战部彭友今处长，重庆大学常务副校长章琪元先生等领导同志和专家学者，以及重庆商会柴永年会长等社会名流。

　　宴会从午时12时开始，一直持续到下午两点结束，从一心楼到高石坎，一色的八仙桌沿街排开，凡经过门前的住户也全部入席。每桌按四荤四素配置，当地产高粱酒管够。主会场一心楼张灯结彩，大门两侧贴着慧能法师书写的对联：彩灯高照福庆长乐，红杏在林寿征二月；爆竹连声同祝久安，碧桃满树时待仲春。宴会由原《商务日报》社长高允斌主持，柴永年致辞，对侯世聪的大半生作了较全面的评价。席间，侯师长和夫人秦艳秋还唱了一段《杨家将》，引来无数喝彩，将宴会推到了高潮。许多上了年纪的人现在回忆起来，仍是津津乐道，仿佛那一幕就发生在昨天。

　　然而，在所有来参加寿宴的客人中，最引人注目的却不是那些高官贵人，而是无任何头衔的原米粮帮帮主郑江龙。郑江龙已有好几个月没在磁器口露面了，据知情人士披露，郑江龙的米粮帮属于反动会道门，刚解放时有人闹着要将其逮捕处决。幸亏汤少青四处奔走，经方副市长也就是当时的方委员出面证明，郑江龙曾为地下党出过力，属于统一战线阵营，才免遭劫难。

　　郑江龙没有要求组织安排工作，一时间成了两手空空的无业游民。好在有汤少青相助，将城里磁器街自家的一间门市给郑江龙经营，并以代销方式供应各种瓷器，才让郑江龙有了自己的饭碗。其时，老汤家的田产已在土改中悉数上交，钱庄里的钱也全部捐给了抗美援朝和进军西藏，一大家

第四章 化蝶重生

子的收入陡然减少，全靠广正泰窑场支撑度日。郑江龙是个知恩图报的人，见汤家日子过得紧凑，便放下脸面找昔日江湖上的朋友帮忙，使汤家的瓷器销量达到了有史以来的最高峰。不然，汤少青而今要给师父的寿宴弄出这等排场，恐怕还真是心有余而力不足。

郑江龙原本不想凑这个热闹，但汤少青觉得师父也帮郑江龙说过好话，到时当面道声谢是应该的。于是便对有些犹豫的郑江龙说："你的事侯副主席也费了不少口舌，若不来面子上恐怕说不过去。"郑江龙一听这话，也就没什么可说的，只好答应参加。为了表达心意，他还提前以自己商铺的名义预订了一个花篮，请汤少青帮忙题写了贺词。

郑江龙坐在一心楼这些大人物中很不自在，却又不好提前退席，只得强作欢颜，企盼宴会早些结束。好在汤少青善解人意，席间安排女婿刘西尧和养子汤耀荣作陪。汤耀荣参军刚通过政审，即将奔赴朝鲜战场，自然不愿与郑江龙这样一位昔日的帮派舵爷坐在一起，不一会儿便借口有事离去，剩下刘西尧和郑江龙各自面对。要说这刘郑二人，往日里并不熟悉，刘西尧还是从岳父口中断断续续知道一些有关郑江龙的情况，而郑江龙对刘西尧就更陌生了，只是在刘西尧汤耀华的婚礼上见过一回。善于捕捉对象心理的刘西尧，估摸着郑江龙定是坐在这里难受，便拿过两只喝茶的大杯，倒满酒端起一杯说："难得有机会与前辈坐到一起，晚生今天敬前辈一杯。"话毕将杯子放到嘴边咕嘟咕嘟一口干完。刘西尧与郑江龙年岁相差不过十几岁却以前辈相称，郑江龙很有些感动，忙端起酒杯一饮而尽道："老弟言重了，我只是区区江湖中人，岂敢受此大礼？"

"前辈的事晚生略有所闻，精彩堪比梁山好汉！今岳父大人令我作陪，实在是荣幸！"刘西尧又将酒倒满，正待端杯却被郑江龙伸手止住道："今天到此为止吧，改天我请老弟尽兴。"

刘西尧和郑江龙就此有了交往，两人都属异类，自然惺惺相惜。随着了解的加深，彼此更有种相见恨晚的感觉。郑江龙很赏识这位比自己年少的老弟，常叹刘西尧生不逢时，英雄无用武之地！而刘西尧也很敬重郑江龙的为人，尤其夸赞其不忘荣爷恩泽，促马天眼找到凶手报仇雪恨之举，实在是大丈夫所为！那时老钱已从汉口回来，昔日晚间的酒局也就从两人对酌，变成了三人共饮。

这年国庆节早上，郑江龙正站在位于磁器街的自家店铺门前，摸着左边的半截耳朵跟人说话，就见一辆美式吉普车打远处过来停在门前，下来一位穿军装的中年男子冲自己问："你还认识我吗？"郑江龙愣了愣，立刻惊喜地道："杜老板！你，你啷个……？"

"走，进去说。"杜凤山拍了一下郑江龙的肩膀。

"哎呀，真的没想到！"郑江龙赶紧拿杯子泡茶。

"端午节我随方副市长去看汤老板，他说你到舅舅家团圆去了。"杜凤山接过郑江龙手里的茶杯。

"是啊，他们住得远，我难得去一回，端午节给他们送几个粽子。你啥时候到的重庆？"郑江龙端了张凳子坐到杜凤山跟前。

"年初跟贺龙司令员从成都过来的，当时不知道你在重庆。怎么样，还好吧？那回真要好好谢你！"杜凤山喝了一小口茶。

"嗨，还提那个干啥？我也是受人之托。人家对我有恩，你看这铺子也是人家给我的。"郑江龙也用杯盖划拉了

第四章 化蝶重生

一下茶沫，喝了一口。

"好就行。我马上要去西藏，走之前无论如何要见见你。跟你道声谢。你多保重吧！我不能待久了。"杜凤山放下茶杯站起身，又拍了一下郑江龙的肩膀。

"这么急？吃过午饭不行？"郑江龙也站起身。

"没时间了，下回吧！下回咱俩好好喝几杯。"杜凤山出得店门上车，又朝着郑江龙挥了挥手。那一刻，郑江龙心里一热，想给杜凤山说声再见，却鼻子一酸，硬生生把话堵在了嗓子眼里。

十一

刘西尧调西南公安部公安学校任教员那天，特意请老钱和郑江龙喝了一台酒。刘西尧看着两位比自己大的好朋友，不无感叹地说："不容易啊！总算可以排上点用场了。"

"祝贺祝贺！还有老钱，听说你也要去25厂当工程师了。来，把这杯干了。"郑江龙很是高兴。

"那只是听说，还不晓得结果如何！"老钱一仰脖子把酒倒进了喉咙。

"我觉得八九不离十，现在国家缺的就是人才。尤其又在打仗，急需要研发新武器，怎么可能让你老钱在一边闲着？"刘西尧也将酒倒进了喉咙。

"但愿吧！再这样下去我就快成废人了。"老钱用手抹了抹嘴角。

"哪里会哟！你如果都废了，那我还活不活？"郑江龙拿起酒坛子给大家满上。

"呃江龙啊，有句话我跟西尧一直没说，今天大家高兴，不晓得当讲不当讲？"老钱看着郑江龙。

"有啥子当讲不当讲？你尽管说。"郑江龙放下酒坛子一脸的认真。

"现在世道变了，你也四十出头的人了，是不是还是考虑成个家？如果有这个意思，我跟西尧碰到合适的，就给你介绍一个。"老钱端起酒杯呷了一口。

"唉！不瞒二位，我还有大仇没有报。"郑江龙咬了咬牙，让腮帮子鼓动了几下道："不找到杀死翠红的幕后真凶，我是没得资格过安稳日子的。"郑江龙望着磁器口方向长叹了一口气。

"关键是拿不到证据，这件事就不好办。"刘西尧也端起酒杯抿了一口。

"其实大家都晓得是哪个。独眼龙一个外地人，与我无冤无仇，为啥要来磁器口杀我？"郑江龙干掉杯中酒继续道："只可惜知情人遭小日本炸死了，不然我一定能问出个究竟，把那个老杂种挖出来刮了！"郑江龙恨恨地又看了一眼磁器口方向。

"算了，不要再去想了。现在一切都在变，估计他的日子也不好过。"刘西尧顺着郑江龙刚才的目光，也朝着磁器口方向看了一眼。

余不笑的日子确实不好过，而且是越来越难过。原因当然不止一个，首先是没有了张秉文。没有了张秉文张大师爷的余不笑一开始是不习惯，想找个人说话突然找不到了，心里憋得慌，于是脾气变得越发古怪，常常因为屁大一点小事，弄得下人胆战心惊，不知如何是好。后来到了需要商量事情的时候，余不笑就更没了主意。过去有什么事都是跟张大师爷一起裁定，哪个好，哪个不好，或者哪个可以试试，哪个需要回避不能碰。现在可好，一切都需要自己一个人决断，这个改变也太大了，余不笑完全没有心理准备。所以，当土改工作组上门收缴地契，宣布即日起余不笑只能住在后院，其他地方统由政府管理时，余不笑竟手足无措，半天说不出话来。其次就是不适应解放后政府的一系列变革。余不笑无论如何想不明白，这祖上好几代人传下来的田地房产家业，怎么眨眼间说没有就没有了？起初他还寄希望于儿子，盼他给工作组说说情，网开一面放过余家。儿子现在不是共产党的官吗？哪有共产党革共产党官的命这个道理？那些工作组的人不看僧面看佛面，怎么也得给儿子一个面子吧？可派去送信的人非但没有见到余子川，就连捎带的话也是泥牛入海没了消息。余不笑彻底崩溃了，仿佛突然掉进了深渊，除了无助，剩下的还是无助。那个秋天的夜晚，余不笑将自己关在后院供着祖宗牌位的佛堂内，捶胸顿足地号啕大哭。毛骨悚然的声音穿过镇子里的大街小巷，吓得婴儿止哭，恶犬不吠，一张张醒来的面孔尽在不语之中。

相比之下，汤少青就要开明得多，他不仅上交了重庆城里的房产，还把汤家大院除后院外的其他房屋也交给了政府。汤少青对妻子孙淑珍说："现在解放了，讲的是人人平等，我们有吃有住就行了，这些多余的房子就让给那些没地方住的人住吧。"孙淑珍当然理解丈夫，虽有些舍不得，也只有偷偷掉眼泪，以免惹得家人不快。那时孙淑珍的母亲已过世，父亲孙老板也上了年纪。孙淑珍是家中长女，索性跟丈夫商量，把老人也接到了磁器口汤家大院。这样，老汤家加上老胡两老和周末回来的女儿女婿，就成了一个其乐融融的六口之家。为此，孙淑珍常常感叹："要是耀荣在，恐怕也该有媳妇了！"

汤耀荣参军之前，一直是孙淑珍的心肝宝贝。可为了上前线的事，母子俩却闹翻了脸。孙淑珍觉得耀荣应该像哥哥姐姐一样，上大学念书，将来当一名工程师或者其他什么，为国家建设出力。但汤耀荣并不认同，说建设祖国首先要有一个安定的环境，没有好的环境，再有本事也难派上用场。因此，他要去为争取一个好的环境战斗，当一名保家卫国的英雄。汤耀荣于1950年11月1日赴朝，这天正好是孙淑珍40岁的生日，汤耀荣在前一天给家里打来电话，让姐姐代他给妈妈说句对不起，等他从前线凯旋，再补喝母亲的生酒。说得孙淑珍泪眼涟涟，忍不住呜呜呜地哭起来。

日子又像往天一样，一页一页地翻过去。随着朝鲜战场的形势日趋激烈，国民党特务将行动目标，锁定了正在逐步恢复生产的兵工厂。本来，长官公署一年前西撤时，二处特工即对各大兵工厂设施了毁灭性的破坏。但由于工人们冒死护厂，有些车间和设备得以保存，加上老钱交出的图纸，各个兵工厂恢复很快，有的已重新开始生产。根据掌握的情况，国民党在重庆有"志农""四一""坚忍"和"森卫"四支游击队，依靠潜伏电台从事袭击和暗杀。市局决定从破获电台入手，再用这些电台将敌人调入口袋一网打尽。

如何才能又快又准地找到潜藏的这些电台呢？余子川这些天陷入了迷茫。他开着美式吉普离开市局大楼，经保安路沿嘉陵江上行，江面往来的船只犹如穿梭，紫灰色的天幕充满了忧郁。余子川将车停在李子坝刘湘公馆旁边的空地上，点燃一根烟，凝望着对岸薄雾中的21兵工厂。如果能知道他们的电讯内容就好了！余子川深吸了一口，吐出一股浓浓的灰白色烟雾。破译，对，就从破译下手。余子川一想到破译，便一下子想起了他那个师弟熊照麟。

"赶快查一下这个人关在哪里。"余子川一边交代内勤一边朝局长办公室走去。

"你想借敌人的电台消灭敌人？"刘明辉看着余子川。

"是的，这样做比破获电台来得快。"余子川掏出烟顿了顿又收了起来。

"你这个师弟能行？"刘明辉将熊照麟的履历表放回卷宗。

"他被捕前一直为国防部二厅搞密码翻译，应该熟悉国民党的密码编程。"

"那就赶快行动吧。"刘明辉将卷宗递给余子川。

"是。"余子川行了个礼转身离去。

熊照麟在位于石板坡的第二看守所已待了快一年了，其间有两次差一点被处决。一次是被捕后不久，重庆军管会为严厉打击敌特分子嚣张气焰，将凡是从事过破坏活动的在押特务及反革命分子执行枪决。熊照麟因举报他人预谋越狱，获立功免于执行。第二次是陪杀场站错了位置，幸亏被核查身份的公安发现，将其换回才捡了一条命。熊照麟得知师兄要自己破译特务电讯内容，既惊喜又惶恐，一方面觉得又有了立功的机会，另一方面又怕国民党启用新的密码编程，到头来不仅破译不了，还可能招来杀身之祸。

"我不晓得他们换密码编程没有，如果没换，破译是没有问题的。"熊照麟看着余子川。

"那你现在就试一试。"余子川将一份截获的电讯稿递给熊照麟。

"这个可以破译。你这里有商务印书馆出版的《圣经》没得？"熊照麟再次看了看余子川。

"来人，去找一本商务印书馆出版的《圣经》过来。"余子川给内勤交代完，掏出烟递给熊照麟一根，划燃洋火点燃，又给自己燃上一支道："林教授还不晓得你的情况，我怕他担心，一直没说。"

"唉！是我对不起恩师。我有罪！"熊照麟低着头吸了一口烟。

"这次你要是能够立功，新政府肯定会宽大处理，一切就看你自己了。"

"是是是，我一定尽力而为。"熊照麟看了一眼师兄。

"你说他们会换编程吗？"余子川看着熊照麟。

"肯定会。但以前老的换不到，除非他们也拿到新的编程。"熊照麟又吸了一口。

"嗯，也就是说只要是去年留在重庆的电台，你都能破译？"余子川吐出一口烟雾。

"也不全是，这要取决于对方拿没拿到新的密码编程。"熊照麟打了个喷嚏。这时内勤进来，将一本商务印书馆出版的《圣经》交给了余处长。

"来试试吧，但愿如你所言，他们还没来得及换。"余子川让熊照麟到桌前坐下，将纸笔放在了他的面前。

袭击第25兵工厂的国民党特务属于"志农"游击队，从熊照麟破译的电讯内容获悉，敌人将在元旦前，对包括电厂在内的五个重要设施进行攻击，其中大溪沟电厂将是最重要的目标。为了首先拿下"志农"支队，余子川提前一天将一个警备连送进了厂区，并将各个重要岗位的工人换下来，由便衣民警接手。外围则在磁器口童家桥詹家溪一线，埋伏了两个连的解放军卫戍部队。

战斗在黎明前打响，20个带着炸药包的特务，刚进入厂区就被迎面射来的子弹打倒在地，外面四十几个负责掩护的特务，也很快被卫戍部队包围做了俘虏。这顿饺子包得干净利落，基本击垮了"志农"游击队的根本，但给他们发布指令的电台却没能破获。

"电台在磁器口。"这是装扮成军代表，准备炸毁大溪沟发电厂的保密局特务死前说的最后一句话。

"又是磁器口。"余子川将半截香烟摁进烟缸，神色严峻的看了看窗外灰蒙蒙的天空。

余子川终于回到了余家院子，而且还带了几个背大包的年轻男子。余子川对一脸疑惑的父亲余不笑说："我们就住前院，你除了让人给我们送饭，其他啥都不要管，也不要有事没事去前院，我每天会抽时间来后院看你。"余子川说完也不等父亲吱声，转身又回到了前院。

已经两天没有动静了，负责监视水路要道的同志也没发现可疑人员。余子川听完报告，看着屋里那台大功率探测器，心里有些郁闷。他点燃一根烟，出得余家院子，径直往江边而去。

河街比从前清冷了许多，由于这里每逢涨水必淹，除了卖农产品的小商小贩，过去那些卖瓷器百货的大摊贩，早就在抗日时期搬到了金沙街和城里的磁器街。余子川顺着河街往前走，便看到了龙隐茶馆。这里倒是一点没变，高大的黄葛树像老天爷撑开的一把伞，浓密的枝叶护佑着二层高的青瓦小楼。从码头伸向镇子的石梯，几乎笔直地由低到高，打茶馆门前穿过。又是好多年不曾来过了！余子川想起与方先生碰头的那些日子，《中央日报》、哈德门牌香烟，还有喝一口就浸入心肺的本地沱茶。

"哟，余家的大少爷，哦不，是余大处长，稀客稀客，里面请！"包省心一脸的笑容。

"生意还是这么好。"余子川朝堂子里看了看。

"跟从前比差远了！现在只能说勉强。你还是老规矩，坐楼上？"包省心看着余子川。

"坐楼上，老规矩。"余子川不急不慢地往楼梯走去。楼上确实没什么人，零零散散坐了几个。余子川选了第一次跟方先生接头的位子，推开窗户往灰蒙蒙的江上望去。

"来啦，本地沱茶一碗。"包省心提着铜壶拿着盖碗上得楼来。

"包叔，想占你一点时间，跟你聊聊。"余子川看着正在泡茶的包省心。

"哦，有事？"包省心将铜壶放在桌上，一边擦手一边看了看周围。

"想跟你打听一下，最近一段时间，这里有没有看到啥外人？"余子川用碗盖划拉着茶沫。

"没得，现在的磁器口不比以前了，窑场遭小日本炸得没几个了，除了赶场天人多点，平时基本上没得啥人。"包省心掏出烟递了一根给余子川。

"几个庙子未必也没得人来了？"余子川划燃洋火将烟点燃。

"那倒不是。除了文昌宫没啥人以外，其他都跟以前一样的旺。昨天还有人在宝轮寺做了一场法事。"包省心吸了一口烟。

"哦！那文昌宫是啷个回事呢？记得我小时候那里也是热闹得很的地方哦。"余子川吐出一股灰白色烟雾。

"唉！说来话长。自从玉虚道长羽化后，文昌宫有很长一段时间都没得住持。前两年倒是来了一个，但比起玉虚道长那是差远了。"包省心也吐出一口烟雾。

"哦，那个新来的住持叫啥子？具体是哪一年来的？"余子川端起盖碗呷了一口。

"听别人叫他离尘道长，大概是前年子的这个时候来的吧，我都还没有见到过。"包省心又吸了一口烟。

"好，谢谢包叔，你去忙吧。"

"没事没事，以后有空就来喝茶。"包省心提起铜壶朝别的客人走去。

"前年这个时候，1948年12月？淮海战役第一阶段结束，平津战役打响，……"余子川看着窗外渐渐陷入了沉思。

十二

离尘道长果然就是藏在磁器口那部电台的主人。离尘道长真名贾振仁，保密局直属特工，1948年11月在青木关杀害前往文昌宫赴任的离尘道长，冒名潜入磁器口。贾振仁招认，台湾方面已派人送来新密码，三日后的晌午，将放于文昌宫大殿中间的蒲团之下。余子川随即布置，一方面抓捕送新密码的特务，一方面让贾振仁用电台与其他游击支队联络，实施大规模诱剿。那个寒冷的冬天，重庆城里城外到处都是枪声。人们虽有些惊慌，但都知道第二天一定又会传来胜利的好消息。

文昌宫电台案的告破，在磁器口引起了强烈的反响。人们纷纷议论余家院子不得了，出了一个百年不遇的神探。更有甚者说，这下哪个还敢动余不笑？余家又要重新出人头地了。就连余不笑自己也放出话，谁拿了他家的田占了他家的地，都乖乖地给他送回去。不然，就有得对方的好看。吓得一些胆小的，还真在夜里悄悄将土改分得的地契塞进余家院子的门缝，生怕招惹到什么事。倒是分到汤家田地的人心里有数，说汤老板早就告诉他们，时代已变，一切都不会再回到从前了。

汤少青确实发自内心地认为，一切都不会再回到从前了。他跟人说，现在自己比从前任何时候都忙。的确，自从开始捐助抗美援朝和进军西藏，汤少青就加大了汗血瓷的产量。过去一季度烧一窑变成了一个月烧一窑。如此一来，汤少青的身心就承担了巨大的压力。为了让头发里的精血充足，汤少青除了让家里人保证身体所需的饮食营养外，还隔天去一趟医院注射葡萄糖。医院里的年轻护士起初不知汤少青是何许人，每次见他拖着一根长辫子进来都觉得好玩，忍不住彼此交头接耳议论偷笑。若是医生在场，大家虽有所收敛，可眼里仍充满了好奇。汤少青看在眼里，也不作恼，有时还故意将辫子放到胸前，以示爱惜，惹得姑娘们更加惊异。终于，一位性格外向的胖护士长克制不住求知的欲望，麻着胆子有些不好意思地问汤少青："伯伯为啥要留根辫子呢？"汤少青这才笑着道："你们这些鬼丫头，我早就等着你们问了。"于是，一群护士呼啦一下围上前来，听汤少青讲他这根辫子的故事。

汤少青说："这根辫子可不是寻常的辫子，它是生在清朝，经过民国，被特许保留到现在的宝贝。"

"那有啥子用呢？"还是那位胖护士长在问。

"当然有用，尤其是现在支援抗美援朝。"汤少青接过护士递来的水杯喝了一口。

"跟支援抗美援朝有关系？"另一位个儿小的护士惊奇地看着汤少青。

"对，有关系，而且关系还大哟！"汤少青又喝了一口水，这才打开话匣子，把自己这根辫子从头到尾说了个透。直听得姑娘们从惊讶到惊奇，又从惊奇到理解，再从理解到珍爱。最后不由自主地拿起辫子抚摸，仿佛辫子已不再是辫子，是一副可爱的马尾，一根神奇的鞭子，一条幸福的纽带。胖护士长最后放下辫子看着身边的姐妹说："大家都听到了哈？汤伯伯这根辫子是用来支援抗美援朝的哟！以后给汤伯伯推针认真点，出不得错哈！"

由于汤少青和家人的努力，从秋天到第二年的春天，汗血瓷的出货量竟达到了有史以来最大，其质量合格率也非从前可比。这年春节将至，汤家人沉浸在一片喜悦之中，就连老胡都忍不住让人搀扶着，到院子里与大伙儿同乐。老胡已老成了一根木头，不仅干枯如柴，眼睛耳朵的功能也退化了。坐在冬日的暖阳下，老胡眼前只有模糊不清的光点，而听到的则犹如馒头窑生火时，柴薪被点燃的声音。孙淑珍将一只剥了皮的香蕉送到老胡嘴边，对着他的耳朵大声说："老胡，今天厨房给你熬了皮蛋粥，你啥时候想吃就叫他们给你端来。"老胡听了两三遍才赶紧道："老是要你操心，谢谢大奶奶啰！"

这时，凤凰山上响起了鞭炮，随着不停地炸响，又一个大年三十仿佛已站在了老汤家的大门口。那时，汤耀华已近临盆，住在汤家大院由母亲亲自照顾。刘西尧每天早出晚归，去位于歌乐山的公安校上课，教各区县调来的公安骨干，学习反间谍技能以及逻辑思维。汤少青越来越喜欢这个有礼貌，不多言不多语的女婿了。他跟妻子孙淑珍说："耀华真不简单，不但策反了一个国民党军官，还给自己找了一个好丈夫。真是一举两得呀！"孙淑珍听了就止不住得意地反问："你当初不是还反对吗？说不晓得女儿是哪个想的。哼，要不是我顶着你的压力支持女儿，你现在想抱外孙，还不晓得在哪里呢！"

"你们两个又在说啥子？声音这么大，就不怕人家笑话？"汤耀华打屋里出来。

"还不是你爸，一个劲地在这里夸女婿，好像外孙是刘西尧在生。"孙淑珍起身让女儿坐，自己进屋去另外拿了把椅子。

"妈，爸夸西尧也就是在夸我。他心里一定是这样想的，看嘛我女儿好厉害哟，不仅拉了一个国民党过来，还找了个好丈夫。"汤耀华调皮地给父亲眨了眨眼睛。

"看嘛，女儿毕竟是爸爸的小棉袄，我心头哪个想的也只有她晓得。"汤少青高兴地拿起水烟壶，用纸捻点着咕噜咕噜抽起来。孙淑珍则在一旁不停做怪相，惹得汤耀华大笑不止。

不过，就在无数家庭欢欢喜喜准备过年，享受团圆之乐的时候，余子川却没有一丝一毫的快悦。余子川没有快悦，倒不是说他今年又是一个人过春节。而是一小时前，他刚刚拿到第九批镇压特务反革命土匪恶霸的名单，上面赫然写着父亲余不笑的名字。其实，出现这样的结果完全在余子川的意料之中，早在去年12月镇反运动开始之初，余子川就断定父亲躲不过这一劫。从他看到的材料，父亲余不笑不仅是地主恶霸，还是反动会道门的舵爷。除此之外，强买强占以及杀人的嫌疑也一个不落。余子川望着窗外，不禁倒抽了一口冷气。他知道，余家十几代的气数到他爹这里就算是尽头了。如果说还存在着新的崛起，那也只有从他这里开始。余子川放下薄薄的几页名单，点燃一根烟，一边吸一边盯着名单和一旁蘸有红墨水的毛笔。他明白这是程序上最后的审决，只要作为市局政治保卫处处长的余子川在每一页的名字画上红圈，那么这些和名字相对应的人，就将在两日后绑去各区县，召开公判大会并执行枪决。不过，余子川也有权力用另一支蘸着蓝墨水的笔画去名单上的任何名字，比如他认为调查有误和有重大立功表现者，或留着另有他用的关键人物。余子川再次拿起名单一个一个地审视，名单上的有些人他是见过的，像昔日重庆城的袍哥大爷田德胜，原反共保民军一师师长廖开孝，参谋长段举之，此二人在铜梁纠集土匪暴动被俘。还有原重庆警察局治安大队大队长黄承武，原西南长官公署二处中校行动组长马蛰，以及特务许登云……余子川将目光再次停在父亲余不笑的名字上。有那么一刹那，他很想用蓝色墨水画掉父亲的名字，但这个念头随即一闪而过，余子川又恢复了原来的理智。

"是啊！即使留得了一时，也留不了一世。留又有何用？比起关在监狱受苦，还不如走了痛快。"余子川轻轻将名单放回桌上，看着窗外月光下的一株红梅，让思绪尽情地延展。"的确，眼看着父亲上路，是有些残忍。毕竟有亲情一说，血浓于水嘛。但我却是个有党性原则的老共产党员，我们几十年闹革命为的是什么？不就是为了推翻'三座大山'，解放全人类吗？共产党员是无私的，是革命的先锋战士，敢于牺牲一切的排头兵。如果连自己家的事都处理不了，又怎么可能做到胸怀坦荡，天下为公呢？想想周蓝、老莫、补锅匠老王和报务员，还有白公馆渣滓洞监狱里那些牺牲的烈士，他们连自己的性命都献给了这一崇高的理想。还是列宁同志说得好：革命是一个阶级推翻另一个阶级的暴力行为。革命不死人怎么可能呢？革命就是一场你死我活的斗争。"余子川想到这里，心情一下敞亮了，他收回目光，拿起那支蘸有红墨水的毛笔，平静地在父亲名字上画了一个圈。

余不笑是在天亮时分被抓的，那时他刚刚打佛堂念完经出来，一队由公安民警率领的民兵就打外面冲了进来。领头的民警把一张逮捕证往余不笑的眼前一晃，也不管对方看清楚没有，便大喊一声："你被逮捕了。"余不笑愣了愣神，看着领头的民警低声道："我儿子呢？他现在何处？"

"放心吧，余处长在忙工作，你的逮捕证就是余处长大义灭亲亲自签发的。"领头的民警很蔑视地看了余不笑一眼，吩咐旁边的人："把他绑起来带走。"

余不笑被关押在杨家山原中美合作所狼犬室的一间屋子里，这里距离磁器口镇上的余家院子还不到3里路。余不笑坐在冰凉的地上，听着院子里不时传来的狗叫声，心里既烦躁又迷茫。他知道这一生就要完了，但他做梦也没想到，身为共产党的儿子却救不了自己。早知如此，还不如学张秉文一走了之。余不笑望着窗外一棵槭树，想哭又哭不出来，只有一股冷气从脚底升起，慢慢爬向他的脑门。他像一个输得精光的赌徒，耷拉着脑袋，回想着昔日的荣华富贵。那时，老余家的前辈们仿佛都来到了余不笑的身前，他们有的愤怒，有的悲伤，有的还蔑视着他，质问这是为什么。他还将自己的过去从头到尾捋了一遍，反复咀嚼那些得意的时候，尤其是当上木材帮帮主那种一言九鼎，万人之上的感觉，令余不笑兴奋不已，激动得浑身发热。是啊，他不认为自己在列祖列宗的面前是失败的，也不觉得走到今天是自己犯了什么过错。他只是感到命运太不公平，怎么会对自己如此残酷？说来就来，竟然连个商量的余地也没有。于是他的内心又生出几许愤恨，诅咒起这世道的阴险。而最让他难以接受的，就是汤家的现状。他们不也跟余家一样吗？大地主、大窑场主，虽然米粮帮的帮主不姓汤，但那跟姓汤又有什么两样？可他们就怎么没事呢？要说有人给共产党做事，我儿子还比他家闺女官做得大，这他妈到底是怎么啦？还讲理不讲理呀？余不笑终于在这没完没了，有一搭无一搭的冥想中疲倦了，他爬到屋角的条凳上打起了瞌睡。

天色又渐渐暗了下来，余子川进来的时候，余不笑被儿子带进来的一股冷风吹醒。说实话，他有些奇怪，居然在这关过狼犬的屋子里，睡得如此香甜。余不笑看见儿子先是一愣，接着便恶狠狠地道："你这个逆子，还不快把老子放了？"余子川没有答话，他看了看骨瘦如柴的父亲轻叹了一口气，将手里的食盒和一小罐酒放到地上说："爸，我来陪你喝一杯。"

"啥子？来送你老汉儿上路？"余不笑看了看打开的食盒里，切得薄如纸片的腊猪耳朵和红烧肉丸子，然后怒视着儿子。

余子川也不理会，从衣兜里掏出两个小酒杯，用手绢擦了擦放到条凳上，再解开酒罐口上的红布，拔掉塞子一边倒酒才一边说："爸，我不给你送行，你还想哪个给你送行？"见父亲无语，余子川将一杯酒递给父亲继续道："你有没有想过，我们余家为啥会走到今天这个地步？就是因为你太贪婪，太想当一方的老大，不能审时度势顺应潮流。"余子川拿起另一只倒满酒的杯子，朝父亲做了个请的动作，便一口干了下去。余子川看着父亲颤巍巍地端起酒杯，放到嘴边发呆的模样，接着又说："你看看人家汤家，一样的地主资本家，一样的跟帮派有牵连，可活得就跟你不一样。"余子川看着父亲有些发怒的表情继续道："爸，不是我说你，你这一生就是在走一条路，直筒筒的连个弯都没拐过，这跟在一棵树上吊死有啥区别？看吧，现在这条路走到黑了，你说我咋个帮你？我有那个本事把黑说成白吗？我敢违反党的政策放过你吗？我做不到，也没有那个本事，更没那个胆子。"余子川流下了两行清亮的眼泪，喉咙也忍不住抽泣起来。但他仍继续道："所以，爸，你不要怪我不救你。现在，我只能选择走另外的一条路，让老余家重振雄风，再次崛起。这也是我唯一可以去做，而且有希望做到的事情。你明白吗？"余子川重新将杯子斟满酒，看着表情渐渐恢复平静的父亲说："你要懂我的意思，就把这杯酒喝了！"余子川说到这儿，突然目露寒光，死死盯着父亲。

"嗯，再来一杯。"余不笑一口喝干杯中酒，将杯子伸到儿子面前，脸上已明显没有了怒气。余子川赶紧拿起酒罐给父亲满上，正待继续说话，却被余不笑打断道："你这个臭小子，行！老子还真没有看错你！"余不笑说完又一仰脖子把酒倒进喉咙，随即将酒杯摔到对面墙上砸得粉碎，看着儿子，突然哈哈哈地大笑起来。

这天夜里，天空突降瑞雪，在不远的磁器口镇卫生所，汤耀华生下了一个重约七斤的女婴，汤少青为其取名——雪梅。